U0164153

六朝賦論

之 創作理論與審美理論

李翠瑛◎著

目 錄

自 序

　　數年的努力與心血此時握在手中，不過是一大疊的文稿，白紙黑字經過列印的手續後，整整齊齊排列在屬於自己的位置。滿足與惶恐同時佔據心靈，矛盾的心常在我每次面對一篇又一篇的論文之時，重複出現。但是，一份自我挑戰與對逝去的日子有所交待的責任感又促使我一再面對論文寫作，一再重複檢討自己而同時又鞭策自己不斷與自我對話。

　　回顧 1998 年完成博士論文至今，數個年頭在教學與研究中忙亂過去。歲月可以用來沉積知識，也可以用來沉澱心靈，更可以冷卻當時寫作論文的熱情。而時間可用來淘洗過去的不成熟，讓粗陋與無知逐漸顯現，讓缺點與優點浮出水面。回顧與反思，就成了印證我的成長的最佳方式。因此，當我有機會出版博士論文時，我便對論文重新有了一分整理與修改的可能。不但在綱目上重新編列並整理，之外，我也在內容上作細部的調整與刪修，使得論文本身與原作比較起來，彷彿換了一套新衣，而以新的面目出現。

　　其實，古典文藝理論的闡發，本身就不是一件容易的事情，第一是因爲今人無古人的創作經驗，縱使可以透過篇章典籍理解古人文藝理論的評判標準，卻總是有如瞎子摸象，未見全體；第二是古人的思維方式具有一定的模式，不能以今概古；第三是古人的評論必須放在當時的環境條件下以離析出來，並儘量還原成古人的創作情境，方能盡可能合於古人之意。因此，若說作品的研究是研究者與古人創作者之對話，那麼，文藝理論的研究就是在這對話內容之上的更爲理性的對話。

　　在研究古典文藝理論之時，常見運用西方的理論來闡述傳統古典

文藝理論，就學術的交流而言，這是必然的趨勢；但是卻也無法避免東西方人在不同思維與背景下所產生的不同理論思考，一旦使用過度或是不夠恰當時，就容易產生似是而非的闡述結果。因此，筆者雖然曾經花費數年光陰在西方文藝理論上，也曾嘗試以西方理論探究古典文藝理論，但是，在博士論文的寫作時，筆者反而放棄西方的文藝理論，而希望以傳統創作與理論的搭配與說明，試圖回歸當時人創作的環境條件，以古典的思維討論古典的理論。因此，本人多以古證古，以作品證理論，以環境闡理論，以思想背景說理論。

論文的研究方式隨著當時個人的想法而行之，以今視之，當然有許多滿意與不滿意之處。但是，我總願意看成是個人的成長過程。同時，當初研究此範疇時，鮮少學者對於六朝賦論有所整理，也未見有人比較六朝賦論、詩論、文論之間的異同與時代意義，因而本論文可以說是在此一領域首先整理並闡發的工作。也期待後來之學者可以有更進一步的研究成果。

博士論文的寫作是艱辛的，其中滋味要嚐過的人才會知道。但是論文的完成與出版真要感謝的人太多，但最感激的人首先是指導教授簡宗梧先生，他是一位溫文儒雅的長者，勞煩之處實不在少，我的內心總惦記著老師對學生的一分情。還有太極門的洪道子師父是我心中的明師，他讓我明白論文、學術與生命價值之間的關係，提點我跳出既定的思考模式，從另一個角度思索問題。我的先生則是背後鞭策的手，激勵我不斷面對自己，不斷挑戰自己生命的巔峰。最後要謝謝萬卷樓的梁經理，他本著對文化的使命感，慨然答應出版本書。

過去的當成生命的紀錄，未來的是生命的開展，願以謙虛之心繼續學習，繼續努力。

2001.12.24. 李翠瑛於若水齋，指南山城，台北

第一章　緒論

第一節　研究方向與動機

一、「六朝」之意涵

　　「六朝」的歷史斷代，指的是三國時代自東吳以降，定都於建康的六個朝代，也就是吳（孫氏）、東晉（司馬氏）、宋（劉氏）、齊（蕭氏）、梁（蕭氏）、陳（陳氏），這是從歷史與政治的角度對朝代的分斷。然而，就文學史的角度看來，歷史的斷代並不全然等同於文學發展史上的斷代，因為一般文學史在記述文學的演變之時，對於時代的指稱大都是利用現有的歷史名詞作為斷代的依據，相沿成習，逐漸成為慣用的名詞。然而，若深思文學史的斷代以及歷史的斷代，那麼，我們可以發現，以歷史斷代的名詞，在文學史上卻可能有著與之不盡相同的指涉範疇。諸如「魏晉詩人」所代表的曹氏父子以及其鄴下文人集團，向來是被認為是魏晉時期的文學，但嚴格說來，曹氏父子同時身跨漢末建安及魏晉時期，其文風又與晉代有著血脈般的遞衍關係，因此，無論歷史的實際分代，在文學上則將之納入「魏晉詩人」的範疇[1]。林文月對「六朝」一詞的指稱說道：

---

[1] 見林文月：〈關於文學史上的指稱與斷代——以六朝為例〉，在《語文、情性、義理——中國文學的多層面探討國際學術會議論文集》，（臺北：國立臺灣大學，1996年4月），頁1。文中又以詞為例，說其始於唐代中、晚期逐漸產生，入宋而自然取代詩的新興文體，而論述詞則須從唐代開始

「六朝」一詞所指稱的，卻未必完全等同於一般歷史或政治史
的說法，其時間的上下限，甚至於空間上的範圍大小，也都呈
現不一致的現象。若純就奠都於建康這個地方為「六朝」之指
稱，則曹氏父子兄弟及建安七子等人物將被剔除出外。……倘
若「六朝」一詞必限於奠都建康而後認可，則設都邑於洛陽的
西晉將無所容於其間，而成為文學史上游離逸出的一個時段。[2]

討論三國的文學以曹魏的文學最為鼎盛，若抽出曹魏的文學，強以歷
史上三國的年代分斷作為文學史的斷代，不但無法連接起文學發展的
演變，更顯得碎亂不堪而無從論述。西晉建都於洛陽，在歷史的意義
上也不屬於六朝，若將西晉隔離出來的文學發展史，也同樣無法窺知
這段時期文學的演變面貌。因此，以「六朝」為論，林文月說：

以六朝文學而言，漢末建安已啟其端，其後歷魏、西晉、南北
朝、隋代、至唐初而告終；故文學史上的「六朝」，在時間上
，比一般歷史所指為長；在空間上，則比一般歷史所指為廣。
因而，文學史、文集、或論文，在涉及六朝的文學現象時，其
論述的內容範圍，往往也會超越一般歷史上所界定的「六朝」
一詞的時空觀念，而變為比較有彈性的指稱了。[3]

林先生所論，認為六朝文學從建安開始到唐初告終，視之為文學史上
的「六朝」，換言之，文學上的界定並不以定都建康的朝代作為斷代
的唯一的依據，可以說歷史的與文學史的斷代名詞所指稱的意涵並不
盡相同。文學史的指稱無疑地是採用較為彈性而寬鬆的斷代界定，此

，而不是以宋代為時限。
[2] 同註1，頁2、4。
[3] 同註1，頁14。案：張溥《漢魏六朝百三家集》，不僅收漢、魏、兩晉、
宋、齊、梁、陳各朝文人之作品，且收北魏、北齊、北周，及隋朝文士的
作品，可知其所稱的「六朝」是包括北朝與隋代。

種界定被文學界所承認並且爲大家通用，而成爲「文學史上所謂的『六朝』」[4]。

　　然則，林文月對於文學上「六朝」的斷代，上至漢末建安、下至唐初，這是最爲彈性的說法；有的學者如張仁青所稱的「六朝」則是以魏、西晉、東晉、南朝、北朝爲研究的範疇[5]；而袁濟喜的「六朝」所指稱的範圍是指魏晉到南朝，又因有些南朝文人兼跨南北，如庾信、顏之推等人，所以有時也將北朝歸之於六朝之中[6]。與本論文所指涉者，稍有不同，以圖示之如下：

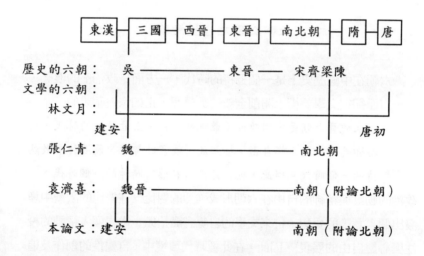

從上圖見出，「歷史的六朝」其範圍是從三國吳至南朝陳，西晉除外；而「文學的六朝」則是隨著文學思潮及發展的歷史而有彈性上的調整。在文學的研究上，林文月、張仁青、袁濟喜等人對於「六朝」的

---

[4] 同註 1，頁 15。
[5] 見張仁青：《六朝唯美文學》（臺北：文史哲出版社，1980 年）。
[6] 見袁濟喜：《六朝美學》（北京：北京大學出版社，1992 年），頁 1。

時代認定或有不同，可見「六朝」一詞在文學史上固然可以指建安到
唐初這段時期，但也視個人所研究的範疇及需要，可以稍作彈性的處
理。

　　本論文以賦論爲研究對象，在六朝賦論的演變上，有時必須以漢
末建安時期起始，而賦論演變到陳末，日趨衰微，因此，本論文所指
稱之「六朝」，上自漢末建安，下至陳末，其間仍以魏晉南朝爲主要
的對象，而北朝賦家及賦論則是隨文論述，與多家所指涉者，出入不
大。

二、六朝文學之自覺意識

　　六朝在中國歷史上是一個獨特的時代，一方面是政治上的混亂，
另一方面卻在文學藝術上開創全新的美學觀，正如宗白華說的：

　　漢末魏晉六朝是中國政治上最混亂，社會上最苦痛的時代，然
　　而卻是精神史上極自由，極解放，最富於智慧，最濃於宗教熱
　　情的一個時代。因此，也就是最富有藝術精神的一個時代。[7]
政治的動亂與精神的自由在六朝形成強烈的對比[8]，在對比的激盪中煥
發出個人意識的覺醒，帶來文學的自覺意識抬頭，重視個人精神的投
注與心靈自由的展現[9]。因此，在此種時代環境中，自覺性的創作及追

---

[7] 見宗白華：＜論世說新語和晉人的美＞，在《美學的散步》（臺北：洪範
　　書店，1987 年），頁 59。

[8] 同註 7，頁 60。「使我們聯想到西洋十六世紀的『文藝復興』。這是強烈、
　　矛盾、熱情、濃於生命色彩的一個時代。」

[9] 魏晉是「文學的自覺時代」，在魯迅：＜魏晉風度及文章與藥及酒之關係
　　＞一文中，收於《魯迅全集》第三卷（臺北：谷風出版社，1989 年），頁
　　502。

求人生自由的目的，這兩方面表現是較為突出的[10]。李澤厚認為魏晉的思想從漢儒的思想中掙脫出來，帶來「人的覺醒」與「文的自覺」兩個方面[11]。宗白華先生研究魏晉人的美學觀則說：

△ 魏晉人生活上人格上的自然主義和個性主義，解脫漢代儒教統治下的禮法束縛，……一般知識份子多半超脫禮法觀點直接欣賞人格個性之美，尊重個性的價值。……中國美學竟是出發於「人物品藻」之哲學。[12]

△ 晉人以虛靈的心襟，玄學的意味體自然，乃能表裏澄澈，建立最高的晶瑩的美的意境！[13]

△ 我說魏晉時代人的精神是最哲學的，因為是最解放的最自由的。[14]

△ 晉人的美，美在神韻。……這是一種心靈的美，或哲學的美。[15]

魏晉人對於美的體悟始於思想上的超脫，是從漢儒的禮教束縛中掙脫出來的結果，因而產生對「人」的覺醒、對「人」的注意，和對「人」的興趣，一言以蔽之，就是體現在「人物品藻」上。人物品藻是對於「人」本身所作的賞鑑和品評，關乎外貌、儀表、談吐、氣質、胸襟、才分、學識、能力、口才……等等的所有關於「人」的問題。在

---

[10] 同註 6，頁 13--14。又見李澤厚、劉綱紀主編：《中國美學史》第二卷上（臺北：谷風出版社，1987 年），頁 6。「魏晉玄學所追求的理想人格則恰好是要批判儒學的虛偽，打破它的束縛，以求得人格的絕對自由」。

[11] 見李澤厚、劉綱紀主編：《中國美學史》第二卷上（臺北：谷風出版社，1987 年），頁 9。

[12] 同註 7，頁 61。

[13] 同註 7，頁 62。

[14] 同註 7，頁 68。

[15] 同註 7，頁 70。

玄學的陶染下，魏晉人對於自然美的欣賞有其獨特的品味與意趣，以澄澈的心靈建造晶瑩的意境；以致於精神上的品味是以哲學的、玄學的作爲美的指標，不願再受限於禮教的種種束縛。

再者，文學創作是人的心靈活動，「人的覺醒」所引發的「文的覺醒」也在魏晉六朝開花結果。六朝在文學的技巧及理論上是發展極快的一個時代。葉嘉瑩說：

> 中國的文學批評乃是發生極早而卻發展得極慢的一門學問。……早自群經諸子之中，我們便已可以見到不少零碎片段的論文論詩的言語了。及至魏晉南北朝之世，中國的作者們更開始對於文學有了極廣泛的反省和自覺，於是有關文學批評的專門著述乃不斷相繼出現，自魏文帝的《典論・論文》、陸機的＜文賦＞、以迄於劉勰的《文心雕龍》和鍾嶸的《詩品》，更加之以沈約諸人的聲病之說。在這一時期中，中國的文學批評無論在質的方面或量的方面，可以說都有著極為可觀的成就。[16]

魏晉南北朝對於文學的反省和自覺，引發文學批評的專門著述相繼出現；曹丕《典論・論文》提出「文氣說」，陸機＜文賦＞提出「體物瀏亮」、「應感說」、「緣情說」等觀點，已經注意創作構思、靈感、作家情性以及文體特徵等因素；南朝劉勰的《文心雕龍》更是從創作的「文心」以及辭藻的「雕龍」兩端，作爲其文學創作理論[17]；又

---

[16] 見葉嘉瑩：《王國維及其文學批評》（臺北：桂冠圖書股份有限公司，1992年），頁142。

[17] 見《文心雕龍・序志》：「夫文心者，言爲文之用心也。昔涓子琴心，王孫巧心，心哉美矣，故用之焉。古來文章，以雕縟成體，豈取騶奭之群言雕龍也。」

如蕭統從藝術的角度編選《文選》：「事出於沉思，義歸乎翰藻」[18]
。偏重在藝術形式的技巧——「翰藻」方面，指出文學作品與學術著
作的不同[19]，而以「沉思」與「翰藻」分別從內容本質及形式技巧兩
方面作為其選文的標準[20]。這些理論的出現，不但顯現出六朝人已從
藝術的角度看待文學創作，同時，也顯示六朝人不再將文章置放於政
治或學術的大樹下，不再全然以政治教化或經世致用的功利性作為文
學考量的標準，而是以美的感受與覺受做為文章的審美理想。

因此，就六朝而言，其「人的覺醒」以及「文的覺醒」所帶來的
人們生活上美的體悟、人格美的欣賞、審美的態度，以及文學創作上
的美感的講求、文學批評上美感的注重並及文學理論等等諸多問題的
探討，可以看出六朝的文學批評及審美研究的材料是豐富而具發展潛
力的。

三、賦體於六朝文學中之重要性

後世研究魏晉南北朝時期的文學發展史時，以詩、文、賦的比較
來說，多以詩、文作為主要論述對象的比例較多，而對於辭賦的探討
則相對稀少，因為辭賦注重語言形式，所以常常被冠上形式主義之名

---

[18] 見《昭明文選·序》。
[19] 見柯師慶明：＜略論藝術＞，在《境界的再生》（臺北：幼獅文化事業公司，1985年），頁107。提出「事出於沉思，義歸乎翰藻」一句話實已把握文學甚至一切藝術之本質。
[20] 見齊益壽：＜文心雕龍與文選在選文定篇及評文標準上的比較＞，《古典文學》第三集（臺北：學生書局，1981年），頁145。認為「沉思」與「翰藻」不足以說明《文選》的選文標準，而提出「綜緝辭采，錯比文華」才是《文選》的選文標準。更從藝術形式上作為選文的考量。

，而以片言隻字帶過[21]。然則，就文學發展的實質而言，賦體確實是此時期重要的文學體類。胡國瑞於＜《魏晉南北朝文學史》補記＞中說：

> 這兩者俱是這一時期文學領域的重要方面，抽掉了他們，便大大損傷了這時期文學的面貌，會使人感到這時期文學內容的貧乏。[22]

實際上，自西漢以來，賦體創作的方式影響其它文體甚深，薰陶既久，染指逾多，已成為士人普遍濡習的文體[23]；魏晉以後，賦體的寫作技巧更是普及於各種文體[24]。近人王夢鷗說：

> 可知魏晉六朝文體之形成，只是一個「文章辭賦化」的現象。而且這種現象在這一時期，不特先進的辭賦作家，自屈原至於司馬相如、揚雄無不受到當時文人名士之無窮的企慕，而辭賦的寫作也幾乎變作士流必須用力的一端。他們長期受這風氣的

---

[21] 如劉大杰：《中國文學發展史》（臺北：華正書局，1988 年），頁 155。論魏晉文學以詩歌為主，賦則置於漢賦附論之。葉師慶炳：《中國文學史》上冊（臺北：學生書局，1987 年），頁 189--191。論魏晉時期到南朝，也是以詩歌為主要探討的文學形式，而論南朝文學聲律與唯美文學之關係，對詩賦則以很短的篇幅略提詩賦合流的問題。

[22] 胡國瑞：《詩詞賦散論》（上海古籍出版社，1992 年），頁 121。「兩者」是指賦與駢文。

[23] 漢代的辭賦繁興，可從三點證明。其一是正史中只有漢代《漢書‧藝文志》特立賦類，＜詩賦類＞所錄賦家，凡七十八人，共一千零四篇賦作。其二，班固＜兩都賦序＞言：「故言語侍從之士，若司馬相如……朝夕論思，日月獻納，而公卿大夫、御史大夫倪寬、太常孔臧、太中太夫董仲舒、宗正劉德、太子太傅蕭望之等，時時間作。」其三，張衡＜論貢舉疏＞：「而諸生競利，作者鼎沸。」以上見何沛雄：《漢魏六朝賦論集》（臺北：聯經出版事業公司，1990 年），頁 53--55。

[24] 見王夢鷗：＜貴遊文學與六朝文體的演變＞，在《古典文學論探索》（臺北：正中書局，1984 年），頁 118。

　　薰陶，辭賦的體式便成為寫作文章的公式；上以對揚朝廷，下
　　以應酬朋友，使得公文書牘莫不帶有辭賦的色彩。[25]

魏晉六朝的文體形成，是一個「文章辭賦化」的現象，自屈原以來，
後代作家不但對於屈原辭賦的欽慕、讚歎、景仰，並進而學習、仿作
[26]，而賈誼以辭賦說理、相如以賦作得以登入廟堂、揚雄以辭賦開創
其模擬與創新之賦作成就[27]，辭賦家在文采上的施展與成就，甚或因
辭賦所獲得的榮寵，成為文人名士所欽慕而寄予無窮的企望所在。因
此，辭賦的寫作幾乎成為士流所必須具備的才學之一，上對朝廷之公
文往返，下對朋友之書牘信函，都沾染了辭賦的色彩。

　　降及漢末六朝，文人以「賦」作為抒情寫意的文學體裁[28]、在飲
宴的場合中作為娛樂的文體[29]，故當時文士不但擅長詩、文，同時亦
需擅長賦體[30]。 簡師宗梧更說明賦體在文學發展上對其他文體的薰染
，他說：

　　　在中國文學發展的過程中，賦是極具民族文化特色、領先開發

---

[25] 同註 24。

[26] 如漢人賈誼，＜弔屈原賦＞、揚雄的＜畔勞愁＞，以及後世文人以圍繞著
　　騷體的＜反離騷＞等相關題材。

[27] 見簡師宗梧：＜從揚雄的模擬與開創看賦的發展與影響＞，在《漢賦史論
　　》（臺北：東大圖書公司，1993 年），頁 147--192。

[28] 如《晉書・張華傳》卷三六：「張華，字茂先，初未知名，著＜鷦鷯賦＞
　　以自寄。」

[29] 如漢末・禰衡＜鸚鵡賦序＞已見其端：「時黃祖太子射賓客大會，……衡
　　因為賦，筆不停綴，文不加點。」在《全上古三代秦漢三國六朝文・全後
　　漢文》卷八七。《文心雕龍・序志》：「禰衡思銳於為文。」

[30] 見曹道衡：《漢魏六朝辭賦》（上海古籍出版社，1989 年），頁 99。建
　　安時期的文人，大都創作賦，如陳琳，雖然曹植＜與楊德祖書＞中說其「不
　　閑於辭賦」，但其有＜武軍賦＞佚文傳世。劉楨等人，在《水經注》及一
　　些類書中也存有其賦作的片段。雖今所見不多，但當時人是很看重辭賦的。

　　語文藝術、影響極為深遠的文學體類。它曾標誌著兩漢大帝國
　　的文化風貌，也將想像融入敘述文學，把空間描繪的技巧發揮
　　到極致的境地；在構辭造語與文學音律之美的講求，更發揮了
　　先導的作用，成就了六朝文體。它多次變革以及與其他文類的
　　相互滲透，產生質變，展現新姿；它還引領了詠物詩、山水詩
　　的發展，哺育了唐代近體詩、變文，以及宋詞和小説，……因
　　此，無論就賦體的美學探索，或文體流變的文獻考察，乃至於
　　與社會、文化、政治、經濟等互動關係的歷史分析，賦學研究
　　都是重要的一環。[31]

賦體的語言形式、空間的描繪技巧、構辭造語、音律美的講求等，這
些發揮了先導的作用，成就了六朝文體繁複美麗的創作風貌。賦體強
烈的藝術特質有著深遠的影響力，因而滲透了其他文體，將其創作技
巧流衍於詩體、駢文，並且引領詠物詩、山水詩的發展，甚而影響唐
代近體詩、宋詞與小説的創作方式。所以，當賦體流浸灌注於各類文
體的同時，若欲明白此時期的審美意趣、文學理論、或是歷史與社會
的互動關係時，則賦體的研究是不可忽視的大端。

　　另外，賦集的編纂也說明辭賦在六朝人的文壇上具有重要的地位
。《隋書・經籍志》著錄摯虞的《文章流別集》四十一卷[32]及《文章
流別志、論》二卷，說明了建安以後辭賦轉繁的現象，摯虞有鑑於覽
閱者取擇勞苦，所以整理刪去繁蕪，取其優者編爲總集[33]。而《隋書・

---

[31] 見簡師宗梧：＜近二十年大陸地區賦學研究發展現況評估＞，在《近二十
　　年（1971-1990）大陸地區賦學研究發展現況與評估》（臺北：行政院國家
　　科學委員會專題研究計畫成果報告，1995 年），頁 1。
[32] 建安以後，辭賦轉繁，摯虞於是收集各家之文，合而編爲總集，即爲《文
　　章流別集》一書。
[33] 《隋書・經籍志》卷三五＜敘錄＞說：「總集者，以建安之後，辭賦轉繁

經籍志》總集類著錄有：

> 《賦集》九十二卷　謝靈運撰。梁又有《賦集》五十卷，宋新渝惠
> 　　　侯撰；《賦集》四十卷，宋明帝撰；《樂器賦》十卷；《伎藝
> 　　　賦》六卷。亡。
>
> 《賦集鈔》一卷
>
> 《賦集》八十六卷　後魏秘書丞崔浩撰。
>
> 《續賦集》十九卷　殘缺。
>
> 《歷代賦》十卷　梁武帝撰。

除賦集之外，又有其它賦篇的著錄：

> 《皇德瑞應賦頌》一卷　梁十六卷。
>
> 《五都賦》六卷　并錄。張衡及左思撰。
>
> 《雜都賦》十一卷　梁《雜賦》十六卷。又《東都賦》一卷，孔逭
> 　　　作；《二京賦音》二卷，李軌、綦毋邃撰；《齊都賦》二卷并
> 　　　音，左思撰；《相風賦》七卷，傅玄等撰；《迦維國賦》二卷，
> 　　　晉右軍行參軍虞千紀撰；《遂志賦》十卷，《乘輿赭白馬》二
> 　　　卷。亡。
>
> 《述征賦》一卷
>
> 《神雀賦》一卷　後漢傅毅撰。
>
> 《雜賦注本》三卷　梁有郭璞注《子虛上林賦》一卷，薛綜注張衡
> 　　　《二京賦》二卷，晁矯注《二京賦》一卷，傅巽注《二京賦》
> 　　　二卷，張載及晉　侍中劉逵、晉懷令衛權注左思《三都賦》三
> 　　　卷，綦毋邃注《三都賦》三卷，項氏注《幽通賦》，蕭廣濟注

，眾家之集，日以茲廣，晉代摯虞苦覽者之勞倦，于是蔡摘孔翠，芟剪繁
蕪，自詩、賦以下，各爲條貫，合而編之，謂爲《流別》，是後文集總鈔
，作者繼軌，屬辭之士，以爲覃奧而取則焉。」

木玄虛《海賦》一卷，徐爰注《射雉賦》一卷，亡。

《獻賦》十八卷

《圍棋賦》一卷　梁武帝撰。

《觀象賦》一卷

《洛神賦》一卷　孫壑注。

《枕賦》一卷　張君祖撰。

據《梁書》卷四三＜周興嗣傳＞記載，周舍、周興嗣奉敕注梁武帝《歷代賦》[34]。而劉義宗是劉宋武帝劉裕弟弟的兒子、劉義慶之弟[35]。饒宗頤說：

> 從上可見宋代所編賦的總集即有三部，這些賦集都沒有流傳下來，但說明當時一些官吏編選集、賦集這樣多，朝廷是很重視的。[36]

即以蕭衍撰集《歷代賦》十卷（周興嗣助周顒爲之注），以皇帝之尊，親手編撰著錄，其上行之效，盛況是可想而知。緊接著梁·蕭統《昭明文選》的編輯，以賦爲首[37]，都可見出當時賦體的重要影響力以及普遍性。因此，論述魏晉南北朝的文學發展史時，不能再忽略賦體，而更應該給予應有的地位。

四、賦論研究之重要性與價值

---

[34] 見姚察《梁書·文學·周興嗣傳》卷四九：「十七年，復爲給事中，直西省。左衛率周捨奉敕注高祖所製歷代賦，啓興嗣助焉。」
[35] 見《宋書·宗室傳》卷五一。
[36] 見饒宗頤：＜賦學研究的展望——在第二屆賦學研討會上的演講＞，《社會科學戰線》第3期（1993年），頁206。
[37] 見何沛雄：＜《文選》選賦義例論略＞，在《漢魏六朝賦論集》（臺北：聯經出版事業公司，1990年），頁144--145。

　　創作與理論的關係，像是兩端交錯的繩索，因為作品的存在，理論才得藉以附著，同時由於理論的指導，也使作品更能臻於極致。孰輕孰重似乎不是一件容易區分的事，釐清彼此似乎也不是一件非常具有建設性的工作。然而可以確定的是，創作與理論是屬於相生互依的關係，一旦失去對方，則繩索便再也不成自體，亦不再交錯成為牽引的力量[38]。而或有學者認為理論是因作品而存在，藉著大量作品的現象歸納，理論才具有發展的空間[39]，然而此種重視作品而忽略理論的觀念，已逐漸為理論的獨立蓬勃發展而推翻。

　　賦體的重要性既如前述，而理論的與之相應，當是必然的結果。漢代賦家在揣摩創作的過程中，想要更上一層樓，則擬作之時對於如何創作的問題以及如何後出轉精的思考，便是最初的辭賦理論與批評

---

[38] 文學批評有兩個層面，其一是「實際批評」，也就是對於作品的分析、詮釋與評價，而用之於對個別作品的實際討論；而「理論層次」則是在一般原則的基礎上，建立能用之於文學的評價的原理原則。「實際批評」是從作品中分析得出的結果，再反芻於對作品的評價標準上，而作為對作品優劣評價的依據；而「理論批評」則是後設思考中，尋出有關文學評價的理論與原則。此參劉若愚著、杜國清譯：《中國文學理論》（臺北：聯經出版公司，1991 年），頁 2--3。古添洪、陳慧樺編著：《比較文學的墾拓在台灣》（臺北：東大圖書公司，1985 年），頁 119--120。呂正惠主編：《文學的後設思考‧序》（臺北：正中書局，1993 年）。文學批評與文學作品的關係，又見郭紹虞：《中國文學批評史》（臺北：藍燈出版社，1988 年），頁 1--2。案：本文所論即是「實際批評」，理論與作品的關係，是相生相依的關係。

[39] 此說法是將文學作品當成是主幹，而理論是藉由作品而存在。故一旦離開作品，理論便無處附焉。然則，二十世紀的西方文學思潮蓬勃發展，各式理論如現象學、存在主義、結構主義、西方馬克斯主義等紛然興起，文學理論依附作品的觀念面臨挑戰，而不再是文學閱讀的輔助工具，而成為一門『「文學」學』。此見呂正惠主編：《文學的後設思考》（臺北：正中書局，1993 年）＜序＞。

[40]。由此推知，漢代賦家是理論的初創者，如揚雄的「詩人之賦」與「辭人之賦」的說法、司馬相如的「賦家之心」的見解[41]。再者，由於賦家同時兼有理論家的身份，則賦論見於賦序、言談中，是可想而知之事。如班固＜兩都賦序＞、馬融＜長笛賦序＞等；另外，皇帝的意見與言論，如宣帝將賦家為與倡優博奕之徒相比[42]，更是以讀者的立場作重要的評述，所以程章燦評論漢代賦論時說：

> 賦家基本上都偏重創作，而不重視理論批評。關于賦的理論批
> 評，雖然還剛剛萌芽，雖然大多數是零篇碎簡，卻應另眼相待
> 。[43]

漢人的賦論多是零碎的，未成一套完整的理論，雖是如此，卻是賦論的萌芽，不能等閒視之。而六朝賦論不但承襲漢代賦論而且是更加有系統地發展，其重要性與價值分述如下：

（一）六朝賦論所探討的問題範圍廣博而深入

　　六朝賦論中論及賦體的創作技巧、賦體源流、文體特點、賦體的諷諭之義、對賦家的評價以及賦體在描繪物態與抒情言志的論題等等，這些論題已直接涉及文體的藝術性特徵，而具有研究的價值。如陸機「體物」與「緣情說」，雖然陸機強調賦的「體物」特色，而將詩附以緣情的特點，但是，東漢末年到魏晉以來，賦體的發展中由於抒情小賦的興起，使得賦體中抒情言志的成分不斷增加，而賦論家在論及此點時，也注意到物色與情感之間的密切關係，「體物」與「緣情」的關係不只在賦體的創作上是相當重要的理論，在詩體的創作運

---

[40] 見程章燦：《漢賦攬勝》（上海古籍出版社，1996 年），頁 92。
[41] 揚雄《法言・吾子》：「詩人之賦麗以則，辭人之賦麗以淫。」《西京雜記》卷二：「賦家之心，苞括宇宙，總攬人心。」
[42] 見《漢書・王褒傳》卷六四。
[43] 同註 40，頁 93。

用上亦然，但其緣起於作家對於賦體的關注進而以影響詩的創作，這個現象是一個廣泛而影響深遠的論題，因此，賦體的「體物」與「抒情」的論題上非常值得深入探討的。

　　除此之外，劉勰的《文心雕龍・詮賦》對於賦體的文體特點、情感、以及賦家評價等已經做過有系統的論述。所以，創作的呈現以及理論的深入與廣博，使得六朝賦論有其研究價值。另外，又如左思的＜徵實說＞形成對於創作上講究徵實的思潮，也是賦論研究上的重要理論。

（二）六朝賦論可資研究的材料豐富

　　由於作品的多量，賦家對於賦作的反省與檢討，促成理論成長興盛而多樣，而理論具有指導創作的功用，因此，理論與創作之間存在著互動的關係。六朝的賦家據嚴可均《全上古三代秦漢三國六朝文》收錄中，作家就有二百二十八家（魏晉南朝），賦篇有六、七百篇之多。賦作的發展與賦論的興盛有其必然的連繫。如劉勰《文心雕龍・詮賦》篇就是一篇專門針對賦體發論的著作；再者，東漢以來，賦家喜用「序言」，作爲述說一賦興起之原由，或利用「賦序」以表達自己對於賦體的看法，六朝時期此風尤盛，諸如左思＜三都賦序＞、皇甫謐＜三都賦序＞、成公綏＜天地賦序＞等；而或者在「賦序」中略微提到與賦作的相關見解者，如魏文帝＜寡婦賦序＞、向秀＜思舊賦序＞、梁武帝＜孝思賦序＞、張融＜海賦序＞……等；或於賦作中直接點出賦體理論者，如陸機＜文賦＞；其它如劉勰本人對於賦作的見解而見於其它書牘、文章、論著之中的，也能夠窺見魏晉六朝人對於賦的種種見解與看法。

（三）六朝文學理論的發達促進賦論的發展

　　六朝文論對於文質、風骨、體性、文氣、才學、情性……等論題

的提出與討論，以及作家論、文體論、創作論、鑑賞論等的論述，使理論的出現豐富了六朝賦論的內涵。在這些論題中，雖是包括對於辭賦、詩、文各類文體的理論思考，但是在各體的討論中，辭賦的論題仍是大宗，同時，六朝文體本身就是是「文章辭賦化」的結果，所以各種理論所探及的部份也或多或少涉及了辭賦的理論。因此，各類文體的理論部份也可提供賦體研究的參考。

（四）六朝賦論具有承先啓後的地位

　　漢人賦論的零碎使其無法建立一套理論系統；六朝則繼漢人在理論的萌芽之後，正是開花結果的時期，加上賦作多量的自身因素，人文的自覺意識張揚、學術思想各式理論多面發展等時代因素，六朝賦論在自身的演變上充滿了不定與多樣性。因此，六朝繁盛的理論著作對於賦論的研究提供一個良好的機會。

　　六朝賦論既有其研究的價值，但是近來大陸與臺灣的學者中，多以作品的研究爲主，而賦論的專門研究著作在賦的研究中是屬於少數的，有簡師宗梧的《漢賦史論》（臺北：東大圖書公司，1993 年）、何新文的《中國賦論史稿》（湖北：開明出版社，1993 年）、龔克昌的《漢賦研究》（山東文藝出版社，1984 年）、程章燦《魏晉南北朝賦史》（江蘇古籍出版社，1992 年）、劉忠惠《文賦研究新論》（東北師大出版社，1993 年）、胡國瑞的《詩詞賦散論》（上海古籍出版社，1992 年）、何沛雄《漢魏六朝賦論集》（臺北：聯經出版事業公司，1990 年）等。

　　然而，嚴格看來，只有何新文《中國賦論史稿》是以賦論爲研究對象，但其從漢到清代的賦論史，六朝賦論亦僅爲其中一章，限於篇幅，故而不及深入論述；龔克昌《漢賦研究》仍是以漢賦作品爲主，其中僅有班固賦論、張衡賦論、及附錄劉勰論漢賦部份是屬於賦論的

研究；程章燦《魏晉南北朝賦史》自是以魏晉的賦作爲主，而附帶論及賦體理論；胡國瑞的《詩詞賦散論》，只有部份針對陸機的＜文賦＞的內容論述，其餘仍是以作品爲要；劉忠惠《文賦研究新論》是針對＜文賦＞的術語、寫作背景、藝術美架構之研究，卻不是完全針對賦體的研究；何沛雄《漢魏六朝賦論集》是針對漢魏六朝賦作的理論闡發，亦是以作品爲主而建立起的理論。

而賦論的纂輯部份，有徐志嘯的《歷代賦論輯要》（復旦大學出版社 1991 年）收錄從司馬遷以來到清人的有關賦之理論。

臺灣的博碩士論文則除游適宏《祝堯＜古賦辨體＞研究》（政大碩士論文，1994 年）是鎖定賦論之研究者，其餘大多是針對作品的研究。

綜上所論，六朝賦論實有其研究的價值及必要，但到目前爲止，尚無專門針對六朝賦的理論作有系統的研究者。本論文以六朝賦論爲研究對象，將針對六朝人對於賦體的見解，作理論的統整與梳理，對於六朝賦論中的文麗、情性、徵實等對賦作的主張，以及賦體「興情」的「興」與「情」的關係……等，再作系統的剖析與論說。從不同角度進行論述，期望能在前人所未見之處，理出六朝賦體的理論大概，但是，初建的理論架構，疏陋之處必然不可避免，此則尚祈博雅方家，不吝賜教。

第二節　研究資料與方法

　　賦論的研究資料可分為二，第一部份是賦論的本身，第二部份則是賦體的創作。

　　賦體的理論散見於各種專論、書信、序之中，古代賦論的研究除了專論的部份，如《文心雕龍‧詮賦》標明以賦為研究對象之外，其它的如以賦前之「序」以表達賦的理論者，如左思＜三都賦序＞、皇甫謐＜三都賦序＞、傅玄＜七謨序＞、陶淵明＜閑情賦序＞等等；以「書序」為表達對文學的意見，而亦見對賦的意見者，如蕭統＜文選序＞、蕭繹＜金樓子序＞、劉孝綽＜昭明太子集序＞；以書信往來討論文學而言及賦論者，如曹植＜與楊德祖書＞等；以賦這一文體談論文學而有觸及到賦的理論者，如陸機的＜文賦＞[44]。

　　第二部份是賦作的部份，賦的選集現今可見也為本文所參用的典籍，今臚列如下：

梁‧昭明太子編《昭明文選》

唐‧歐陽詢等編《藝文類聚》

唐‧虞世南編《北堂書鈔》

唐‧徐堅等撰《初學記》

宋‧李昉《文苑英華》

清‧嚴可均輯《全上古三代秦漢三國六朝文》

清‧陳元龍等奉敕編《御定歷代賦彙》

清‧張惠言《七十家賦鈔》

---

[44]《昭明文選》將＜文賦＞列為「論文」類。

賦的作品編選首見於《昭明文選》，雖然《文選》較史策多有增删[45]
，但其編纂時代較早，仍是研究上重要的參考典籍。唐人類書中如《藝
文類聚》、《北堂書鈔》、《初學記》也保存了賦的資料。而後世對
於賦的纂集，如清‧陳元龍奉敕編纂的《御定歷代賦彙》、清‧嚴可
均輯《全上古三代秦漢三國六朝文》，以及歷代史書中所載錄的關於
賦的資料[46]……等，都是本論文可資以參考取用者。

　　本文研究的對象是六朝賦論，其研究之材料有如下特性及困難：

（一）理論零散而且缺乏系統，必須整理與歸納

　　大陸學者程章燦認為：賦家在模擬的過程中，為了超越前人的成
就，因而，思考總結前人的論作，便誕生中國文學史上最早的辭賦理
論及批評[47]。到了東漢，許多的辭賦理論批評都見於「賦序」之中，
而賦家本身往往也是賦論賦評家，他們在創作的同時，也兼顧了理論
的建立，展開了批評的工作，如班固＜兩都賦序＞勾勒了西漢賦史的
線索，闡述了賦的起源和功用[48]，是漢代辭賦理論與批評的重要文獻
之一。漢魏以後，賦家仍然習慣通過「賦序」的形式，評論作家作品
，發表自己的賦論觀點。

　　「賦序」是賦論研究時重要的取材對象，然而問題是「賦序」本
身常是作者為陳述此篇賦作所闡發的意見，並不是專篇的賦論文章，
既是為「序」，則本身是屬於短篇的文字，缺乏具有體系的理論論述
。而其它的文章、書信亦是如此，都有待分門別類及分析歸納。

（二）理論以各種文體統說之，增加撿擇之困難

45　見駱鴻凱：《文選學》（臺北：華正書局，1989年），頁35。
46　見何沛雄：《漢魏六朝賦論集》（臺北：聯經出版事業公司，1990年），
　　頁148。何書指出歷代正史中收錄的篇章，厥例茲繁。
47　同註40，頁92。
48　見《昭明文選》卷一。

　　賦論既不全然是專門著作，則零珠碎玉，不免兼及其他文體，如
陸機＜文賦＞討論有關創作的理論，雖然已經注意到「賦體物而瀏亮
」的特點，但畢竟不是只論「賦」一體而已，＜文賦＞中其他理論內
容同時也論及他文體，如詩、碑、銘、箴等文體的創作[49]。所以，在
取材時所面對的可能是討論各種文體的創作通則，而不單單是賦體的
理論，因此，理論的取擇則有其困難度。

（三）評論賦體而與其他文體並舉言之，未能各自獨立論述，造成闡
　　述上的麻煩

　　魏晉時期的文學理論著作，常常不是單論賦體者，而是採用賦與
其他文體並舉說明的寫作方式，如曹丕《典論‧論文》說：「詩賦欲
麗」，把詩與賦相提並論，特別說出「詩」與「賦」都有「麗」的特
色。於是在論述時就不免與詩相關。

　　又如六朝人除了說明各體特色之外，有時以「文章」通稱辭賦詩
文等文體。先秦所謂「文章」以廣義的定義，泛指一切表現於外的文
采而言。到了漢代的文學與學術已經有了初步的分野，以「文學」含
括現在所謂的「學術」，而以「文章」表示現在所謂「文學」的意涵
[50]。到了魏晉時期，對於「文學」的認識更為清楚，並且與漢人不同，
其將「經學」、「史學」、「玄學」、「文學」等名稱分開，「文學
」一詞始與今之用法相同[51]。甚者，六朝時期對於文與筆的區分也說

---

[49] ＜文賦＞：「詩緣情而綺靡，賦體物而瀏亮，碑披文以相質，誄纏綿而悽
　　愴，銘博約而溫潤，箴頓挫而清壯，頌悠游以彬蔚，論精微而朗暢，奏平
　　徹以閑雅，說煒曄而譎誑，雖區分之在茲，亦禁邪而制放，要辭達而理舉
　　，故無取乎冗長。」見《文選》卷十七。
[50] 見羅根澤：《中國文學批評史》（臺北：學海出版社，1990 年），頁 51、
　　頁 89。
[51] 見郭紹虞：《中國文學批評史》（臺北：藍燈文化事業，1988 年），頁 3。

明當時人對於有韻之文與無韻之文在區分上的思考[52]。而郭紹虞說明「文」與「筆」的特點時說：

> 「文」是美感的文學，「筆」是應用的文學；「文」是情感的
> 文學，「筆」是理知的文學。[53]

郭紹虞是將「文」歸爲美的、感性、情感的文學，而將「筆」視爲應用的、理知的文學，兩者皆爲「文學」而不是「學術」。而漢人稱當時之文學爲「文章」，雖到了魏晉時期，文學與學術分開來了，但「文章」還是用來泛稱詩文。蕭子顯《南齊書・文學傳論》中說：

> 文章者，蓋情性之風標，神明之律呂也。……若陳思「代馬」
> 群章，王粲「飛鸞」諸製，四言之美，前超後絕。桂林、湘水
> ，平子之華篇，飛館玉池，魏文之麗篆，七言之作，非此誰先？
> 卿雲巨麗，升堂冠冕；張左恢廓，登高不繼：賦貴披陳，未或
> 加矣。顯宗之述傅毅，……多得頌體。裴頠内侍，元規鳳遲，……
> 章表之選。孫綽之碑……謝莊之誄。……王褒僮約，束晢發蒙
> ，滑稽之流，亦可奇瑋。（《南齊書》卷五二）

「文章」的特質是「情性之風標，神明之律呂」。說明文章具有情性的特質，而論文體，則有詩、賦、頌、碑、誄、駢文等，可見其將「文章」一詞涵蓋各文體，包括有韻之文等可以抒情言志的「文」[54]，而

---

[52] 同註 50，頁 148--152。

[53] 同註 51，頁 3。

[54] 蕭子顯在《南齊書・文學傳論》中自言：「屬文之道。」（卷五二）。所舉的文體都是有韻之文，所以也說明文章具有「俱五聲之音響，而出言異句」。劉勰將文分爲有韻之文與無韻之文，《文心雕龍・總術》：「今之常言，有文有筆，以爲無韻者筆也，有韻者文也。夫文以足言，理兼詩書，別目二名，自近代耳。」《文心雕龍》論文體八十一種，將詩、騷、樂府、賦、頌、贊、誄、碑……等視爲有韻之文，而史傳、諸子、論、說、詔、策……等是爲無韻之筆。而羅宗強認爲劉勰將有韻者皆列爲「文」，

賦體當然也被包含在所謂「文章」的範圍之內[55]，所以，蕭子顯對於「文章」的種種見解，諸如「情性」、「神明」、「感召無象」、「俱五聲之音響」等等[56]，這些對「文章」的理論說明，也就可以施用在對於賦體的說明。又如《梁書‧文學傳》：

> 昔司馬遷、班固書，並為＜司馬相如傳＞，相如不預漢廷大事，蓋取其文章尤著也。（《梁書》卷四三）

司馬相如以辭賦見重於漢武帝，而梁書不稱其辭賦之勝，而以「文章」爲稱，可見時人認爲「文章」就是「文學」，同時，辭賦此一文學形式也被認爲是「文章」之一，故以「文章」泛稱之。

文學分「文」、「筆」，二者已爲相對之名稱，又有將文學以「詩」、「筆」對稱者。如蕭綱＜與湘東王書＞：「至如近世謝朓、沈約之詩，任昉、陸倕之筆，斯實文章之冠冕、述作之楷模。張士簡之賦，周升逸之辯，亦成佳手，難可復遇。文章未墜，必有英絕，領袖之者，非弟而誰？每欲論之，無可與語。」將詩、筆以「文章」泛稱，可見「文章」是含有韻之詩與無韻之筆。而《金樓子‧立言篇》則畫分得更清楚，把辭賦稱之爲「文」：

> 今人之學有四，夫子門徒，轉相師受，通聖人之經者謂之「儒」，屈原、宋玉、枚乘、長卿之徒，止於辭賦，則謂之「文」。今之儒博窮子史，但能識其事，不能通其理者，謂之「學」。至如不便爲詩如閻纂，善爲章奏如伯松，若此之流，汎謂之

而不畫分抒情寫性的純文學與應用文、尺牘等非文學之區別，只單純以有韻無韻爲別，可說是雜文學的觀念。見羅宗強：《魏晉南北朝文學思想史》（北京：中華書局，1996年），頁255--266。

[55] 參見[日]佐藤一郎著、趙善嘉譯：《中國文章論》（上海古籍出版社，1996年），頁8。

[56] 見《南齊書‧文學傳論》卷五二。

「筆」。

言今人之學有四：儒、文、學、筆，其中儒、學二者屬思想類，文、筆二者屬文學類，並且，直指「辭賦」屬於「文」。所以，稱「文」或「文章」時，也指稱辭賦。

由上所論，六朝人在說明辭賦的種種意見之時，並不見得全然以「辭賦」為名，而是以「文章」或「文」這種泛稱來說明「文」的技巧、「文」的內容等等的意見，反過來說，有時此「文」、「文章」除指涉辭賦之外，也有可能是指其他有韻之文，或辭賦，或奏議書啓等。所以，不能因為提到「文」，就直接推論無關賦論；同樣地，也不可因其提到「文」一字，便一概認為是賦論。過與不及，皆非所宜，無法得知全貌。

六朝人將「文」或「文章」亦指稱賦體，而且將賦體包含在「文章」的領域之中，如此一來，通稱「文」或是「文章」的理論則涵括賦論，於是，「文」或「文章」在論說上指的是文或是兼及辭賦，這便是本文在研究資料的選擇上必須注意的地方。

而研究的方法，首先，離不開分析與歸納，本論文綜合歸納與分析，以分析語言設法釐清觀念，確定關係。如高友工所說：

> 「分析語言」則設法廓清觀念，確定關係，校正語文上先天帶來的模稜矛盾，所以要作人為的改革，加強了「約定」這一方面。[57]

「分析語言」對於理論的釐清具有廓清之功。中國傳統文論因為在批評語言上的模糊性以及時空的阻隔等種種因素，以致造成後代理解上的困難，再加上理論本非古人有意為之，是後世之人欲釐清古人的理

---

[57] 見高友工：＜文學研究的理論基礎──試論知與言＞，《中外文學》7 卷 7 期，頁 20--21。

論時，在研究上運用新的方法與理論。雖然時代的變遷會造成理解上的隔閡，但理論研究的重要卻不因時廢言；於是，理論的研究重在釐清與說明之功。「分析語言」的重要性於焉見出，釐清觀念的最佳方式就是運用分析的語言，對於前人理論剖分縷析、囿別區分，以後代的種種分析的方法及後設的思考，反過頭來審視古代理論的種種見解及論題。這也就是本論文努力的方向。

其二，「工欲善其事，必先利其器」，東西方的理論在發展上本屬不同脈絡，但是其為「人」所具有的共同思維方式是確然存在的。所以，以西方先行發展的思維方式及理論用來觀看中國的文學理論，卻也不失為反思及梳理的好方法。尤其在面對語詞的釐清問題上，更須借用文學之外的學科，尤其是語言學，故本論文第四章中，以語言學以及其對思維方式的角度以說明「麗」的其它範疇，如巧麗、雅麗、巨麗……等之所以確立其評論意義的原因。

其三，理論的研究通常不是自闢谿徑，也不是以個人之力即能達到完善之境地，所以，前人的研究成果必然是參考的依據，本論文雖是以賦論為研究對象，但涉及六朝詩論、文論的範疇，所以，六朝賦論、文論的研究成果不可避免地成為本文在思索賦論時的參考，而希冀站在前人的肩膀上，可以看得更為高遠。

其四，圖表的運用也是本文所常用的方式，除了文字的說明外，圖表更有助於內容的闡發，故而本文在行文中常以圖表說明理論的架構，此亦為研究方法之一。

除此之外，本論文以六朝賦論為研究對象，既不能忽略賦體本身的發展，亦不能無視於作品的存在，因此，本論文以理論為主體的研究，而參酌作品的實際狀況，以作品用來輔助佐證理論的架構。同時，理論的呈現亦不可能架空於作品的發展上，所以，本論文首將文體

的相關因素置於第二章中，說明六朝賦在文學史上的地位及基本概念，如賦體定義與特徵、賦家身份的改變、抒情小賦的興起等，所論從漢代到六朝人在理論上對於文體特徵的說法及評論，以瞭解文學史的發展脈絡。

第三章則是從六朝賦論的發展因素，探討六朝賦論在社會環境、自然環境及人文環境的因素下，其文體與理論的發展與變化。

第四章是六朝賦論的演變態勢，大致上說明六朝賦論的重要理論著作，並且以史觀的角度試圖為六朝賦論描繪出一個全面的輪廓。

主要的理論部分則是第五章、第六章、第七章的創作理論以及第八章、第九章、第十章的審美理論。

第五章談創作理論中的麗言縟辭，第六章則是創作理論中的比興物色，第七章為創作理論中的巧構形似等創作的技巧。論述賦體的創作理論，舉出實際的理論主張以及理論的演變過程、主要的理論內容、以及闡發此理論的價值以及特殊性等論題。

而第八章至第十章則是對於賦的審美理想或是審美的主張的論述，第八章為審美理論的文麗說，第九章為審美理論中的情性說，第十章為審美理論中的徵實說，以三方面作為審美理論的基本架構，從中闡述審美理論的意涵、理論架構等，並試圖建立起六朝賦論的審美理論。

第二章 六朝賦概說

第一節　賦之定義與特徵

　　漢至魏晉，賦體創作風貌上的轉變以及文士對於賦體觀點的演變是因時而更易的，因此，也就形成賦體定義與特徵定上的認知差異。漢人對於賦的定義具代表性者以《漢書・藝文志・詩賦類》下所言爲是：

> 傳曰：「不歌而誦謂之賦，登高能賦可以爲大夫。」言感物造端，材知深美，可與圖事，故可以爲列大夫也。古者諸侯卿大夫交接鄰國，以微言相感，當揖讓之時，必稱《詩》以喻其志，蓋以別賢不肖而觀盛衰焉。……春秋之後，周道寖壞，聘問歌詠不行於列國，學詩之士逸在布衣，而賢人失志之賦作矣。大儒孫卿及楚臣屈原離讒憂國，皆作賦以風，咸有惻隱古詩之義。（《漢書》卷三十）

《漢書・藝文志》稱賦體具有「不歌而誦」的特質，而諸大夫與賦之間的關係則是大夫必須具備「登高能賦」的能力，並且以賦《詩》作爲外交的手腕，用以「交接鄰國，以微言相感」，不直言其事而以微言喻其志。由此得出兩點：其一，「賦」的歌誦動作是由士大夫本身即可完成的[1]。戰國之時，諸侯卿大夫即以賦詩作爲外交的方式，不直

---

[1] 見王夢鷗：〈從士大夫文學到貴遊文學〉，《傳統文學論衡》（臺北：時

言其說而以賦《詩經》隱喻其旨，故「賦」是當動詞來用[2]。其二，賦的特徵是「不歌而誦」、「登高能賦」，因爲登高有感，故能「感物造端」而賦之。

春秋之後，王道陵夷，聘問歌詠不再盛行，但是這些具有賦詩能力的士大夫並未消失，隱藏於布衣平民之中，空有一身的才華而無發揮的餘地，懷憂蓄憤之際，故而運用賦作以闡述其失志之意，而有「賢人失志之賦作」，最有名的如屈原《離騷》以及荀子的＜賦篇＞。

此則透露出三點訊息：其一，賦從士大夫交接鄰國的賦詩到賢人失志之賦作，顯見賦體演變從藉由「賦詩言志」，以賦他人之作以表己志的方式，轉而將賦體作爲發抒己志之作[3]，而士大夫也由賦《詩》的歌誦言志到以賦抒發己志。其二，此時期的賦作被認爲是「賢人失志之作」，其情感內容多爲士大夫的失意之情。其三，此時的賦體具有「諷諭之義」，故與古詩有相當密切的關連[4]。再看漢人對於賦體的認知，《周禮・春官・大師》引鄭玄注：

賦之言鋪，直陳今之政教善惡。

劉熙《釋名》：

報化出版公司，1991 年），頁 15。又，此「傳曰」是出自於《毛詩・衛風・定之方中》的傳文，以登高能賦爲士大夫「九能」之一。
[2] 見陶秋英：《漢賦之史的研究》（臺北：新文豐出版社，1980 年），頁 8。引《左傳》鄭莊賦大隧及士蒍賦狐裘之「賦」是作爲動詞用。
[3] 見周鳳五：＜由文心辨騷、詮賦、諧讔論賦的起源＞，《文心雕龍綜論》（臺北：學生書局，1988 年），頁 392。又賦詩言志的傳統在朱自清：＜詩言志辨＞，《朱自清古典文學論文集》（臺北：源流出版社 1982 年），頁 204--209。
[4] 見王逸《楚辭章句序》：「屈原執履忠貞而被讒邪，憂心煩亂，不知所愬，乃作＜離騷經＞。……以風諫君王也。」

賦，敷也，敷布其義謂之賦也。（《藝文類聚》卷五六）

班固〈兩都賦序〉：

> 賦者，古詩之流也。……或以抒下情而通諷諭，或以宣上德而
> 盡忠孝，雍容揄揚，著於後嗣，抑亦雅頌之亞也。（《文選》
> 卷一）

從上述的觀點中可以見出，漢人對於賦的看法，其一，主張賦爲古詩之流，溯其源流，可說漢賦是詩的別枝[5]。其二，賦者，鋪也，敷也，具有「敷布其義」的意涵。其三，強調賦的政治上的諷諭功能。比較於《漢書・藝文志》的說法，兩者在古詩之義、諷諫的功能意義上是相同的，除此之外，更特別提出賦體「鋪」的文體特徵；加上《漢書・藝文志》所說的賦體特徵，則可以歸納出賦體具有「不歌而誦」、「登高能賦」、「感物造端」、「鋪」、「敷」、「諷諭」的文體特色，並以「鋪陳事物爲目的」[6]的創作方向。

　　再看晉宋人對於賦的看法，西晉・左思的〈三都賦序〉提出賦與詩六義之關係時說：

> 蓋「詩」有六義焉，其二曰賦，揚雄曰：「詩人之賦麗以則」，
> 班固曰：「賦者，古詩之流也。」（《文選》卷四）

左思提出「詩」有六義，其二爲「賦」，強調「賦」是從詩的六義演變而來，故賦者是「古詩」之流，將賦的源頭溯及到詩。楊修〈答臨淄侯牋〉亦說：「今之賦頌，古詩之流。」[7]也是贊成賦是古詩之流。

---

[5] 見簡師宗梧：〈漢賦爲詩爲文之考辨〉，《漢賦史論》（臺北：東大圖書公司，1993年），頁131。

[6] [日]鈴木虎雄著、殷石臞譯：《賦史大要》（臺北：正中書局，1992年），頁38。

[7] 見《文選》卷四十。

而劉勰也提出賦是從詩的六義而來；如《文心雕龍・詮賦》說：

　△ 詩有六義，其二曰賦，賦者，鋪也，鋪采摛文，體物寫志也。

　△ 賦自詩出，分歧異派，寫物圖貌，蔚似雕畫。

　△ 於是荀況＜禮＞、＜智＞，宋玉＜風＞、＜釣＞，爰錫名號，
　　 與詩畫境，六義附庸，蔚成大國。述客主以首引，極聲貌以窮
　　 文。斯蓋別詩之原始，命賦之厥初也。

劉勰言賦本源出於詩，到荀子以賦爲篇名，才確定賦體之名稱，自此
與詩分流，而自成一體[8]，所以說「六義附庸，蔚成大國」，逐漸擺脫
詩的創作方式而獨立形成賦體，並且成爲重要的文學創作形式。其形
式特徵如前者爲「賦者，鋪也，鋪采摛文，體物寫志也」，再加上此
「述主客以首引」，即以問答或是設問主客的角色而展開文章的敘述
，並且「極聲貌以窮文」，即強調窮極事物聲貌之形容作爲主要的表
現方式，既具有詩意也在文體形式上與詩不同，這便是賦體個別而特
有的文體特色。賦因此而與詩分流別枝，本源於詩而獨立出來，自成
一派。摯虞＜文章流別論＞說得更爲清楚：

　　賦者，敷陳之稱，古詩之流也。古之作詩者，發乎情，止乎禮
　　義。情之發，因辭以形之，禮義之旨，須事以明之，故有賦焉。
　　所以假象盡辭，敷陳其志。（《全上古三代秦漢三國六朝文・
　　全晉文》卷七七）

由摯虞之說，可知：一，賦以「敷陳」爲其特徵。二，賦體本自「古
詩」而來。三，因爲賦體由乎詩而來，故「發乎情」，「止乎禮義」
，「因辭」、「須事」而賦焉，而賦比詩更具有鋪陳之旨，以達其志。
四，賦具有「假象盡辭」的特點，也就是借由「敷陳」形象、極盡其

---

[8] 見劉大杰：《中國文學發展史》（臺北：華正書局，1988 年），頁 129。

辭而「敷陳其志」以表達作者心中之情志。因此，摯虞之說，從賦體的敷陳的特徵論之，強調賦比詩更具有「敷陳其志」的效用，同時也論及賦體的內容上與詩相承的血緣關係。

綜上所言，比較漢人與晉宋人對於賦的意見。相同者，其一，是肯定賦是古詩之流。其二，從漢人認為賦是以「鋪」論說為要，而魏晉人則進一步以「鋪采摛文」、「體物寫志」、「寫物圖貌」、「述主客以首引，極聲貌以窮文」，明指賦體的文體特徵，其實都是認同賦在表現形式上是以鋪陳的手法、極力運用言辭技巧的鋪排方式為其文體的創作方式。相異者，其一，賦體附會於「詩」之「六義」，是從漢末魏晉才開始[9]。其二，在賦的內容上，由漢代學者主張賦具有的諷諫、直陳今之政教善惡的特點，這一個以賦體作為政治服務的功用性目的，至魏晉六朝則轉變成為體物寫志、敷陳其志、辭盡其情為主要的寫作目的。這是從漢代到六朝在時代轉變下，賦體實質意義上的演變，也是賦的定義及特徵從漢到六朝轉變的結果。同時，此更代表著對於賦體藝術品味的更易，是由諷諫的、帶有功利性的目的，轉而為對個人抒情言志的重視，也就是賦體關注的焦點從國家政治的目的到個人情志的抒發，即是由諷諫之旨到情志之義。

---

[9] 同註 3，周書，頁 393。提出以六義附會文體的賦，大約是東漢晚期以後才出現。

第二節　賦家身分之變換

自從屈原《楚辭》首開風氣以來，具有文學創作能力的辭賦作家便多是士大夫的身分出現，王夢鷗說：

> 《楚辭》系統的作品，是十足的士大夫作品。屈原在後世被稱
> 為辭賦之祖，而辭賦正是士大夫的玩藝，所以他也可以說是「士
> 大夫文學」。[10]

屈原是士大夫的身分，其《楚辭》是為抒發其「賢人失志」之情而作[11]，然則，繼之而起的宋玉則有所不同。宋玉以下，作賦的動機卻是為了君王的愛好而寫[12]，所寫出的瑋燁篇章，可謂之「貴遊文學」的代表，所謂「貴遊文學」是指「包括歷代帝室侯門及其招攬的一夥文人共為消閑而從事寫作的活動。」[13]宋玉即為貴遊文學之宗[14]。

漢賦被稱為是貴遊文學，是一種特殊的宮廷文學[15]。因為擁有文采的專業賦家所具備的文學創作能力，使得他們在宮廷中謀得陪伴皇

---

[10] 同註 1，頁 15。

[11] 見《漢書・藝文志》卷三十。

[12] 如宋玉＜高唐賦＞：「昔者楚襄王與宋玉遊於雲夢之臺，望高唐之觀，其上獨有雲氣，……王問玉曰：『此何氣也？』玉對曰：『所謂朝雲者也。』……」。見《文選》卷十九。＜風賦＞：「楚襄王遊於蘭臺之宮，宋玉景差侍。有風颯然而至。王迺披襟而當之……。」見《文選》卷十三。

[13] 見王夢鷗：＜漢魏六朝文體變遷之一考察＞，在《傳統文學論衡》（臺北：時報文化出版公司，1991 年），頁 83。

[14] 同註 1，頁 15。

[15] 見簡師宗梧：＜從專業賦家的興衰看漢賦特性與演化＞，在《漢賦史論》（臺北：東大圖書公司，1993 年），頁 207。

帝、娛悅帝王的職分[16]。漢代賦家是屬於宮廷中的「言語侍從」之臣，在班固＜兩都賦序＞中說：

> 故言語侍從之臣，若司馬相如、虞丘壽王、東方朔、枚皋、王褒、劉向之屬，朝夕論思，日月獻納；而公卿大臣御史大夫倪寬、太常孔臧、太中大夫董仲舒、宗正劉德、太子太傅蕭望之等，時時間作。或以抒下情而通諷諭，或以宣上德而盡忠孝，雍容揄揚，著於後嗣，抑亦雅頌之亞也。（《文選》卷一）

司馬相如、虞（吾）丘壽王、東方朔、枚皋、王褒、劉向等人「朝夕論思，日月獻納」，以賦作為娛悅帝王之工具[17]，專業賦家如司馬相如等人是被視為「言語侍從」之臣，並將賦作附以「諷諭」的要件，才攀附上詩的大國，為賦標以名正言順的存在價值。然而，漢武帝對於這些專業賦家，是以「俳優」的身份待之，《漢書・嚴助傳》：

> 其尤親幸者，東方朔、枚皋、嚴助、吾丘壽王、司馬相如。相如常稱疾避事。朔、皋不根持論，上頗俳優畜之。唯助與壽王見任用，而助最先進。（《漢書》卷六四）

---

[16] 雖然如司馬相如曾經以中郎將出使在外，嚴助曾官至中大夫、吾丘壽王至光祿大夫，都躋身於公卿之列，見《史記・司馬相如列傳》卷五七、《漢書・嚴助傳》卷六四。然則，賦家以賦作為娛悅帝王的工具，其職位是因為接近帝王而獲得，其地位還是被認為是言語侍從之臣。

[17] 見《漢書・劉向傳》卷三六：「是時，宣帝循武帝故事，招選名儒俊材置左右。更生以通達能屬文之辭，與王褒、張子僑等並進對，獻賦頌凡數十篇。……成帝即位，……更名向。……詔向領校中五經秘書。……以向為中壘校尉。向為人簡易無威儀，廉靖樂道，不交接世俗，專積思於經術，晝誦書傳……。」《漢書・藝文志》卷三十：「至成帝時，以書頗散亡，使謁者陳農求遺書於天下。詔光祿大夫劉向校經傳諸子詩賦。」案：劉向雖被視為言語侍從之臣，而後能轉以校經整理圖書，是從言語侍從之臣中能夠轉變其身份地位的人。

漢武帝雖好賦家的創作，但終究將賦家視之爲平日娛樂消遣的工具。
到了宣帝時，「賦」體被視爲如同倡優博奕一類，《漢書‧王褒傳》
載：

> 上令褒與張子僑等並待詔，數從褒等放獵，所幸宮館，輒爲歌
> 頌，第其高下，以差賜帛，議者多以爲淫靡不急。上曰：「『不
> 有博奕者乎，爲之猶賢乎已！』辭賦大者與古詩同義，小者辯
> 麗可喜，辟如女工有綺縠，音樂有鄭衛，今世俗猶皆以此娛悦
> 耳目，辭賦比之，尚有仁義風諭，鳥獸草木多聞之觀，賢於倡
> 優博奕遠矣。（《漢書》卷六四）

王褒等人待詔，宣帝以文章之高下作爲賜帛的依據，議者以爲淫靡，
而宣帝則向大臣們說明，將賦比喻爲女工之綺縠、音樂中的鄭衛之音
者，這都是屬於娛悦耳目的事物，只是辭賦比博奕更具有「仁義風諭
」之義，所以略爲勝過倡優博奕一籌罷了。

事實上，漢代的言語侍從之臣其來有自，是六國養士之風所殘存
下來的遊士，當時有野心的諸侯爲厚植政治資本，無不廣納文士，如
吳王濞之招鄒陽、嚴忌、枚乘；梁孝王之招羊勝、公孫詭等人[18]，於
是文士聚集，例如司馬相如也曾經成爲梁王的賓客，而梁王菟園更成
爲賦家創作的搖籃[19]。錢穆說：

> 漢人作賦，其先特承戰國策士遺風，……漢之初興，天下未定
> ，其時則有蒯通之徒。逮及文景，諸侯驕縱，吳梁淮南招賓客，
> 乃有鄒陽枚乘之筆。司馬相如由蜀赴梁，遂承其風而通其術，

---

[18] 見謝大寧：〈漢賦興起的歷史意義〉，在《漢代文學思想學術研討會論文
集》（臺北：文史哲出版社，1991 年），頁 324。
[19] 同註 15，頁 208。

而為之更益閎麗。……於是乃賦上林。蓋由列國策士，轉成宮
廷清客，其所為，主要在為皇朝作揄揚鼓吹，為人主供怡悅消
遣，僅務藻飾，不見內心。[20]

漢代賦家以遊士身分進入廟堂，其所受到的待遇自不能與官僚相比，
同時，以娛樂帝王、取悅貴族做為生存的方式，賦自然無法一躍而成
為作者個人情志抒發的文體。賦與賦家存在的方式以及賦體取悅娛樂
的功能大大地限制了賦在漢代的發展。

然則，魏晉以後，賦家的身分與地位有了改變，直接促成賦體進
階為正式文學創作的地位。其一是帝王貴族參與實際創作，身兼讀者
與創作者的身分。如魏武帝、魏文帝以帝王之尊參與賦作的活動[21]：

自獻帝播遷，文學蓬轉，建安之末，區宇方輯。魏武以相王之
尊，雅愛詩章；文帝以副君之重，妙善辭賦；陳思以公子之豪
，下筆琳瑯。（《文心雕龍‧時序》）

而近人何沛雄在評論曹操的時候說：

孟德橫槊賦詩，古直悲涼，登高作賦，瑰瑋可誦。[22]

建安文學興盛，與曹氏父子的提倡有關，而其以帝王貴族的身分作賦
，更是提高辭賦的地位。與漢代相較，漢代武帝、宣帝雖喜愛賦作，
自己本身卻不是賦的創作者，只是將賦視之為女紅黼黻一般的娛悅工
具而已；然而建安時期，曹氏父子的親自參與賦體的創作，卻使得賦
家的身分隨之水漲船高，從言語侍從之臣，逐漸受到禮遇，大為提高

---

[20] 見錢穆：＜讀文選＞，在《中國學術思想史論叢》（臺北：東大圖書公司，1977年），頁101。

[21] 如魏武帝之＜滄海賦＞、＜登臺賦＞，文帝的＜愁霖賦＞、＜喜霽賦＞等，見《全上古三代秦漢三國六朝文‧全三國文》卷四。

[22] 見何沛雄：《漢魏六朝賦家論略》（臺北：學生書局，1986年），頁22。

賦家的地位，使之與正統的文學創作者得以相提並論。

其二，文士們賦作的目的是爲己而作，不再僅是爲帝王服務。賦家地位的提升，以及賦家不再需要再藉由賦作娛悅帝王而取得生存的空間，於是，賦體成爲文士抒情的工具。賦是爲自己的情志抒發而作，不再是爲帝王的喜愛而作。何沛雄論曹植時說：

> 陳王華采，思若有神，世號繡虎，卓爾不群；登高之作，何遜兩京！＜洛神＞、＜懷親＞，至情至性；＜感時＞、＜敘愁＞，傷心傷懷；＜玄暢＞、＜幽思＞，發高妙之奇想；＜述行＞、＜東征＞，紀旅途之時艱；＜愁霖＞、＜喜霽＞，寫節候之情景；＜鸚鵡＞、＜神龜＞，狀禽甲之形態。凡此諸篇，莫不符采相勝，金相玉質者也。[23]

陳思王曹植寫作的賦如＜洛神＞、＜懷親＞、＜感時＞、＜敘愁＞等皆是有所感而發，不再是爲取悅任何人而作，而是以個人的情感爲主要抒發的主體。所以，表現出來的個人的情感是真摯的，熱誠的，不是酬酢的文字遊戲。其中情志的抒發的寫作方式則爲賦體在六朝的風貌轉變提供有利的條件，而逐漸演變爲六朝以個人的情志爲抒發動機的藝術取向。

其三，貴遊文學、遊宴之風助長辭賦中駢儷的藝術傾向。魏晉以後的貴遊文學是由曹氏父子在鄴下廣招文士[24]，「行則連輿，止則接席，……每至觴酌流行，絲竹並奏，酒酣耳熱，仰而賦詩。」[25]而因爲曹氏父子的重振漢末貴遊文學作風提供良好的環境條件，而賦體的

---

[23] 同註22。
[24] 曹植＜與楊德祖書＞：「吾王於是設天網以該之，頓八紘以掩之，今盡集茲國矣。」見《三國志・魏書・陳思王植傳》卷十九，裴松之注。
[25] 見曹丕＜與吳質書＞，《文選》卷四二。

發展同時也促成魏晉以下文體的變遷[26]。由於遊宴的貴族文學本有遊戲的性質[27]，再加以曹氏父子招攬文士，強調文學的重要性，其對文體辭賦化、駢儷化更推向前進。王夢鷗說：

> 從楚宮至漢宮，是辭賦的生長茁壯時期；從漢宮至魏宮，則為辭賦化之普遍時期；從魏至晉，則又為這辭賦化文體之繁密時期；到了劉宋時代則已為齊梁文體鑄定了模型。[28]

所以說，貴遊文學的風氣促進文章的駢儷化，比漢代更為著意於文字的雕琢，而使得文學美的品味越來越注重文字辭藻雕飾化、駢儷化的特色。

　　賦家的身份從漢代「俳優」的角色演變到六朝是帝王文士的參與創作，從取悅他人的歌誦方式到抒發自志的有意創作，賦家身份的轉變與提升對於賦體的創作上無疑產生很大的影響，包括藝術創作形式上的日趨繁複，並進而從賦體的創作方式回過頭來影響詩文的創作，這在漢代是無可想像的，也是六朝賦體的開創與演變所產生的結果。

---

[26] 同註 13，頁 85。
[27] 同註 1，頁 17。
[28] 同註 13，頁 85。

第三節　魏晉抒情小賦之興起

　　漢代的賦，題材多以京殿遊獵山川京城爲主題，到了魏晉，賦的題材更爲擴大，最多的就是詠物賦，諸如飛禽走獸、昆蟲羽族、奇花異草、魚類鳥獸……等皆可入賦，而魏晉以後，正以篇幅短小、敍寫簡要而具有抒情成分的抒情小賦爲賦作的重要主流[29]。《文心雕龍‧諧讔》：

> 荀卿＜蠶賦＞，已兆其體。至魏文、陳思、約而密之。高貴鄉公博舉品物，雖有小巧，用乖遠大。

＜詮賦＞又說：

> 至於草區禽族（范文瀾本作旅），庶品雜類，則觸興致情，因變取會，擬諸形容，則言務纖密，象其物宜，則理貴側附，斯又小制之區畛，奇巧之機要也。

從荀子賦篇開始就有詠物的小賦，《漢書‧藝文志》有＜雜禽獸六畜昆蟲賦＞十八篇，又有＜雜器械草木賦＞三十三篇[30]， 到漢末以後，大賦失去可供閱讀的帝王讀者，既無欣賞者，大賦的衰微是必然的事實，賦家具有的才華尚未消逝，但卻又缺乏欣賞的貴族帝王以及晉陞的機會，於是，賦家對於賦體的創作逐漸走向個人抒情的小賦形式，而不再是以耗時歷年的大賦作爲主要的創作目標。所以漢代雖有書寫禽獸昆蟲的小賦，但是其創作的角度是不同了，如以詠柳爲賦者，枚乘＜柳賦＞：

忘憂之館，柔條之木，枝逶遲而含紫，葉萋萋而吐綠。出入風
雲，去來羽族，既上下而好音，亦黃衣而絳足。蜩螗厲響，蜘
蛛吐絲，階草漠漠，白日遲遲，于嗟細柳，流亂輕絲，君王淵
穆其度，御群英而翫之，小臣瞽瞶，與此陳詞，于嗟樂兮。（
《全上古三代秦漢三國六朝文‧全漢文》卷二十）

而魏文帝＜柳賦＞則說：

昔建安五年，上與袁紹戰於官渡，是時余始植斯柳。自彼迄今
，十有五載矣。左右僕御已多亡，感物傷懷，乃作斯賦曰：「伊
中域之偉木兮，瑰姿妙其可珍。稟靈祇之篤施兮，與造化乎相
因。四氣邁而代運兮，去冬節而涉春。彼庶卉之未動兮，固肇
萌而先辰。盛德遷而南移兮，星鳥正而司分。應隆時而繁育兮
，揚翠葉之青純。修幹偃蹇以虹指兮，柔條阿那而蛇伸。上扶
疏而孛散兮，下交錯而龍鱗。在余年之二七，植斯柳乎中庭。
始圍寸而高尺，今連拱而九成。嗟日月之逝邁，忽疊疊以遄征
。昔周遊而處此，今倏乎而弗形。感遺物而懷故，俛惆悵以傷
情。（《全上古三代秦漢三國六朝文‧全三國文》卷四）

比較兩賦的差異，枚乘的＜柳賦＞從柳樹之地點、外貌、羽族蟲類在
其周圍的情狀，純以寫物的種種情貌以「寫物圖貌，蔚似雕畫」[31]，
而這也是漢人賦作以文字的遊戲性格所致[32]。魏文帝的＜柳賦＞則是
以「感物傷懷，乃作斯賦」爲作賦的動機。是以其文中除寫柳之外，
更強調其「嗟日月之逝邁，忽疊疊以遄征。昔周遊而處此，今倏乎而
弗形。感遺物而懷故，俛惆悵以傷情」的感物傷情的「情」感意識，

---

[31] 見《文心雕龍‧詮賦》。
[32] 見吳炎塗：＜漢賦的性情與結構＞，《鵝湖》3卷1期，頁31。

可見魏晉以後的詠物之賦，加上魏晉人特有的情感色彩。可以說，漢人的小賦是詠物的，而魏晉的小賦抒情因素增多；漢人的小賦是偏向文字遊戲，而魏晉則是以情意抒發爲主；漢人的小賦是具有娛悅功用的，魏晉小賦則是傾向個人抒發情志的功用。

抒情言志賦的傳統實自漢人已興[33]，漢賦中的抒情寫志賦是從《楚辭》中借取大量的辭藻以及情韻，經過漢代賦家的努力以及文體的演變，致使其發展成在內容及形式上不同於漢大賦的「抒情小賦」[34]。程章燦認爲抒情小賦的內容比《楚辭》更多樣化，開拓了《楚辭》所沒有的題材與空間，諸如宮怨、悼亡、懷古、豔情等題材，在《楚辭》現有的懷才不遇、對污濁世俗的憤慨上，有了新的發展與突破[35]。

最早的抒情寫志之作是以漢・揚雄的<逐貧賦>及<解嘲>爲先驅，這些賦在內容上是對現實的批判，而以抒發作者內心的憤恨之情爲主，同時，描寫的手法上也較少雕琢刻鏤[36]。到了東漢，更出現一批以寫志、述志爲主的賦作，此類作品如崔篆的<慰志賦>、馮衍的<顯志賦>、班固的<幽通賦>、張衡的<思玄賦>、等。如張衡<思玄賦序>說：

> 衡常思圖身之事，以為吉凶倚伏，幽微難明，乃作<思玄賦>
> 以宣寄情志。（《全上古三代秦漢三國六朝文・全後漢文》卷
> 五二）

---

[33] 可參曹淑娟：《論漢賦之寫物言志傳統》（臺北：臺灣師大國文研究所碩士論文，1982 年）。

[34] 見程章燦：《漢賦攬勝》（上海古籍出版社，1996 年），頁 28。程稱其爲：「這是漢賦對賦史的一項重要貢獻。」

[35] 同註 34。

[36] 見曹道衡：《漢魏六朝辭賦》（上海古籍出版社，1989 年）頁 32。

張衡心中感到吉凶禍福的幽微難明，而情有所感，便以賦表之。這一類作品它們的共同特點是「表露內心深處某種幽微隱約的情感」[37]，又如陸機＜遂志賦序＞也說：

> 昔崔篆作詩以明道述志，而馮衍又作＜顯志賦＞，班固作＜幽通賦＞，皆相依仿焉。張衡＜思玄＞，蔡邕＜玄表＞，張叔＜哀系＞，此前世之可得言者也。崔氏簡而有情，＜顯志＞壯而泛濫，＜哀系＞俗而時靡，＜玄表＞雅而微素，……班生彬彬，切而不絞，哀而不怨矣。崔蔡沖虛溫敏，雅人之屬也，衍抑揚頓挫，怨之徒也。豈亦窮達異事，而聲為情變乎？余備託作者之末，聊復用心焉。（《全上古三代秦漢三國六朝文‧全晉文》卷九六）

從崔篆作詩以明志之後，賦作中也出現明志述道並抒發情思的作品，如＜慰志賦＞中的悔吝、＜顯志賦＞中的鬱結，＜幽通賦＞中的憂懼、＜思玄賦＞中道家玄妙之理以及其惶惑之情，或是自我安慰，或是自我激勵，或以道家之玄理作為排除的方法。從這些題材中的「通」、「慰」、「顯」、「幽」、「玄」字，不但表現其與漢大賦不同的特色，也是魏晉以後抒情賦作的肇始者[38]，錢穆言其：

> 至於班張，始有敘述自我私生活與描寫一己之內心情志者，如孟堅〈幽通賦〉，平子〈思玄賦〉，此皆體襲楚騷，義近靈均，此乃班、張作賦之另一面也。[39]

而此類以明道述志、哀而不怨的作品雖上承《楚辭》，從中不乏發現

---

[37] 同註 34。
[38] 同註 34。
[39] 同註 20，頁 103。

屈原寫作的筆法，但也開啓漢末抒情言志的賦的另一個流派。

　　而就語言的藝術來說，抒情小賦以清新短小的風格，取代漢大賦磅礡的氣勢，從東漢張衡的時代開始，賦體的作法上抒情成分增加，對事物描寫的手法由夸飾鋪陳逐漸趨於細緻的描繪，語言的運用也由艱澀轉向平易[40]，可說在以氣勢取勝的漢賦作品中，蔚爲一股清新的小流，如張衡的＜歸田賦＞描寫棄官歸隱的渴望：

> 于是仲春令月，時和氣清。原隰鬱茂，百草滋榮。王雎鼓翼，鶬鶊哀鳴。交頸頡頏，關關嚶嚶，于焉逍遙，聊以娛情。爾乃龍吟方澤，虎嘯山丘。仰飛纖繳，俯釣長流。觸矢而斃，貪餌吞鉤。落雲閒之逸禽，懸淵沉之鯊鰡。于時曜靈俄景，係以望舒，極般遊之至樂，雖日夕而忘劬。感老氏之遺誡，將迴駕乎蓬廬。彈五弦之妙指，詠周孔之圖書，揮翰墨以奮藻，陳三皇之軌模，苟縱心于物外，安知榮辱之所如。（《全上古三代秦漢三國六朝文‧全後漢文》卷五三）

這篇風格清新的小賦，寫景抒情，悠然自得之貌溢於言表；文中並無過多的文采雕飾，反而以白描景物情貌的筆調，自然呈現輕鬆自在的心境。這種描寫已與魏晉以後抒情小賦的筆調相似，而文字的平暢，並略以四六句式，近於駢體，可說是張衡的首創[41]。

　　抒情小賦從《楚辭》的傳統沿流而下，至漢代以抒情寫志的騷賦爲主流，至魏晉南朝的抒情小賦，此時，賦體的篇幅變小，「賦」體本身的情志意涵增多，題材擴大。在「美」的取向上，漢大賦以氣勢

---

[40] 同註 36，頁 89。曹文：「這些都是由漢賦向魏晉以後抒情小賦轉化的徵兆。」
[41] 同註 36，頁 87。

的大、巨、麗的美學品味到魏晉以後以短、小、精緻的審美走向；在語言上，則由雕琢刻畫到新清有味；並由對於物的關注到對個人情感的抒發，顯見抒情小賦的興起對於漢大賦的美感顛覆，不再是昔日漢大賦的美學品味了。於是經歷兩漢而來如涓涓細流般的抒情小賦，驟如出峽之川水，形成廣大的流面，貫注於整個漢魏六朝的文學創作，形成其獨有的藝術勝境。[42]

---

[42] 見胡國瑞：《詩詞賦散論》（上海古籍出版社，1992年），頁72。

第四節　賦與詩、駢文之關係

　　賦是介於詩與文之間的文體。形式上是像詩體一般的韻文，卻不是詩，而是文，文中參雜散文的句法，又近於散文[43]，漢代劉歆《七略》中《詩賦略》將詩賦歸爲一類，班固的《漢書・藝文志》也沿用之，將詩與賦歸爲一類，到魏晉以後，賦體卻被歸散文之部[44]，而賦在英譯上也被譯爲「散文詩」（prose-poetry），或韻文（rhyme-prose）[45]。然則，賦體雖是介於詩與散文之間，但其本質上仍是屬於詩的別枝，而列爲詩體[46]。

　　賦體既是介於詩與文之間，其文體與詩、散文之間的關係又是如何？

　　首先論賦與詩的關係。賦是詩之別流，文體本身已經具有相似的特質，可說「漢賦是散文化的詩」[47]。賦與詩的區別，在清・劉熙載《藝概・賦概》中說：

　　△　賦起於情事雜沓，詩不能馭，故爲賦以鋪陳之。斯於千態萬狀，層見迭出者，吐無不暢，暢無或竭。

　　△　詩爲賦心，詩言持，賦言鋪，持約而鋪博也。

---

[43] 同註 8。劉書中稱之爲：「可以說是一種半詩半文的混合體。」

[44] 同註 5，頁 132。簡師主張賦應依其文體的特性，按理歸爲詩集，而歷代的賦被歸於文集中，漢賦爲詩或是爲文則令人產生困惑。

[45] 見 Helmut Wilhel 著、劉紉尼譯：＜學者的挫折感：論「賦」的一種形式＞，《幼獅月刊》第 39 卷 6 期，頁 18。

[46] 同註 5。

[47] 同註 5，頁 136。此又見程章燦：《漢賦攬勝》（上海古籍出版社，1996年），頁 89。程書：「漢賦可說是一種廣義的詩，一種大型的描寫詩。」

△ 賦，詩之鋪張者也。（《藝概》卷三）

賦從詩體演變而來，但是賦比詩更具有鋪陳的特點，也比詩更能窮盡其情、表達其事。所以，賦體就比詩更適合表達較多的情狀及事態，因而當詩不能盡其表達的時候，就以賦爲之。所以，賦是吐無不暢的，故以鋪陳爲要；詩比賦簡短，詩是簡言其情志的；詩爲賦心，賦爲詩之鋪張者；詩以持人情性，賦則以鋪博爲要。因而詩賦因其文體的寫作特徵不同、功用不同而分道，各具有其個別的特色。

魏晉以後，詩與賦又呈現合流的現象。詩人亦同時爲賦家者，如《文心雕龍‧明詩》：「古詩佳麗，或稱枚叔。」詩人之中亦爲賦家者，如枚乘、傅毅、張衡；建安時文帝、陳思、王粲；正始之時，如何晏、嵇康、阮籍；晉世之時，如張華、潘岳、左思、陸機、陸雲、袁弘、孫綽……等人皆是身兼賦家與詩人的身分。

因爲詩人與賦家身分的重疊，賦體的演變從漢大賦到魏晉小賦，其間存在著詩與賦同題、近題的現象。建安文人的賦作中，就常有同樣的題目的作品[48]。曹丕的〈寡婦賦序〉說：

> 陳留阮元瑜，與余有舊，薄命早亡，每感其遺孤，未嘗不愴然傷心。故作斯賦，以敘其妻子悲苦之情，命王粲等并作之。（《全上古三代秦漢三國六朝文‧全三國文》卷四）

同是有感於阮瑀的遺孀孤子所賦之篇章，曹丕不但自己「作斯賦」，同時也「命王粲等并作之」，大家針對相同的題材一起作賦，不僅較勁意味濃厚，也由此寫作了相同題目的各式作品，曹植、王粲、丁廙妻都有同題之作[49]，故形成同題共作的現象。郭維森、許結的《中國

---

[48] 同註36，頁107。曹氏主張這是「大約是當時唱和之作。」

[49] 曹植有〈寡婦賦〉。這些作品中曹植的賦僅存兩句，《全三國文》及《漢

辭賦史》說：

> 詩賦近題、同題的現象，建安時期已頻繁出現，如曹丕的＜寡
> 婦詩＞與＜寡婦賦＞同用騷句，内容同為敘寡婦之悲苦，篇幅
> 亦大致相當，很難說有多少重要的差別。這種詩賦同題的情況
> 至南北朝時期有了更大發展。謝莊有＜舞馬賦＞，又有＜舞馬
> 歌＞，沈約有＜反舌賦＞又有＜侍宴詠反舌詩＞，庾信有＜鏡
> 賦＞又有＜鏡詩＞等等。這種情況說明詩與賦的内容已無大差
> 別，形式上也所差甚微了。[50]

賦與詩有同題而作的現象，例如曹丕的＜寡婦賦＞與＜寡婦詩＞皆以
騷句作爲表達寡婦凄苦的方式。當詩與賦同一個題目時，由於所要表
達的内涵相同，就不免在内容及文字技巧上有所雷同之處。再者，抒
情小賦的抒情化、簡約化的演變，也提供了賦與詩合流的空間。

　賦的詩化是此一時期詩與賦交互發展的必然結果，賦體的由漢大
賦之娛悅帝王的目的轉爲個人情志的抒發，同時，賦的篇幅縮短、簡
約化也限制了長篇鋪敘的展開，更甚者，賦在風格上揚棄鋪采摛文的
形式追求而學習詩之清麗風格，於是賦與詩的形式特徵便逐漸出現重
疊的傾向[51]。因此，賦的藝術風格與詩日益接近，而逐漸擺脫漢代大
賦諷諫的目的性與鋪張揚厲的特點，越來越明顯地帶有抒情詩歌的情
韻色彩[52]。

　六朝百三家集》皆不錄。丁廙妻＜寡婦賦＞收在《全後漢文》卷九六，丁
　廙妻所存文字有所缺漏。而王粲的＜寡婦賦＞也只是佚文。
[50] 見郭維森、許結：《中國辭賦發展史》（江蘇教育出版社，1996年），頁
　216。1996年），頁216。
[51] 同註50，頁217。
[52] 見高光復：＜以駢入賦和以詩入賦＞，收於馬積高、萬光治編《賦學研究

　　南朝初年，出現一種介於詩與賦之間的創作，也就是賦中夾雜著詩的語句，讀起來有詩的味道，而實質上卻是賦體，如庾信的＜春賦＞、謝莊的＜山夜憂吟＞與＜懷園引＞，就是運用詩與賦的融合的創作[53]。謝莊的＜山夜憂吟＞：

> 庭光盡，山明歸。流風乘軒卷。明月緣河飛。澗鳥鳴兮夜蟬清，橘露靡兮蕙煙輕。凌別浦兮值泉躍，經喬林兮遇猿驚，南梟別鶴佇行漢，東鄰孤管入青天，沉痾白髮共急日。朝露過隙，詎賒年，年去兮髮不還，金膏玉液豈留顏。迴舲拓繩戶，收棹掩荊關。（《全上古三代秦漢三國六朝文·全宋文》卷三四）

＜懷園引＞則是：

> 鴻飛從萬里，飛飛河岱起，辛勤越霜露，聯翩沂江汜。去舊國，違舊鄉，舊海悠且長，迴首瞻東路，延翮向秋方。登楚都，入楚關，楚地蕭瑟楚山寒，歲去冰未已，春來雁不還，風肅幌兮露濡庭，漢水初綠柳葉青，朱光藹藹雲英英……。（《全上古三代秦漢三國六朝文·全宋文》卷三四）

謝莊此二作，就其形式上來看像詩體，卻又有三言的句式雜於其中，同時又是「兮」字穿插，又近於賦體。可說是介於詩體與賦體之間，而融詩與賦於一體。在形式與內容上已屬於詩的範疇，是謝莊融詩與短賦所形成的。其後的沈約等人也在賦與詩的融合上有新的嘗試之作，而在賦與詩的文體融合上出現不少的美文妙章。

　　因此，漢代的詩與賦是有所區別的，但是到了魏晉以後，詩與賦

論文集》（四川：巴蜀書社，1991 年），頁 235。
[53] 同註 36，頁 161。又見葉師慶炳《中國文學史》（臺北：學生書局，1987年）頁 191。

的同時並存以及同題共作等現象，使得賦與詩相互汲取對方的優點，
而有融詩賦為一體的創作出現[54]。

　　其次，是賦與駢之關係。

　　古來駢、散並非涇渭分明，反而是奇偶相參，任情至性，即成文
章，即彥和所謂「豈營麗辭，率然對爾。」[55] 六朝時期，聲律對偶的
興起，文字技巧強調「爭價一字之奇」，賦體的用字技巧更形繁富，
又與駢文的作風相互沾染。而賦是韻文，但其表現形式可有駢行，散
行，或駢散互用。依劉麟生之說，賦與散、駢之關係如圖[56]：

　　賦與駢、散雖各有範疇，但其中仍有交集的地方，不是截然畫分
的個體。而賦與駢的文體特色又更為接近。荀子在其＜賦篇＞之中，
便使用文辭瑰麗，多用偶句，形成的不僅僅是韻文，並且已是駢體的
形式[57]，而駢文中鮑照的＜登大雷岸與妹書＞、吳均 ＜與宋元思書＞

---

[54] 同註 34，頁 91。程氏在賦與詩之關係的論題上，對於究竟是賦影響了詩，
　　還是詩啟發了賦，一時也難以作出定論。又曹道衡：《漢魏六朝辭賦》（上
　　海古籍出版社，1989 年），頁 100。主張賦是受了詩的影響，故三國以後，
　　大賦減少，抒情小賦日益興盛。

[55] 《文心雕龍・麗辭》：「唐虞之世，辭未極文，而皋陶贊云：『罪疑惟輕
　　，功疑惟重。』益陳謨云：『滿招損，謙受益。』豈營麗辭，率然對爾。」

[56] 參見劉麟生：《中國駢文史》（北京：東方出版社，1996 年），頁 5--6。

[57] 同註 56，頁 21。

，更是呈現駢儷化的傾向[58]。

賦與駢文之間的最大區別是在於押「韻」與否，押韻者爲賦，不押韻而以偶句者爲駢，其它如果僅以四言、六言、或是以對偶、平仄等來看，是難以畫分清楚的。如下圖：

	賦	駢　文
名稱	以賦爲名或不以賦名，但仍爲賦者。如以頌、論爲名者	不以賦爲名
押韻	押韻，散文化的詩	不押韻，是辭賦化的文
字數	依時變易，以四言六言爲主，摻以三、六、七言	亦以四言、六言爲主
對仗	大體對仗，俳賦、律賦要求更爲嚴格	倆倆相對
平仄	原來不一定，南朝之後加以確定	平仄相對，平對仄，仄對平（唐朝以前較不講究）
用典	魏晉以後逐漸重視	必要

比較於賦與駢文，主要是以押韻與否爲主要的分別，因駢文是辭賦化的文，其餘的特點多所重疊之處，後來駢文對駢行、對仗的要求比賦更爲嚴格，形式上的種種規定也更爲緊密，以致於常在語言的技巧上琢磨，而使駢文逐漸走入形式主義的道路。

賦體雖與駢文具有不同的文體特徵，然則，賦體早於曹植＜洛神

---

[58] 駢文的盛行，從典章奏摺以至於書信往來，都可見出其所雜染駢儷的色彩。有些學者則將這些文章當作賦的研究。諸如胡國瑞：《詩詞賦散論》（上海古籍出版社，1992年），或是當成駢文的研究，如陳必祥：《古代散文文體概論》（臺北：文史哲出版社，1995年）

賦＞中初啓駢儷的色彩，陸機更開展其駢儷之風，清・孫梅《四六叢話》說：

> 左陸以下，漸趨整鍊；齊、梁而降，遂事妍華，古賦一變而為駢賦。[59]

左思陸機以下，賦體的句式日形整鍊，而到齊、梁之後，則演變成為駢賦了。陸機＜文賦＞，其名為賦，但具有駢儷色彩，益開駢儷之風。陳去病《辭賦學大綱》說：

> 厥後，機雲入洛，並以藻采擅場，然排比聲律，益開駢儷之風。讀士衡＜文賦＞，雖以文論文，深得甘苦，為千古文章家所不廢，顧其句櫛字比，已視馮衍為彌工，＜豪士賦＞一序，更大開齊梁四六之門，駢賦至此，幾如駸駸之下峻阪，其勢有不可以控勒者矣。[60]

陸機的＜文賦＞是以駢儷之文風寫成，而＜豪士賦序＞雖為序文，但是在用典及偶句的使用上，已經呈現明顯的駢文傾向。又如徐陵的《玉臺新詠・序》及庾信的＜哀江南賦序＞也是以駢文的形式來寫作。

　　所以，賦體在古賦的基礎上發展出新的面貌，始於魏晉時期而盛行於南北朝，它的主要特點是追求字句的工整對仗，音節的輕重協調，用典新奇，演變成「俳賦」，從駢體文的立場來看俳賦可以說是「押韻的駢體文」。而此以陸機、左思為先驅，中間經過江淹、庾信才完成[61]。

　　越到後期，駢儷之風大盛，或名為賦而為駢文之範本，或不名為

---

59 見清・孫梅：《四六叢話》（臺北：世界書局，1984年），卷四。
60 見陳去病：《辭賦學綱要》（臺北：文海出版社，1971年），頁70。
61 見陳必祥：《古代散文文體概論》（臺北：文史哲出版社，1995年），頁241。

賦，實爲賦體者[62]。此時，賦體的寫作技巧不但被其他的文體所學習運用，而且賦體到魏晉以後也沾染其他文體的色彩，尤其是詩歌及一般所謂騈文，於是後人稱之爲「以詩入賦」及「以騈入賦」[63]， 此在賦的文體演變上是不可忽略的現象，因爲賦體與詩歌的合流以及與時文的相激盪，促進了賦體在文字運用上的騈儷色彩以及抒情特色，而與漢大賦的風貌越離越遠。

---

[62] 如庾信的＜哀江南賦＞已是騈儷文字，具有騈文的文體特點，故研究騈文者亦將此作爲研究對象。又郭璞＜客傲＞，於《晉書·郭璞傳》卷七二。是模仿揚雄的＜答客難＞以及＜解嘲＞，內容以闡述其哲學思想爲要，題目不名爲賦，但是文體亦屬賦體。

[63] 同註 52，頁 234。

第五節　六朝文章之辭賦化

「辭賦」是指《楚辭》及漢賦一系列的文體[64]。然則賦體並不是獨立於其他文體之外而截然不與其他文體有所交流，相反地，賦體卻像河水般流注灌澆沾漑著各類文體；如賦與「書」信，如鄒陽的＜獄中上書自明＞；賦與「頌」的相似，諸如王褒的＜甘泉宮頌＞尙有片段存世，亦屬賦體[65]；稱「論」者，如東方朔＜非有先生論＞、王褒＜四子講德論＞；「誄」，如揚雄＜元后誄＞；「箴」揚雄＜酒箴＞；「弔」，如賈誼＜弔屈原文＞；「疏」，如揚雄＜諫不受單于朝書＞；「檄」，如司馬相如＜喻巴蜀檄＞；皆或多或少受到賦體的沾漑。東漢以後，甚至如碑文也使用賦的鋪陳筆法[66]。

魏晉時期，辭賦以其善於體物的描寫手法以及文麗的特色，帶動一股文章講究辭藻的風氣。其內在原因是由於貴遊文學的盛行，認爲寫作是文字遊戲，於是文士的擅於文辭成爲普遍的現象，而談辯之風影響文體、文士在文字遊戲中強調用字新奇、編集類書以摘取麗詞妙句……等，皆是直接或間接造成文風講究辭藻的原因。辭賦的寫作方法沾染了辭賦以外的作品，而一般作者也認爲運用辭賦的方法寫作的文章，才是真正的「文章」[67]。如阮籍的辭賦雖不甚傳誦[68]，但其作品

---

[64] 同註 13，頁 76。

[65] 見《藝文類聚》卷六二。

[66] 同註 5，頁 142。簡師言：「他們是以寫賦的態度和手法來寫誄碑的，那麼，漢賦正是史傳文蛻變而爲碑傳文的關鍵。」

[67] 同註 13，頁 83--128。

[68] 據明・張溥《漢魏六朝百三家集》（上海古籍出 1994 年）收錄阮籍的賦

中所表現出來的辭賦的風格，卻也說明其在辭賦方面有一定程度的陶染。如其＜大人先生傳＞後半純屬騷體：

△ 因嘆而歌曰：「日沒不周西，月出丹淵中，陽精蔽不見，陰光代為雄，亭亭在須臾，厭厭將復東，離合雲霧分，往來如飄風。」

△ 陰陽更而代邁，四時奔而相過。惟仙化之倏忽兮，心不樂乎久留。驚風奮而遺樂兮，雖雲起而忘憂。忽電消而神逝兮，歷寥廓而遐逝。佩日月以舒光兮，登徜徉而上浮……。

△ 大人先生被髮飛鬢，衣方離之衣，繞絨陽之帶。含奇芝，嚼甘華，噏浮霧，飧霄霞，與朝雲，颺春風，奮乎太極之東，游乎崑崙之西，遺巒贖策，流盼乎唐虞之都。悃然而思，悵爾若忘，慨然而嘆曰……。（《全上古三代秦漢三國六朝文‧全三國文》卷四六）

＜大人先生傳＞不以賦名，文中有論說、有以「歌曰」說明者、有自白的部份，散文的筆調中時而摻雜韻文，而後段則以騷體的形式歌誦，雜以散文論說，其中有些具神話色彩者又似《楚辭》，如說明大人先生的「衣方離之衣」、「含奇芝」、「嚼甘華」、「噏浮霧」、「飧霄霞」者，與《離騷》中屈原「扈江離與辟芷兮，紉秋蘭以為佩」、「朝飲木蘭之墜露兮，夕餐秋菊之落英」頗有異曲同工之妙；屈原以香草為衣著之佩飾，飲自然之朝露、食秋菊之落英，而「大人」則是身穿繪有日月的衣裳、服佩繪有陰陽之衣帶，口含靈芝、咀嚼仙果、吸食雲霧、吞高空之彩霞。其人物形象的描繪是藉由衣著服飾與

如＜東平賦＞、＜亢父賦＞、＜首陽山賦＞、＜清思賦＞、＜獼猴賦＞、＜鳩賦＞等作。

飲食而顯露出人物特有的性格風貌，同時，兩者所著重在所衣所食皆取用於自然界之景或物，充分表達出人物的瀟灑自得、與天地同遊的氣質。此則說明辭賦的一些手法對於阮籍的創作產生的影響。又其＜達莊論＞也有類似的傾向。而後來晉代魯襃＜錢神論＞、王沈＜釋時論＞等刺世的作品，也受到阮籍的啓發[69]。

其它如西晉賦家皇甫謐有＜釋勸論＞一篇[70]，雖以「論」爲名而不稱「賦」，實則爲賦體。又如郭璞作有＜客傲＞一篇[71]，這是模仿揚雄的＜答客難＞以及＜解嘲＞[72]，內容以闡述其哲學思想爲要，題目不名爲賦，但是文體亦屬賦體。由此可見，賦的寫作筆法沾染於各種文體是魏晉以後文章的特色，而有普遍的「文章辭賦化」的傾向[73]。

---

[69] 同註 36，頁 117。

[70] 據《晉書・皇甫謐傳》卷五一載：「謐爲＜釋勸論＞以通志焉。」序文說此賦是晉武帝登位時，「宗人父兄及我僚類，咸以爲天下大慶，百姓賴之……縱其疾篤，猶當致身。……遂究賓主之論，以解難者，名曰＜釋勸＞。」族人勸皇甫謐出仕，而他以賓主對答的方式闡明己志。

[71] 見《晉書・郭璞傳》卷七二。

[72] 此可參[日] 佐竹保子：＜西晉の出處論──皇甫謐に續く夏侯湛と束晳の「設論」──＞（＜西晉的仕隱論＞），《日本中國學會報》1995 年，47 集。以及[日] 谷口洋：＜揚雄の「解嘲」をあぐって──「設論」の文學ジャンルとしての成熟と變質＞，《中國文學報》45 期。

[73] 同註 13，頁 83--128。

第三章　六朝賦論發展之因素

第一節　社會環境

一、帝王稱譽並參與賦作

　　社會的風尚影響時下的審美觀。在漢魏六朝的漫長歷史裏，文學的興衰起伏與帝王貴族有著密切的關係；同時，帝王貴族與寒門文士的消長，也連帶的影響審美的風尚。漢代賦體以娛悅帝王而存在，轉變到六朝時期的個人抒情言志，其間辭賦依托於帝王貴族的角色不變但其抒情言志及審美的標準卻因帝王的喜好而有所更易。

　　魏晉時期，曹操以重才不重德的作風，招攬一批文士，所謂「天下文士盡入我殼中」，在曹植＜與楊德祖書＞中說：

　　　　當此之時，人人自謂握靈蛇之珠，家家自謂抱荊山之玉也。吾
　　　　王於是設天網以該之，頓八紘以掩之，今盡集茲國矣。（《三
　　　　國志・魏書・陳思王植傳》卷十九，裴松之注）

劉勰的《文心雕龍》也描述這一段文壇之況：

　　　　自獻帝播遷，文學蓬轉，建安之末，區宇方輯。魏武以相王之
　　　　尊，雅愛詩章；文帝以副君之重，妙善辭賦；陳思以公子之豪
　　　　，下筆琳瑯，並體貌英逸，故俊才雲蒸。（《文心雕龍・時序》）

鍾嶸的《詩品》亦載：

　　　　降及建安，曹公父子，篤好斯文，平原兄弟，鬱為文棟，劉楨、

王粲，為其羽翼。次有攀龍托鳳，自致于屬車者，蓋將百計。
彬彬之盛，大備于時矣。（《詩品‧序》）

「吾王」指的是曹操，曹操能夠把如抱荊山之玉、握靈蛇之珠的文人才士，一一網羅至其國中，成就彬彬蔚蔚的建安文風[1]，而各種的同題共作的詠物賦、言情賦等辭賦的創作也相當豐富[2]。曹丕的《典論‧自敘》中說其父：「上雅好詩書文籍，雖在軍旅，手不釋卷。每每定省從客，常言：『人少好學則思專，長則善忘，長大而能勤學者，唯吾與袁伯業耳。』余是以少誦詩、論，及長而備歷五經、四部、史、漢、諸子百家之言，靡不畢覽。」[3]曹操的勤學以及好作文章詩歌，雖在軍旅之中，也手不釋卷，詩、論、五經、四部、史、漢、諸子百家之言莫不閱覽，其對於文壇的影響可想而知。

曹氏父子不但結納文士，同時也是文學的愛好者，曹氏父子更是以帝王的身份參與文學的創作[4]，因而造就當時文壇「彬彬之盛，大備於時」的盛況。

曹操之後的帝王或不閑於辭賦文章，但對於提倡文學也是不遺餘力。劉師培說：

△　建安文學，實由文帝、陳王提倡于上。觀文帝《典論‧選篇》

---

[1] 見《文心雕龍‧時序》：「仲宣委質於漢南，孔璋歸命於河北，偉長從宦於青土，公幹徇質於海隅，德璉綜其斐然之思，元瑜展其翩翩之樂，文蔚、休伯之儔，于叔德祖之侶，傲雅觴豆之前，雍容袵席之上，灑筆以成酣歌，和墨以藉談笑。」由於曹氏「對酒當歌，人生幾何」的慷慨激昂的詩風，其所呈現的對人生無常的感歎，間接造成建安風骨的形成，此時由於漢末的士人遭政治動亂之影響，心中無不憂慼而感懷人生無常。

[2] 見許結、郭維森：《中國辭賦發展史》（南京：江蘇古籍出版社 1996 年），頁 197--202。

[3] 《三國志‧魏書‧文帝紀》卷二，裴松之注。

[4] 見王夢鷗：〈漢魏六朝文體變遷之一考察〉，在《傳統文學論衡》（臺北：時報文化出版公司，1991 年），頁 134。

云：「所著書、論、詩、賦，凡六十篇。」（《御覽》九十三
引）又〈與王朗書〉曰：「惟立德揚名，可以不朽，其次莫如
著篇籍。故論撰所著《典論》、詩、賦，蓋百餘篇，集諸儒于
肅城門內，講論大義，侃侃無倦。」（《魏志‧文帝紀注》）

△ 是陳思王之文，久為當世所傳，故一時文人興起者眾。

△ 至于明帝，雖文采漸衰，然亦篤好藝文，觀其〈以所作平原公
主誄手詔陳王植〉：「吾既薄才，至于賦、誄不閑。」（《御
覽》五百九十六引）……此為明帝工文之證。

△ 又高貴鄉公〈原和迶等作詩稽留詔曰〉：「吾以暗昧，愛好文
雅，廣延詩賦，以知得失。」（《魏志》本紀）此又少王提倡
文學之證也。故有魏一朝，文學獨冠於吳、蜀。[5]

從建安時期開始，魏文帝著詩、賦等凡六十篇，又著《典論》使人講
學於城門外，加上陳王曹植的才高八斗，文章為世所傳，一時文人雲
集，相互激盪，造成文學的興盛。至於明帝、高貴鄉公雖不如文帝與
陳王的才華卓絕，但也提倡詩賦文學的創作。在幾位皇帝的提倡下，
曹魏的文學成就及盛況早就冠於吳、蜀。

　　南朝的文學集團，帝王介入文學領域更多且更廣。梁‧武帝蕭衍
對文學相當重視，《梁書‧文學傳》即云：

高祖聰明文思，光宅區宇，旁求儒雅，詔採異人，文章之盛，
煥乎俱集。每所御幸，輒命群臣賦詩，其文善者，賜以金帛，
詣闕庭而獻賦頌者，或引見焉。其在位者，則沈約、江淹、任
昉，並以文采，妙絕當時。（《梁書》卷四九）

高祖即梁武帝蕭衍，武帝不但文思聰明，而且旁求雅士文人，每令群

---

[5] 見劉師培：《中古文學史講義》，在《中古文學論著三種》（遼寧教育出
　版社，1997年），頁15。

臣賦詩，而以金帛作爲獎賞，並接見獻賦的文人，顯見其對於文學的
重視，上行下效，如沈約、江淹等大文豪也在廟堂之中，盡其才情，
發揮文采。

　　《南史·曹景宗傳》中說曹景宗凱旋歸來時，武帝蕭衍要求大臣
賦詩，景宗操筆寫成有名的「競」、「病」韻詩：「去時兒女悲，歸
來笳鼓競，借問行路人，何如霍去病？」使得皇帝讚嘆不已。[6]皇帝命
大臣賦詩，不但直接助長了文風的興盛，而且皇帝皇族本身也是辭賦
的創作者，如蕭綱「篇章辭賦，操筆可成」[7]，又如蕭統聚門下之士編
成《昭明文選》，是登高一呼的文學領袖[8]。皇帝對辭賦文章的喜愛與
重視以及自身參與文學創作，都對於文學的興盛有極大的鼓舞作用。

　　至陳後主之時，文學之風依然盛行，《陳書·文學傳序》中說：

　　　後主嗣業，雅尚文詞，傍求學藝，煥乎俱集。每臣下表疏及獻
　　　上賦頌者，躬自省覽，其有辭工，則神筆賞激，加其爵位，是
　　　以搢紳之徒，咸知自勵矣。（《陳書》卷三四）

上有所好，下必有甚焉者。陳後主雅尚文辭，廣求學藝，則文人才士
聚集，而以辭工者，則加以激賞，如此一來「搢紳之徒，咸知自勵」，
更促成賦頌講究辭工之風。

　　從帝王對文學的重視看來，有三個現象：其一，帝王本身愛好辭
章，故有爲文之士圍繞左右。其二，圍繞帝王身邊的文士，一旦「文
善」、「辭工」，便有所獎賞，或金帛，或爵位。其三，帝王既是辭

6　見《南史·曹景宗傳》卷五五：「景宗振旅凱入，帝於華光殿宴飲連句……，
　　時韻已盡，唯餘競、病二字。景宗便操筆，斯須而成，其辭曰：『去時兒
　　女悲，歸來笳鼓競，借問行路人，何如霍去病？』帝嘆不已。」
7　見《梁書·簡文帝紀》卷四。
8　劉孝綽《昭明太子集·序》中對於蕭統的德行及學問文章，給予很高的評
　　價。

章的觀賞者，也是創作者，如魏晉‧曹氏父子、南朝‧梁蕭氏父子。
因而，文學辭章在帝王的重視與提倡下，得到充份的發展。

　　帝王提倡文學雖是推動文學興盛的最大一股力量，然而如此一
來，帝王的文學品味也影響著文壇的審美走向。

　　六朝帝王及貴族所組成的文學集團中，當帝王的審美趣味走向濃
豔華麗，則自有一批文士趨之若鶩，諸如宮體文學的形成即是如此[9]。
一方面是統治者對文學的矜恃，如沈約與武帝蕭衍比賽關於「栗」的
典故，看誰記得多，沈約故意讓蕭衍多出三條，出來則告訴外人說：
「此公護前，不讓即羞死」，因此而激怒蕭衍[10]，差點獲罪。又如劉
峻在蕭衍集合文士寫「錦披」典故時，賓客皆已無法再想出典故時，
劉峻索請紙筆，操筆而就，又多加出十幾條，蕭衍自感不如，竟從此
厭惡劉峻，不再引見[11]。這些都是統治者矜奇炫博的證明，同時也說
明文士在帝王的政治權力之下，不得不投其所好；更甚且在較才比學
之時，尚須謙讓幾分，故作不如，讓統治者有炫耀的機會，以免自毀
前程，因此創作上以帝王的愛尚為歸趨也就不足為奇了。

　　另一方面則是統治者為文學集團之首，其所標舉的文學主張領導

---

[9] 蕭綱詩作，頗傷輕豔，時人號曰：「宮體」，圍繞蕭綱的有庾肩吾及其子
庾信、徐摛及其子徐陵、陸杲、劉孝儀、劉遵、傅弘等人。而圍繞者蕭統
者，有劉孝綽、王筠、殷芸、陸倕、到洽、張率等人；蕭繹則與裴子野、
蕭子雲、張纘等文士相交往，詩風綺麗，近乎蕭綱。這三部份逐形成以「三
蕭」為中心的文學集團。見《梁書》、及《南史》本紀。

[10] 見《梁書‧沈約傳》卷十三：「先此，約嘗侍讌，值豫州獻栗徑半寸，帝
奇之，問曰：『栗事多少？』與約各疏所憶，少帝三事。出謂人曰：『此
公護前，不讓即羞死。』帝以其言不遜，欲抵其罪，徐勉固諫乃止。」

[11] 見《南史‧劉峻傳》卷四九：「武帝每集文士策經史事，時范雲、沈約之
徒皆引短推長，帝乃悅，加其賞賚。會策錦披事，咸言已罄，帝試呼問峻
，峻時貧悴冗散，忽請紙筆，疏十餘事，坐客皆驚，帝不覺失色。自是惡
之，不復引見。」

著文學風潮，如蕭綱在給蕭繹的信中，肯定文學「踵事增華」、「變本加厲」的傾向[12]；在＜誡當陽公大心書＞中也說：「文章且須放蕩」[13]，強調綺靡華豔的文風，甚而以流連聲色、淫靡放浪作為文學寫作的題材。所以，宮廷唯美文學的形成就與帝王的審美趣味有極大的關係[14]，而文學家依附於帝王，就不得不跟隨帝王的美學品味而導引整個文壇之審美走向，進而形成文學風潮。

二、宴飲之風助長賦作

漢代的賦作是為帝王服務的，具有愉悅帝王的功用。具體的作為是文士常在帝王身邊隨時「待詔」，一旦有喜慶或是遊宴之時，皇帝命群臣賦頌以作為慶賀或是歌詠娛賓。《漢書》中說：

△ 武帝善助對，繇是獨擢助為中大夫。後得朱買臣、吾丘壽王、司馬相如、主父偃、徐樂、嚴安、東方朔、枚皋、膠倉、終軍、嚴蔥奇等，並在左右。……朔、皋不根持論，上頗以俳優畜之。（漢書‧嚴助傳）卷六四）

△ 王褒字子淵，蜀人也。宣帝時修武帝故事，……召見誦讀。益召高材劉向、張子僑、華龍、柳褒等待詔金馬門。……上頗作歌詩，丞相魏相奏言知音善鼓雅琴者渤海趙定、梁國龔德，皆召見待詔。……宣帝召見武等觀之，皆賜帛，謂曰：「此盛德之事，吾何足以當之！」……上乃微褒。既至，詔褒為聖主得賢臣頌其意。（《漢書‧王褒傳》卷六四）

---

[12] 見《梁書‧庾肩吾傳》卷四九，引＜與湘東王書＞。

[13] 見《藝文類聚》卷九八。

[14] 見劉大杰：《中國文學發展史》（臺北：華正書局，1988 年），頁 310--313。

△ 枚皋字少孺……。會赦，上書北闕，自陳枚乘之子。上得大喜，召入見待詔，皋因賦殿中。詔使賦平樂館，善之，拜為郎，使匈奴。皋不通經術，談笑類徘倡，為賦頌，好嫚戲，以故得媟黷貴幸，比東方朔、郭舍人等。……武帝春秋二十九乃得皇子，群臣喜，故皋與東方朔作＜皇太子生賦＞及＜立皇子禖祝＞，受詔所為……。從行至甘泉、雍、河東，東巡狩，封泰山，……上有所感，輒使賦之。為文疾，受詔則成，故所作者多。司馬相如善為文而遲，故所作少而善於皋。（《漢書‧枚皋傳》卷五一）

司馬相如因為武帝的賞識而出入廟堂之上，封官受祿；東方朔的詼諧幽默則是留下千古佳話，也為詼諧的文學風貌獨創一格；王褒是以文采得侍於武帝之側；枚皋雖不通經術，但因其父枚乘而受到重視，又因善於作賦而得以封為郎。漢代賦家都以文采之勝而見召於皇帝，而皇帝所求於賦家的是將之置諸左右、「待詔」召之，上有所感，或是喜慶，則使賦家賦之，隨時提供帝王所需的文字上的歌頌與娛悅。

在宴飲娛悅的場合中，賦也是用來宴饗賓客的娛樂。漢末‧禰衡＜鸚鵡賦序＞：

時黃祖太子射賓客大會，有獻鸚鵡者，舉酒于衡前曰：「禰處士，今日無用娛賓，竊以此鳥自遠而至，明慧聰善，羽族之可貴，願先生為之賦，使四坐咸共榮觀，不亦可乎？」衡因為賦，筆不停綴，文不加點。（《全上古三代秦漢三國六朝文‧全後漢文》卷八七）

此為宴饗之時，鸚鵡的出現引起主人欲以此物為題材以娛悅賓客的渴望，故命文采之士禰衡作賦，而禰衡一方面受邀而作＜鸚鵡賦＞，一

方面也藉賦鸚鵡自況，抒其心中情志[15]。 從＜鸚鵡賦＞中得知，東漢
末期的賦相較於武帝時期，則武帝時期的賦體以歌頌文字媚上而曲終
雅奏附以諷諫之意，其寫作的目的是以主上的喜愛爲賦頌目標；相對
地，漢末賦作顯然更多是以個人的情志表達逐漸取代媚上的目的，更
強調自我抒發，可見賦作在漢末已見其轉型。

　　魏晉時期，辭賦的寫作除了歌功頌德的目的之外，也有藉賦作以
考覈才學的意味，如＜陳思王植傳＞中曾記載：

　　　時鄴銅爵臺新成，太祖悉將諸子登臺，使各爲賦。植援筆立成
　　　，可觀，太祖甚異之。（《三國志·魏書·陳思王植傳》卷十
　　　九）

首都鄴下的銅爵臺剛完成，曹操與諸子登臺，而令諸子分別作賦，此
時，曹植揮筆而就，令太祖大爲吃驚，從此對於曹植特別寵愛，於是
，爲日後埋下曹植與曹丕爭奪太子位的紛爭因子。曹植以賦作初露頭
角，顯見賦作也含有考核的作用，此與漢代的以賦干求俸祿爵位的心
態及目的是不相同的。

　　從此，辭賦的寫作不只是帝王階級飲宴時的遊戲，更擴充至一般
王公貴族、文人雅士，再加上詩體流行，於是宴集中，或詩或賦，則
成爲娛賓娛己的遊戲。是以《顏氏家訓》中說「三九公讌」、「三九
宴集」，就是指三公貴族宴集而文人詠歎，談詩作賦的情形[16]。而賦
或詩則成爲娛樂展才、主客附庸風雅的表徵了。不但如此，在飲宴的
場合中，以文字技巧的詩賦即景創作，也有夸耀才華的成份，王僧孺
＜太常敬子任府君傳＞中說：

---

[15] 清·孫梅《四六叢話》引《容齋三筆》云：「觀其所著＜鸚鵡賦＞，專以
　　自況，一篇之中，三致意焉。」劉熙載《藝概·賦概》：「禰正平賦鸚鵡
　　于黃祖長子座上，蹙蹙焉有自憐依人之態，于生平志氣，得無未稱。」
[16] 見《顏氏家訓》＜勉學篇＞卷三、＜雜藝＞卷七。

君職等曹張，聲高左陸。時乃高閩雪宮，廣開雲殿，秋窗春戶
，冬煥夏清，九醍斯浮，百羞並薦。雲銷月朗，聿茲遊客，朋
來旅見。辭人才子，辯圃學林，莫不含毫咀思，爭高競敏。乃
整袂端襟，翰飛紙落。豪人貴仕，先達後進，莫不心服貌慚，
神氣將盡。（《藝文類聚》卷四九）

文中說明任昉的才華相當於曹、張，而聲譽高過左、陸，並說其創作
情狀為「翰飛紙落」，是屬於才華洋溢，文思泉詠的文士。而在「百
羞並薦」的宴飲場合中，「辭人才子，辯圃學林，莫不含毫咀思，爭
高競敏」，文人才士在宴飲的場合裏，分別施展個人的才華，以文才
的高超與文思的敏捷為主要競爭的部份，才之遲速在此種情況下是一
目了然的。於是，文思的高下不但具有娛樂的功能，也是文士藉此獲
得喝采與掌聲的時刻。劉孝綽《昭明太子集・序》：

至於宴遊西園，祖道清洛，三百載賦，該極連篇；七言致擬，
見諸文學；博奕興詠，並命從遊；書令視草，銘非潤色；七窮
煒燁之說，表極遠大之才。皆喻不備體，詞不掩義，因宜適變
，曲盡文情。（《四部叢刊》影明本《梁昭明太子文集》卷首）

在宴遊之際，賦歌之時，更可見出彼此文章的高下，七言之詩、博奕
之遊，文士們在其中莫不盡其所學，發揮才思，表現其文學上的創作
能力，因此「因宜適變，曲盡文情」，在變化的過程中，盡情表現其
文學的創思與新意。

從另一角度而言，身為掌有權勢者的曹氏父子不但不是高高在上
的旁觀者，反而是文學創作的參與者，此與漢代皇帝高不可攀，而文
士「待詔」而賦的情況迥然有別。若曹植作＜娛賓賦＞：

感夏日之炎景兮，游曲觀之清涼，遂衍賓而高會兮，丹帷曄以
四張，辨中廚之豐膳兮，作齊鄭之妍倡，文人騁其妙說兮，飛

> 輕翰而成章，談在昔之清風兮，總聖賢之紀綱，欣公子之高義
> 兮，得芬芳其若蘭，揚仁恩於白屋兮，踰周公之棄餐，聽仁風
> 而忘憂兮，美酒清而肴乾。（《全上古三代秦漢三國六朝文．
> 全三國文》卷十三）

夏日群士高會，佳餚清酒，文士騁其妙說，飛翰書而成章，此是遊宴
之景；而文士在遊宴之中，除飲酒饕食之外，高談妙說以及文翰輕飛
，以辭賦創作作爲娛樂的工具。宴飲而助長辭賦之風是可見到的現象
。

　　而從曹丕《典論・論文》、＜與吳質書＞、及曹植＜與楊德祖書
＞書信往來中，從其說話的口氣看出曹氏兄弟並不是以帝王貴冑高高
在上的地位發言，反而對待王粲諸人是以詩賦辭章創作者的身份禮敬
之，文士也就不再是漢代「言語侍從」之臣的委屈之態了。鄭毓瑜認
爲：

> 建安文士的侍讌作品，莫不以彼此共同經驗、享受的戲遊逍遙
> 、極歡縱意為篇章的主題重心，而與立足於君臣關係、著眼於
> 雄圖大業——所謂「體國經野」、「諷諫自慰」的兩漢賦作迴
> 異遠別。[17]

實際上，文士身份的改變相對帶來文學創作上美感角度的更異。漢賦
的「體國經野」、「抒下情而通諷諭」[18]的賦作風貌，以取悅君主、
曲終雅奏的賦體創作到魏晉時期，皇帝貴族有意的提倡並創作，讀者
身份的改變以及心態上的轉變，賦作的風貌自是不可與當日漢賦的諷
諫之作相比，而能一步步擴展個人自主的情志內涵，賦作的風貌也就

---

17 見鄭毓瑜：《六朝情境美學綜論》（臺北：學生書局，1996 年），頁 178。
18 見《文心雕龍・詮賦》：「夫京殿苑獵，述行序志，並體國經野，義尙光
　　大……。」見《文選》卷一，班固＜兩都賦序＞：「或以抒下情而通諷諭
　　，或以宣上德而盡忠孝。」

更多個人的情思展現而與漢代大賦有別。

賦的審美趣味隨著歷史的潮流，以及賦的功用不同而逐漸轉化：由諷諫而抒情言志；由取悅帝王而文士自娛。此與賦體從取悅帝王的功用演變成貴族文士宴飲贈答，自娛娛人，其功用上的改變與賦體內容的轉型是密切相關的。

三、賦的贈答與評賦之風

賦體既逐漸成為表現個人的創作，而人心不同，情思有別，則賦作更具個人色彩，呈現的面貌日益新奇，不但成為個人的資產，也成為彼此相互討教的文學作品。故以賦相互贈答並且彼此批評指教，如南朝梁‧姚察《梁書‧謝徵傳》：

> 徵與河東裴子野、沛國劉顯同官友善，子野嘗為＜寒夜直宿賦＞以贈徵，徵為＜感友賦＞以酬之。（《梁書‧文學‧謝徵傳》卷五十）

裴子野以＜寒夜直宿賦＞贈與謝徵，而謝徵則以＜感友賦＞回贈子野。又如南朝梁‧陸倕作＜感知己賦贈任昉＞[19]，已在賦名中表明因感知己而作賦相贈的目的。又如卞蘭＜贊述太子賦並上賦表＞：

> △ 謹觸冒上賦一篇，以攄狂狷之思。（《藝文類聚》卷十六）

> △ 竊見所作《典論》，及諸賦頌，逸句爛然，沈思泉湧，華藻雲浮，聽之忘味，正使聖人復存，稱善不暇。（《藝文類聚》卷十六）

卞蘭在＜贊述太子賦＞中，對於曹丕的詩賦創作之藝術成就與《典論‧論文》等作有著極高的評價：「逸句爛然，沈思泉涌，華藻雲浮，聽

---

[19] 見《全上古三代秦漢三國六朝文‧全梁文》卷五三。

之忘味，奉讀無倦」，並稱其爲「創法萬載」的「典憲之高論」[20]。
卞蘭上賦一篇，不再是爲了取悅帝王，而是把賦作當成抒發個人「狂
狷之思」的作用。雖然其中大都還是在贊賞曹丕的文章，但可說賦的
目的在於抒發個人的意見及情志，由此可見賦作在功用上經過更易，
而與漢大賦的取悅帝王的用意不同了。

　　相對而言，賦的作用不同，其審美的傾向亦有所區別。漢人以賦
寄寓諷諫的方式，以及漢大賦以「大」爲美，以氣勢取勝的風貌，都
是爲了服務帝王，同時，又爲了在賦中寄予文士諷諫朝政的理想，並
展示才學而以長篇累牘之寫作方式爲要。但是，漢末建安時期以後，
賦的作用轉變，如禰衡＜鸚鵡賦＞所欲闡明的更多是爲自己懷才不
遇，抒情言志所用。在相互贈答之間，其抒情言志的可能性又增高了。

　　魏晉之際，辭賦的往來，除獻賦之風外，還有相互贈予，請求指
導批評的風氣，而相互的指教與闡發之中，無形裏也促進其評判角度
的成長、審美標準的傾向。陳琳的＜答東阿王牋＞中說：

　　　昨加恩辱命，並示＜龜賦＞，披覽粲然。君侯體高世之才，秉
　　　青萍干將之器，拂鐘無聲，應機立斷。此乃天然異稟，非鑽仰
　　　者所庶幾也。音義既遠，清辭妙句，焱絕煥炳，譬猶飛兔流星
　　　，超山越海，龍驥所不敢追，況於駑馬可得齊足。（《文選》
　　　卷四十）

20　見卞蘭＜贊述太子賦並上賦表＞，在《藝文類聚》卷十六。曹丕對於自己
　　的《典論・論文》相當得意，曾親自抄錄，作爲極珍貴的禮物贈給孫權與
　　張昭：「文帝報孫權，使致魋子裘、明光鎧、騑馬，又以素書所作《典論
　　》及詩賦與權。又紙寫一通與張昭。」見《三國志・魏書・文帝紀》裴松
　　之注引胡沖《吳歷》。又《三國志・魏書・文帝紀》裴松之注引王沈《魏
　　書》云：「論撰所著《典論》、詩賦蓋百餘篇，集諸儒於蕭成門內，講論
　　大義，侃侃無倦。」

陳琳讀了曹植所寄贈的＜龜賦＞，誇其爲高世之才、干將之器，其文音義渺遠、辭采燦然，乃「受之自然」、「天然異稟」，是爲傑出的文學家。

　　曹植對於楊修相當尊重，曾經「今僕少小所著辭賦一通相與」，請楊修遴選刊定[21]。曹植寫給楊修的書信中除了說明請楊修評選其辭賦之外，也說出自己對於文學創作的意見以及批評的標準[22]。同時，楊修在回信中也闡述自己的看法以及自己寫賦的心情，並且對於曹植之作予以相當高的評價：「觀者駭視而拭目，聽者傾首而竦耳。」[23]楊修指出曹植的作品具有相當高的藝術價值，並使觀者駭目，聽者竦耳。楊修在＜答臨淄侯牋＞[24]中又說：

　　又嘗見執事握牘持筆，有所造作，若成誦在心，借書於手，曾不斯須少留思慮。仲尼日月，無得踰焉；修之仰望，殆如此矣。是以對鶡而辭，作＜暑賦＞，彌日而不獻；見西施之容，歸增其貌者也。伏想執事，不知其然，恨受顧錫，教使刊定。（《文選》卷四十）

楊修的＜答臨淄侯牋＞是對曹植＜與楊德祖書＞的回復。信中說明楊修寫作＜暑賦＞的情況，也透露出楊修與曹植寫賦並且相互批評指教的情形，而此相互指正的結果，更彼此激盪出對賦體文章的鑑賞標準。曹植＜與楊德祖書＞中討論到文章的佳麗與否時說：

---

[21] 曹植＜與楊德祖書＞，見《三國志・魏書・陳思王植傳》卷十九，裴松之注。楊德祖即爲楊修，而修以＜答臨滋侯牋＞爲回復，約作於建安二十一年（公元216年）。
[22] 曹植＜與楊德祖書＞中談到者，諸如有「蓋有南威之容，乃可以論於淑媛；有龍淵之利，乃可以議於斷割」等語。
[23] 楊修＜答臨滋侯牋＞，見《文選》卷四十。
[24] 同註23。

> 僕以才不能過若人，辭不為也。敬禮云：「卿何所疑難乎？文
> 之佳麗，吾自得之。後世誰相知定吾文者邪？」（《三國志・
> 魏書・陳思王植傳》卷十九，裴松之注）[25]

從作者及收信人對於文章的評價中，看出他們對文章的優劣是以文章
的「麗」為評量的考慮點。在此，雖然不能直接說「麗」就是後來曹
丕的「詩賦欲麗」的審美標準，但是可見出彼此相互批評賦作的過程
中，文章的審美標準也逐漸在建立。

又如陸機、陸雲兄弟，也是在書信來往之中，表達彼此的理念，
陸雲＜與兄平原書＞其六：

△ 前省皇甫士安＜高士傳＞，復作＜逸民賦＞，今復送之，如欲
報稱。久不作文，多不悅澤，兄為小潤色之，可成佳物，願必
留思。（《漢魏六朝百三家集・陸雲集》二冊，卷五十）

△ ＜歲暮賦＞甚欲成之，而不可自用，得此百數十字，今送，不
知於諸賦者不罷少？不想少？佳成，當送到洛。（《漢魏六朝
百三家集・陸雲集》二冊，卷五十，＜與兄平原書＞其八）

△ 遣信當送＜九愍＞三賦，脫然謂可舉意。（《漢魏六朝百三家
集・陸雲集》二冊，卷五十，＜與兄平原書＞其十八）

在彼此的書信來往中，或是送賦作請對方潤色、或是請對方先行看過
，或是請對方斟酌優劣……等等的情形皆有，此不一一列舉。而重要
的是在這往來的過程中，評論的風氣形成，而對於賦作的考究、用辭
的精確、聲律的暢快等有所討論，而評賦的習慣對於審美風格的走
向，有愈辯愈明的效果。

除魚雁往返之外，一般的文士在日常的對答中也有評論的風氣。
如《世說新語》中記載：

---

[25] 《文選》「麗」作「惡」。

△ 孫興公作＜天台賦＞成，以示范榮期，云：「卿試擲地，要作
金石聲。」范曰：「恐子之金石，非宮商中聲！」然每至佳句，
輒云：「應是我輩語。」（《世說新語‧文學》四--86）[26]

△ 或問顧長康：「君＜箏賦＞何如嵇康＜琴賦＞？」顧曰：「不
賞者，作後出相遺。深識者，亦以高奇見貴。」（《世說新語‧
文學》四--98）

△ 王孝伯問王大：「阮籍何如司馬相如？」王大曰：「阮籍胸中
壘塊，故須酒澆之。」（《世說新語‧任誕》二三--51）

孫綽作＜天台山賦＞成，示范榮期，自言其賦有「金石聲」。有人要
顧長康比較＜箏賦＞與嵇康的＜琴賦＞，何者爲優，顧以「高奇」作
爲選擇的審美標準。王孝伯問王大，阮籍與司馬相如的賦比較的結果
如何？而王大避開對相如之評語，說阮籍胸中壘塊須以酒澆之，劉孝
標注：「言阮皆同相如，而飲酒異耳。」巧妙地迴避了問題，卻也說
明了時人好以作品評論文章長短的習慣。

　　魚雁往來之間，談天論道之際，文士們分別表達了自己對於文學
創作的態度以及審美的標準，這樣的以書信談文的習慣，一方面留下
對於文學的意見，促進文人彼此對於文學創作的成長，另一方面也促
進文學批評的發展以及審美標準的建立。所以這一種評論的內容不但
表達文士的想法，也在書信之中討論了某些特定的問題，成爲研究者
所資以爲參考的材料。同時，也從中明白晉宋之際，文士往來之間，
評賦的風氣所引發的品評的標準取向及其理念的滋長。

---

[26] 見余嘉錫箋注：《世說新語箋注》（臺北：華正書局，1984年），頁267。
劉孝標注：「《中興書》曰：『范啓，字榮期，慎陽人。父堅，護軍。啓
以才義顯於世，仕至黃門郎。』」劉孝標注：「賦中佳句爲：『赤城霞起
而建標，瀑布飛流而界道』此賦之佳處。」

第二節　自然環境

一、自然山水之觀念形成

「自然」一詞與「山水」一詞的形成，皆是中國傳統文化在早期對於天地的探索中逐一形成的概念。也是文學與哲理演變過程中由分別的、獨立的概念經過交會而合流的過程。

山水一詞與中國古代哲學有著雙向交感、互相滲透的關係[27]。早於《周易》所談論的陰陽之理，其中便關照到天地間山水（山與澤）的原素，也發現到宇宙哲理及其天與人的對照與影響。在《老》、《莊》的思想中，更以「水」的意象說明「道」的存在及特質[28]。而《詩經》中的自然景物，是作為詩歌抒發情感的題材，利用日常所見的山水景物以映照人間的生活及個人情感[29]，此說明先秦人的山水觀，尚以山水景物作為個人情感興起的觸發以及詩歌詠誦的感興之源。

首次將山與水並提並賦予人文意義的可說是孔子。孔子的：

> 子曰：智者樂水，仁者樂山。智者動，仁者靜。智者樂，仁者壽。（《論語‧雍也》）

傳統文人心目中的智者或是仁者，皆是與「山水」具有相似的特質。

---

[27] 見李文初：《中國山水文化》（廣東人民出版社，1996 年），頁 69。

[28] 同註 27，頁 84--100。書中提出老子的哲學為「水性哲學」，而老子直接以水的形象來比況「道」、或以盛水的容器來比喻「道」之空虛、無形。而《莊子》＜逍遙遊＞之「游」、以水來說明無限與至大的觀念等，皆說明「水」與《老》、《莊》的關係密切。

[29] 見王國瓔《中國山水詩研究》（臺北：聯經出版事業公司，1986 年），頁 13。

所以喜愛山者好靜，喜愛水者好動，而於哲理上說，則為一動一靜即
為陰陽，合於《易經》陰陽之理；其於自然界之物者，一為山，一為
水，正好也符合一動一靜、一陰一陽、一土一水的道理；其於人的部
份，一為智者，一為仁者，是將山水自然、天地陰陽之哲理運用於人
事道德的闡明，所以將山水的觀念與人事的道德、性格的特質相與比
擬、對照、關連起來，孔子可說是肇始者。所以李文初說：

> 不管孔子的『樂山』、『樂水』觀對後世有多大影響，但毋庸
> 諱言，它的啟迪更多地表現在道德、特別是美學上，即把山水
> 的自然美與人的情操、精神品質溝通起來，從而賦予山水自然
> 美以人的社會屬性，在自然山水與人的精神世界之間架設了易
> 於溝通的橋梁。[30]

孔子的仁者樂山與智者樂水，已首先將山水與人文結合，將自然山水
景物與人格美的評論結合起來，賦予山水精神層次的意義，也賦予人
格有相應的自然景物。

　　道家首言「自然」一詞，《老子》言：「人法地，地法天，天法
道，道法自然。」「自然」本是指自然而然，天地運行之理，並不專
指山水自然[31]。至魏晉·郭象注《莊》，才將「自然」的觀念引入《莊
子》一書中[32]，此「自然」雖用來指宇宙萬物自生自化的自然之理，
但郭象將道家之「自然」的哲理層面與自然界之山川花草魚鳥有所關
連，並進而將「道」也與自然界聯繫起來。

　　山水的觀念真正成為廣泛使用的名詞，是自魏晉開始。以山水為
主體的自然界扮演著重要的角色，隨著玄學向士人文化生活擴散，而

---

[30] 同註 27，頁 103--104。

[31] 見徐復觀：《中國文學論叢》（臺北：學生書局，1990 年），頁 385。

[32] 如郭象注〈逍遙遊〉：「天地者，萬物之總名也。」在注〈齊物論〉中說
：「天者，萬物之總名也。」注〈大宗師〉：「天者，自然之謂也。」

與玄理相結合，至此，「山水」一詞與「自然」一詞相互結合並稱。
如阮籍＜達莊論＞中說：「夫山靜而谷深者，自然之道也。」言自然
與人的相互學習，融合的觀念。

至魏晉時，自然山水的觀念由分流而融合為一，將自然山水歸為
指涉自然景物之意涵。同時，「自然」一辭也逐漸擺脫其原有的哲理
意義，而與山水合流。於是，「自然」的意涵便擴大，具有自然山水
、自然哲理、自然界等意涵。

二、自然山水與魏晉之山水審美觀

魏晉六朝人對於自然山水是相當喜愛的，同時，自然山水在魏晉
文人的生活中也佔相當大的比例。在晉宋人眼中，山水能使人「暢神
」，抒發情感、暢其所懷。所以《世說新語・言語》說王子敬：

> 從山陰道上行，山川自相映發，使人應接不暇，若秋冬之際，
> 尤難忘懷。（《世說新語・言語》二--91）

山水之景，可使人流連再三、難以忘懷，其抒暢情志的作用，溢於言
表。如《世說新語》載簡文帝入華林園，顧謂左右曰：「會心處，不
必在遠。翳然林水，便自有濠、濮間想也，覺鳥獸禽魚，自來親人。
」[33]此亦是在自然山水之中享受悠遊之樂。

而自然景物又可抒發幽情。孫綽＜三月三日蘭亭詩序＞：

> 屢借山水，以化其鬱結，永一日之足，當百年之溢。以暮春之
> 始，禊于南澗之濱。高嶺千尋，長湖萬頃，隆屈澄汪之勢，可
> 為壯矣。乃席芳草，鏡清流，覽卉木，觀魚鳥。具物同榮，資
> 生咸。于是和以醇醪，齊以達觀，決然兀矣，焉復覺鵬鷃之二

---

[33] 見《世說新語・言語》二--61。

物哉！（《全上古三代秦漢三國六朝文‧全晉文》卷六一）

三月暮春，蘭亭相敘，王羲之與孫綽皆作＜蘭亭詩序＞，孫綽以山水之美陶冶情性，抒發憂思：「屢借山水，以化其鬱結」，並特別強調「物觸所遇而興懷」。並說明事物推移，今日爲新，明日則已陳舊，遂把諸多情緒與憂煩付諸於山水，而以山水來暫時抒解鬱抑憂情。[34]

山水不但是欣賞的對象，也是心靈審美的對象。同時也是主體藉以發抒情懷、涵養情性的所在。謝靈運的＜遊名山志序＞說：

> 夫衣食，人生之所資；山水，性分之所適。今滯所資之累，擁
> 其所適之性耳。（《全上古三代秦漢三國六朝文‧全宋文》卷
> 三三）

開創山水詩派的謝靈運對於山水有特別的喜愛，《宋書》中描寫謝靈運對山水的愛好：「尋山陟嶺，必造幽峻，巖峰千里，莫不備盡」、「所至輒爲詩詠」[35]。他將衣食與山水視爲同等重要的地位，「夫衣食，人生之所資；山水，性分之所適。」衣食爲生活所資用，而山水是精神所依託，兩者皆爲謝靈運日常生活中不可缺少的東西，在山水與衣食之間盡其性，暢其遊，其審美情趣由此可窺知一二。

魏晉人對於山水的觀賞進一步融合於生活中，將自然山水的精神與文學藝術結合，形成魏晉人的自然山水審美觀。魏晉人不但以自然山水爲抒發情志的對象，而且也將自然山水的形象充分運用在人事上，常運用自然景物來形容人物之容貌與資態氣質，並以相似的特質相互比擬，顯現出魏晉時人用自然之山川景物來品評人物的特殊性。如

---

[34] 王羲之與孫綽雖在蘭亭敘詩，但兩人對於山水的體悟與感受不同，王羲之的思想以道家服食養生爲主，故其欣於所遇，則不知老之將至，而從山水變幻，情隨事遷，體悟生死之理。孫綽則借山水以寄其鬱結之情，歸於自然，閑步山野，而興遼落之志。

[35] 見《宋書‧謝靈運傳》卷六七。

《世說新語》中：

　　△ 謝太傅問諸子姪：「子弟亦何預人事，而正欲使其佳？」諸人
　　　莫有言者，車騎答曰：「譬如芝蘭玉樹，欲使其生於階庭耳。
　　　」（《世說新語·言語》二--92）

　　△ 魏明帝使后弟毛曾與夏侯玄共坐，時人謂蒹葭倚玉樹。（《世
　　　說新語·容止》十四--3）

　　△ 時人目「夏侯太初朗朗如日月之入懷，李安國頹唐如玉山之將
　　　崩。」（《世新語·容止》十四--4）

　　△ 時人目王右軍：「飄如遊雲，矯若驚龍」。（《世說新語·容
　　　止》十四--30）

　　△ 海西時，諸公每朝，朝堂猶暗，唯會稽王來，軒如朝霞舉。（《
　　　世說新語·容止》十四--35）

「玉樹」最初是指傳說中的仙樹，《山海經·海內西經》：「開明北
，有視肉珠樹，文玉樹。」喻指姿貌妍秀、才幹優異之人。「芝蘭」
是香草名，《荀子·王制》：「其民之親我也，歡若父母，好我芳若
芝蘭。」喻意同於玉樹。「蒹葭」是蘆狄類的水草，喻微賤也。《詩
經·風·蒹葭》：「蒹葭蒼蒼，白露為霜，所謂伊人，在水一方。」
以階庭之玉樹與芝蘭來說明一個人的神情氣質，已經把玉樹與芝蘭的
美麗、馨香、高貴、亭亭而立的特質比擬於人的神情氣度，足以立於
階前，為人所欣賞讚歎。而以蒹葭與玉樹對稱，正比喻兩人美惡有別
，有對比的意味。而以朗朗日月、玉山將崩、朝霞、遊雲、驚龍等來
形容人物的風度之美，凡此，皆因自然美與人格美有相同或類似的性
質而連結在一起來比擬使用。

　　魏晉人喜論人物，多不直言其特質，而好用比喻的手法將同一性
質的自然物用來比擬人物。若深一層看，魏晉人實有把對自然物的美

的觀照與人事神情的美的觀照相互比較，以抽取出相似的特質，而將相似者拿來互為對照說明的意味。

　　晉宋人欣賞山水，是有其由實至虛的過程。從景物之中陶冶性情，然後抒發情志，暢其神明，並進一步在自然山水的景物觀察與悠遊之中，培養出對於景物形象的確切把握及其抽象性質之觀照。例如將自然景物的具體形象用以說明書法藝術者，如楊泉＜草書賦＞：「乍楊柳而奮發，似龍鳳之騰儀，應神靈之變化，象日月之盈虧。」以自然形象比擬書法抽象的線條，字體姿態、筆畫運行，及其字體的韻味神情。形容書法的線條，以楊柳之勁揚、龍鳳之飛騰來形容；形容字體變化則說其如神靈、似日月，或站或立，或行或止，或舉或蹲、或環旋、或靜止；形容字體的風格則說像春天初發的楊柳枝，也像美女細長的眉毛；形容字體的質感則說像冬天的寒雪覆蓋在枝幹上。這種描寫的方式必須建立在對於自然形象特性之精確掌握，從景物實體的觀察進而進入虛靈抽象的精神世界[36]。所以，本是具體的景物卻可用來描寫形容抽象的書法線條及風格美感，此時所掌握的是彼此的精神韻味，而不是物的具體的外在面貌了。宗白華在其《美學的散步》一書中說：

> 晉宋人欣賞山水，由實入虛，即實即虛，超入玄境。晉人以虛
> 靈的心襟，玄學的意味體會自然，乃能表裏澄澈，一片空明，

---

[36] 見楊泉＜草書賦＞：「乍楊柳而奮發，似龍鳳之騰儀，應神靈之變化，象日月之盈虧。書縱竦而值立，衡平體而均施。或斂束而相抱，或婆娑而四垂。或攢翦而齊整，或上下而參差。或陰岑而高舉，或落擇而自披。其布好施媚，如明珠之陸離。發翰擒藻，如春華之楊枝。提墨縱體，如美女之長眉。其滑澤肴易，如長溜之分歧。其骨梗強壯，如柱礎之不基。斷除弓盡，如工匠之盡規。其芒角吟牙，如嚴霜之傅枝，眾巧百態，無不盡奇。婉轉翻覆，如絲相持。」（《全上古三代秦漢三國六朝文・全三國文》卷七五）

建立最高的晶瑩的美的意境。[37]

所以宗炳也說：「山水質有而趨靈」。山水有質有靈，換言之是具有
精神。山水有其精神的層次，則欣賞山水所要賞鑑的也正是其精神之
美。是以有精神之山水自可用來形容有精神之人格、書法等。可見，
魏晉六朝人對於自然山水的感受已經融於生活，成為士人日常使用語
言以及共同認知的事物，成為生活以及審美的一部份。

三、自然山水與詩賦創作

山水文學的產生，早於《詩經》之時，已具備了對山水景物形容
的文學創作技巧，而漢賦則是為山水詩的描寫技巧奠定了基礎[38]。魏
晉時期將自然山水看作是審美的對象，這是當人們的注意力及興趣從
官場及都市轉向自然山水時，山水景物就逐漸成為創作的基本物件。
同時，也因為魏晉人以山水作為審美的對象，乃建構了自然山水與美
感思想興起的基本條件。葉太平言：

> 審美發現是發現存在物的「意義」。這種「意義」，也不是一
> 般科學認識上的意義，而是對象對於人的價值意義。這種「意
> 義」只能產生於主客體相互作用之間，產生於主客體相互碰撞
> 的時刻。[39]

主客體的碰撞，一則為主體人物的賞玩與專注，一則為客體事物的存
在，在兩者皆具足之時，則此「碰撞」就產生了「意義」。此「意義
」是對象——自然山水對於人所產生的價值意義。其中也就誕生了主

---

37 見宗白華：《美學的散步》（臺北：洪範書局，1987 年），頁 62。
38 同註 29，頁 12。
39 見葉太平：《中國文學的精神世界》（臺北：正中書局，1994 年），頁
    156--160。

體的審美意識。

　　將此一論點放諸於魏晉六朝文人的觀念中，正是由此形成對於自然山水的審美，李文初說：「中國傳統文化習慣從天人合一的觀點去觀照自然，把包括自然山水在內的自然界的美與人的心靈感受聯繫起來。」[40]自然山水本為客觀的景物，不帶有情感的色彩，但是會因為人們欣賞美的方式而使其具有生命力，主體以心對物的觀照，從其所產生的心靈的審美及感受，而反映於對物的詠歎及文學的創作。

　　魏晉人對於山水與詩文的關係是相當重視的，山水影響的不僅是詩文，也是生命情調，也是息息相關的生活價值、思維方式，在《世說新語》中記載：

　　　　孫興公為庾公參軍，共遊白石山，衛君長在坐。孫曰：「此子
　　　　神情都不關山水，而能作文？」（《世說新語·賞譽》八--107）
神情不關山水是有損名士風度的，遊山玩水之際，神情亦與山水相契相融，若否，情未融入於山水之景中，則如何作文？可見魏晉人對於山水的重視以及對人在山水中所陶冶出的神情風度的強調。

　　文人之作，因山水之景物娛人而興起創作的欲望。江淹＜自序傳＞中說：

　　△　爰有碧水丹山，珍木靈草，皆淹平生所至愛，不覺行路之遠矣。
　　　　山中無事，與道書為偶。乃悠然獨往，或日夕忘歸，放浪之際，
　　　　頗著文章自娛。（《漢魏六朝百三家集·江淹集》卷八五）
　　△　常願幽居築宇，絕棄人事，苑以丹林，池以綠水，左倚郊甸，
　　　　右帶瀛澤。（《漢魏六朝百三家集·江淹集》卷八五）
江淹從流連山水之中，不覺得愈走愈遠，而陶醉在山水之美當中，於是興起創作之想望，而以著文章自娛。

---

[40] 同註27，頁111。

　　山水景物在賦的鋪寫之中也佔相當重要的地位。如謝莊的＜曲池賦＞便是此類的名篇。＜曲池賦＞中：

> 北山兮黛柏，南谿兮赬石，赬岸兮若虹，黛樹兮如畫，暮雲兮
> 十里，朝霞兮千尺，步東池兮夜未久，臥西窗兮月向山，引一
> 息於魂內，擾百諸於眼前。（《全上古三代秦漢三國六朝文・
> 全宋文》卷三四）

描寫曲池而及於周遭的景物，北山如黛，谿水因霞光而泛著淺赤色，岸邊池樹如畫，暮雲以及朝霞一脈綿延千里，步於車池之畔，不久，月光便在山頭了，而此景此情，徒擾人心憂。雖然山水引起作者心中的愁緒，但在＜曲池賦＞中卻以大部份的篇幅寫景，只有最後兩句才說到作者心情，作一強而有力的結尾。可見，情懷愁緒是借由山水景物的鋪排陳述引出，而山水景物也因此隨著人們對於自然山水感受與接觸的頻繁，而逐漸佔有文學的一席之地。

　　山水的自然美、審美意識及其所引發的藝術美，正如明末・董其昌所說：「大抵詩以山川為境，山川亦以詩為境。名山遇賦客，何異士遇知己？一品入題，情貌都盡，後之遊者，不待按諸圖經，尋諸樵牧，望而可舉其名矣。」[41]而「賦」是以描物述事為擅長的文體，其刻畫山水正好可以運用其文體形式的特徵而得以盡情發揮。

四、園林山水與詩賦創作

　　遊宴而伴隨詩賦創作，是當時的文士社交方式之一。而遊宴的地點——園林、苑囿的出現，雖標示著帝王貴族的享樂生活，無形中也提供文士創作的靈感來源，無論是詩賦或是歌頌，皆可在林園苑囿之

---

[41] 見《畫禪室隨筆・評詩》卷三。

遊宴中完成。園林遊宴更體現於漢賦「雍容揄揚」的文體特徵上。諸如司馬相如的＜上林賦＞窮極筆墨以描繪武帝上林苑的奇景稀物：

> 君未睹夫巨麗也，獨不聞天子之上林乎，左蒼梧，右西極，丹水更其南，紫淵徑其北，終始灞滻，出入涇渭，酆鎬潦潏，紆餘委蛇，經營乎其內。蕩蕩乎八川，分流相背而異態。東西南北，馳騖往來，出乎椒丘之闕，行乎洲淤之浦，經乎桂林之中，過乎泱漭之壄，汨乎混流順阿而下……。東注太湖，衍溢陂池，於是乎蛟龍赤螭，……於是乎崇山矗矗，……深林巨木，嶄巖嵾嵯……。視之無端，察之無涯，日出東沼，入乎西陂，其南則隆冬生長，涌水躍波……，其北則盛夏，含凍裂地，涉冰揭河……（《文選》卷八）

相如極力描寫上林園中的草木、曲流、假山、以及各樣的奇珍異獸，自然之物與人造物融為一園，成為賦作家在描寫時窮極其事的題材來源。

除了帝王對於宮苑的賞遊之外，王公貴人也開始模仿帝王的園宅，作為自己遊宴的場所，同時也恃以誇耀財富。西晉豪富石崇的金谷園就是一例。金谷園位於首都洛陽西北郊的金谷澗（一名梓澤），黃河的支流太白源的金谷水流經它的東南面，在洛陽附近注入谷水。石崇在＜思歸引序＞以及＜金谷詩敘＞[42]中描述此園說：

> △ 晚節更樂放逸，篤好林藪，遂肥遁於河陽別業。其制宅也，卻阻長堤，前臨清渠，百木幾於萬株，流水周于舍下。有觀閣池沼，多養魚鳥。家素習技，頗有秦趙之聲。出則以游目弋釣為

---

[42] 石崇＜金谷詩敘＞作於元康六年（296A.D）；＜思歸引序＞則作於他五十歲（298A.D.）免官歸隱洛陽金谷澗時。其＜金谷詩敘＞與王羲之＜蘭亭序＞同屬於山水審美理論的作品，而＜金谷詩敘＞卻比王羲之早了五十幾年。

事，入則有琴書之娛。（＜思歸引序＞，《文選》卷四五）

△ 或高或下，有清泉茂林、眾果、竹柏、藥草之屬，莫不畢備。
又有水碓、魚池、土窟，其為娛目歡心之物備矣。（＜金谷詩
敘＞，《世說新語・品藻》九--57，劉孝標注）

石崇為當時的一大富豪，金谷為他的一處別墅，極盡豪奢[43]。由在園
中有假山有水流、百木萬株、觀閣池沼、魚鳥雞鴨之屬，莫不具備。
在此清泉茂林的清幽園林中，石崇在其中與文人「出以游目弋釣之事
，入則有琴書之娛」，頗為自得。並與文士遊宴於園中，＜金谷詩敘
＞說：

> 時征西大將軍祭酒王詡當還長安，余與眾賢共送往澗中。晝夜
> 遊宴，屢遷其坐。或登高臨下，或列坐水濱。時琴瑟笙筑，合
> 載車中，道路並作。……遂各賦詩，以敘中懷，或不能者，罰
> 酒三斗。（＜金谷詩敘＞，《世說新語・品藻》九--57，劉孝
> 標注引）

此次是石崇以征虜將軍之頭銜，為征西將軍王詡將還長安而送別[44]，
晝夜遊宴中，既有山水、琴瑟之聲，更不能缺少文士的隨景創作，或
賦詩或賦頌。對金谷風光的「娛心歡目」之餘，「遂各賦詩，以敘中
懷」，遊賞之餘，則作詩為記。若從文藝思想上自覺表現出對山水美
的追求，當推之於石崇。而這種園林的遊宴所伴隨的是文士們的隨興
應景之作，不但為遊宴添增光采，同時也代表園林的擁有者具有高雅
不俗的品味。

漢末建安以來所興起的園林遊宴之風，在遊宴時大量寫作遊宴詩

---

[43] 金谷是石崇藉由自然山水之形態加以人工建築而成。

[44] 王詡字季允，琅玡人。將赴長安任國子祭酒。此參《世說新語・品藻》余
嘉錫箋疏（臺北：華正書局，1984 年）頁 531。

[45]，作品以園林山水為題材，不但對於東晉山水詩的形成有直接影響，也對賦體在描繪園林上有所貢獻。如晉·潘岳的＜閑居賦＞在描寫自己的宅園時，雖不能與帝王富豪相比，但也小巧精美，別具特色：

> 爰定我居，築室穿池，長楊映沼，芳枳樹籬，游鱗瀺灂，菡萏敷披，竹木蓊藹，靈果參差。張公大谷之梨，梁侯烏椑之柿，周文弱枝之棗，房陵朱仲之李，靡不畢殖。三桃表櫻胡之別，二奈曜丹白之色，石榴蒲陶之珍，磊落蔓衍乎其側，梅杏郁棣之屬，繁榮麗藻之飾，華實照爛，言所不能極也。……仰眾妙而絕思，終優遊以養拙。（《全上古三代秦漢三國六朝文·全晉文》卷九一）

潘岳的官運並不順遂，「自弱冠涉乎知命，八徙官而一進階」[46]，因為官場不順，故而絕棄仕途之想，歸而陪伴老母，在自己家築室種樹，過著清閑的生活。＜閑居賦＞所描寫的就是潘岳自己的家園，屋外有池水長楊，芳枳樹籬，池中魚兒悠游自在，竹木果萊，自給自足，雖是平常人家，卻也享有悠遊的園林之趣：「張公大谷之梨，梁侯烏椑之柿，周文弱枝之棗，房陵朱仲之李，靡不畢殖。……華實照爛，言所不能極也。」雖然由文中並不能見出潘岳的居所有多大範圍，但也見主人盡所能收集到各式各樣的奇珍異物，置諸園林，享受園林之趣。

　　因此，人們對於自然山水的喜愛，使其模仿自然山水的一草一木，置於庭園之中遂而發展出中國傳統的園林世界，將自然美中的一草一木縮小放大而置於庭園之中，以供自我賞悅娛樂之用。園林中的

---

[45] 如前述石崇的＜金谷詩敘＞中說眾賢遊於園中，「遂各賦詩，以敘中懷，或不能者，罰酒三斗。……故具列時人官號、姓名、年紀，又寫詩著後，後之好事者，其覽之哉！凡三十人。」這些人的作品集合為《金谷詩集》。
[46] 見潘岳＜閑居賦序＞，在《全上古三代秦漢三國六朝文·全晉文》卷九一。

假山假水雖是以人工製造而成，但在文學上卻也成為觸發文士創作的
動機。對大自然如此的看重與模仿，不但形成魏晉人獨特的美的欣賞
及生活態度，同時也在文學上或是林園造景的設計上深深地影響著後
世的發展。

第三節 人文環境

　　東晉到劉宋的學術風尚，是從玄理清談漸漸崇尚佛釋。魏晉玄學分爲三個階段，第一階段是爲正始時期，爲玄學開創之初，以王弼、何晏爲主的貴無學派以及嵇康、阮籍之竹林玄學爲主要談風。第二階段爲魏末至永嘉期間的元康玄學，以向秀、郭象爲代表的貴有學派爲主，談論有無的問題，將「有」視之爲自生自化，不需要「無」的基礎。第三階段是東晉玄學，士人廣爲談論，朝野上下形成一股清談之風[47]。

　　東晉時期的玄理實則引進了佛理，是兩者兼容的思想。例如東晉諸帝，如元帝、明帝、哀帝、簡文帝等皆崇尚佛法，而東晉名流如王洽、殷浩、許詢、王濛、王修、袁宏、王羲之等人皆與僧侶過往頻繁。如此一來，清談的話題也由《易》、《老》、《莊》三玄加入佛理的觀點，外在與本土的思想在此時期相互交流並且正期待其衍生出一套適合中土的思想，此時，這些的思想風潮在在影響著晉人的生活[48]。

　　玄學清談在士人的生活中彌漫滲透，士人所論皆及於此，也因玄學所論本於《易》、《老》、《莊》，士人的生活態度因著清談所論的逍遙主題，也隨之嚮往神人、至人般的逍遙之境。於是，玄學所帶來的士人的精神解脫，使得文人以親近山水爲樂，崇尚隱逸之風的想法漸漸成型，名士風流成爲文人雅士的理想風範[49]；同時，任情縱欲

---

[47] 參許抗生：《魏晉玄學史》（陝西師範大學出版社，1989年）。

[48] 見何啓明：《魏晉思想與談風》（臺北：學生書局，1990年），頁216。

[49] 見羅宗強：《玄學與魏晉士人心態》（臺北：文史哲出版社，1992年），頁41。

以及精神自由的追求也逐漸瀰漫士人心頭[50]。

　　魏晉之際，由於人們自覺的個體意識與審美意識的崛起，以致於影響了魏晉南北朝文學思潮的發展。魏晉玄學的興起，老莊思想的推崇，是此文學思潮發展的助力，使得人們在哲學的思索中，進一步也面對人性及個人意識的覺醒。《世說新語》中記載：

　　　　桓公少與殷侯齊名，常有競心。桓問殷：「卿何如我？」殷云：
　　　　「我與我周旋久，寧作我」。（《世說新語‧品藻》九--35）
　　[51]

從殷浩與桓溫的對話中，對於「我」、「自己」與「我」的周旋，所表現的對於個體的「我」的一種省思，見出其中對個人的重視以及自我意識的抬頭。「我」的存在不是唯一的，似乎還有另一個「我」在同時俱存，將「我」分為兩個或數個的自己，這個觀點在《莊子‧齊物論》中就已經提出；南郭子綦隱机而坐，像是失神的樣子，他的弟子顏成子游就問他到底怎麼了？南郭子綦就回答說：「今者吾喪我，汝知之乎？」在《莊子‧齊物論》中的這則對話中，「吾」與「我」雖都指的是南郭子綦這個有形的「我」，但是「吾」與「我」的實指意涵卻有所不同，將一個我視之為肉體的我，另一個我視之為精神的我，因此，「吾喪我」就是以精神的我為主而忘記肉體的我的存在。這種對於「自己」本身的思索，將人的肉體與精神分開來談，此一觀點，承自《莊子》，卻在魏晉時期演變為對於「人」的這個「我」、「自己」的生命價值的思索及反省。

　　在此之時，戰亂紛爭、政治不安所引發的人心的不安，加上儒學的衰微，老莊的興起，人們對於精神的渴求更甚於前朝，所以，人文

---

[50] 同註 49，頁 46。

[51] 余嘉錫箋疏引程震炎語：「《晉書》七七〈浩傳〉作「我與君」。

精神的自覺意識抬頭，就是從魏晉時期開始。陸機＜演連珠＞其八：

> 應事以精不以形，造物以神不以器。（《全上古三代秦漢三國
> 六朝文・全晉文》卷九九）

對待事物應以「精」與「神」為最重要，而將「形」與「器」當作其次，這是個人重視「精神」甚於「形體」的觀念。於是，對於「人」的重視與反省，使得魏晉人試圖「我」的身上尋找解答，故而將關注焦點集中在這個「我」的身上，不但在「物」與「我」之間尋求平衡點，也刻意將「我」放置在一個更自由的磅秤上重新衡量。於是，擺脫舊有的想法，重新認識自己生命的美好、生存的價值、個性的意義等就成為魏晉人擺脫舊有禮教，回歸自由的發端。宗白華《美學的散步》一書中＜論世說新語與晉人的美＞一文，曾經指出晉人的風度之美：

> 魏晉人生活上人格上的自然主義和個性主義，解脫了漢代儒教
> 統治下的禮法束縛，在政治上先已表現於曹操那種超道德觀念
> 的用人標準。一般知識份子多半超越禮法觀點直接欣賞人格個
> 性之美，尊重個性的價值。[52]

宗白華歸納魏晉時期的個性覺醒及個人價值的肯定，而推論此種風氣稱之為「中國美學竟是出發於『人物品藻』之哲學。」[53]可說是從對個人的關注出發，對「人」的關注則首先表現在「人物品藻」上，從而發展魏晉人的個性之美，進而發展出一套屬於魏晉人的審美標準。

　　對於人物的品評，一方面是以風度美醜為論，所以「神韻」就成為重要的取向，神韻可說是「事外有遠致」、「不沾滯於物的自由精

---

[52] 同註 37，頁 61。
[53] 同註 37，頁 61。

神」[54]，甚而是一種鎮定的無懼生死的氣度：

> 謝太傅盤桓東山時，與孫興公諸人汎海戲，風起浪涌，孫（綽）王（義之）諸人色並遽，便唱使還。太傅神情方王，吟嘯不言。舟人以公貌閒意說，猶去不止。既風轉急，浪猛，眾人皆諠動不坐，公徐云：「如此，將無歸！」眾人即承響而回。於是審其量，足以鎮安朝野。（《世說新語箋疏·雅量》六—28）

面對風雨高浪，將生命擺放於大自然的怒吼之中時，太傅依然「神情方王」、「吟嘯不言」，神意甚為自在安詳，此種泰山崩於前而面不改色的態度與修養，就是魏晉人所追求的人格美。又如謝太傅的淝水之戰，當他聽聞戰勝的消息時，仍然悠哉舉棋盤奕，從容自在之情，不言而喻。這是晉人的風度之美，同時這也是魏晉人為了表現其悠然優雅的風度而刻意展現出來的生命情調，也是基於生活中一點一滴根深柢固所形成的生命態度。因此，不只是謝安，其他的人也是如此地改造自我，學習優雅自然的風度之美，從而表現出自己的悠然優雅氣質。於是，不只形成時代風尚，也成為貴族子弟所要從小學習，耳濡目染的一門功課。

漢末的政治動亂之後，玄學的興起，成就了魏晉時期精神上的自由與熱情，也因此而造就魏晉時期為最具有藝術精神的時代[55]。而魏晉時期玄學的風行，人們所追求的理想人格正好是要擺脫儒學的束縛，強調個體的自由，可說魏晉的「人的覺醒」帶來了「文的自覺」[56]。所以，在魏晉時期，「文」的地位從前朝的附屬於學術的角色中轉變

---

54 同註37，頁70。
55 同註37，頁59。
56 見李澤厚：《中國美學史》第二卷上（臺北：谷風出版社，1987年），頁6。

成獨立的的門類，甚至超越了道德與政治[57]。

　　同時，此時期對於自覺意識的覺醒，從文以載道到文以寄興，從玄理談論中強調個人的精神自由，從道學的束縛中強調逍遙遊，從生命的感歎中加入佛理的解脫之道，這些都讓文士們的品味轉變，可說玄風的興起與個人意識的抬頭，扭轉了審美意趣的方向。

　　對情感的熱情與抒發，也是文人自覺意識的現象之一。如阮瑀＜止欲賦＞（又稱＜正欲賦＞）：

> 夫何淑女之佳麗，顏炯炯以流光，……神惚怳而難遇，思交錯以繽紛，遂終夜而靡見，東方旭以既晨，知所思之不得，乃抑情以自信。（《藝文類聚》卷十八）

此種重視美而勇於追求情感的愛情觀，正是建安時期個性的發展與自覺所引發出來的自我的意識的覺醒與高漲，也是以精神層次直接反映於文學創作中所產生的現象，所以一時之間出現大量歌頌愛情的篇章並非偶然。除了阮瑀＜止欲賦＞之外，也有王粲的＜閑邪賦＞、＜神女賦＞、陳琳＜止欲賦＞、＜神女賦＞、應瑒＜正情賦＞、＜神女賦＞、曹植＜靜思賦＞、＜洛神賦＞等，這些賦無論是題材或是藝術表現手法上皆有其相似之處。而這類賦以宋玉的＜神女賦＞、張衡＜定情賦＞為肇始，可說是建安時期此類賦的原型，而到晉‧陶淵明的＜閑情賦＞可為此類賦的集大成之作。[58]

　　魏晉人的審美品評是不訴諸於理性的成分，而是直覺的情感與想像的抒發，對自然的審美與對個性的審美在此是結合在一起的。審美意識的覺醒，使得當時出現大量的詩論、文論、畫論、書論等，也同

---

[57] 同註 47，頁 813。

[58] 見畢萬忱、何沛雄、羅忼烈編：《中國歷代賦選‧魏晉南北朝卷》（江蘇教育出版社，1994 年），頁 13。

樣與魏晉人審美的品評標準關係密切。審美意識也同時成為一個獨立
的自覺意識，把審美意識擴展到藝術，又從藝術擴展到人生及宇宙，
飄逸高奇，簡淡玄遠，超乎功利而純粹是對「美」的欣賞與讚嘆，此
種超乎功利的魏晉人所特具的審美心態更是造就了魏晉時期多種文
學藝術理論的提出以及蓬勃發展[59]。

　　六朝文藝理論的獨特性在於個人與哲學思想的融合，或者說是哲
學思想滲入個人對自我生命的思索之中，而文學創作又與哲學思想密
切相關。六朝時期的學術與文學、文與筆的觀念雖然分化得比漢代更
為清楚，但對創作者而言並不是分工得非常細密，文士的身份往往還
是兼有哲學思想家以及文學創作者的多重身份的。例如何晏是玄學
家，但也有文學創作＜景福殿賦＞；郭璞的遊仙詩亦有其思想的背
景；陶淵明的思想融合儒道；而劉勰在儒家的經典上陶染已久，並且
長時間著力於佛經的抄寫……等，文士的身份並不是截然畫分成文學
創作者或是思想學術的研究者，相反地，六朝文人常是一個人身兼數
種學習背景於一身，因此，理論與哲學思維，個人與群體的關係，就
形成六朝獨特的美學觀。

　　不但如此，六朝的儒家衰微、老莊易思想盛行、佛教傳入中國、
道教始興，而政治的混亂更形成思想的多樣發展。所以，文學家在創
作時以其所偏嗜的思想為背景而發展出個人的文學創作，實是自然之
事；同時，六朝文學與哲學思想結合下所產生的精神歸趨及審美意趣
則是呈現精采而多樣的面貌。六朝人獨特的人文精神及美學品味，所
謂的「魏晉風度」便是其中之一，而南朝梁的宮體文學也是在六朝那
個注重個人的、自我的精神自由之風氣才有可能如此光明正大而坦然

---

[59] 見郁沅、張明高編：《魏晉南北朝文論選》＜前言＞（北京：人民文學出
　　版社，1996年），頁3--6。

地出現於文壇。

綜上所論，人文思想之影響六朝賦，大抵可分爲以下兩方面來說：

一、言意之辯運用於文學創作

言意之辯是魏晉時期玄學討論上的一個重要議題，此論題有兩派主張，其一是指「言不盡意」論。王弼《周易略例‧明象》：

> 夫象者，出意者也，言者，明象者也。盡意莫若象，盡象莫若言。言生於象，故可尋言以觀象；象生於意，故可尋象以觀意。意以象盡，象以言著。故言者所以明象，得象而忘言，象者所以存意，得意而忘象。（《王弼集校釋》頁609）

王弼的見解是從《莊子‧外物》：「筌者所以在魚，得魚而忘筌；蹄者所以在兔，得兔而忘蹄；言者所以在意，得意而忘言。」衍伸而來的。王弼是在注《易》的思考中，提出意、象、言三者的關係。意之所存，以象明之，象之所明，以言形之，故而以「言」描述「象」，而「象」是蘊含「意」，以「象」的種種情態表達「意」的內涵。所以，尋「言」以觀「象」，尋「象」可知「意」。然則，「言」與「象」不過是在闡明「意」的內容，所以，既得「象」就應忘「言」，既得「意」則應忘「象」。簡言之，「言」與「象」只是過程，「意」才是目的。荀粲的〈言不盡意論〉也說：

> 蓋理之微者，非物象之所舉也。今稱「立象以盡意」，此非通于意外者也；「繫辭焉以盡言」，此非言乎繫表者也。斯則象外之意，繫表之言，固蘊而不出矣。（《三國志‧魏書‧荀彧傳》卷十裴松之注引何劭〈荀粲傳〉）

王弼與荀粲都是主張「言不盡意論」，所不同的是王弼力主調和儒、

道二家，把《莊子》的「言不盡意論」與《易·繫辭》的「言盡意論」統一起來，而歸之於「言不能盡意」的結論。而荀粲則是以《莊子》爲主，認爲精微的玄理妙道非具體的物象所可包括，因而「理之微者，非物象之所舉也」，所以「象」不能盡「意」，「道」的精微乃在於象外之意。而理之微者，是存乎言外之意。故此派是主張「言不盡意論」。

然則，在言與意的論辯中卻有一派與「言不盡意論」相反的聲音，主張「言」是可以盡「意」的。如歐陽建的<言盡意論>說：

△ 夫天不言，而四時行焉；聖人不言，而鑒識存焉。形不待名，而方圓已著；色不俟稱，而黑白以彰。然則名之於物，無施者也；言之於理，無爲者也。而古今務於正言，聖賢不能去言，其故何也？（《藝文類聚》卷十九）

△ 誠以理得於心，非言不暢；物定於彼，非名不辯。言不暢志，則無以相接；名不辯物，則鑒識不顯。鑒識顯而名品殊，言稱接而情志暢。原其所以，本其所由，非物有自然之名，理有必定之稱也。欲辯其實，則殊其名；欲宣其志，則立其稱。名逐物而遷，言因理而變。此猶聲發響應，形存影附，不得相與爲二。苟其不二，則無不盡，吾故以爲盡矣。（《藝文類聚》卷十九）

「非名不辯」，乃言也。歐陽建指出「名之於物」、「言之於理」是兩件事情，先有事「物」，後有名稱，先有「意」理，後有語「言」。因此，「名」與「言」是與「實」與「意」相對應的詞語。「言」與「意」的關係「不得相與爲二」的，其如「聲發響應，形存影附」，是「名」與「物」、「言」與「理」如同影子與人身是相附著的。所以，「名逐物而遷，言因理而變」，語言與相應的物是相應的，既

有其意，則必有與之相應的言語藉以表達思想感情，所以，主張言語
必然能夠盡意。「言盡意論」在晉人的眼中是很有重要的一派理論，
據《世說新語‧品藻》篇中記載，王導等人東渡南下，逃難之際，王
導身上所帶的就是歐陽建的〈言盡意論〉[60]。可見〈言盡意論〉在當
時文人的眼中是相當重要的著作。

　　「言盡意論」在當時具有相當的影響力，從語言與思維的關係而
論之，說明語言是人的思維的外在形式，作家只有憑藉語言，才能進
行文學創作。僧祐的〈梵漢譯經音義同異記〉說：

　　　夫神理無聲，因言辭以寫意；言辭無跡，緣文字以圖音。故字
　　　為言蹄，言為理筌，音義合符，不可偏失。是以文字應用，彌
　　　綸宇宙。雖跡繫翰墨，而理契乎神。（《磧砂藏經‧出三藏記
　　　集》卷一）

佛經轉譯的工作中最容易涉及言與意的盡與不盡的問題，僧祐提到言
辭用以寫意，而言辭是無跡的，藉由文字而有與之相應的聲音，故字
為言之蹄，一旦得其意，就不必再執著於文字，而應注重「言」所真
正要表達的「理」。所以，雖有文字與語言，不過是在表達真「理」
而已。僧祐從轉譯佛經的角度闡明「言」、「字」、「理」的關係，
其間的相互的聯係有如「言」、「象」、「意」一般的過程，只是對
象的不同與使用的字詞不同而已，但兩者的重點都是最後的終極目標
──「意」或「理」。

　　因此，無論是「言盡意論」或是「言不盡意論」，重點都是在於
「意」的獲取，但是兩者的思辨方式的差異卻也造成兩條不同的理論

<hr />

[60] 見余嘉錫箋疏：《世說新語箋疏》（臺北：華正書局，1984年），頁211。
　　〈文學〉篇云：「舊云：王丞相過江左，止道〈聲無哀樂〉、〈養生〉、
　　〈言盡意〉三理而已。然宛轉關生，無所不入。」

路線。從「言不盡意」論的路線發展下去，以抽象的「意」爲要，則容易忽略對「言」、「象」的獲取，容易走向「神韻」之說；而「言盡意論」則是認爲「言」、「象」是藉以表達意，而且是最能表達者，故以形式爲要。因此，「言盡意」論重視「言」的表達技巧，此路注重語言的技巧，必然容易與講究「形式主義」的理論結合，而與當時重視文學的技巧形式，並且發展出麗詞的文學形式有所關連。

除哲學的思辯之外，對於「言」與「意」的議題，直接在文學創作中提出者，如謝靈運〈山居賦序〉中說：

> 意實言表，而書不盡；遺跡索意，託之有賞。（《宋書·謝靈運傳》卷六七）

此序中直接說明「意」是爲「言」所要表達的內涵，而描寫與形容是無法窮盡所有「意」的內涵，故從「遺跡」——遺留下來的痕跡，指文字，去尋索「意」的所在，而託之於山水景物等形象的描繪，或可從中得「意」之一二。此爲謝靈運在書寫〈山居賦〉時對於言與意的看法。

言、意的問題以賦體的形式作直接的闡明者，甚者直接以「意」爲名者是庾敳的〈意賦〉：

> 至理歸於混一兮，榮辱固亦同貫；存亡既已均齊兮，正盡死復何歎？物咸定于無初兮，俟時至而後驗；若四節之素代兮，豈當今之得遠；且安有壽之與夭兮，或者情橫多戀；宗統竟初不別兮，大德亡其情願；蠢動皆神之爲兮，癡聖惟質所建；眞人都遺穢累兮，性茫蕩而無岸；縱驅于遼廓之庭兮，委體乎寂寥之館；天地短于朝生兮，億代促于始旦；顧瞻宇宙微細兮，眇若豪鋒之半；飄颻玄曠之域兮，深莫暢而靡玩；兀與自然並體兮，融液忽而四散。（《全上古三代秦漢三國六朝文·全晉文》

卷三六）

庾敳的＜意賦＞雖名為「意」，但全篇竟無一句提到「意」字。整篇所賦的在於死生的定數、壽命的長短不一，四季更替變化，皆是「神」力之所為，人力何能抗天？生命短如朝露，真人都嫌累世間的污穢，而人最後還是要回歸天地，與天地同塵，與自然並體。有趣的是名為＜意賦＞，而卻沒有提到「意」，是否庾敳的「意」即為生命的意義呢？劉義慶《世說新語・文學》：

> 庾子嵩作＜意賦＞成，從子文康見，問曰：「若有意邪？非賦之所盡；若無意邪？復何所賦！」答曰：「正在有意無意之間。」（《世說新語・文學》四--75）

庾敳是因為懼禍而產生對生命的種種感懷，劉孝標注：「《晉陽秋》曰：「敳永嘉中為石勒所害。先是，敳見王室多難，知終嬰其禍，乃作＜意賦＞以寄懷。」[61]庾敳在有意無意之間顯露隱約的心意，似有若無地表達心中的感觸。採用賦體的寫作形式，並運用諸多形象的描繪，如四節更代、性茫蕩而無岸、縱驅于遼庭、委體於寂寥之館，這些都是看起來似乎有意而又不是寫得很清楚明白，既可避禍，又可表達作者的情感思想。

　　利用賦體在形式上鋪陳景物的特色，而在鋪陳之中寄寓個人的情感思想，卻也是創作者充份掌握賦體文體上的優缺點，而充份運用，隨手拈來為一己服務的例子。可說是充份運用「言」與「象」的形式表現，企圖窮盡作者之「意」，然而，賦作中只見「言」與「象」而未見「意」字，但是作者之「意」卻無不一一展現於「言」、「象」之間。此賦作的表現實又暗合於庾子嵩認為文學作品中的「意」是存在於「正在有意無意之間」的主張，此一見解既看出魏晉時期「言」

---

[61] 同註60，頁256。

、「意」之辯對於創作的影響，同時也說明了賦體文學含意不露，重在形象描繪的特點，形象的描繪與語言的掌握正在於「意」之獲得，換言之，語言技巧及形象的發揮都是爲表達「意」而存在。這可以說是哲學上的言意論題在文學創作上的充份體現。

此時創作的產生在於「言」與「意」不是完全的密合卻又具有某種程度的關係，「既循滯於言辭事義的指射涉範圍內，又企圖攀越、趨伸向界限外的渾茫空白。」[62]因而，在得「言」而忘「意」與得「意」而忘「言」之間擺盪，而這也說明晉代出現玄言詩之後，賦體的創作沾染玄言之風的現象[63]。

賦體在對於形象上的描繪的注重勝於其他的文體，其以形象來表「意」的創作方法更是明顯，如楊泉的＜草書賦＞：

> 乍楊柳而奮發，似龍鳳之騰儀；應神靈之變化，象日月之盈虧。書縱竦而值立，衡平體而均施；或斂束而相抱，或婆娑而四垂；或攢翦而齊整，或上下而參差，或陰岑而高舉，或落籜而自披。其布好施媚，如明珠之陸離；發翰擄藻，如春華之揚枝。提墨縱體，如美女之長眉；其滑澤肴易，如長溜之分歧；其骨梗強壯，如柱礎之不基；斷除弓盡，如工匠之畫規；其芒角吟牙，如嚴霜之傅枝。眾巧百態，無不盡奇，宛轉翻覆，如絲相持。（《全上古三代秦漢三國六朝文・全三國文》卷七五）

楊泉在寫草書之意，卻運用各種自然界具體的事物作爲形容書法抽象的線條，如楊柳、日月、嚴霜、明珠、春華，與人有關之事物，如美女、骨梗，並及神話傳說，如龍鳳、神靈；其它如柱礎、弓、規等人

---

[62] 同註 17，頁 28。

[63] 見曹道衡：《漢魏六朝辭賦》（上海古籍出版社，1989 年），頁 122。曹氏認爲＜意賦＞是運用賦體描述玄理的作品，然而此篇＜意賦＞並未得到好評。所以，在玄言詩盛行的時代，並未產生更多的「玄言賦」。

爲之物，可見以各種形象的姿態、容貌所蘊含的「意」，用來表達書法的種種感覺及情態，也就是透過「言」所形容的「象」來表達作者心目中的「意」。總之，無論是「言盡意論」或是「言不盡意論」，賦體在描繪形象的技巧上是與言意之辯的理論相互關連的。

「言意之辯」的思維方式運用於創作理論上，也呈現出不同的意見，認爲言可盡意者，則注重「言」的種種技巧及其表達方式；而認爲言不盡意者，則認爲「意」的掌握才是重要的，言語不能盡其意，故而衍生發展成爲言不盡意的含蓄美、神韻美等。

從陸機＜文賦＞中可見出其運用「言意之辯」的構思方式是著重於「言」的運用，企圖藉由「言」的盛藻技巧以求盡其「意」：

> 每自屬文，尤見其情，恆患意不稱物，文不逮意，蓋非知之難，能之難也。故作＜文賦＞，以述先士之盛藻，因論作文利害之所由。（《文選》卷十七）

陸機＜文賦＞提出的「文」、「意」、「物」的問題，是一層一層進入思考的過程，從「物」的形象與創作中「意」的出現，到「文」能符合「意」的覺受的表現時，文才能將「意」充分的表達出來，這是涉及的是「言盡意」的問題，所以，文章要能言盡其意，就必須注意到文章的寫作技巧，是「文」、「意」相稱，才能文盡其意。在陸機的看法中，認爲理論並不困難，如何能夠達到「文」能逮「意」，這才是真正的困難所在，而＜文賦＞的中心問題就在於說明如何使意能稱物，文能逮意。

陸機認爲構思中的「意」即內容，可反應客觀事物，而文辭即語言文字，應能準確表達其內容[64]。然而，「意」除了解釋成內容之外，更是創作者在創作情態時心中的「意念」，一個模糊的或是某一指

---

[64] 同註58，頁317。

向的意念，抽象而不可言說，此時必須透過具體的文字語言將之轉化、梳理而充分述說作者的「意」。此不但涉及創作者「創作情思」的掌握，更多是創作者在語言技巧上的運用，能恰如其分地掌握情思的特性並借書寫文字表達情思的內涵。「意」與「文」之間實存在著鴻溝，跨過鴻溝的橋就是創作者文字技巧的掌控能力，因此，陸機寫作＜文賦＞就是為了「述先士之盛藻」、「論作文利害所由」，可說陸機想要傳達的是其對於文字技巧的許多訣竅。

　　由此可見，陸機運用言意的思維方式於討論創作時，是以文能逮意為著重點，簡言之，就是著力於技巧形式的寫作技巧，是討論盛藻、作文利害所由，而不是境界或神韻的部份，就這一方面來說，可說是充份符合「言盡意論」的哲學基礎。

　　而摯虞的＜文章流別論＞中把《易‧繫辭》提出的「言」、「象」、「意」三者的關係運用於賦體創作之中，提出「假象盡辭，敷陳其志」的「辭」、「象」、「志」三者關係的創作原則，也就是憑藉著具體的藝術形象，通過渲染敷陳的方法以表達情志，此種看法較為接近賦的文學特徵，也是言、意議題的沿續。范曄的＜獄中與諸甥姪書＞中說：

> 文患其事盡於形，情急於藻，義牽其旨，韻移其意。雖時有能者，大較多不免此累。政可類工巧圖繢，竟無得也。常謂情志所託，故當以意為主，以文傳意。以意為主，則其旨必見；以文傳意，則其詞不流，然後抽其芬芳，振其金石耳。此中情性旨趣，千條百品，屈曲有成理。自謂頗識其數，嘗為人言，多不能賞，意或異故也。性別宮商，識清濁，斯自然也。觀古今文人，多不全了此處；縱有會此者，不必從根本中來。言之皆有實證，非為空談。（《宋書‧范曄傳》卷六九）

范曄擅長音樂，其對音樂的見解，強調「弦外之意，虛響之音」的重要性，此一觀點亦反映於其文學主張。他認為文學創作應「當以意為主，以文傳意」，但應當表現含蓄蘊藉，留有餘地，不能「事盡於形，情急於藻」，窮形盡相而一瀉無遺。他批評存在於創作中的弊端是「義牽其旨，韻移其意」，不能為了追求聲韻、運用典故而損害了內容，而應該在「以意為主」的原則下，講求藻飾及聲韻之美。「以文傳意，則其詞不流，然後抽其芬芳，振其金石耳。」[65]

　　范曄的理論與陸機相反，認為語言有其侷限性，所以，語言文字是用來傳「意」，卻不能將「意」一舉說盡，而應留下蘊藉含蓄的部分，讓讀者有想像空間，不能夠太露骨而使得「事盡於形，情急於藻」。至於聲韻與典故是用來強調說明「意」的內涵，卻不是創作的唯一重點，應任其自然，不能本末倒置。所以，范曄的創作理論可說是強調「意」的部份，是屬於「言不盡意論」的哲學思維方式。

二、儒道佛思想融於賦作之中

　　六朝賦中常將個人所信奉的思想在文字之中展現出來，例如玄學的部份，何晏是玄學家，其＜景福殿賦＞則存有玄學的思想：

> 遠則襲陰陽之自然，近則本人物之至情。上則崇稽古之宏道，
> 下則闡長世之善經。（《文選》卷十一）

何晏於文學上善於詩賦，於思想上提出「貴無」的學說，為玄學的重要理論。此賦是魏明帝太和六年應詔而作，《文選》李善注引《典略》曰：「魏明帝將東巡，恐夏熱，故許昌作殿，名曰景福，既成，命人賦之，平叔遂有此作。」賦中也以陰陽的思想作為敘述的基礎。

---

[65] 同註59，頁258。

　　道家的思想表現於賦，則有阮籍的＜清思賦＞，有著道家的虛幻色彩：

　　△　形之可見，非色之美；音之可聞，非聲之善。……

　　△　是以微妙無形，寂寞無聽；然後乃可以睹窈窕而淑清。故白日麗光，則季后不步其容；鍾（鐘）鼓闐鈴，則延子不揚其聲。夫清虛寥廓，則神物來集；飄颻恍惚，則洞幽貫冥；冰心玉質，則激潔思存；恬淡無慾，則泰志適情。伊衷慮之道好兮，又焉處而靡逞？

　　△　采色雜以成文兮，忽離散而不留。若將言之未發兮，又氣變而飄浮。（《全上古三代秦漢三國六朝文・三國文》卷四四）

采色雜以成文是自然之事，若以道家言之，則一切如夢如幻，不復存在，如虛如幻，離散不留。同樣的，聲成文謂之音，旋律之美本可感染人心，甚或移易情性，此為自然之事，但若以道家的觀點來看，則事之所觸，不過好鳥嚶嚶，隨即消逝，何嘗真有？所以「形之可見，非色之美；音之可聞，非聲之善。」一切所見，一切所聽，皆不是真實。所以微妙無形，寂寞無聽，一切是虛空清虛，飄颻恍惚的，不是具體存在，只是一種似有若無、飄然虛幻的景象。

　　阮籍借由對人生無常的述說，寫其＜清思賦＞，所賦者「清思」也，是虛而不實、離散而不真的景象，虛而不實者是清思的結果，將道家的思想在賦中表露無遺，成為＜清思賦＞的構思基礎。而嵇康的＜琴賦＞則以老莊為其思想的核心：

　　　　亂曰：愔愔琴德，不可測兮。體清心遠，邈難極兮。良質美手，遇今世兮。紛綸翕響，冠眾藝兮。識音者希，孰能珍兮。能盡雅琴，唯至人兮。（《文選》卷十八）

一則提出真正的琴聲是世上難得的，而真正懂得琴聲的人也不過是少

數。二則提出能盡雅音者唯有「至人」。「至人」、「神人」的境界
是《莊子》書中極高的人格理想，以莊子的理想作爲自己的理想，在
此也見到莊子思想引導著審美觀念之偏向。

　　張華的＜鷦鷯賦＞以詠鷦鷯，實則在寫「任自然以爲資，無誘慕
于世僞」之自然超脫的心境，及「委命順理，與物無患」之順命齊物
的思想，十足是道家思想。＜鷦鷯賦＞曰：

　　　陰陽陶蒸，萬品一區；巨細牟錯，種繁類殊。鷦螟巢于蚊睫，
　　　大鵬彌乎天隅。將以上方不足，而下比有餘。普天壤以遐觀，
　　　吾又安知大小之所如。（《全上古三代秦漢三國六朝文・全晉
　　　文》卷五八）

＜鷦鷯賦＞借描寫鷦鷯而抒發一種退身守愚以求全保身的思想，它的
哲學來源就是老莊思想。例如「普天壤以遐觀，吾又安知大小之所如
。」是從《莊子》的「小大之辯」而來，在《莊子・逍遙遊》中有「小
知不及大知，小年不及大年」的觀點，以朝菌不知晦朔，蟪蛄不知春
秋爲小年，與冥龜、大椿以百千歲爲春秋來比較，小還有更小，大者
還有更大，大小的概念是因爲比較而來，是相對而不是絕對的[66]。其
它如鯤化鵬而與燕雀的對話，也是小大之辯的例子。＜秋水篇＞中提
到小與大的問題時說：「河伯曰：『若物之外，若物之內，惡至而倪
貴賤？惡至而倪小大？』北海若曰：『……以差觀之，因其所大而大
之，則萬物莫不大；因其所小而小之，則萬物莫不小；知天地之爲稊
米，知毫末之爲丘山也，則差數睹矣。』」是打破「大」、「小」之
別，而從另一個角度來看待事物，故「大」與「小」不過是相對的觀

---

[66] 見馮友蘭：《中國哲學史新編》第二冊（臺北：藍燈文化事業股份有限公
司，1991年）頁123。馮友蘭認爲《莊子》中＜齊物論＞的思想，在中國
哲學史上是一種「典型的相對主義」。

念，沒有絕對的大或是小，這是以《莊子》的觀點入賦之作[67]。

　　而有的人是將陰陽的思想融於文中，成為賦作中說理的基礎。如成公綏的＜嘯賦＞：

> 役心御氣，動唇有曲，發口成音，觸類感物，因歌隨吟。大而不洿，細而不沈。清激切于笙笙，優潤和于瑟琴。玄妙足以通神悟靈，精微足以窮幽測深。收激楚之哀荒，節北里之奢淫。濟洪災于炎旱，反亢陽于重陰。（《全上古三代秦漢三國六朝文・全晉文》卷五九）

＜嘯賦＞中說明「嘯」之玄妙具有「通神悟靈」之效，精微之處，則可以「窮幽測深」，「嘯」可以「嘯濟洪災于炎旱，反亢陽于重陰。」這裏作者運用誇飾來形容，說明「嘯」的作用之大如同旱災時的洪水，如同重重陰柔之中的陽剛之氣。此是運用陰陽自然的玄學思想來說明的情狀與作用。另外，＜嘯賦＞之中還有直接說明陰陽者：「變陰陽之至和，移淫風之穢俗。」亦是將陰陽的思想用於創作上。

　　孫綽的＜遊天臺山賦＞是以賦作描寫道家的風景名山。而孫綽在＜遂初賦序＞中曾自謂「余少慕老莊之道，仰其風流久矣」[68]，表明自己對於道家思想的仰慕之情。他所作的＜喻道論＞折衷儒、道、釋而弘揚釋道精義，認為「佛有二十部經，其四部專以勸孝為事，慇懃之旨，可謂至矣！而俗人不詳其源流，未涉其場肆，便瞽言妄說，輒生攻難。」以「孝」道而將儒家與佛家折中其義，融合儒佛二家的思想[69]。而《世說新語》也記載孫焯自己對於老莊思想的理解與創作的洋洋得意之情，撫軍（司馬昱）問孫興公說：

---

[67] 同註 58，頁 184。
[68] 見＜遂初賦序＞，《全上古三代秦漢三國六朝文・全晉文》卷六一。
[69] 見《全上古三代秦漢三國六朝文・全晉文》卷六二。

「卿自謂何如？」曰：「下官才能所經，悉不如諸賢。至于斟酌時宜，籠照當世，亦多所不及。然以不才，時復托懷玄勝，遠詠老莊，蕭條高寄，不與時務經懷，自謂此心無所與讓也。」（《世說新語・品藻》九--36）

孫綽自言才能及不上同時諸賢，即劉真長、王仲祖、桓溫、謝仁祖、阮思曠、袁羊、殷洪遠等。又缺少「斟酌時宜」的吏幹之資，雖然「不才」，但其所自傲的是心懷老莊的人生態度：「時復托懷玄勝，遠詠老莊，蕭條高寄，不與時務經懷。」更且，他對自己以老莊思想爲基礎所吟詠創作的作品十分自負，他曾把＜遊天臺山賦＞送給友人范榮期看，並說「卿試擲地，要作金石聲。」[70]孫綽在＜三月三日蘭亭詩序＞中說：

> 高嶺千尋，長湖萬頃，隆屈澄汪之勢，可爲壯矣。乃席芳草，鏡清流，覽卉物，觀魚鳥，具物同榮，資生咸暢。于是和以醇醪，齊以達觀，決然兀矣！焉復覺鵬鷃之二物哉？耀靈縱轡，急景西邁，樂與時去，悲亦系之；往復推移，新故相換，今日之跡，明復陳矣。（《全上古三代秦漢三國六朝文・全晉文》卷六一）

此將鵬與鷃、樂與悲、新與故視爲一物，顯露一種達觀超脫的思想，也就是他所講的：「夫佛也者，體道者也；道也者，導物者也。應物順通，無爲而無不爲者也。無爲，故虛寂自然；無不爲，故神化萬物。」[71]，故「無爲」是因無爲而無所不爲，出自於《老子》：「聖人無爲而無所不爲」的思想，顯見孫綽深受道家思想的影響。潘岳的＜秋興賦＞也是此種自由心情的抒發：

---

[70] 見《世說新語・文學》四--86。

[71] 見＜喻道論＞，《全上古三代秦漢三國六朝文・全晉文》卷六二。

> 且斂衽以歸來兮，忽投紱以高厲。耕東皋之沃壤兮，輸黍稷之
> 餘稅。泉涌湍于石間兮，菊揚芳于崖澨。澡秋水之涓涓兮，玩
> 遊儵之潎潎。逍遙乎山川之阿，放曠乎人間之世。悠哉游哉，
> 聊以卒歲！（《文選》卷十三）

潘岳將老莊的思想運用於賦中，從仕途生活的伏沉之中，得出自己與
達官貴人取捨不同的結論，所以他以老莊思想中的逍遙境界作為自己
生命的理想境界，於是辭官躬耕，回歸鄉里，過著自在的生活：「逍
遙乎山川之阿，放曠乎人間之世」，以順情至性的生活擺脫官場「池
魚籠鳥」的束縛，走向「悠哉游哉，聊以卒歲」的人生歸趣[72]。

　　綜上所論，六朝美學的獨特之處是它發展了屬於自己的邏輯體系
，此種美學體系之獨特性乃得自於哲學與美學的結合。這種結合體現
了三個特徵：其一，哲學的方法融入於美學與藝術的分析之中。六朝
美學的命題及其範疇有部份來自於哲學，但是更重要的是運用哲學的
方法論來討論美學及文學。如玄學之「言意之辯」對陸機＜文賦＞理
論的影響，劉勰《文心雕龍》中對於風格之論辯，體性論亦深受「才
性之辯」的啟迪。其二，六朝哲學的方法成為構築美學體系的框架。
如《文心雕龍》的體系雖然龐大，但其體系之統整乃來自於王弼哲學
的「舉本統末」、「執一馭萬」的方法[73]。

　　總而言之，言意之辯的哲學思維方式與文學創作結合，故而產生
六朝的不同的創作理念及美學理念；而老莊思想、以及後來的佛家思
想對於賦體創作的融合，也使得賦體運用各家思想而以不同的面貌出
現，呈現出六朝人獨特的創作傾向以及閱讀的審美趣味。六朝人的賦

---

[72] 同註 58，頁 164。
[73] 見袁濟喜：《六朝美學》（北京大學出版社，1992 年），頁 18--19。

體創作與理論中，哲學思想無論是影響其思維方式、融合於創作文字中、拿來作為自我的辯白、或者是因此而衍生出文學理論的流派，都是可以見到哲學思想融合於文學，而產生六朝人特有的美學傾向以及理念。

第四章　六朝賦論史略

第一節　漢末建安到曹魏時期

　　漢末到建安時期，可說是一個文學自覺的時代。文學的自覺意識表現在文學理論的提出以及對文學理論的重視。尤其是意識到「文學」的獨立地位。所以，在文學理論的發展上，就是在這個時期，「文學」被提高到與「經國大業」具有等同重要的地位。而在賦體的理論上來看，建安時期則是更加注意到批評理論的建立。

　　這個時期有二個值得注意的地方，其一，是辭賦的地位及功用的探討。賦體的創作使得人們在建功立業之外，另闢一揚名傳世的管道，同時更由於重視文學，也促進文學創作及理論的發展。其二，是辭賦的理論在質與量上的提升，如曹丕歸納出「詩賦欲麗」的特徵，以及對辭賦文章的探討，都較兩漢時期更具理論色彩和系統性[1]。

　　首先，是辭賦地位及功用的探討。建安時期，曹丕《典論‧論文》中對於文學的地位的說明與重視：

　　　蓋文章，經國之大業，不朽之盛事，年壽有時而盡，榮樂止乎
　　　其身，二者必至之常期，未若文章之無窮。是以古之作者，寄
　　　身於翰墨，見意於篇籍，不假良史之辭，不託飛馳之勢，而聲
　　　名自傳於後。故西伯幽而演易，周旦顯而制禮，不以隱約而弗

---

[1] 參何新文：《中國賦論史稿》（湖北：開明出版社，1993年），頁47。何書稱魏晉時期的辭賦理論比漢人更趨于理論色彩和系統性。

務，不以康樂而加思。（《文選》卷五二）

曹丕重視文章的地位，並高舉文章與「經國大業」同樣為「不朽之盛事」，年壽與榮樂皆為有限，不如文章之可傳久遠。因此，古之作者，以翰墨篇籍為表情達意、傳揚名聲的方法，而不以政治地位、年壽、榮辱等名傳於後世。顯然地，曹丕所要灌輸文士的觀念，是將文章的地位提高到與經國濟世一樣偉大，讓文士不要執著於功名榮辱，而將一己之才轉移在文章創作上。曹丕為了移轉文士的心力才力，也為了安撫文人躁動的政治心思，動機或許有政治上的考量，但是，這篇高論卻促成文章地位的提高，並且幫助文學獨立於政治之外而取得不朽的地位。

曹丕寫《典論・論文》，固然還有其他的背景因素[2]，但是身為帝王，享有權勢富貴，何以反而認為文學是「不朽」盛事呢？曹丕會將文章提高到與經國大業等同地位，其理論背後是否有著文士們對生命短暫的感歎及無奈？吳質〈答魏太子牋〉：

> 昔侍左右，廁坐眾賢，出有微行之遊，入有管絃之懽，置酒樂飲，賦詩稱壽，自謂可終始相保，並騁材力，效節明主。何意數年之閒，死喪略盡！臣獨何德，以堪久長？陳徐劉應，才學所著，誠如來命；惜其不遂，可為痛切。（《文選》卷四十）

吳質的〈答魏太子牋〉是對曹丕〈與吳質書〉的回復，其文中提到昔日的文友，一同遊宴賦詩，以為可終始相保，可是實際上卻是一個個

---

[2] 見王夢鷗：《傳統文學論衡》（臺北：時報文化公司，1991 年），頁 23。以及王夢鷗：《古典文學論探索》（臺北：正中書局，1987 年），頁 73。《古典文學論探索》稱：「可知曹丕寫作這篇論文的動機，至少是：一因其好自炫耀的性格，二因人壽短促而文名可久的覺悟，三因當時對於人物的批評剛始轉入文學作品的批評，故其意見漫無標的。」

在年少時即不得不面臨生命凋零的命運[3]，《三國志‧魏書》裴松之注引《魏書》中說：

> 帝初在東宮，疾癘大起，時人彫傷，帝深感歎，與素所敬者大理王朗書曰：「生有七尺之形，死唯一棺之士，唯立德揚名，可以不朽，其次莫如著篇籍。疾癘數起，士人彫落，余獨何人，能全其壽？」故論撰所著《典論》、詩賦，蓋百餘篇，集諸儒於肅城門內，講論大義，侃侃無倦。（《三國志‧魏書‧文帝紀》卷二，裴松之注）

建安二十二年，癘氣流行，家家戶戶有喪泣之痛[4]，曹丕見到疾癘之病，不分貴賤貧富，乃深有所感，以為人雖有七尺之軀，一旦死亡，所佔有的不過是一抔之土。有什麼是可以留傳久遠而不受病、死影響的呢？ 在疾病多起的環境下，連身在帝王之家的曹丕也不能保證自己生命的長久，在這震撼之中，文人所要的是尋找一種解決之道，以堅持其安身立命的目標及理想。曹丕最後選擇立德揚名為傳之不朽的大事，其次就是篇章典籍。因而曹丕以帝王之尊，力求政治上揚名於歷史的同時，對於典籍的著述以及編集更是不遺餘力，從《三國志‧魏書‧文帝紀》中記載可看出：

> 帝好文學，以著述為務，自所勒成垂百篇。又使諸儒撰集經傳，隨類相從，凡千餘篇，號曰《皇覽》。（《三國志‧魏書》

---

[3] 曹丕所指的七子，全都死於建安時代，如孔融死於東漢‧建安十三年，阮瑀死於建安十七年，王粲、徐幹、陳琳、應瑒、劉楨，皆死於建安二十二年。曹丕〈與吳質書〉：「昔年疾疫，親故多離其災，徐、陳、應、劉，一時俱逝。」見《三國志‧魏書‧王粲傳》卷二一。

[4] 《太平御覽》七四二：曹植說疾疫：「建安二十二年，癘氣流行，家家有僵屍之痛，室室有號泣之哀，或闔門而殪，或覆旋而喪，或以為疫者鬼神所作。」

卷二）

曹丕著述《典論》、詩賦百餘篇，並集諸儒於肅城門內，講論大義，更召諸儒撰集《皇覽》，對文學典籍的分類與整理作出實際的貢獻。同時，曹丕將其文章為經國大業的觀念公諸於世，並召諸文士儒生講論大義，對於文學地位的提高有很大的助力，並且確立文學所能成就的不朽功蹟，曹丕也就成為歷史上第一位把文學的娛樂附庸的地位提高到與廟堂歷史等高的人。

這一點對於辭賦的地位的幫助，更是一項扭轉觀念的大動作。由於曹丕所認為的「文章」包括詩賦在內，將詩賦等文學創作比擬於「經國大業」的「不朽盛事」。因此，對於漢代以來一直作為娛悅帝王的辭賦而言，辭賦文章既然可以經國大業，傳之不朽，那麼，賦家地位也搖身一變，從「言語侍從」[5]與「倡優俳優」[6]的身份成為與立德立功的政治家等齊，可以發揮其經國濟世的功能。

如此一來，辭賦文章漸漸脫離純粹取悅帝王的遊戲功能，而從娛悅他人的角色轉而服務自己，賦家開始關注自己的情感，為自己的情志發抒而作賦，為自己所想要表達的思想內容以立言。辭賦從漢代大賦到魏晉的抒情小賦，除了文體自身的演變以及時代等其他的因素外，曹丕《典論‧論文》一出，對辭賦文章地位的扭轉及觀念的轉變成為非常重要的關鍵因素。

賦的文體本來就具有「諷諫之義」，漢代揚雄認為漢大賦的諷諫意義是有助於政治的，但是卻因為賦家在創作時過於討好帝王而使得賦的諷諫之義只僅見於「曲終雅奏」。使得讀者震懾於漢大賦描景繪物的磅礴的氣勢，沉浸在繁麗的語彙之中，而忽略文末提點的諷諫之

---

[5] 見班固＜兩都賦序＞，《文選》卷一。
[6] 見《漢書‧王褒傳》卷六四。

義，而令賦的諷諭作用名存實亡。於是，賦體本身最重要的諷諫之義的文體特色，實際上是無法發揮真正的作用而名存實亡。所以，揚雄作賦三十餘年，最後憤而放棄賦的創作，而發出「壯夫不爲」的感嘆[7]。也自此開始，辭賦的地位便在政治功用與文學獨立的兩者間擺盪。

曹魏時期，曹氏兄弟對於辭賦的地位有不同的看法。雖然曹丕提出文章是與建德立功是同爲不朽的事，然而，曹植對於文章辭賦的觀點卻與曹丕相反，他與揚雄持相似的觀點，認爲辭賦不過是小道，不能與建德立業的國家大事相提並論。

然而，曹植喜愛運用賦體的形式創作，史有明證，曹植在＜前錄序＞[8]中說明自己對於賦作的喜愛：

> 余少而好賦，其所尚也，雅好慷慨，所著繁多，雖觸類而作，
> 然蕪穢者眾，故刪定，別撰爲《前錄》。（《全三國文》卷十
> 六）

曹植自己「少好賦」，在給楊修的信中說：「僕少好詞賦，迄今二十有五年矣。」[9]自陳自己不但愛好辭賦，並且已歷時二十餘載。其所推崇的是「雅好慷慨」的賦風，所著繁多，故而刪定賦作，撰成《前錄》一書。一方面說明曹植賦作繁多，一方面也透露出賦作之具有慷慨的建安風力。而曹植也曾針對「七」體，命其他人作賦，＜七啓序＞：

> 昔枚乘作＜七發＞，傅毅作＜七激＞，張衡作＜七辯＞，崔駰
> 作＜七依＞，辭各美麗，余有慕之焉，遂作＜七啓＞，並命王
> 粲作焉。（《文選》卷三四）

---

[7] 見揚雄《法言・吾子》卷二。
[8] 或作＜文章序＞。
[9] 見《三國志・魏書》裴松之注引《典略》

曹植不但慕「七」體之辭「麗」，自己也仿作成＜七啓＞一篇，又命
王粲也作一篇，可見曹植對於辭賦的喜愛。《文心雕龍・時序》說：
「文帝以副君之重，妙善辭賦；陳思以公子之豪，下筆琳琅，並體貌
英逸，故俊才雲蒸。」也說明辭賦的創作在建安時期繁盛的景象。

　　曹植雖然喜愛辭賦並且參與創作，但是曹植將辭賦視爲「小道」
，卻也是明言書之；曹植在＜與楊德祖書＞說：

>　　辭賦小道，固未足以揄揚大義，彰示來世也。昔揚子雲，先朝
>執戟之臣耳，猶稱「壯夫不爲」也。吾雖薄德，位爲藩侯，猶
>庶幾戮力上國，流惠下民，建永世之業，流金石之功，豈徒以
>翰墨爲勳績，辭賦爲君子哉！（《三國志・魏書・陳思王植傳
>》卷十九）[10]

曹植提出揚雄的「壯夫不爲」的事來證明自己與揚雄相同的觀點，而
推認爲辭賦是小道，不足以揄揚大義，那麼，大義爲何呢？身爲藩侯
的曹植，本應將建功立業、造福百姓作爲自己的主要目標，而不能以
文章翰墨當作勳績、以辭賦當成大事。所以，曹植一方面雖然對文章
辭賦相當喜愛，但是另一方面卻大丈夫應以報效國家爲「大義」，而
以辭賦爲「小道」。

　　觀念的不同與其遭遇有關，當初，曹丕與曹植在帝位的競爭上產
生嫌隙，《三國志・魏書》記載：

>　　每進見難問，應聲而對，特見寵愛。……植既以才見異，而丁
>儀、丁廙、楊修等爲之羽翼。太祖狐疑，幾爲太子者數矣。而
>植任性而行，不自彫勵，飲酒不節。文帝御之以術，矯情自飾
>，宮人左右，並爲之說，故遂定爲嗣。……文帝即王位，誅丁
>儀、丁廙並其男口。植與諸侯並就國。黃初二年，監國謁者灌

---

[10] 又見《文選》卷四二。「薄德」作「德薄」，「藩」作「番」。

均希指，奏「植醉酒悖慢，劫脅使者」。有司請治罪，帝以太
后故，貶爵安鄉侯。(《三國志‧魏書‧陳思王植傳》卷十九)

由於曹植的文才奇高，太祖有意立他為太子，但是卻因為曹植的行為
率性，加上曹丕的矯情自飾，相較之下，太祖最後還是立曹丕為太子
。所以，在曹丕心中對曹植是有所忌憚的。在曹丕即王位之後，誅殺
曹植身邊丁儀、丁廙等羽翼，甚至欲置曹植於死地，後因太后的阻止
才作罷，這種種的行為都對曹植產生心理上的壓力。曹植經過太祖賞
識到幾乎立為太子，而後卻在曹丕的種種迫害下，差點葬送自己性
命，在政治上可說是大起大落，也逐漸明白政治的可怕並不是任性而
行所可以解決的，即使是身為皇胄貴族，依然逃不開政治的迫害。因
而曹丕即位後，曹植數度上書想要有所作為，結果卻石沉大海，不見
重用[11]。不僅如此，曹丕對曹植的政治情結也連帶地影響其對辭賦文
章的認知，曹丕與曹植的殊塗異曲是可想而知的。

因此，曹植對辭賦的觀念雖與揚雄一樣著重於政治的功用，但是
卻有不同的出發點，揚雄稱「壯夫不為」，可說是對於賦體形式「曲
終雅奏」的不滿；而曹植卻是因為自己的在政治上的不得意，反而立
志以國家大事為人生的經國大業，而視辭賦為小道。

如此，比較曹丕與曹植，曹植代表的是沿續傳統的說法，而曹丕
則是針對曹植之說而發[12]。曹植對於辭賦的創作是喜愛的，也極力在
辭賦創作上展現文才，但是卻在理論的闡述上與曹丕各執一詞。曹丕
是獲得權勢地位者，卻認為辭賦文章是「經國大業」、「不朽盛事」
；曹植未得帝權，是落魄的皇室貴族，卻認為「戮力上國、流惠下民

---

[11] 見《三國志‧魏書‧陳思王植傳》卷十九。
[12] 此見王夢鷗：《古典文學論探索》(臺北：正中書局，1987 年)，頁 65。
王書中認為這是兩人在爭奪太子位時的門面語。

」才是大業。曹丕的文采不如曹植，反而著述詩賦百餘篇，講述大義，欲傳之不朽；曹植的才高八斗，致力於辭賦篇章二十餘年，並為太祖及當時人所重視，但是卻認為辭賦是小道，兩人的行徑與看法剛好形成強烈對比。

其次，在對辭賦的理論上，曹丕在《典論‧論文》中說：「詩賦欲麗」，從「麗」的特點上去概括詩賦的藝術特徵，進一步發展揚雄提出的賦「麗」的理論。

另外，對於賦家賦作的品評，曹氏兄弟也有所建樹。曹丕《典論‧論文》說：

> 王粲長於辭賦，徐幹時有齊氣，然粲之匹也。如粲之＜初征＞、＜登樓＞、＜槐賦＞、＜征思＞，幹之＜玄猿＞、＜漏卮＞、＜圜扇＞、＜橘賦＞，雖張蔡不過也。然於他文，未能稱是。……夫文本同而末異，蓋奏議宜雅，書論宜理，銘誄尚實，詩賦欲麗。……文以氣為主，氣之清濁有體，不可力強而致；譬諸音樂，曲度雖均，節奏同檢。至於引氣不齊，巧拙有素，雖在父兄，不能以移子弟。（《文選》卷五二）

曹丕評論王粲與徐幹的文章，推舉王粲的賦作，如＜初征＞、＜登樓＞、＜槐賦＞、＜征思＞，徐幹之＜玄猿＞、＜漏卮＞、＜圜扇＞、＜橘賦＞等賦，認為雖是張衡、蔡邕也比不過。這句話確實過於誇張，但是也見出曹丕在評論各家的文學地位時，是以賦作的高下作為彼此才氣的評量。而曹植在＜與楊德祖書＞中也說：

> 然今世作者，可略而言也。昔仲宣獨步於漢南，孔璋鷹揚於河朔，偉長擅名於青土，公幹振藻於海隅，德璉發跡於大魏，足下高視於上京。……然此數子，猶不能飛翰絕跡，一舉千里也。以孔璋之才，不閑辭賦，而多自謂與司馬長卿同風，譬畫虎

　　不成還為狗者也。（《三國志‧魏書‧陳思王植傳》卷十九裴
　　松之注引）[13]

曹丕繼揚雄之後，提出「麗」的審美理想以歸結辭賦之藝術特色，一
方面是承認揚雄所說的詩人之賦或是辭人之賦，皆有「麗」的藝術風
貌，另一方面則說明詩賦有別於其它文體的地方，就在於詩賦具「麗
」的特色，不但在前人的理論上沿用其說，更具體引用作為說明。而
曹丕與曹植兄弟皆對各家的辭賦文章上有所評論。尤其是曹丕提出
「文氣」之說，謂王粲長於辭賦，徐幹時有齊氣[14]等說法，是為重要
的文氣理論，雖然還不是十分有系統的論說，但是從其品評之中，也
見出他們對辭賦的優劣高低的評量概貌，可說是初步建立了理論。

　　從揚雄以來，辭賦的定位問題，究竟是實用的、政治的，還是純
文學的，此觀點經過一番論述與演變的過程。建安時期對於辭賦的見
解尚未到達純粹以藝術價值看待之，仍然停留在政治的立場、實用的
角度、文體特徵等論題上打轉，雖然尚未如南朝以後的成熟，但這畢
竟是建安時期所呈現的賦體理論面貌，也為後來賦論的成熟作一鋪路
的工作。

---

[13] 此段引文在《文選》卷四二，飛「翰」絕跡作「軒」，其餘不一一說明。
[14] 《文選》李善注「齊氣」為舒緩之氣。王夢鷗認為是「齋氣」，同註12，
　　頁75。

第二節　兩晉時期

　　兩晉時期，在建安時期理論的基礎上更爲後出轉精。諸如賦體的專論紛紛出現，並且更具有理論的色彩及代表性，如西晉‧左思的＜三都賦序＞、皇甫謐的＜三都賦序＞反對賦的夸飾，主張賦的徵實說、陸機的＜文賦＞提出賦的文體特色、摯虞對於賦提出「四過」的缺失、葛洪則說明雕飾是文體自然的演變、陶淵明則再度強調賦體諷諭的特點、而晉初傅玄的＜七謨序＞則是從各個角度提出對賦的看法，這些都是有關賦的重要理論。

　　左思的徵實論是重要的辭賦理論，他針對漢以來賦體走向虛浮的作風，提出反對的言論，認爲賦體在摹物寫志之時，應遵守「依本」、「徵實」的原則。他認爲司馬相如＜上林＞以及揚雄的＜甘泉＞、班固的＜兩都＞、張衡的＜西京＞都有記載失實的缺點，「假稱珍怪，以爲潤色」，左思在＜三都賦序＞中說：

> 蓋詩有六義焉，其二曰賦。揚雄曰：詩人之賦麗以則，班固曰：賦者，古詩之流也。先王采焉以觀土風……，故能居然而辨八方。然相如賦＜上林＞，而引「盧橘夏熟」；揚雄賦＜甘泉＞，而陳「玉樹青蔥」；班固賦＜西都＞，而歎以「出比目」；張衡賦＜西京＞，而述以「遊海若」。假稱珍怪，以爲潤色。若斯之類，匪啻于茲。考之果木，則生非其壤；校之神物，則出非其所；於辭則易爲藻飾，於義則虛而無徵。且夫玉巵無當，雖寶非用；侈言無驗，雖麗非經。（《文選》卷四）

左思批評相如等人的賦作「假稱珍怪」，因而「考之果木，則生非其壤；校之神物，則出非其所。」將不屬於此地之物也拿來當成此地之

物，追究夸飾過度的原因可能有三；其一，特別強調當地宮苑的奇珍異獸；其二，誇示作者的學多識廣；其三，不過是以夸張當作是文字遊戲的方法罷了。

夸飾過多，則令人生疑，空有藻飾，義而無徵，如同玉卮無當，雖是寶物也無所用處。因此左思主張賦作必須具有「徵實」的原則：

> 余既思摹〈二京〉而賦〈三都〉，其山川城邑，則稽之地圖；其鳥獸草木，則驗之方志；風謠歌舞，各附其俗；魁梧長者，莫非其舊。何則？發言為詩者，詠其所志也；升高能賦者，頌其所見也。美物者貴依其本，讚事者宜本其實。（《文選》卷四）

「依本」者，即是以其本有實有者作為描寫的憑藉，不能妄自借用，此即「徵實」之說。左思提出「徵實」理論，有別於當時賦體一味講求文藻的風尚。綜而言之，左思的〈三都賦序〉中提出幾個理論的問題：

一、認為賦是由詩演變而來的

左思贊成揚雄的「詩人之賦麗以則」以及班固「賦者，古詩之流也」的觀點，強調賦自詩出，認為賦像詩一樣是客觀事物的反映，賦像詩一樣可以「觀土風」、「辨八方」，具有認識當地風物的作用。

二、批評漢代的體物大賦「虛而無徵」夸飾過多的缺點

左思提出司馬相如、揚雄、班固、張衡四大家之大賦作品中描寫不符合事實的地方，說明語言若是過分夸飾，則：「于辭則易為藻飾，于義則虛而無徵。」只流於文字的藻飾，而對於意涵卻是虛浮而無所徵驗的。

三、主張賦的描寫應該依據本實

左思自述其〈三都賦〉的寫作，「其山川城邑，則稽之地圖；其

鳥獸草木，則驗之方志；風謠歌舞，各附其俗」，提出「美物者貴依
其本，讚事者宜本其實」。要求賦的寫地、敘事、言物要有憑據，能
符合實際存在的狀況，不能違背本來所具有的特點形態[15]。

　　左思對於賦的寫作主張真實有據、徵實不虛，不贊成過度的想像
和不必要的夸飾。但是，若按此種理論發展下去，則賦將成爲地理書、
方志一般事事有據的書籍，失去文學想像的空間。左思的主張雖然是
針對當時文風之矯正，但是文學作品若是事事皆有所依據時，失去想
像的部份，則會造成學術與文學的分野不清，失去文學作品的藝術特
色與美感。這是左思＜三都賦序＞提出徵實原則時所未見到的地方，
也是＜三都賦序＞理論上不盡完美之處。

　　左思以後，講求徵實的風氣如一陣強風吹過賦家的心中，皇甫謐
的＜三都賦序＞就是這股潮流的推波助瀾者。他肯定左思的賦作，並
且附和左思的論調，認爲賦作必須符合「可得披圖而校」、「可得按
記而驗」的創作原則，而且應該具有「紐之王教，本乎勸戒」的功能，
因此，把漢人所認爲賦體的諷諫功能加上徵實的面貌展現於世人面
前。皇甫謐的＜三都賦序＞云：

　　　逮漢，賈誼頗節之以禮。自時厥後，綴文之士，不率典言，並
　　　務恢張，其文博誕空類。大者罩天地之表，細者入毫纖之內。
　　　雖充車聯駟，不足以載，廣廈接榱，不容以居也。其中高者，
　　　至如相如＜上林＞、揚雄＜甘泉＞、班固＜兩都＞、張衡＜二
　　　京＞、馬融＜廣成＞、王生＜靈光＞，初極宏侈之辭，終以約
　　　簡之制，煥乎有文，蔚爾麟集，皆近代辭賦之偉也。（《全上
　　　古三代秦漢三國六朝文‧全晉文》卷七一）

---

[15] 見畢萬忱、何沛雄、羅忼烈編：《中國歷代賦選‧魏晉南北朝卷》（江蘇
　　育出版社，1994年），頁326。

解，另一方面也提出與左思略有不同的賦體理論。皇甫謐說明自漢代
賈誼以後，文士在寫作之際，有刻意誇張其文、虛而不徵的事實；其
誇張之處，大者可至天地之大，細者可至毫纖之內，極盡誇張的手法
。然而，皇甫謐還是肯定相如等人辭賦的卓絕偉業，認爲這些人「皆
近代辭賦之偉也」，並不是如左思一味地只以徵實原則來評論前人之
作。但是皇甫謐也提出相如等人的賦作中夸飾不經的地方，＜三都賦
序＞說：

> 夫土有常產，俗有舊風，方以類聚，物以群分。而長卿之儔，
> 過以非方之物，寄以中域，虛張異類，託有於無。祖構之士，
> 雷同影附，流宕忘反，非一時也。……其物土所出，可得披圖
> 而校；體國經制，可得按記而驗，豈誣也哉！（《全上古三代
> 秦漢三國六朝文·全晉文》卷七一）

相如＜上林賦＞中把其它地域的東西也放在漢武帝的園苑中[16]，這是
將物的產地隨意附會，虛張異類。將事物的出產地隨意放置，主要只
是爲了誇張氣勢而拿來運用的題材罷了。這一點是與左思的批判持相
同立場，認爲這種誇張是太過了。因而，皇甫謐也是主張「披圖而校」
、「按記而驗」，認爲賦作仍須以徵實爲原則。兩者相異的是，皇甫
謐在強調徵實的原則之下，仍然肯定賦體的藝術特色：

> 賦也者，所以因物造端，敷弘體理，欲人不能加也。引而申之
> ，故文必極美，觸類而長之，故辭必盡麗。然則美麗之文，賦

---

[16] 司馬相如＜上林賦＞：「於是乎蛟龍赤螭，魱鰽漸離，鰅鰫鰬魠，禺禺魼
鰨，揵鰭掉尾，振鱗奮翼，潛處乎深岩。」李善注：赤螭，雌龍也。漸離
，舊說爲魚類，不詳其狀。鰅是魚類，相傳出於朝鮮海內。這些或傳說中的
動物，或是產於海外之物，不是帝王的園圃中所養的，而相如爲了誇張上林
園苑中的奇珍異物，而將不屬於上林者也納入＜上林賦＞中，其實只是增強
其誇張的效果而已。見《文選》卷八。

　　之作也。（《全上古三代秦漢三國六朝文・全晉文》卷七一）
相較於左思提出「依本」、「徵實」的原則，皇甫謐雖然是其理論的
贊同者，卻也提出自己對於賦體應具有的藝術特色的看法。這種理論
自是比左思更進一步看到賦體藝術形式上的美感特質，而不僅僅是附
和左思的徵實理論而已，同時，也更說明在兩晉時期的賦體理論已不
再只是以諷諫的功利性為著眼點或徵實的原則要求，更重要的是人們
已經懂得注意藝術特徵與美感。因此，對文學之藝術性其及美感特徵
的說明及肯定、人們對文學的自覺意識、以及將文學創作獨立於功利
性目的之外，而以純粹藝術的對待等，都已成為此一時期的理論價值
超越前朝的地方。

　　西晉・陸機的＜文賦＞以賦體的形式討論文學理論，是一篇非常
重要的理論篇章。陸機在＜文賦＞中提到各文體的特色，對於賦的文
體特色有明確的說明：

　　賦體物而瀏亮。（《文選》卷十七）
陸機強調賦的「體物」方面的文體特徵。＜文賦＞的主旨在分析作文
利害之所由，其最大的論點在於「文」、「意」、「物」三者之間的
關係，認為創作中最大的困難在於「意不稱物，文不逮意」，因此，
陸機從這「文」、「意」、「物」三者展開理論架構。而「賦」是以
體物為其文體的主要特徵，涉及了「物」與「文」、「意」的問題。
「體物」是要切確把握物象的特點，加以細膩入微的刻畫，從其物貌
之形態到物之特質的掌握，都是賦體在「體物」上的用心處。賦的體
物特徵更要突顯出其「瀏亮」的特點，也就是以鮮明的形象以及豐富
的辭藻作為賦體表現的方式。

　　然則，賦作在體物之餘仍離不開創作者情意的表現，所以說：「情
曈曨而彌鮮，物昭晰而互進。」（＜文賦＞語）運用物的描繪而融以

情意的展現，使得詩賦文章的內容得以涵蓋外在的物與內在的作者的情意，於是緊扣「文」、「意」、「物」三者的關係。對於情的興起，陸機認為四時景物的變幻是引發作者情意搖動的來源，陸機＜文賦＞說：

> 佇中區以玄覽，頤情志於典墳。遵四時以歎逝，瞻萬物而思紛。悲落葉於勁秋，喜柔條於芳春。心懍懍以懷霜，志眇眇而臨雲。（《文選》卷十七）

由於四時景物的不同，作者思緒隨萬物而紛雜。當見到秋日落葉飄零，內心生發出蕭瑟淒涼之感；當春天綠意盎然，則內心欣喜於柔條初發；冬日嚴寒，令人懍然；臨雲嗟嘆，則有渺遠之志。因此，人因景色的變換而心情思緒隨之動搖變化，季節景物有異，所引起的情感也不同，而作者內心之感動，則抒發於詩賦文章之寫作。

＜文賦＞的另一重要的貢獻是在「應感說」的提出，其云：

> 若夫應感之會，通塞之紀，來不可遏，去不可止；藏若景滅，行猶響起，方天機之駿利，夫何紛而不理？……吾未識夫開塞之所由。（《文選》卷十七）

陸機討論創作之際，創作者應感於外在景物的情狀，並說明「應感」具有來去不可遏止的特性，此為「天機」，是不可知其「開塞之所由」的。陸機的「應感說」說明「物」與「情」相會交融時，創作者內心靈感交會之狀，這是創作者的心物交流的結果。陸機對於創作者創作情狀的描述，是第一位在創作理論中提出有關靈感與想像問題的人，有助於賦體在創作過程的說明。

晉・摯虞則是站在揚雄的理論角度來論說賦體，認為賦體為古詩之流。摯虞＜文章流別論＞說：

> 賦者，敷陳之稱，古詩之流也。古之作詩者，發乎情，止乎禮

義。情之發，因辭以形之；禮義之旨，須事以明之，故有賦焉。所以假象盡辭，敷陳其志。前世為賦者，有孫卿屈原，尚頗有古詩之義。至宋玉，則多淫浮之病矣。《楚辭》之賦，賦之善者也，故揚子稱賦莫深於《離騷》。賈誼之作，則屈原儔也。古詩之賦，以情義為主，以事類為佐；今之賦，以事形為本，以義正為助。情義為主，則言省而文有例矣；事形為本，則言當而辭無常矣。文之煩省，辭之險易，蓋由於此。夫假象過大，則與類相遠；逸辭過壯，則與事相違；辯言過理，則與義相失；麗靡過美，則與情相悖。此四過者，所以背大體而害政教，是以司馬遷割相如之浮說，揚雄疾「辭人之賦麗以淫」也。（《全上古三代秦漢三國六朝文・全晉文》卷七七）

摯虞，字仲洽，是西晉高士皇甫謐的學生。摯虞將「象」、「辭」、「志」三者作為貫串賦體創作過程的字眼，提出「假象盡辭，敷陳其志」做為賦體的特徵，也就是說賦體是以具體的形象描繪、敷陳的方式來表達情志。摯虞並依此理論品評「古之賦」與「今之賦」兩者：認為古之賦，是以「情義為主，事類為佐」；而今之賦是「以事形為本，義正為助」。以情義為主，則簡約而情志有所依據，以事形為本，則言語雖然恰當，但是也易因事義典故的層層疊疊而失去原來所要闡發的道理。歸納言之，摯虞比較古今賦體的差別，是從對情義與事類上輕重不同的取擇標準來看。由此可見摯虞認為情義內容應重於事類的形式，這是摯虞有別於左思、皇甫謐的地方。

既然摯虞認為賦作應「以情義為主、以事類為佐」，因而批評今之賦中存在的「四過」：「假象過大」、「逸辭過壯」、「辯言過理」、「麗靡過美」，犯了此四過則會「背大體而害政教」，所以，摯虞以此觀點呼應揚雄的「辭人之賦麗以淫」的批評，也說明其理論主

張中欲救「麗靡過美」的立場。同時，摯虞提出「質文時異」，可說
對後來劉勰的「質文代變」的文學史觀是有所影響的。

在理論上獨樹一格的是葛洪，他是從賦體與詩體的比較上，突顯
出賦體的優點及特徵。《抱朴子》中說：

> 今詩與古詩，俱有義理，而盈於差美矣。方之於士，並有德行
> ，而一人偏長藝文，不可謂一例也；比之於女，俱體國色，而
> 一人獨閑百伎，不可混為無異也。若夫俱論宮室，而奚斯路寢
> 之頌，何如王生之賦＜靈光＞乎？同說遊獵，而叔畋盧鈴之
> 詩，何如相如之言＜上林＞乎？（《抱朴子·鈞世》）

葛洪從今古的時代差異上著眼，認為賦篇所能描繪的景物比詩更為詳
盡，就比如一群皆具有德行的人，而其中卻有一人比其他人具備藝文
方面的長才；又如眾美女皆是天香國色，而其中卻有一人比其他人更
具有各種技藝一樣。換言之，若以描寫宮室的詩文來比較，則《詩經
》中的＜魯頌·閟宮＞[17]，又那裏會比＜靈光賦＞更為詳盡呢？若以
遊獵為題材，以《詩經·鄭風》中＜叔于田＞、＜大叔于田＞、＜盧
令＞之詩[18]，又何以會比相如的＜上林＞更為精采呢？言下之意是推
崇＜靈光＞與＜上林＞在描繪上比詩更具有「假象盡辭」的特色。此
從賦與詩體的文體特徵上著眼，區別詩與賦的不同，將詩定義在抒發
一時的情感為要，而賦則除了情感之外，更具有描繪事物的特長，因
此，賦體描繪形象比詩還要詳盡，這是從賦體文體的特徵，即描繪物
象詳盡與否的角度說明賦體的寫作形式上較勝於詩體之處。

葛洪對於文采上的意見，主張文采與雕飾，而且將雕飾視為必然

---

[17] 《詩·魯頌·閟宮》：「松桷有舃，路寢孔碩，新廟奕奕，奚斯所作。」
[18] ＜叔于田＞：「叔于田，巷無居人；豈無居人，不如叔也。洵美且仁……
。」＜盧令＞：「盧令令，其人美且仁。盧重環，其人美且鬈。盧重鋂，其
人美且偲。」

產生的現象之一。葛洪的《抱朴子》中說：

> 且夫古者事事醇素，今則莫不彫飾，時移世改，理自然也。（
> 《抱朴子・鈞世》）

葛洪喜用古與今的對比說明兩者的不同。古人以醇樸的風格爲著，而今人則事事皆有雕飾，這是由古到今，文采由簡而繁，由樸素而穠麗的結果。歸結這個現象的原因就是「時移世改」。時間推移，世情改變，這是勢之必至，理之必然，所以說「理自然也」。

同時，葛洪提倡的是一種「今勝於古」的文學觀，反對「貴遠賤近」的復古論調。在<鈞世>中又以古書「隱而難曉」，而今文「露而易見」爲論，闡述古書的難解是因歷史的條件所造成的，不是古人故意書寫難曉之文，所以「隱而難曉」並不是古文勝於今文的依據。因此，葛洪認爲隨著時間的遞變，語言文字的使用有愈顯進步的趨向，所以「彫飾」不應非議，「露而易見」更覺可貴，這是文學藝術的歷史演化觀，在古代「今不如古」的思潮中，是極爲難得的。

晉末宋初，理論上還有認爲賦必須歸結於諷諫的看法，如陶淵明[19]在其<閑情賦序>中說：「始則蕩以思慮，而終歸閑正，將以抑流宕之邪心，諒有助於諷諫。」[20]淵明以「諷諫」爲賦的宗旨，惟蕭統對淵明此賦仍以爲無益於諷諫而有「白璧微瑕」之譏[21]。

其他如晉初傅玄的<七謨序>，對枚乘<七發>以來的「七」體有所論述。<七謨序>說：

---

[19] 陶潛（365--427 A.D.）字淵明。或云名淵明，字元亮。世稱「靖節先生」。潯陽柴桑人。

[20] 逯欽立校注：《陶淵明集》（臺北：里仁書局，1985年），頁153。

[21] 見蕭統<陶淵明集序>中稱：「白璧微瑕者，惟在<閑情>一賦。揚雄所謂勸百而諷一者，卒無諷諫，何必搖其筆端？惜哉，無是可也。」於逯欽立校注：《陶淵明集》（臺北：里仁書局，1985年），頁10。

有所論述。<七謨序>說：

> 其枚乘作<七發>，而屬文之士若傅毅、劉廣世[22]、崔駰、李
> 尤、桓麟、崔琦、劉梁、桓彬之徒，承其流而作之者紛焉。<
> 七激>、<七依>、<七說>、<七觸>、<七舉>、<七誤
> >之篇[23]。於通儒大才馬季長、張平子亦引其源而廣之，馬作
> <七廣>，張造<七辨>[24]，或以恢大道而導幽滯，或以點瑰
> 參而託調詠[25]，楊暉播烈，垂於後世者，幾十有餘篇。自大魏
> 英賢迭作，有陳王<七啓>，王氏<七釋>，楊氏<七訓>，
> 劉氏<七華>，從父侍中<七誨>，並陵前而邈後，揚清風於
> 儒林，亦數篇焉。（《太平御覽》卷五九○）

「七」體，公認是從枚乘作<七發>以來，才成爲文士仿效的形式，
而被視爲一體。沿著七體，有<七激>、<七依>、<七說>、<七
舉>、<七誤>等篇，傅玄的<七謨序>說明「七」體的源流及其作
者，可作爲「七」體的流傳的說明，其<七謨序>說：

> 世之賢明，多稱<七激>工，余以為未盡善也。<七辨>似也
> 非張氏至思，比之<七激>，未為劣也。<七釋>僉曰妙焉，
> 吾無間矣。若<七依>之卓轢一致，<七辨>之纏綿精巧，<
> 七啓>之奔逸壯麗，<七釋>之精密閑理，亦近代之所希也。
> （《太平御覽》卷五九○）

「七」體也有各自的風格，或卓轢一致，或是纏綿精巧，或是奔逸壯

---

[22] 《藝文類聚》卷五七，「劉廣」作「劉廣世」。

[23] 《藝文類聚》卷五七，<七觸>作<七躅>，並多出<七興>、<七疑>
二篇，但無<七誤>篇。

[24] 《藝文類聚》卷五七，<七廣>作<七厲>、<七辨>作<七辯>，疑爲
形近或音同之誤。

[25] 或以「調」爲「諷」，疑爲《御覽》之筆誤。

麗，皆各有風貌，＜七謨序＞中一一指出這些不同的風格並作一個評論。「七」體雖不是賦體的主流，卻也在賦體中佔有一席之地，是賦作的其中一種形式，故而附論於此。

　　魏晉時期的賦論是百家齊出，各有各的特色，如同繽紛絢麗的花園景象，在花叢中各自施展其特有之美感。比起漢末及建安時期，魏晉時期的賦論已回歸到賦體本身的問題討論上，因而更注重賦體本身的藝術性與美感特質。所以，賦論的探討不再是強調文學諷諫之用或是立功建業等功利性的目的，反而注意到賦體本身描寫敷陳的形式特徵、抒情言志的內容意涵、創作動機的起因、賦體在體物與抒情上的界限等等創作上的問題。如此一來，賦論的方向便漸漸指向賦體的藝術性特色以及文體的美感等論題的發展，這是在文學的自覺意識抬頭後，一路演變而來的必然趨勢。

第三節　南朝時期

　　南朝宋、齊、梁、陳四代，在一百多年中，文風幾經變化。宋初文風，面臨玄學既衰的事實[26]。而宋初文風，莊老告退，山水方滋，玄言所及，辭尚平淡，呈現文少風力的詩風。之後，轉向藻麗之風，於是，句式講究駢儷，文字追求新奇，而描寫物貌則力求其實，這是自劉宋以來山水文學漸盛後，寫作技巧上的窮力追新，而文學創作則特別講究形式的美感與藝術性[27]。齊、梁之後，文體的更形巧麗華豔，漸漸形成南朝的文風走勢。

　　劉宋一代的賦，雖然在文體上或承漢魏之舊，稱爲「古賦」，然而自陸機〈文賦〉摻用駢儷的句式以來，賦體更沾染駢儷的色彩[28]。而賦體與宋初文風融合陶染，更走向駢儷之路，「駢賦」的作品日益增多，並且有了很大的發展。尤其是劉宋中期以後，謝莊、鮑照等人的賦，已經逐漸走向駢賦的形式。如謝莊的〈月賦〉，駢儷色彩濃厚，而鮑照的〈蕪城賦〉、〈舞鶴賦〉等名作，雖然駢儷色彩很濃厚，但似介於古賦與駢賦之間[29]。齊梁以後，隨著文風的日益繁麗，六朝

---

[26] 見《隋書・經籍志》卷三五，評論前朝文學：「永嘉以後，玄風既扇，辭多平淡，文寡風力。降及江東，不勝其弊。宋、齊之世，下逮梁初，靈運高致之奇，延年錯綜之美，謝玄暉之藻麗，沈休文之富溢，輝煥斌蔚，辭義可觀。」

[27] 見《文心雕龍・明詩》：「宋初文詠，體有因革，莊老告退，而山水方滋，儷采百字之偶，爭價一字之奇，情必極貌以寫物，辭必窮力而追新，此近世之所競也。」

[28] 見陳去病：《辭賦學大綱》（臺北：文海出版社，1971年），頁70。

[29] 見曹道衡：《漢魏六朝辭賦》（上海古籍出版社，1989年），頁155。鮑照其他的賦如〈游思賦〉與〈傷逝賦〉在文體上已經很接近齊梁以後的作品。可以看出劉宋後期的辭賦，正處於變化的時期，到了鮑照以後，辭賦

「駢賦」更是成爲作賦者的寫作形式,而下則開啓唐代律賦之發展[30]。

　　南北朝時期,不但賦體的寫作技巧走向窮力追新的藝術形式,同時,也出現各式各樣的賦論之說。較之前朝,賦論更著重於藝術形式上如語言技巧、聲律、對偶等問題的探討,不但在理論上探討文體創作的種種因素,也強調形式美的發展,對於賦作實具有推波助瀾之效。例如《世說新語》中有關賦的資料、人物、軼事等,談論賦作賦說,而南朝的沈約、裴子野、劉勰、蕭統、蕭繹等人,尤其是劉勰《文心雕龍‧詮賦篇》更是對賦有系統的論述。

　　南朝‧宋劉義慶[31]的《世說新語》記載漢末到東晉士族的言談軼事,輯錄了魏晉間賦作家的作賦源由、趣事,或是對賦的品評等,據此書可藉以窺見魏晉人賦論的一些情況。如《世說新語》中說:

△ 孫興公云:「＜三都＞、＜二京＞,五經鼓吹。」(《世說新語‧文學》四--31)

△ 桓宣武命袁彥伯作＜北征賦＞,既成,公與時賢共看,咸嗟嘆之。時王珣在坐云:「恨少一句,得「寫」字足韻,當佳。」袁即於坐攬筆益云:「感不絕於余心,泝流風而獨寫。」公謂王曰:「當今不得不以此事推袁。」(《世說新語‧文學》四--92)

△ 庾仲初作＜揚都賦＞成,以呈庾亮。亮以親族之懷,大爲其名價云:「可三＜二京＞,四＜三都＞。」於此人人競寫,都下

中的古風就逐漸減少。

[30] 見[日] 鈴木虎雄著、殷石臞譯:《賦史大綱》(臺北:正中書局,1992年),頁 113。參李曰剛:《辭賦流變史》(臺北:文津出版社),1994年),頁 135--188。

[31] 劉義慶(403--444 A.D.),彭城人,生於晉安帝元興二年,卒於宋元帝元嘉二十一年。

為之紙貴。謝太傅云：「不得爾。此是屋下架屋耳，事事擬學，而不免儉狹。」（《世說新語‧文學》四--79）

孫興公針對揚雄發論，認為賦體文學並非雕蟲小技，而可相比於經典[32]。袁彥伯作＜北征賦＞，王珣建議應再加一韻，這是對於賦作的品評。庾闡作＜揚都賦＞初成，無人欣賞，其族中長輩庾亮是為當時大官，闡以此賦呈庾亮，因得亮的稱讚而得以人人競寫、都下紙貴，只有謝安頗不以為然，認為＜揚都賦＞只是模擬前人，沒有新意，如同「屋下架屋」、「不免儉狹」，而庾闡若無庾亮的誇讚，其賦作未必可以都下紙貴。足見當時賦體的創作風格已經有別於前朝，不再欣賞擬學的大賦形式，這代表當時人對賦體的創新的渴求甚於擬學漢賦的風貌。《世說新語》既是記載人物軼事，言行之中透露出魏晉人對於「賦」體的種種看法，提供了研究賦論時側面的資料，雖是隻字片語，亦頗足珍。

而南朝梁‧沈約[33]對賦論最大的貢獻在於聲律以及辭藻之美的提倡；其一，提出賦的「巧為形似之言」、「情理之說」、「氣質為體」，肯定賦體辭藻的「形似」之美；其二，首先提出「聲律」之說，加強賦論中對於聲律之講究。沈約對於詩賦的意見在其《宋書‧謝靈運傳論》中，首先評論司馬相如等人的辭賦創作：

△ 夫志動於中，則歌詠外發。……周室既衰，風流彌著，屈平、宋玉，導清源於前，賈誼、相如，振芳塵於後，英辭潤金石，高義薄雲天。自茲以降，情志愈廣。王褒、劉向、揚、班、崔、蔡之徒，異軌同奔，遞相祖師。

---

[32] 見劉孝標注：「言此五賦是經典之羽翼。」孫綽的觀點可謂針對揚雄，認為賦體文學並非「雕蟲」、「小道」，其作用與經典相通。

[33] 沈約（441—513 A.D.），字休文，吳興武康人。

△ 自漢至魏，四百餘年，辭人才子，文體三變。相如巧為形似之言，班固長於情理之說，子建、仲宣以氣質為體，並標能擅美，獨映當時。是以一世之士，各相慕習，原其颷流所始，莫不祖同風、騷。徒以賞好異情，故意製相詭。降及元康，潘、陸特秀，……縟旨星稠，繁文綺合。（《宋書‧謝靈運傳》卷六七）

沈約以辭賦創作是志動於中而歌詠外發，屈平、宋玉導源於前，而賈誼、相如振芳塵於後，自此以後，「情志愈廣」。可見沈約將辭賦之作皆視為情志所發而歌詠的動機。既而王褒、劉向、揚雄、班固、崔駰、蔡邕諸人，雖異軌而同趨，以前人為師，創作出具有情志之作。沈約提出文體三變：既肯定相如的辭賦成就，同時也評論相如賦作的「巧為形似之言」，充分點出相如擅長描繪形象的藝術特色；而揚雄則是「長於情理之說」，子建仲宣則是以「氣質」取勝，這三種風貌造成其它文士的學習，而上祖風騷之風格。其中「形似」之說，將之歸為相如的賦作風格，似為南朝詩作巧為形似之言鋪路。

其次，沈約則提出聲律之說：

△ 夫五色相宣，八音協暢，由乎玄黃律呂，各適物宜。欲使宮羽相變，低昂互節，若前有浮聲，則後須切響。一簡之內，音韻盡殊；兩句之中，輕重悉異。妙達此旨，始可言文。……自騷人以來，多歷年代，雖文體稍精，而此祕未睹。至於高言妙句，音韻天成，皆闇與理合，匪由思至。（《宋書‧謝靈運傳》卷六七）

△ 是以子雲譬之雕蟲篆刻，云：「壯夫不為」。自古辭人，豈不知宮商之殊，商徵之別？雖知五音之異，而其中參差變動，所昧實多，故鄙意所謂「此祕未睹」者也。以此而推，則知前世

文士便未悟此處。（《南齊書・陸厥傳》卷五二引沈約＜答陸
厥書＞）

沈約最大的貢獻在於對詩歌聲律美的自覺追求，提出「四聲」、「八病」與一系列音韻和諧，低昂互節的聲律原則：「若前有浮聲，則後須切響。一簡之內，音韻盡殊，兩句之中，輕重悉異。」更說明聲律之說，揚雄稱雕蟲篆刻，是因為前人對於聲律之說，視之為小道，而不去分辨其中奧妙，故而「所昧實多」，這是沈約認為「此祕未睹」的原因。雖然沈約的聲律說在當時有所爭論[34]，但是不可否認地，沈約提出聲律的要求，對於聲律之講求、促進辭藻的形式美是有其重大貢獻的。

賦在創作上本是韻文，到南朝時也因為沈約的講求聲律，而使人們對於聲律的知識更為豐富而清楚，對駢賦的對句整齊，更有促成之功。在講究聲律的情況下，仍有人主張樸素的文風。齊末・裴子野[35]的＜雕蟲論＞不滿齊梁以來的文風，對於辭賦重雕飾之風持反對的態度。他認為梁代詩賦重藻飾的文風，近源於宋，遠承司馬相如，＜雕蟲論＞曰：

△ 古者四始六義，總而為詩，既形四方之風，且彰君子之志，勸善懲惡，王化本焉。而後之作者思存枝葉，繁華蘊藻，用以自通。若夫悱惻芳芬，楚騷為之祖；靡漫容與，相如扣其音。由是隨聲逐響之儔，棄指歸而無執。賦歌詩頌，百帙五車，蔡邕等之俳優，揚雄悔為童子。

34　永明時期，聲律之說有所爭論，沈約、謝朓、王融以氣類相推轂，陸厥則謂不然，曾致書問詰，約亦以書答之，各持己見。見《南齊書・陸厥傳》卷五二。又如鍾嶸亦有異議，見《詩品序》，《文鏡秘府論》天卷亦引論之。

35　裴子野（469--530 A.D.）字幾原，河東聞喜人。

△ 爰及江左，稱彼顏謝，箴繡鞶帨，無取廟堂。宋初迄於元嘉，
多為經史。大明之代，實好斯文。高才逸韻，頗謝前哲；波流
同尚，滋有篤焉。自是閭閻少年，貴游總角，罔不擯落六藝，
吟詠情性。學者以博依為急務，謂章句為專魯，淫文破典，斐
爾為功。無被於管絃，非止乎禮義，深心主卉木，遠致極風雲
。其興浮，其志弱，巧而不要，隱而不深。討其宗途，亦有宋
之遺風也。（《通典》卷十六 ）

<雕蟲論>中，以經史學家實用的觀點來衡量當時的文學風尚，裴子
野批評梁代詩賦的重藻飾之風，並沿引揚雄的觀點，認爲辭賦文章是
「枝葉」，只作「雕蟲小技」，視如「俳優」，是揚雄「悔爲童子」
。並且反對「吟詠情性」、「罔不擯落六藝，吟詠情性」的創作傾向
；強調文學「止乎禮義」的重要，否定「深心主卉木，遠致極風雲」
的詠物頌雲之作，認爲那是「志弱興浮」、「巧而不要」、「隱而不
深」的作品。《梁書》本傳說：「子野爲文典而速，不尚麗靡之詞，
其制作多法古，與今文體異。」[36]其實子野以史學家的立場爲文，本
不是以文學家的駢儷色彩爲要，其文章以樸質無華爲要也是其本職使
然，而批評文風過於華靡的論點，更是其本身立場與文風所致，可見
當時以史學家的樸質文風與文學家的麗藻剛好形成截然不同的兩種
創作風貌及理論主張。[37]

蕭統[38]招集門人儒生纂集《文選》，其《文選》以賦爲首，顯見
其對於賦體的重視。而蕭統編《文選》的標準是：「綜輯辭采，錯比
文華，事出乎沉思，義歸乎翰藻。」是從內容與辭藻上肯定文章的藝

---

[36] 見《梁書·裴子野傳》卷三十。
[37] 見鍾濤：《六朝駢文形式及其文化意蘊》（北京：東方出版社，1997 年），
頁 190。
[38] 蕭統（501--531 A.D.），字德施，南蘭陵人。梁武帝蕭衍長子。

術性,尤其注重文采華美與否。《文選‧序》中說:

> <詩序>云:「詩有六義焉,一曰風,二曰賦,三曰比,四曰
> 興,五曰雅,六曰頌。」至于今之作者,異乎古昔。古詩之體
> ,今則全取賦名,荀、宋表之於前,賈、馬繼之於末。自茲以
> 降,源流實繁,述邑居則有「憑虛」、「亡是」之作,戒畋獵
> 則有<長楊>、<羽獵>之制。若其紀一事,詠一物,風雲草
> 木之興,魚蟲禽獸之流,推而廣之,不可勝載矣。

蕭統認為詩賦殊體,騷亦不同於賦,故將騷體與賦分開為不同類。而
其論賦之起源,言荀、宋,而不提屈原,稱賦體是古詩之體而今取賦
名,故仍視賦為詩體。而賦體特以紀事、詠物為其主要特徵,推而廣
之,不可勝載。

　　蕭統與裴子野以史家眼光論文的角度不同,其觀點亦異。蕭統本
是文學家,他將詩賦還歸於應有的特色,而肯定辭賦的特質,即辭藻
華美,並主張之;而裴子野則以史家記實的立場,反對文辭盛藻遮掩
所欲表達的實質內容,所以主張樸素無華的文風。

　　蕭統之弟蕭綱、蕭繹也是主張重視文采、辭藻、對偶、聲律等特
點,同時也相當看重辭賦。蕭繹《金樓子‧立言》篇:「屈原、宋玉
、枚乘、長卿之徒,止于辭賦,則謂之文。」這是重要的文學主張。
而蕭綱提出:「文章且須放蕩」,在<誡當陽公大心書>中:

> 立身之道與文章異,立身先須謹重,文章且須放蕩。(《藝文
> 類聚》卷二三)

「放蕩」與魏晉名士風度「通脫」是連繫在一起的,也就是「放達任
情、不拘禮法」的意思[39]。其將立身與文章分開來說,立身是屬於道

---

[39] 見郁沅、張明高編:《魏晉南北朝文論選》<前言>(北京:人民出版社
,1996年),頁13。

德的範疇，必須以謹重爲要，而文章則是屬於個人才學的展現與情性的抒發，故可盡其才情與文華。《漢書・東方朔傳》稱東方朔：「指意放蕩，頗復詼諧」，《三國志・魏志・王粲傳》稱阮籍「才藻豔逸而倜儻放蕩」，蕭綱所主張的「文章且須放蕩」，在文學自覺的時代中，具有鼓勵文學家抒放情性的意味，是創作者的自覺表現，同時，也是純文學文體自覺的深化表現。強調美文的吟詠情性，「寓目寫心」，不必有明道致用的功利立場，更不必受陳規之束縛，變古翻新，勇於向唯美與浪漫之路邁進[40]。在此種主張之下，反而能夠突顯文學的抒情言志的特性。這種觀念在其時是具有時代價值和意義。

劉勰[41]的《文心雕龍・詮賦》篇可說是對於賦體最有系統的論述，也是賦體理論上最爲完整的理論。《文心雕龍》除＜詮賦＞篇之外，還有＜辨騷＞、＜諧讔＞、＜神思＞、＜體性＞……等諸篇皆談到有關賦的理論。劉勰的賦論有幾個特點：

其一，論賦體之源流

如＜詮賦＞篇論賦體的源流是從「詩」之六義演變而來，但賦體具更具有「鋪采摛文」、「體物寫志」的特點：

> 《詩》有六義，其二曰賦。賦者鋪也，鋪采摛文，體物寫志也。……於是荀況禮智、宋玉風釣，爰錫名號，與詩畫境，六義附庸，蔚成大國，述客主以首引，極聲貌以窮文，蓋別詩之原始，命賦之厥初也。……賦自詩出，分歧異派，寫物圖貌，蔚似雕畫。（＜詮賦＞）

劉勰認爲賦是從詩之大國「分歧異派」而來，其與詩的不同不在於「寫物圖貌」、「體物寫志」的特色，而在於「述客主以首引」的結構上

---

[40] 見陳良運：《中國詩學批評史》（江西人民出版社，1995 年），頁 181。
[41] 劉勰（464--522 A.D.），字彥和，東莞莒人。

，以及「極聲貌以窮文」的文字技巧上與詩分疆畫野，自爲一體，而使得賦體由六義附庸成爲大國。

其二，主張賦體「麗詞雅義」的要求

劉勰認爲賦雖是登高興情，但是必須符采相勝，不偏於文字技巧之炫耀，而應留意賦體的內容，<詮賦>言：

> 原夫登高之旨，蓋覩物興情。情以物興，故義必明雅，物以情覩，故詞必巧麗。麗詞雅義，符采相勝，如組織之品朱紫，畫繪之著玄黃，文雖新而有質，色雖糅而有本，此立賦之大體也。

賦體以登高而興情，因情興，故有賦作；賦作因爲有情感的因素，因此有雅義」，加上賦體鋪采的特色，文以「麗詞」行之，「麗詞雅義」、「符采相勝」才是立賦大體。劉勰是從內容與形式的並重上來評論賦之大體。並不偏持一端，也就是說，不但注重形式上的辭藻華麗，也強調情志的內容，比起前人可說是最爲完整切有價值的理論體系，是爲賦論中最爲重要的理論。

其三，評論漢魏賦家

劉勰提出漢魏賦家數人，並論其賦作風貌，<詮賦>言：

> 宋發巧談，實始淫麗；枚乘兔園，舉要以會新；相如上林，繁類以成豔；賈誼鵬鳥，致辨於情理；子淵洞簫，窮變於聲貌；孟監兩都，明絢以雅贍；張衡二京，迅發以宏富，子雲甘泉，構深瑋之風；延壽靈光，含飛動之勢，凡此十家，並辭賦之英傑也。及仲宣靡密，發端必遒；偉長博通，時逢壯采；太沖安仁，策勳於鴻規；士衡子安，底績於流制；景純綺巧，縟理有餘；彥伯梗概，情韻不匱，亦魏晉之賦首也。

劉勰提出漢代十家「並辭賦之英傑」，而自仲宣以下，爲「魏晉之賦首」，並提出各家的評論，諸如相如<上林>：「繁類以成豔」；賈

誼＜鵬鳥＞：「致辨於情理」；而魏晉諸家或靡密、或博通、或綺巧
等。劉勰掌握各家賦作的特點，或從形式之美，如相如之繁縟；或內
容之長，如賈誼之情理。其不偏於形式或是內容，而能就其兩者之中
尋繹出屬於個別賦家的特點，這對於後人理解漢魏賦家的辭賦風貌是
有所助益的。

其四，對於賦體藝術技巧的說明

　　劉勰對賦體的理論分散各篇，如＜夸飾＞言宋玉、景差以來夸飾
始盛，而相如更推衍其法，「詭濫愈甚」[42]。如＜神思＞言人之稟才
有別、遲速異分：「相如含筆而腐毫，揚雄輟翰而驚夢，桓譚疾感於
苦思，王充氣竭於思慮。」[43]其它如＜情采＞、＜聲律＞、＜體性＞
等論到賦體的作法及其藝術特徵……等。

　　簡言之，劉勰對於賦體是從形式上肯定其藝術特徵，從內容上強
調情志內容、「雅義」的內涵，並論作者的才思等等問題，是最為全
面的理論論述。

　　綜上所論，南朝賦論對於賦體的文字技巧、情志內容多有論述，
或從聲律上講究，或從錯比文華上注意辭賦的辭藻特點，或是持相反
的立場，反對辭賦的華麗特徵，或是能夠從形式及技巧方面肯定辭賦
的存在價值，並且提出情志與內容並重的觀點……等，凡此種種，皆
說明南朝的賦論比起兩晉更具多面性，也更為注意辭賦藝術技巧的呈
現，不但提供賦體理論的確立，也對賦作有推波之效，可說是賦體理
論一個開花結果的時期。

---

[42] 《文心雕龍‧夸飾》：「自宋玉、景差，夸飾始盛，相如憑風，詭濫愈甚。」
[43] 《文心雕龍‧神思》：「人之稟才，遲速異分。相如含筆而腐毫，揚雄輟
　　翰而驚夢，桓譚疾感於苦思，王充氣竭於思慮。」

第五章 創作理論一——麗文縟辭

第一節 以「麗」爲語言形式之特質

魏晉六朝賦體以「麗」爲美的文體特徵，早在曹丕《典論·論文》對各體的對照比較之中，已經提出「詩賦欲麗」的主張[1]。曹丕詩賦「麗」的主張是從語言的風格上著論，而語言風格則是由於形式表現而形成。從這一點來看，皇甫謐＜三都賦序＞有言：

> 然賦也者，所以因物造端，敷弘體理，欲人不能加也。引而申之，故文必極美；觸類而長之，故辭必盡麗。然則美麗之文，賦之作也。（《全上古三代秦漢三國六朝文·全晉文》卷七一）

「感物造端」是說以「體物」爲賦頌之始，而賦體的語言形式特色有二：就篇幅大小而言，「敷弘體理，欲人不能加也」，是說鋪陳至極，使人無法參贊一詞。就語言質感而言，「文必極美」、「辭必盡麗」是說賦作所用之文辭，美感成分極高，所以極盡「美」、「麗」之能事，而難以移易一字。而此引文頗堪玩味的是其結論：「美麗之文，賦之作也。」是說賦作以「美麗」爲其最大特徵，這個觀點自漢以來而未有所更改。對於「美麗之文」的表現方式，陸機的＜文賦＞中說得很清楚：

> 其爲物也多姿，其爲體也屢遷。其會意也尚巧，其遣言也貴妍

---

[1] 見曹丕《典論·論文》：「蓋奏議宜雅，書論宜理，銘誄尚實，詩賦欲麗，此四科不同，故能之者偏也。」《文選》卷五二。

；暨音聲之迭代，若五色之相宣。（《文選》卷十七）

＜文賦＞實質上是一篇文學創作論，他是從創作的整個過程加以探究「作文利害之所由」（＜文賦＞語），所以，一方面＜文賦＞中的理論可泛用於各種文體；另一方面，對於當時文體的寫作方法與評價標準也可在其中探知[2]。就所引＜文賦＞此部分而言，「其爲物也多姿，其爲體也屢遷」，是說文章描繪的物象千姿百態，而文章的表現形式也變化多端，這是泛論文章的表現對象和因應對象的不同而有不同的表現形式。

至於寫作要求和評價標準則見諸於以下四句，首先，所會之「意」以「巧」爲上，也就是要別出心裁，匠心獨運，與眾不同，新意可見而不流於陳腐；其次，由內在之意形諸外在之「言」，則以「妍」爲貴，妍者，美也，麗也；最後，「暨音聲之迭代，若五色之相宣」至於音韻迭代而成文章，若五色相宣而爲繡，這是在聲音上要求和諧之美。

這樣明確的文學主張，反映了三個事實：其一，說明陸機本人創作之事實。陸文辭藻富麗，注重排偶，在晉代和南朝都享有崇高的聲譽，被稱爲「天才綺練，當時獨絕」[3]，「才高詞贍，舉體華美」[4]，

---

[2] 見王夢鷗：《古典文學論探索》（臺北：正中書局，1987 年），頁 104。王書：「陸機正是根據詩的觀點來寫他的『文』賦。……他是否有意把所有的文章都放在詩的觀點之下？關於這一層，則又牽涉到漢代以來文學觀念的轉向。因爲在他以前若干年，文士們已習慣使用寫詩的方法來寫文章，而且積漸默認那是文人要寫好文章之正常方法。陸機不過在這種習慣下，把簡中的情形加以肯定的說明而已。他把『妍』『巧』二字擴充爲一切文章寫作的評價的標準，隨著他自己作品之流傳，使那後於他的作家跟著『踵其事而增華，變其本而加厲』，乃造成晉宋齊梁一派的作風，而在中國文學史上與周漢的古文分庭抗禮。」

[3] 見《文選》卷十七，＜文賦＞題下李善注引臧榮緒《晉書》語。

[4] 鍾嶸《詩品》上＜晉平原相陸機＞。

而此＜文賦＞正可顯示其美；其二，反映西晉文學的發展趨向和文學審美標準──「巧」與「妍」；其三，正如王夢鷗所說：「因為有這樣明白的文學觀念，才易於為文人所接受而蔚為江左文風垂二百年之久。」[5]蕭統即基於這種觀念來選編《文選》，並於列敘多種文章之後，也如＜文賦＞之例，作了一個總說明：「譬陶匏異器，並為入耳之娛；黼黻不同，俱為悅耳之玩。」提示品評文學極為重要的標準，其所說者，正是＜文賦＞此數句的翻版：「陶匏異器」可致「音聲迭代」，「黼黻不同」而可「五色相宜」；則「娛耳」、「悅目」明確地指出品評文學的標準。

歸結起來，單就文「麗」一端來看，陸機＜文賦＞中拈出了一個同義詞──「妍」，並提出兩個較為顯著的具體方向：「音聲之迭代」──娛耳，「五色之相宜」──悅目。

文麗在文字技巧上可訴諸於形象的呈現，也是訴諸於顏色、形貌等之表現，其色彩之鮮豔如傅玄＜鬥雞賦＞：「玄羽五色錯而成文兮，質光麗而豐盈。」[6]因為五色錯雜而成就美麗的文彩，質光美麗而且體態豐盈，禽族之美麗即在於羽毛的絢麗、文彩的斑斕，正如文學創作上對於「麗」的講求，是在實質之上，再予以積極的藝術加工，粗糙者使其精緻，黑白者使其彩色，尖峭者使其圓滿，平板者使其變化，枯寂者使其靈動……等等的改造。

相對於樸素的顏色，文「麗」的表現便是著重於色彩的美麗，「麗」也就是文筆技巧上運用色彩之表現。例如說到潘岳及陸機文風之綺麗時，說他們的文辭美麗，此於《詩品‧卷上‧晉黃門郎潘岳》有言：

---

[5] 同註2，頁103。
[6] 見《全上古三代秦漢三國六朝文‧全晉文》卷四五。

《翰林》嘆其翩翩然如翔禽之有羽毛，衣服之有綃縠，猶淺于
陸機。謝混云：「潘詩爛若舒錦，無處不佳；陸文如披沙撿金
，往往見寶。」

潘文之美「爛若舒錦」，是說好比展開的錦那般的燦爛耀眼，正如同
翔禽之羽毛、衣服之綃縠，都是色彩鮮豔的文飾；潘岳已經是善於運
用文采的人，但陸機的文采華麗卻又更勝一籌。這種文彩的繽紛爛然
就是「文麗」的表現方式之一，劉孝綽《昭明太子集‧序》中對於這
點有所論述：

若夫天文以爛然為美，人文以煥乎為貴，是以隆儒雅之大成，
遊雕蟲之小道。（錄自《四部叢刊》影明本《梁昭明太子文集
》卷首）

天象之燦爛奪目，人間亦須師法，所以如「雕蟲小道」的文章必須有
煥然可觀的麗詞藻采以相呼應，這是對於所有文章的一個整體的、集
中的、高度概括的審美要求。劉勰的《文心雕龍‧詮賦》說：

△ 宋發夸談，實始淫麗；枚乘兔園，舉要以會新；相如上林，繁
類以成豔……。

△ 麗詞雅義，符采相勝，如組織之品朱紫，畫繪之著玄黃，文雖
雜而有質，色雖糅而有儀，此立賦之大體也。

所謂「淫麗」，所謂「豔」，皆是對於「麗」字的程度說明和詞面抽
換而已，而「麗詞雅義、符采相勝」則是指內容與形式的配合。「麗
詞」是語言形式的展現，「雅義」則是內容的雅正，文辭的華麗與內
容的雅正相配相稱，才是立賦的大體。而「麗詞」一義，則以比喻法
說其如組織有如朱紫之彩，如繪畫加以玄黃之色；而色彩彬蔚、文辭
華美，皆是依內容而展現。所以，劉勰除了主張麗詞的語言形式外，
也強調內容的重要。

　　文麗的外在表現是感性形象的描繪，所謂「摛表五色」者，是審美主體對於感性狀貌的特殊敏感和興趣[7]。其表現在創作上，則是追求形象的鮮明美好以及感性的特徵，使得讀者在閱讀之時，能重新喚起美的色彩、狀貌的感覺經驗，以獲得形象及感官上的滿足。所以「麗」表現於創作技巧上就是聲色形貌的鮮美之表現。

---

[7] 見吳功正：《六朝美學史》（江蘇美術出版社，1994 年），頁 312。

第二節　麗言縟辭之創作表現技巧

　　辭句的排偶、辭藻的夸飾、章句的鋪陳、聲律的講求、典故的運用，這些因素一起體現於文學作品之中，是經過長時間的演變而顯現的四大特色。中國語言的特點在於單音，因為單音，所以用駢體組成的句子，容易引發聯想及美感[8]，而文學技巧的由簡而繁，後出轉精的現象也可從賦體駢語偶句的增多上見出。漢賦雖以繁麗為要，然而魏晉時期的賦體創作技巧卻在對偶、聲律以及辭藻上更加注重，累用對句，文求工麗等等，賦體走向駢偶，遂有駢賦的形成[9]。而駢賦就是在文句中運用駢偶造成文句的對偶、聲律的美感，從而轉化漢賦的語言形式，尤其是齊梁以後，更成為賦家普遍使用的寫作方式。

一、對偶

　　對偶本來是自然成對，不假雕琢的[10]；修辭學上對於「對偶」的定義，從黃慶萱書中可看出：「語文中上下兩句，字數相等，句法相似，平仄相對的，就叫『對偶』。」而黃書認為自然界的各種事物的奇偶對稱，就是對偶的起源[11]。自古以來，對偶逐漸出現在文章的寫作上，魏晉文人才士，更是有意運用，出現頻率增多，刻畫雕飾，便

---

[8] 見方孝岳、瞿兌之：《中國駢散文概論》（臺北：莊嚴出版社，1981 年），頁 83。

[9] 見[日] 鈴木虎雄：《賦史大綱》（臺北：正中書局，1992 年），頁 92。

[10] 《文心雕龍・麗辭》：「造化賦形，支體必雙，神理為用，事不孤立，夫心生文辭，運裁百慮，高下相須，自然成對。」

[11] 見黃慶萱：《修辭學》（臺北：三民書局，1999 年），頁 447。

成風習。《文心雕龍・麗辭》即言：

> 至於詩人偶章，大夫聯辭，奇偶適變，不勞經營。自揚馬張蔡
> ，崇盛麗辭，如宋畫吳冶，刻形鏤法，麗句與深采並流，偶意
> 共逸韻俱發。至於魏晉群才，析句彌密，聯字合趣，剖毫析釐
> 。然契機者入巧，浮假者無功。

在此的「麗辭」，是指「儷辭」之意，也就是對偶的辭句[12]。古來辭
人，雖有奇偶之變，但不是刻意為之[13]，自從揚雄、司馬相如、張衡
、蔡邕以來，崇尚儷辭，儷句與詞采並重，已經開啓了偶句的運用技
巧。到了魏晉，更是有意識地以文字的掌握在駢偶對句上下功夫，由
自然而刻意，由少數而大量，由樸素而華麗，這是形式上演進的必然
趨勢。在文字運用上加上了聯句對仗的文字技巧。<麗辭>更明白指
出對仗的四種方式：

> 故麗辭之體，凡有四對：言對為易，事對為難；反對為優，正
> 對為劣。言對者，雙比空辭者也；事對者，並舉人驗者也；反
> 對者，理殊趣合者也；正對者，事異義同者也。長卿<上林賦
> >云：「修容乎禮園，翱翔乎書圃」，此言對之類也；宋玉<
> 神女賦>云：「毛嬙鄣袂，不足程式，西施掩面，比之無色」
> 。此事對之類也；仲宣<登樓賦>云：「鍾儀幽而楚奏，莊舄
> 顯而越吟」。此反對之類也；孟陽<七哀>云：「漢祖想枌榆
> ，光武思白水」。此正對之類也。凡偶辭胸臆，言對所以為易
> 也；徵人資學，事對所以為難也；幽顯同志，反對所以為優也

---

[12] 見王更生注：《文心雕龍讀本》下<麗辭>（臺北：文史哲出版社，1991
年），頁131。

[13] 《易經》尚陰陽之理，以奇偶相生、男女陰陽之判，實為思維方式之展現，
故在文章上雖不刻意為之，但也偶有奇偶陰陽相勝之時，雖非刻意，但日
以益之，則駢偶之文生焉。

　　；並貴共心，正對所以為劣也。又以言對事對，各有反正，指
　　類而求，萬條自昭然矣。

對偶的類別，大體可別為「言對」、「事對」、「反對」、「正對」
四種。「言對」比較容易，「事對」則較為困難，「反對」比「正對
」為優。所謂的「言對」是指上下聯兩兩相排比的詞句，不用典故而
自成對偶者。所謂「事對」是指上下聯並列對舉，有人地事物可為徵
驗者。而「反對」則是事理不同，而旨趣卻是彼此暗合的聯語。所謂
「正對」則是材料有別，意義卻完全一樣的聯語[14]。所舉之例，如司
馬相如的＜上林賦＞中所說：「修容乎禮園，翱翔乎書圃」，這是「言
對」之例。修容對翱翔，禮園對書圃，不用故實自成對仗。宋玉＜神
女賦＞云：「毛嬙鄣袂，不足程式；西施掩面，比之無色」，此「事
對」之類，指上下聯之毛嬙與西施之事並列對舉。王粲＜登樓賦＞云：
「鍾儀幽而楚奏，莊舄顯而越吟」，此「反對」之類。鍾儀是楚國的
伶人，當他被晉國囚禁的時候，晉侯曾要他操琴奏樂，他便以楚樂奏
之；而莊舄則是越國人，在楚為官，當他生病之時，呻吟之聲仍是越
聲。此說明鍾儀與莊舄一幽一顯，其處境雖是相反，但是所惦念的都
是自己本國的語言，雖然兩者的地位處境不同，但其旨意是一樣的，
此為「反對」。孟陽＜七哀詩＞云：「漢祖想枌榆，光武思白水」，
此「正對」之類也。枌榆是江蘇省豐縣的里名，是高祖的出生地；而
白水是指南陽白水縣，是光武起兵討新莽的出發點[15]。雖然引用的材
料不同，所寓指之意卻是一樣，此為「正對」。

　　所以麗辭必須能夠：「體必兩植，辭動有配。左提右挈，精末兼
載。炳爍聯華，鏡靜含態。玉潤雙流，如彼珩珮。」麗辭的運用必須

---

[14] 同註 12，頁 139--140。
[15] 同註 12，頁 137 之註 24、26。

兩兩相對，像左右手相扶相持，相互配合，如此才能如成雙的美玉，雙流其潤，聲韻感人。

　　魏晉時期，駢偶之風或稱起自曹植＜洛神賦＞，陳去病說：

　　　惟其文規橅東京，而又加以整潔，六朝綺靡之端，實自植而開[16]。

「規橅」即規模也，是說曹植＜洛神賦＞以張衡的賦作爲楷模，而在詞句的對仗上更爲規整，以致於開啓六朝綺靡之風。因此，曹植＜洛神賦＞可說是魏晉以後，開始累用對句，達到文體工麗的賦作。其賦曰：

　△ 翩若驚鴻，

　　 婉若遊龍。

　△ 榮曜秋菊，

　　 華茂春松；

　△ 髣髴兮若輕雲之蔽月，

　　 飄颻兮若流風之迴雪。

　△ 遠而望之，皎若太陽升朝霞，

　　 迫而察之，灼若芙蕖出淥波。

　△ 越北沚，

　　 過南岡。

　△ 紆素領，

　　 迴清陽。

　△ 恨人神之道殊兮，怨盛年之莫當，

----

[16] 見陳去病：《辭賦學綱要》（臺北：文海出版社，1971 年），頁 68。而郭紹虞：《中國文學批評史》（臺北：藍燈出版社，1992 年），頁 40。而郭紹虞則稱：「陸機在文學史上是駢文的創始者」。

　　　抗羅袂以掩涕兮，淚流襟之浪浪。（《全上古三代秦漢三國六
　　　朝文·全三國文》卷十三）

曹魏之時，偶句的使用只佔賦中的一小段，或一部份，畢竟不是全然
以駢偶爲之。至陸機＜文賦＞則使用駢偶的比率增高，其賦曰：

　　△ 遵四時以嘆逝，
　　　瞻萬物而思紛；
　　△ 悲落葉於勁秋，
　　　喜柔條於芳春。
　　△ 心懍懍以懷霜，
　　　志眇眇而臨雲。
　　△ 詠世德之駿烈，
　　　誦先人之清芬。
　　△ 浮天淵以安流，
　　　濯下泉而潛浸。
　　△ 沈辭怫悅，若游魚銜鉤，而出重淵之深，
　　　浮藻聯翩，若翰鳥纓繳，而墜曾雲之峻。
　　　……。（《文選》卷十七）

陸機＜文賦＞在偶句的使用上，文字敘述中絕大部份是以兩兩相對的
偶句爲之，明顯地比＜洛神賦＞更多。而此時的偶句在形式要求方面
較爲寬鬆，可說「麗句與深采並流，偶意共逸韻俱發」。以文句流暢
爲要的寫作，進入有意識爲之的「至於魏晉群才，析句彌密，聯字合
趣，剖毫析釐」的階段。而到了南朝，偶句的使用更是精緻細密。如
宋·謝靈運＜怨曉月賦＞：

　　△ 臥洞房兮當何悅，
　　　滅華燭兮弄曉月，

△ 昨三五兮既滿，

　今二八兮將缺。

△ 浮雲褰兮收泛灩，

　明舒照兮殊皎潔，

△ 塵除兮鏡鑒，

　房櫳兮澄徹。（《全上古三代秦漢三國六朝文・全宋文》卷三
　十）

此篇＜怨曉月賦＞篇幅很短，但除第一、二句的「當何悅」及「弄曉
月」只講求聲韻上的押韻，而未求意義上的對仗之外，其它的句子都
是以嚴謹的駢偶的方式為之。又如謝惠連＜雪賦＞：

△ 始緣甍而冒棟，

　終開簾而入隙。

△ 初便娟於墀廡，

　末縈盈於帷席。

△ 既因方而為珪，

　亦遇圓而成璧。

△ 若迺積素未虧，白日朝鮮，爛兮若燭龍銜耀照崑山。

　爾其流滴垂冰，緣霤承隅，粲兮若馮夷剖蚌列明珠。（《全上
　古三代秦漢三國六朝文・全宋文》卷三四）

鮑照＜舞鶴賦＞：

△ 精含丹而星曜，

　頂凝紫而煙華。

△ 疊霜毛而弄影，

　振玉羽而臨霞。

△ 煙交霧凝，若無毛質，

　　風去雨還，不可談悉。

　△　守馴養於千齡，

　　　結長悲於萬里。（《全上古三代秦漢三國六朝文・全宋文》卷
　　　四六）

駢偶形式，日益精密，至南朝已比魏晉時期更爲用心。而此時對偶多
爲單對，至梁時庾信，始於賦中用四六隔對，賦中四字六字之隔對的
句子逐漸多起來。尤以庾信的＜小園賦＞爲南北朝時期俳賦的典型作
品：

　△　一枝之上，巢父得安巢之所；

　　　一壺之中，壺公有容身之地。

　△　管窐藜牀，雖穿而可坐；

　　　嵇康鍜竈，既煖而堪眠。

　△　連閣洞房，南陽樊重之第；

　　　綠墀青瑣，西漢王根之宅。（庾信＜小園賦＞）

庾信＜哀江南賦＞：

　△　荊璧睨柱，受連城而見欺，

　　　載書橫階，捧珠盤而不定。

　△　掌庾承周，以世功而爲族。

　　　經邦佐漢，用論衡而當官。（《全上古三代秦漢三國六朝文・
　　　全後周文》卷八）

賦以駢偶爲之，文辭因駢偶的使用而密度增加，也使聲律更爲圓美流
暢，同時，駢偶的使用也增加賦體華麗的程度，而四六隔對的形式也
使賦體更爲華美。

二、夸飾

「夸飾」在修辭學上的意義為：「誇張鋪飾，超過了客觀事實的，叫作『夸飾』」[17]，換言之，超過客觀事實而馳騁想像，極力鋪排者，是為夸飾。「夸張」一詞見於舊題列禦寇所著《列子》一書中，而從理論上探討夸張的問題，則始於東漢‧王充，其後為西晉‧左思以及南朝‧劉勰。

王充在所著的《論衡》中有＜語增＞、＜儒增＞、＜藝增＞三篇論到夸張，而以「增」為名[18]。 王充認為語言述事雖以不「失其本」，不「離其實」為原則，然則「譽人不增其美，則聞者不快其意；毀人不益其惡，則聽者不愜于心。」[19]所以言辭記事時常「增」其刺惡或頌善的程度，故以武王之德美，曰：「美武王之德，增益其實也。」而以紂王之惡，對於紂王與數百人飲於酒池之事，則稱「傳書家欲惡紂，故言三千人，增其實也。」[20]，事為美者，則增加其美的程度；事為惡者，便加其可恨的效果。而增加的部份不過是把數十說成是數百，數百說成是數千，藉以增其「巧美」[21]。而詩歌創作有時卻是刻意夸張其辭，「耳目所聞見，不過十里，使參天之鳴，人不能聞也。……詩人或時不知，至誠以為然，或時知，而欲以喻事，故增而甚之。」

---

[17] 同註 11，頁 213。

[18] 見東漢‧王充《論衡》卷七、八。

[19] 見東漢‧王充《論衡‧藝增》卷八。

[20] 見東漢‧王充《論衡‧語增》卷七。

[21] 東漢‧王充《論衡‧儒增》：「言事者好增巧美，數十中之，則言其百中矣。百與千，數之大者也。實欲言『十』則言『百』，『百』則言『千』矣。」

[22]耳目所看到的只不過十里的距離,而若是以參天之高來夸張高度,則十里之遙也在經過文學技巧的夸飾之後,變成不可測的遙遠之距。詩歌運用「增」以加重其形容的程度,而使人更有感受,這種「增」法即為「夸飾」的起源[23]。

從整體上看,漢賦有夸飾的寫法,正如虛與實、揚與抑的變換[24]。「虛詞假構」是漢代賦家的慣技,而虛詞假構也往往有著夸張的成分。對於賦中無論時間、地點、人物、情節,都有虛詞假構的影子[25]。

劉勰論「夸張」的主旨是「夸而有節,飾而不誣」、「不以文害辭,不以辭害意」,而肯定夸飾是文學創作的一種表現方法。在《文心雕龍・夸飾》中說:

△ 故自天地以降,豫入聲貌,文辭所被,夸飾恒存。

△ 然窮飾其要,則心聲鋒起,夸過其理,則名實兩乖。若能酌詩、書之曠旨,翦揚、馬之甚泰,使夸而有節,飾而不誣,亦可謂之懿也。

劉勰認為「夸飾」是自有天地以來,文辭上必然的修辭方式,而且夸飾「辭雖已甚,其義無害」、「夫鶊音之醜,豈有泮林而變好,荼味之苦,寧以周原而成飴,並意深褒贊,故義成矯飾。」[26]運用夸飾的手法以增加文章的可讀性以及藝術的感染力,這是夸飾的優點。但是夸飾的原則是不能太過,太過則名實兩乖,反而有欺騙之嫌,令人不

---

[22] 同註 19。

[23] 東漢・王充的《論衡》雖是以「疾虛妄」為其論說要點,但在崇尚現實的同時,卻也在理論上說明了「增」之為夸飾的起源。此雖欲駁之,而先闡述之的論說,卻也提供了後人對於「夸飾」之瞭解。

[24] 見程章燦:《漢賦攬勝》(上海古籍出版社,1996年),頁85。

[25] 同註 24,頁 87。

[26] 見《文心雕龍・夸飾》。

信反疑。

　　賦家賦作，自宋玉以來，夸飾始盛，相如、揚雄、班固等人更是懂得運用夸飾的技巧[27]。而六朝時期，夸飾的技巧也是賦家善用的技巧之一。韋誕＜景福殿賦＞中：

> 瞻大廈之穹崇兮，結層搆而高驤，脩棟迪以虹指，飛甍竦而鳳翔，櫺桷駢逼以星羅，軒檻曼延而悠長，伏應龍于反宇，成流蘇以飄揚，于是周覽升降，流目評觀，叢楹負極，飛櫨承櫨⋯⋯望舒涼室，羲和溫房，玄冬則煖，炎夏則涼，總寒暑于區宇，制天地之陰陽。（《全上古三代秦漢三國六朝文・全三國文》卷三二）

韋誕形容景福殿的結構，說其廣廈之高如穹蒼，屋簷如虹，屋脊高竦如鳳遨翔之狀；「望舒」是傳說中為月亮駕車的仙人[28]，羲和是唐虞時掌天帝四時的官[29]，而將屋之冬煖夏涼謂其為望舒及羲和之室，這都是運用夸飾的技巧，特別強調景福殿的高大以及冬煖夏涼的優點。

三、鋪陳

---

[27] 劉勰《文心雕龍・夸飾》：「自宋玉、景差，夸飾始盛。相如憑風，詭濫愈甚，故上林之館，奔星與宛虹入軒；從禽之盛，飛廉與焦明俱獲。及揚雄＜甘泉＞，酌其餘波，語瓌奇，則假珍於玉樹，言峻極，則顛墜於鬼神。至東都之比目，西京之海若，驗理則理無可驗，窮飾則飾猶未窮矣。⋯⋯莫不因夸以成狀，沿飾而得奇也。」

[28] 《楚辭・離騷》：「前望舒使先驅兮，後飛廉使奔屬」，注：望舒，月御也。後以望舒為月之名。

[29] 《書・堯典》：「乃命羲和，欽若昊天。」傳：羲氏、和氏，世掌天地四時之官。

　　鋪陳的技巧有所謂「離辭連類」[30]，以及「引而伸之」[31]二種，指的是類書式的寫作方式，依照一定的順序或體例，從上下左右、內外前後、東西南北等方面，有條不紊地安排賦中的鋪敘[32]。劉勰的《文心雕龍‧詮賦》說司馬相如的〈上林賦〉爲「繁類以成豔」[33]，〈上林賦〉記景物之美則說：

> 君未睹夫巨麗也，獨不聞天子之上林乎，左蒼梧，右西極，丹水更其南，紫淵徑其北，……東南西北，馳騖往來，……於是乎蛟龍赤螭，……於是乎崇山矗矗，巃嵷崔巍，……於是乎周覽泛觀，縝紛軋芴，芒芒恍忽，視之無端，察之無涯，日出東沼，入乎西陂，其南則隆冬生長，涌水躍波，……其北則盛夏，含凍裂地，涉冰揭河，……於是乎離宮別館，彌山跨谷……。（《文選》卷八）

〈上林賦〉從上林苑周圍的河流寫起，到苑中的各種珍奇禽獸，並從東西南北各個方位描寫苑中景象，以鋪陳的方式一一仔細描繪，所以言「水」則從其源頭、支流，言「獸」則各類珍禽，言「山」則崇山谷壑，描繪詳盡，繁衍綿延，此種寫法也就是「繁類」以「成豔」。

　　魏晉以下，鋪陳的手法並未消失，反而融於抒情小賦中，成爲賦體的寫作的重要技巧。諸如：

　　△ 美百川之獨宗，壯滄海之威神，經扶桑而遐逝，跨天崖而託身

---

[30] 見枚乘〈七發〉，《文選》卷三四。
[31] 見皇甫謐〈三都賦序〉，《全上古三代秦漢三國六朝文‧全晉文》卷七一。
[32] 同註24，頁82。
[33] 《文心雕龍‧詮賦》：「相如〈上林〉，繁類以成豔，賈誼〈鵩鳥〉，致辨於情理，子淵〈洞簫〉，窮變於聲貌，孟堅〈兩都〉，明絢以雅贍，張衡〈二京〉，迅發以宏富，子雲〈甘泉〉，構深瑋之風，延壽〈靈光〉，含飛動之勢。」

，驚濤暴駭，騰踴澎湃，鏗匐隱鄰，涌沸淩邁，于是黿鼉漸離
，泛濫淫遊，鴻鸞孔鵠，哀鳴相求，揚鱗濯翼，載沉載浮，仰
唼芳芝，俛漱清流，巨魚橫奔，厥勢吞舟，爾乃鈞大貝，採明
珠，搴懸黎，收武夫，窺大麓之潛林，覩搖木之羅生，上寒產
以交錯，下來風之泠泠，振綠葉以葳蕤，吐芬葩而揚榮。（魏
文帝＜滄海賦＞，《全上古三代秦漢三國六朝文・全三國文》
卷四）

△ 若夫懸象成文，列宿有章，三辰燭耀，五緯重光，河漢委蛇而
帶天，虹蜺偃蹇于昊蒼，望舒彌節于九道，羲和正轡于中黃。
眾星回而環極，招搖運而指方，白獸時據于參伐，青龍垂尾于
心房，玄龜匿首于女二，朱鳥奮翼于注張。帝皇正坐於紫宮，
輔臣列位于文昌，桓屏駱驛而珠連，三台差池而鴈行。（成公
綏＜天地賦＞，《全上古三代秦漢三國六朝文・全晉文》卷五
九）

△ 瀾迤平原，南馳蒼梧，漲海北走，紫塞雁門，柂以漕渠，軸以
崑崗，重江複關之隩，四會五達之莊，當昔全盛之時，車挂轊，
人駕肩，廛閈撲地，歌吹沸天，孳貨鹽田，鏟利銅山，才力雄
富，士馬精妍，故能參秦法，佚周令，劃崇墉，刳濬洫，圖修
世以休命，是以板築雉堞之殷，井幹烽櫓之勤，格高五嶽，袤
廣三墳。（鮑照＜蕪城賦＞，《全上古三代秦漢三國六朝文・
全宋文》卷四六）

魏文帝曹丕的＜滄海賦＞是以驚濤駭浪的洶湧澎湃作爲描寫的景
象，將海浪濤天，海中的黿鼉、鴻鸞、巨魚、明珠等物一一入賦。而
成公綏的＜天地賦＞則是從天文之懸象、三辰、五曜等河漢星辰拿來
作爲對於「天」的形容物，眾星青龍、玄武、朱鳥、白虎，各爲四方

之星宿[34]，而帝皇坐於中央的紫宮，輔臣列爲文昌星之位。此從天之
星宿一一鋪陳，而將帝列爲最高，以眾臣輔之，如眾星拱月。鮑照的
＜蕪城賦＞寫蕪城之盛與衰，其盛之時，南馳蒼梧，北走漲海，四會
五達之莊，車、人擁擠，歌吹沸天，此種盛狀，是才力雄富之表徵，
「盛」之時，以地勢的綿延遼闊、人車的沸騰、銅山鹽田之帶來財
富……等等，一一描述之，其盛之貌宛然。這些都是運用鋪陳的方式
將所要表達的海之「壯」、天之「高」、國之「盛」，將具體的情狀
以鋪敘的方式展現出來。

　　所以，司馬相如的＜上林賦＞，仔細描寫上林苑的風光、景物、
山形、蟲魚、水勢、鳥獸、珠玉、草木、宮館等，以鋪陳的手法寫作
的方式，並不是到了魏晉以後就消失了，反而成爲賦體寫作上的重要
特徵。抒情的賦如東漢·張衡的＜歸田賦＞亦然，也是以鋪陳的方式
來抒發心中崇高的志向，而唐人李白＜大獵賦＞仍襲其風。所以，賦
中的鋪陳形式造成賦之「文麗」的現象一直是保存著，時代雖然變遷，
而此重要的特徵仍未改變。

四、聲律

　　最早從音節聲調上談詩歌語言美的是司馬相如，《西京雜記》中
記載司馬相如談論自己作賦之法爲：

> 其友人盛覽，字長通，牂牁名士，嘗問以作賦。相如曰：「合
> 纂組以成文，列錦繡而爲質，一經一緯，一宮一商，此賦之跡
> 也。賦家之心，苞括宇宙，總攬人物，斯乃得之宇內，不可得

---

34 青龍、白虎、玄武、朱鳥爲東、西、北、南四個方位的星名，疑原文中「白
　獸」即「白虎」、「玄龜」即「玄武」之稱。

而傳。（《西京雜記》卷二）

在《西京雜記》中相如自己說的有關賦的寫作方式，所謂「一宮一商」是指「賦的音韻之美」。所謂「合纂組以成文，列錦繡而爲質」是指「賦的文辭之美」；而「苞括宇宙，總攬人物」是說相如〈子虛〉、〈上林〉「宏偉」的氣勢[35]。此則見出相如對於賦體聲律的注重。一宮一商的要求在賦作上添加音韻美的色彩；一經一緯，如同織錦般地創造賦體文采之美，此則是注意到賦的語言能夠把不同的聲調組織起來，以具有悅耳的效果，這是直接對於賦體音韻上的問題提出說明者。

魏晉時期，聲律之說漸爲人所重視。其實，聲律的重視，在曹植之時便已萌芽。《大藏經》本卷十三〈經師論〉云：

> 自大教東流，乃譯文者眾，而傳聲蓋寡。……始有魏陳思王曹植，深愛聲律，屬意經音，既通般遮之瑞響，又感漁山之神製，於是刪治《瑞應本起》，以為學者之宗，傳聲則三千有餘，在契則四十有二。（《大藏經》卷十三）

曹植早在周顒、沈約之前，深愛聲律。而在沈約之前，有意地從理論上談聲律問題的只有陸機的〈文賦〉：

> △ 暨音聲之迭代，若五色之相宣。雖逝止之無常，故崎錡而難便。苟達變而識次，猶開流以納泉。（《文選》卷十七）

> △ 臣聞：音以比耳為美，色以悅目為歡。是以眾聽所傾，非假北里之操；萬夫婉孌，非俟西子之顏。故聖人隨世以擢佐，明主因時而命官。（陸機〈演連珠〉其二七，《漢魏六朝百三家集·陸機集》卷四八）

陸機的文賦所謂的「暨音聲之迭代，若五色之相宣」，意思是說文章中的音節聲律，如同錦繡上的色彩，作者要能把握住其變化的規律，

---

[35] 見畢庶春：《辭賦新探》（東北大學出版社，1995年），頁73--75。

理解其中的次序安排，意識到文學應講求音節、韻律與詞采的美。聲
音之迭代與文采之五色相宜對文章而言是一樣的重要。然則，對於聲
律的問題，陸機只處於「不必從根本中來」的階段，雖然談到了音律
的問題，但是比較抽象，而未更爲具體地提出聲律的種種問題及其方
法。[36]

　　范曄則更進一步，借用「宮商」、「金石」等音樂概念，而且從
文字聲調方面開始提出「清」與「濁」的聲律概念：「性別宮商，識
清濁，斯自然也」[37]，這裏的「清」、「濁」不是曹丕所論的「氣之
清濁有體」，而是與音樂上區分「宮商」之調相類似的文字聲律之別
。范曄＜獄中與諸甥姪書＞中：「年少中謝莊最有其分，手筆差易，
文不拘韻故也。」[38] 言謝莊最懂得詩的聲韻之妙，據《文鏡秘府論》
：「王玄謨問謝莊：何者爲雙聲？何者爲疊韻？答云：『懸瓠』爲雙
聲，『磝磢』爲疊韻。時人稱其辨捷。」可見謝莊不但能辨別「聲」
與「韻」，而且反應敏捷，范曄稱其達到掌握詩歌聲律美的「根本」
之處：「言之皆有實證，非爲空談」。

　　至沈約提出「一簡之內，音韻盡殊；兩句之中，輕重悉異。妙達
此旨，始可言文」的要求，聲律之說才成爲人重視。沈約《宋書・謝
靈運傳論》中說：

　　若夫敷衽論心，商榷前藻，工拙之數，如有可言。夫五色相宣

---

[36] 陸機＜文賦＞強調：「文徽徽以溢目，音泠泠而盈耳。」詩賦之作不能「寄
辭於瘁音」，而應作到音節響亮，不同的聲調互相交替變化，猶如五色搭
配使用而色彩更加鮮明一樣：「暨音聲之迭代，若五色之相宣」，他們都
感到字音的聲調是有差別的，但卻知其然而不知其所以然，只能用音樂上
「宮商」的變化概念作出籠統的類比。
[37] 范曄＜獄中與諸甥姪書＞，《全上古三代秦漢三國六朝文・全宋文》卷六
九。
[38] 同註 37。

，八音協暢，由乎玄黃律呂，各適物宜。欲使宮羽相變，低昂
舛節，若前有浮聲，則後須切響。一簡之內，音韻盡殊；兩句
之中，輕重悉異。妙達此旨，始可言文。（《宋書·謝靈運傳
論》卷六七）

文章除了五色相宣之外，沈約並提出時文音律的「八病」，明白說明
四聲和八病之法，使韻文之音調更爲和諧，節奏更富美感。[39]

　六朝「聲律說」成爲當時文士所關注的問題，也是詩賦聲律的運
用在歷史上發展至必須積極面對的時期。此時期中，最有名的是陸厥
與沈約的書信論戰[40]。沈約將聲律在創作中的地位提得很高，同時又
認爲自己是最早提出聲律問題的第一人[41]，但陸厥則反駁之，認爲古
人已識聲律，否定沈約爲第一位發現聲律的人。他認爲能通聲律，始

---

[39] 見楊勝寬：〈南北朝賦泛論〉，在馬積高、萬光治編：《賦學研究論文集
》（四川：巴蜀書社，1991年），頁227。

[40] 沈約認爲聲律「此秘未睹」，高言妙句，純粹是天然而成，恰巧於理相通
，不是借由特定的規律所形成：「自靈均以來，多歷年代，雖文體稍精
，而此秘未睹；至於高言妙句，音韻天成，皆暗與理合，匪由思至。」（《宋
書·謝靈運傳論》卷六七）與沈約同時的陸厥則不贊同此一說法。陸厥〈
與沈約書〉：「自魏文屬論，深以清濁爲言；劉楨奏書，大明體勢之致。
岨峿妥帖之談，操末續顛之說，『興玄黃於律呂，比五色之相宣』，苟此
秘未睹，茲論爲何所指邪？故愚謂前英已早識宮徵，但未屈曲指的。若今
論所申，至於掩瑕藏疾，合少謬多，則臨淄所云『人之著述，不能無病』
者也；非知之而不改，謂不改則不知，斯曹陸又稱『竭情多悔，不可力彊
』者也。」（《南齊書·陸厥傳》卷五二）陸厥認爲前人應早就知道宮商
聲律之法，所以反對沈約所說「皆暗由理合，匪由思至」的講法。而沈約
則認爲前人應知宮商之間的差別，也知道五音的差異，只是前人僅只於知
道差別，而對於其中的變動及差異的情況並不是非常清楚，此爲沈約所認
爲「此秘未睹」的原因，並不是全盤否定古人，而一味將古人視爲完全不
懂聲律。當時對於聲律是有所爭論的，然而，沈約與陸厥皆不是否定聲律
，而是在認定上的不同。

[41] 見沈約《宋書·謝靈運傳論》卷六七。

可言文，說子建等人的文章詩賦因爲有「音律調韻」，才能「取高前式」，成爲著名的作品：

> 子建函京之作，仲宣灞岸之篇，子荆零雨之章，正長朔風之句，並直舉胸情，非傍詩史。正以音律調韻，取高前式。（《宋書‧謝靈運傳論》卷六七）

文之「直舉胸情」，仍要「音律調韻」，才能「取高前式」。這是沈約特別強調聲律的重要性。

雖然經過一番論辯，無論古人是否已經注意到聲律之法或是已注意而未加以深入，但不能忽略的是沈約大力提倡聲律之美，以及從中歸納出四聲八病之法則的功勞所在。因此，可以說沈約的「四聲論」對文學創作形式美還是有其重要的貢獻[42]。近人胡國瑞說：

> 在文學作品尤其是詩歌中調和音節，使之具有音樂性，在我國由來久遠，但明確地作爲一種藝術手段的要求提出，也是首先出現于陸機的＜文賦＞中，其後經過范曄、沈約、王融等人逐步探索而明確四聲之辨，于是音節的調理成爲文學創作不可缺少的藝術手段。[43]

所以，沈約提出的聲律上的問題是具有重要意義的。南朝‧劉勰也是講求聲律之美的，《文心雕龍‧聲律》中對於聲律和諧及其作法則皆有論述：

> 今操琴不調，必知改張，摛文乖張，而不識所謂。響在彼弦，乃得克諧，聲萌我心，更失和律，其故何哉？良由內聽難爲聰也。故外聽之易，弦以手定，內聽之難，聲與心紛，可以數求，難以辭逐。

---

[42] 見葛路、克地：《中國藝術神韻》（天津人民出版社，1993 年），頁 99。
[43] 見胡國瑞：《詩詞賦散論》（上海古籍出版社，1992 年），頁 67。

文學創作若無聲律之美，則如同音樂沒有和諧的曲調一樣，是難以入耳的。所以，文章之美就如同音樂曲調之美，《文心雕龍・聲律》又說：

> 若夫宮商大和，譬諸吹籥；翻然取均，頗似調瑟。瑟資移柱，故有時而乖貳；籥含定管，故無往而不壹。陳思潘岳，吹籥之調也；陸機左思，瑟柱之和也。概舉而推，可以類見。又詩人綜韻，率多清切；楚辭辭楚，故訛韻實繁。及張華論韻，謂士衡多楚，文賦亦稱：「取足不易」。可謂銜靈均之餘聲，失黃鍾之正響也。

說到文章的聲律之美有如音樂上的和調，而劉勰用樂器以及聲調比喻文章的聲律，推論曹植、潘岳的文章聲調有如吹籥之調，是管竹的凌厲高亢之聲，陸機與左思的文章聲調則是如琴瑟之鳴，自有絲竹的流水之韻。同時，文人們也注意到韻的問題，所以有張華論韻之說，這些都是文章的聲律受到重視的例子。

　　聲律之美運用在賦作上，魏晉人形容此種聲律之美為「金石之聲」，《世說新語》稱：

> 孫興公作＜天台賦＞成，以示范榮期，云：「卿試擲地，要作金石聲。」范曰：「恐子之金石，非宮商中聲！」然每至佳句，輒云：「應是我輩語。」[44]（《世說新語・文學》四--86）

孫興公以＜天台山賦＞示范榮期，並以「金石之聲」自詡。然而，范榮期則以此「金石」非「宮商」之說評之，而將賦作之「金石之聲」與「宮商之聲」相提並論，並以此反駁孫興公對＜天台山賦＞之認定。

---

[44] 見余嘉錫箋注：《世說新語箋疏》（臺北：華正書局，1984 年），頁 267。劉孝標注：「《中興書》曰：『范啟，字榮期，慎陽人。父堅，護軍。啟以才義顯於世，仕至黃門郎。』」劉孝標注：「賦中佳句為：『赤城霞起而建標，瀑布飛流而界道』，此賦之佳處。」

由此看來，孫興公與范榮期都是將「宮商之聲」作為對賦作評判的其中一種指標。所以，范榮期剛開始對＜天台山賦＞頗不以為然，故說恐「非宮商中聲」，一語抑折了孫興公對自己賦作「金石聲」的得意之情。可見賦之「金石聲」是指閱讀時聲音上的悅耳動聽。

聲律說的提出，對於賦作自是加強其走向駢賦的道路，同時，也為唐代的律詩、絕句奠定了格律上的基礎[45]。此一發展演變的事實是不可抹滅的。

五、典故

「麗」言的另一表現方式是典故事類的運用。「典故」在修辭學上以「引用」稱之[46]。沈約＜報博士劉杳書＞中說：

> 君愛素情多，惠以二贊；辭采妍富，事義畢舉。句韻之間，光影相照，便覺此地，自然十倍。故知麗辭之益，其事弘多，輒當置之閣上，坐臥嗟覽。（《梁書‧劉杳傳》卷五十）

沈約此信，是因沈約新買閣齋，劉杳寫了二篇贊送給沈約，此書就是沈約的回信。信中說到自己喜愛山林，而得此居所，可暫以休偃，並得到劉君惠賜的二贊，為此居增光不少。讀到文章的美麗辭采，使得收信者對於文辭美的感受，就如同是置身於自然的山水之中一般，同時享受著身心舒暢的歡然之感，可以置於案頭以及坐臥之間閱賞嗟歎。然而何此二贊的效果如此顯著？乃在於其「辭采妍富，事義畢舉」，也就是富麗的辭藻所帶來妍美的效果，讓閱讀者有美的享受；而富麗的辭藻更在於「事義」完善的列舉。事類者，即是典故也，「蓋文

---

[45] 同註 42。
[46] 同註 11，頁 99。

章之外，據事以類義，援古以證今者也。」[47]換言之，因為典故的弘大且多，才形成「麗辭之益」，也就是「麗辭」所顯現出來對文章的效益，這也是因為事義的畢舉所形成的辭采妍富的效果。

　　典故的運用到了魏晉以後，在形式上求新求變，雖用舊典而卻「莫取舊辭」，如《文心雕龍・事類》所說的：

> 觀夫屈宋屬篇，號依詩人，雖引古事，而莫取舊辭。唯賈誼鵩
> 賦，始用鶡冠之說；相如上林，撮引李斯之書；此萬分之一會
> 也。及揚雄百官箴，頗酌於詩書；劉歆遂初賦，歷敘於紀傳；
> 漸漸綜採矣。至於崔班張蔡，遂捃摭經史，華實布濩，因書立
> 功，皆後人之範式也。

「雖引古事，而莫取舊辭」，在引用典故上，雖是舊事古例，但在文辭上必須獨出心裁，不可蹈襲前人語句。賈誼的＜鵩鳥賦＞，首先採用《鶡冠子》一書的內容，司馬相如的＜上林賦＞引李斯之句，揚雄的＜百官箴＞多採詩書之言，劉歆的＜遂初賦＞，多引紀傳中的事，而崔駰、班固、張衡、蔡邕等蒐集經史，含英咀華，廣泛運用於文辭及內容。這些人之所以值得提出來，是因為他們雖用舊有的典故，卻能自創新辭、推陳出新，創造出屬於自己的文章風貌，這些皆是運用典故良好的典範。

　　在文辭上利用夸飾以為創新者，如《文心雕龍・通變》所言：

> 夫誇張聲貌，則漢初已極，自茲厥後，循環相因，雖軒翥出轍
> ，而終入籠內。枚乘＜七發＞云：「通望兮東海。虹洞兮蒼天。
> 」相如＜上林＞云：「視之無端，察之無涯，日出東沼，入乎
> 西陂。」揚雄＜羽獵＞云：「出入日月，天與地沓」。馬融＜
> 廣成＞云：「天地虹洞，固無端涯，大明出東，月生西陂」。

---

[47] 見《文心雕龍・事類》。

> 張衡＜西京＞云：「日月於乎出入，象扶桑與濛汜」。此並廣
> 寫極狀，而五家如一。諸如此類，莫不因循，參伍因革，通變
> 之數也。

夸張聲貌的創作技巧，在漢代的賦家之中已經發揮到了一定的水準，因此，從漢代以下，要在夸張聲貌的這一點上超越古人是一件不容易的事。因而文士們想出了變化的方法，踵武前人，鑄辭翻新，就是以同一件事運用不同的文字技巧來表達。例如枚乘的＜七發＞所說的：「通望兮東海，虹洞兮蒼天」，這是景色的白描。到了相如則說：「視之無端，察之無涯，日出東沼，入乎西陂」，形容此物無涯無端，日從東出而由西入，這是自然的循環，是從側面說明其特質。而揚雄＜羽獵＞則說：「出入日月，天與地沓」，此則說主體的動態，可出入日月，天與地都不能限制其自由。馬融＜廣成＞則說：「天地虹洞，固無端涯，大明出東，月生西陂。」直接指明天地虹洞，是無涯的，太陽出自於東，月亮出於西，用更多的訊息來加強意象的強度。張衡＜西京＞說：「日月於乎出入，象扶桑與濛汜」。此則運用日與月的神話傳說，將日月作一對照，令人一目了然，典故的運用就取代了形容的詞語。

「五家如一」是五作家皆使出渾身解術，在形容日月與天地的景物關係中，竭其所能，盡情鋪陳其所要表達的意象內涵。諸如此類，「莫不因循，參伍因革」，是從因循前人之中，而能自出新意，擺脫陳詞濫調的窠臼。因為天地日月從古至今皆是一樣的，物不變，而人事會更改，文辭的形容也在不變的景物中，尋找出可變的部分，即文字形容技巧的窮其變，這就是通變之數。

在典故的運用上魏晉時期比起漢賦是更多了。由於莫取舊辭的結果，魏晉人顯然比漢人更需要在文辭上翻新、創造，因而在典故上的

運用便日益出奇。如成公綏＜天地賦＞中所用「望舒」、「羲和」[48]
。而韋誕＜景福殿賦＞也用「望舒」、「羲和」之典[49]。只是句式有
別，到梁・江淹的＜別賦＞更是連篇典故：

> 黯然銷魂者，唯別而已矣。況秦吳兮絕國，復燕宋兮千里，或
> 春苔兮始生，乍秋風兮暫起，是以行子腸斷，百感悽惻。風蕭
> 蕭而異響，雲漫漫而奇色，舟凝滯於水濱，車逶遲於山側，櫂
> 容與而詎前，馬寒鳴而不息，掩金觴而誰御，橫玉柱而霑軾。
> （《文選》卷十六）

在此一小段文章中，便有「況秦吳兮絕國」、「復燕宋兮千里」、「行
子腸斷，百感悽惻」、「風蕭蕭而異響」、「雲漫漫而奇色」、「舟
凝滯於水濱」、「櫂容與」、「掩金觴而誰御」、「橫玉柱而霑軾」
等典故[50]，幾乎每一句皆以典故爲之。此即爲六朝以後賦中對於典故
的使用，更是到了幾乎句句皆有典故的地步的現象。

　　典故的運用，雖自漢人始，但是在漢代的賦家中只是偶而用之[51]
，但是到了魏晉以後，典故的運用卻成爲賦家展現才學的方式之一，
南朝以來，賦與駢偶、聲律結合，典故的運用也同時成爲賦作的主要
寫作方式之一。而賦作中連篇之典故也就成爲六朝人賦的特色了。

　　綜上言之，賦的語言使用上比其它文體更重視各式修辭技巧的變

---

[48] 見前引文。「望舒彌節于九道，羲和正轡于中黃。」
[49] 見前引韋誕＜景福殿賦＞：「望舒涼室、羲和溫房，玄冬則煖、炎夏則涼。」
[50] 見《文選》卷十六，李善注。秦吳燕宋四國距離遙遠，若遠別，其恨必深
　；行子斷腸是引鮑照＜東門行詩＞；「風蕭蕭」是荊軻刺秦王之典；雲漫
　漫是尚書之典；櫂容與是《楚辭》之典；金觴是韋誕詩；霑軾是《楚辭》
　之典。
[51] 如《文心雕龍・事類》中舉相如＜上林＞：「『奏陶唐之舞，聽葛天之歌，
　千人唱，萬人和。』唱和千萬人，乃相如推之。」

化運用，而賦體也較其它文體更具有麗文縟辭的語言特色。「麗」不僅表現在辭賦的風格上，使其別於其它文體，同時，「麗」的創作技巧更借由大量的對偶、夸飾、典故，以及聲律上的注重而展現出來。可以說，麗文縟辭的創作技巧表現在賦體的語言形式的繁複，並借由賦體創作得以充分發揮。

第六章　創作理論二——比興物色

第一節　賦兼比興之說

　　賦兼比興，肇因於賦詩本是同源之說，比興是「六詩」之一，「六詩」之名，最早見於《周禮・春官・大師》：

　　　大師掌六律六同，……教六詩：曰風，曰賦，曰比，曰興，曰雅，曰頌。（《周禮正義》卷二三）

「六詩」或稱為「六義」，〈詩大序〉中：

　　　詩有六義焉：一曰風，二曰賦，三曰比，四曰興，五曰雅，六曰頌。（《毛詩正義》卷一）

然則，詩之「六詩」或者是「六義」的實質內涵卻未在文中有所說明，東漢・鄭玄對「六義」首先提出解釋：

　　　「風」，言聖賢治道之遺化也；「賦」之言鋪，直鋪陳今之政教善惡；「比」，見今之失，不敢斥言，取比類以言之；「興」，見今之美，嫌於媚諛，取善事以喻勸之；「雅」，正也，言今之正者以為後世法；「頌」之言誦也、容也，誦今之德，廣以美之。（《周禮正義》卷二三）

對於《詩經》中「賦」的鋪陳之意，基本上與漢人對於「賦」的文類定義與表現形式的觀點是一致的，都是認為賦具有鋪陳、敷布的意義[1]。「比」是「比類以言之」，取他物以比況此物；而「興」則是不直

---

[1] 漢人對於「賦」的解釋，如劉熙《釋名》：「敷布其義謂之賦。」王逸《楚

言其美，而「取善事以喻之」，故「比」是以同類「比」之，而「興」則是取事以「喻」之。然則到了王逸對《楚辭》的解釋時就混淆了兩者[2]，王逸《楚辭章句・序》中說：

> 《離騷》之文，依《詩》取興，引類譬諭。故善鳥香草，以配忠貞；惡禽臭物，以比讒佞；靈脩美人，以媲於君；宓妃佚女，以譬賢臣；虯龍鸞鳳，以託君子；飄風雲霓，以為小人。其辭溫而雅，其義皎而朗。（《楚辭章句・離騷經章句》）

王逸的「引類譬諭」實則已包含「比」與「興」義，故說「善鳥香草，以配忠貞；惡禽臭物，以比讒佞；靈脩美人，以媲於君；宓妃佚女，以譬賢臣。」是以「比」、「興」混言之，故後世則比興通稱，而又因「比」之義以同類比之，其義明白，而「興」則或有譬諭，或有寄託之義[3]，因而「比」、「興」之義界遂混淆其義，引發後世的種種爭議。劉勰《文心雕龍・比興》說：

> 楚襄信讒，而三閭忠烈，依詩制騷，諷兼比興，炎漢雖盛，而辭人夸毗，諷刺道喪，故興義銷亡。於是賦頌先鳴，比體雲構，紛紜雜遝，倍舊章矣。

劉勰又稱《騷》依《詩》而制，兼有比興，並及諷諭之旨，漢代以來的辭人諷刺道喪，故「興義」銷亡。可見劉勰是將諷諭之旨與「興」義結合，而將「比」體視為漢代以來辭賦創作缺乏興義，故以「比」體雲構作為辭賦之表現方式，在此劉勰不免將「興義」視為諷諭之旨

辭章句》：「賦，鋪也。」

[2] 見胡念貽：〈《詩經》中的賦比興〉，在《中國古代文學論稿》（上海古籍出版社，1987年），頁173。

[3] 王逸《楚辭章句序》：「虯龍鸞鳳，以託君子。」而《詩》經中以「興」為起，宋代朱熹《詩集傳・關雎詩傳》則稱「興者，先言他物以所引起所詠之詞也。」

，而將「比」視為辭賦的修辭方式[4]。

若以《詩經》六義而言，賦的表現方式上的特點是不假比、興，而以直接了當的手法述物繪景，敘情寫意，直接依附於所書寫的形象進行具體的描繪[5]。因而，梁‧鍾嶸《詩品‧序》又言：

> 若專用比興，患在意深，意深則詞躓。若但用賦體，患在意浮，意浮則文散，嬉成流移，文無止泊，有蕪漫之累矣。

「比興」過多，則辭意太深而無法有流暢的文字修辭，而若是運用「賦」的方式過多，則直陳太多，意浮文散，不但不能發揮詩體簡要而抒情的特色，反而會因文字的過度使用而有繁蕪的毛病；如同繁多的綠草遮掩了叢間的小花，反客為主，掩蓋住主體之風華。然則，賦體兼用比興，必將「賦」的鋪陳與「比」的因物喻志以及「興」的文意有餘作為修辭的方式，而融於賦體的創作中。

「賦」本來是《詩經》中詩的作法之一，在漢代做為獨立的文類之名，原取動詞誦讀之意，然其比附於詩，以「賦」是「詩」之流亞；而詩兼比興，賦體文類，雖以鋪敘為主，亦應具有詩之兼比興的作法。

漢人對於六義的「賦」視為鋪陳之義，此「賦」是詩體的作法之一[6]。而賦體「受命於詩人，拓宇於楚辭」[7]，則賦為文章體類時，它承繼了《詩經》諷刺的傳統，是詩的別枝[8]；而自《楚辭》的「自鑄偉

---

[4] 參廖蔚卿：《六朝文論》（臺北：聯經出版事業公司，1985年），頁110。廖書：「比、興原為詩之六義，劉勰視為修辭方法之一，是和漢人的說法頗不盡同。」
[5] 見王慶璠：《藝術哲學思辨》（北京人民中國出版社，1993年），頁7。
[6] 見錢穆：＜讀詩經＞，在《新亞學報》第5卷3期，頁39。
[7] 見《文心雕龍‧詮賦》。
[8] 見簡師宗梧：《漢賦史論》（臺北：東大圖書公司，1993年），頁131。

辭」[9]中得其辭藻之繁麗。《楚辭》比興實繁，由乎比興而達到「優游
案衍」的紆徐之美，曹丕《典論·論文》評《楚辭》說：

> 優游案衍，屈原之尚也；窮侈極妙，相如之長也。然原據託譬
> 喻，其意周旋，綽有餘度矣。長卿、子雲，意未能及己。（《全
> 上古秦漢三國六朝文·全三國文》卷八）[10]

「案衍」，曲折也。「周旋」，往復也。屈原之作，其長在於寓「據
託譬喻」之法蘊含其意，因此文意婉順不躁，優游容與；相如、子雲
之作則不然，閎侈巨衍，妙辭麗藻，而鋪陳直敘，所以「據託譬喻」
的比興手法則相形見絀。然賦中兼有比、興卻是從《詩》、《騷》的
傳統而來；賦中的比興手法並非主體，但寫作上多少也調和了平鋪直
敘的平版單調之感[11]。賦體雖以鋪陳為主要特點，但是在表達意象之
時，採用鋪排的方式以體物寫志，其運用譬喻則是其語言形式上的設
計[12]。比興也是賦之寫作技巧，尤其是魏晉以後的賦，更是善用比興
作為情感表達的方式[13]。賦體善於描繪事物之形象，而形象之美則往
往是透過比興的技巧而呈現出來的。《文心雕龍·比興》提到比興之
義說：

> 詩文弘奧，包韞六義，毛公述傳，獨標興體，豈不以風通而賦
> 同，比顯而興隱哉！故比者，附也；興者，起也。附理者，切

---

[9] 見《文心雕龍·辨騷》。

[10] 此段《文選》無錄，據《北堂書鈔》卷一百錄之。

[11] 賦兼有比興者，何焯說：「俞云賦物之性，亦兼賦比興三義，即如＜鵩鳥
＞是興，＜鸚鵡＞＜鷦鷯＞是比，＜赭白馬賦＞是賦，總不出六義可以類
推。」此見《文選》中的＜鸚鵡賦＞頭評何焯引。

[12] 同註8，頁195。

[13] 趙沛霖：《興的源起——歷史積澱與詩歌藝術》（北京：中國社會科學出
版社，1987年），頁180--189。書中舉例說明原始詩歌是以直言其事為表
達方式，而到後來，詩歌才充份運用興緣物發，託物興情的表現方式。

> 類以指事，起情者，依微以擬議。起情故興體以立，附理故比
> 例以生。

「比」者，是「附」也，就是將所要表達的甲物比擬於乙物，而以乙物為主要闡述形容的對象；表面上是說乙物‧實際上是在說甲物，所以說是甲物「附」於乙物之上。但甲乙兩物的取擇在於兩者的類比，也就是甲物與乙物必須有相同或是相似的性質或特徵，才能運用乙物來「比」甲物。因此說「附理者，切類以指事」，將事理附於一物而以此物來說理，兩者必須有切合同類的性質，才能以乙物說明甲物，而甲物可能為「物」，也可說是作者所要表達之「理」或「事」，故說「附理故比例以生」，能讓事理附於「物」，而說明此「物」便等於說明此「事理」，則「比」的方式由此成立。

　　「興」則是先言他物以引起所欲之言者，也就是根據性質上或關係上的相似或相同，見及外物而觸發內在的感懷，因而形之於文者，即稱為「興」。如賈誼<鵩鳥賦>即因鵩鳥之飛入，以為不祥，而引起憂思愁緒，故作此文，此為一例。

　　賦體在形象的描繪上是著重於寫物圖貌的表現方式。《文心雕龍‧比興》說：

> 至於揚班之倫，曹劉以下，圖狀山川，影寫雲物，莫不織綜比
> 義，以敷其華，驚聽回視，資此效績。

揚雄、班固之類，曹植、劉楨以下，以賦描寫山川的景色，也寫雲彩景物；描寫之法，不可能使用單一的技巧，所以賦家在描繪景物上，通常會採用「比」的方式，「織綜比義，以敷其華」，為的是「驚聽回視，資此效績」，也就是大量使用同類的物象來比喻所要描寫的景物，以作為寫作的材料，並且達到鋪陳的目的，讓文章有著華麗的文采，藉此達到文章炫目驚人的效果。而所用來「比」的物，必須在性

質上有所類似，不能隨意取用，＜比興＞說：

> 又安仁＜螢賦＞云：「流金在沙」，季鷹雜詩云：「青條若總
> 翠」，皆其義者也。故比類雖繁，以切至為貴，若刻鵠類鶩，
> 則無所取焉。

「比」之義是以「切至」為貴，也就是所比之物與被比之物兩者應是
有「切合」的相類似的特質，或者說所比之物必須能掌握到被附比之
物的本質或特徵。因此＜螢賦＞所說的「流金在沙」是說四周飛動的
螢火蟲好像沙上流動的金子一般，明亮眩目；＜雜詩＞中說到青綠色
的枝條好像聚集的翡翠，顏色與實感相似，故可拿來比擬。若是比喻
不當，就像刻鵠類鶩，而不見其美，益見其醜。

　　而「比」與「興」在實際的創作中，也有不同的取擇方式。劉勰
在＜比興＞舉出實際的例子：

> 夫比之為義，取類不常；或喻於聲，或方於貌，或擬於心，或
> 譬於事。宋玉＜高唐＞云：「纖條悲鳴，聲似竽籟」，此比聲
> 之類也；枚乘＜兔園＞云：「焱焱紛紛，若塵埃之間白雲」，
> 此比貌之類也；賈生＜鵩鳥＞云：「禍之與福，何異糾纆」。
> 此以物比理者也；王褒＜洞簫＞云：「優柔溫潤，如慈父之畜
> 子也」，此以心比聲者也；馬融＜長笛＞云：「繁縟絡繹，范
> 蔡之說也」，此以辯比響者也；張衡＜南都＞云：「起鄭舞，
> 𦉦曳緒」，此以物比容者也。若斯之類，辭賦所先，日用乎比，
> 月忘乎興，習小而棄大，所以文謝於周人也。

比喻可分為聲音的比喻，如宋玉＜高唐賦＞以竽笙比擬風吹細柳時所
發出哀傷悲切的聲響，這是「聲音」的比類。枚乘＜兔園＞中就以飛
揚的塵土，錯雜於白雲之間比擬眾鳥高飛時快速的情況，這是比形貌
之類。賈生＜鵩鳥賦＞以兩股糾纏的繩索比擬禍與福的相倚相依，這

是以具體的「物」比擬抽象的「理」。王褒＜洞簫賦＞以慈父在教養子女比擬洞簫所發出的聲音，柔和溫潤，這是以情感比擬聲音。馬融＜長笛賦＞以范睢、蔡澤兩位辯士的高談闊論比擬長笛的聲音，多采多姿，滔滔不絕，這是以辯才來比喻聲響。張衡＜南都賦＞中以蠶吐絲層層相連比擬鄭國的舞蹈，這是以物象比喻容態。像這些比喻，都是賦家在寫作上擅於運用的修辭技巧[14]。

漢末魏晉以來的抒情詠物之作，常在詠物之中運用「比」、「興」之法，如：

△ 懼匏瓜之徒懸兮，畏井渫之莫食。（王粲＜登樓賦＞，《全上古三代秦漢三國六朝文・全後漢文》卷九十）

△ 既立本于殿省，植根柢其弘深。鳥愿棲而投翼，人望庇而披襟。（王粲＜槐樹賦＞，《全上古三代秦漢三國六朝文・全後漢文》卷九十）

△ 登衡幹以上干，噭哀鳴而舒憂，聲嚶嚶以高厲，又慘慘而不休。聽喬木之悲風，羨鳴友之相求。（王粲＜鸚鵡賦＞，《全上古三代秦漢三國六朝文・全後漢文》卷九十）

又如阮籍＜獼猴賦＞：

△ 夸父獨鹿被其豪，青馬三雛棄其群，此以其壯而殘其生者也。……若夫熊狙之遊臨江兮，見厥功以乘危，夔負淵以肆志兮，楊震聲而□皮。處閒曠而或昭兮，何幽隱之圂隨？魑畏逼以潛身兮，穴神丘之重深。終或餌以求食兮，焉鑿之而能禁？誠有利而可欲兮，雖希覿而為禽，故近者不稱歲，遠者不歷年，大則有稱于萬年，細者（則為）笑于目前。……終蚩弄而處絀兮

---

[14] 參王更生注：《文心雕龍讀本》下（臺北：文史哲出版社，1991 年），頁 152--153。

，雖近習而不親；多才伎其何為，固受垢而貌侵。姿便捷而好
技兮，超超騰躍乎岑嵒。……嬰徽纏以拘制兮，顧西山而長吟
；緣檿桷以容與兮，志豈忘乎鄧林。（《全上古三代秦漢三國
六朝文・全三國文》卷四四）

＜登樓賦＞中以匏瓜徒懸、井渫莫食為喻，是作者以委婉的方式表達
懷才不遇的悲哀與感歎。＜槐樹賦＞中描寫槐樹根深柢固，鳥兒願以
此樹作為棲息之所，而人亦藉此而得庇蔭，以比喻若有權勢與穩固的
根柢，則眾人將託身庇蔭。＜鸚鵡賦＞中的鸚鵡是寂寞而不遇的，彷
如作者內心的苦悶。阮籍的＜獼猴賦＞則是作者在君子（司馬氏父子
）之侍，看到獼猴被縶而遭戲弄至死的命運，歎獸之身壯而被殘，再
思及山中之獸如熊狙、夔獸等，都是因為具有價值，因有所用而得以
昭顯於世，但也因其具有價值，一旦為人所擒，則不免踏上被玩弄遊
戲至於死亡的結局。作者以獼猴為喻，喻己亦如猴一般被拘於廟堂，
是為主上所玩賞的對象，而有不得重返山林之悲。又如南朝・鮑照的
＜野鵝賦＞：

> 集陳之隼，以自遠而稱神，棲漢之雀，乃出幽而見珍。此璅禽
> 其何取？亦廁景而承仁。……唯君囿之珍麗，實妙物之所殷，
> 翔海澤之輕鷗，巢天宿之鳴鶉，鶵程材於梟猛，犖駑體之雕文
> ，既數容以照景，亦選翮以排雲，雖居物以成偶，終在我以非
> 群。望征雲而延悼，顧委翼而自傷，無青雀之銜命，乏赤雁之
> 嘉祥，空穢君之園池，徒慚君之稻梁，願引身而翦跡，報末志
> 而幽藏。（《全上古三代秦漢三國六朝文・全宋文》卷四六）

野鵝本來自遠方，故受珍愛，當其被捕入宮廷時，在華美的宮廷中卻
反而失去往日的自由與歡樂。居於帝王眾多珍禽之一，野鵝實因無所
發揮，而與眾珍禽格格不入：「終在我以非群」，受到同伴排擠的野

鵝只好終日望白雲而自傷，看到自己不得高飛的翅膀而暗自傷心，於
是反思自己實則白白污染了君王的池園，白吃了君主的糧食，因而心
生歸藏之意。

　　此賦運用比興的手法，以野鵝從入宮廷、與同僚不合到心生歸意
，隱喻鮑照受到劉義慶的提拔而入仕，結果在人文薈萃之所，卻是無
法與同僚合流，是以有「空穢君之園池，徒慚君之稻粱」之嘆，而萌
生引身竄跡、退隱歸去之意。表面上是寫野鵝，實際上在寫己，寓己
幽深之志於賦中。賦中以比興之法蘊含作者的微言之義，張華＜鷦鷯
賦序＞說得好：

　　　夫言有淺而可以託深，類有微而可以喻大。（《文選》卷十三）
賦體創作就是以淺顯的語言、以微卑的物類以託寓比喻淵深之意旨。
所以，明為詠物而實是寄託個人不遇於世的悲哀，以比興的手法含寓
深刻的情感意涵。故賦中兼用比興，作為賦體寫作的方式，這就是比
興在賦體創作上所發揮審美的特殊效果。

第二節　從比興到「興情說」

　　關於《詩》六義中「賦」、「比」、「興」之義，自漢至六朝，比較重要的說法大抵如下：

（一）東漢・鄭玄《周禮正義》：

> 「風」，言聖賢治道之遺化也；「賦」之言鋪，直鋪陳今之政教善惡；「比」，見今之失，不敢斥言，取比類以言之；「興」，見今之美，嫌於媚諛，取善事以喻勸之；「雅」，正也，言今之正者以為後世法；「頌」之言誦也、容也，誦今之德，廣以美之。（《周禮正義》卷二三）

「賦」之言鋪，直鋪陳今之政教善惡；「比」，見今之失，不敢斥言，取比類以言之；「興」，見今之美，嫌於媚諛，取善事以喻勸之。

（二）西晉・摯虞＜文章流別論＞：

> 言一國之事，繫一人之本，謂之風；言天下之事，形四方之風，謂之雅；頌者，美盛德之形容；賦者，敷陳之稱也；比者，喻類之言也；興者，有感之辭也。後世之為詩者多矣，其稱功德者謂之頌，其餘則總謂之詩。（《全上古三代秦漢三國六朝文・全晉文》卷七七）

摯虞提出「賦」，是直接了當的鋪寫；而「興」則是「有感之辭」，也就是因外在事物的感發而引起情思。

（三）南朝・劉勰《文心雕龍・比興》：

> 比者，附也；興者，起也。附理者，切類以指事；起情者，依微以擬議。起情故興體以立，附理故比例以生。比則蓄憤以記言，興則環譬以託諷。

劉勰認爲「比」是某物附以某物以比擬之；「興」是起也，起發情思；因而，文分二類，「說理」者是以事類相附，相互說明闡發義旨；「起情」是以情感之興發爲要，依外在微物之引發而有所思考。因此，起情者是「興」體成立的主要原因；說理者是比擬之例始生之因。故「比」傾向於客觀說理，多爲記言之文；「興」則多爲譬喻之而託寓他旨。

（四）南朝・鍾嶸《詩品・序》：

> 故詩有三義焉：一曰興，二曰比，三曰賦。文已盡而意有餘，興也；因物喻志，比也；直書其事，寓言寫物，賦也。（《詩品・序》）

以上數家對於「賦」、「比」、「興」，以圖表的方式比較，如下圖：

朝代人物 出　處		東漢・鄭玄 周禮正義	西晉・摯虞 文章流別論	南朝・劉勰 文心雕龍・比興	南朝・鍾嶸 詩品・序
賦	定義	鋪（直鋪陳）	敷陳之稱也	賦者，鋪也，鋪采摛文，體物寫志也	直書其事，寓言寫物
	原因				
	內容	直鋪陳今之政教善惡			
比	定義	取比類以言之	喻類之言也	附也（附理者，切類以指事）	因物喻志
	原因	見今之失，不敢斥言，故比類以言之		蓄憤以記言	
	內容	今之失			
興	定義	取善事以喻勸之	有感之辭也	起也（起情者，依微以擬議）	文已盡而意有餘

	原因	見今之美，嫌於媚諛，取善事以喻勸之。		環譬以託諷	
	內容	今之美			

首先，有關「賦」的意涵，自漢至南北朝，並無本質上的差別，都是直指賦的「鋪陳直敍」之義，只是在所鋪陳的對象或內容上稍有不同。鄭玄說是「政教善惡」，這是經學家秉著儒家政治教化的傳統所看到的面目；鍾嶸則說：「直書其事，寓言寫物」。「寓」，寄託也，利用也，憑藉也。直接寫出，憑藉文字以寫物，此固是鋪陳之意，而「事」、「物」兩者則較爲客觀公允，「事」不必是「政教善惡」，而「物」則爲鄭玄所書及。諸說之中以劉勰所論最爲周密，以爲賦所鋪陳者，文藻；所抒寫者，情思；所以爲文者，於外在事物有所體驗也。從文體的特色上著眼，避免許多爭議。

其次，有關「比」和「興」的問題，鄭玄所論，是將兩者皆視爲「比喻」手法，只是所比喻內容的性質不同：「比」的內容是有關目前政教之「失」，因不敢直接斥責，所以用比喻手法爲之；而「興」的內容則是有關目前政教之「美」，因不便直接讚美，以免流於阿諛諂媚，所以拿「善事」來比喻勸勉。「善」者，好也，美也；「事」者，物也。

降及六朝，「比」、「興」之別不在於比喻之性質的差別，而在修辭或作法上本身種類的不同。摰虞言「比」爲「喻類之言也」。言「興」者，爲「有感之辭也」。言雖簡而意賅，意指「比」是同性質事物的比擬和傳達，而「興」則是作者有所感發，形諸文字者。劉勰之說則較爲思慮縝密，剖析細微，首先，他說「比」是「附也」，進一步說明「附」爲「附理也，切類以指事」。意指依附於他物之相同

或相似之性質者，來指出或言明此事，而其原因則仍是漢以來「不敢不斥言」而「蓄憤」於心的政治教化看法。而「興」是「起也」，也進一步說明「起」爲「起情者，依微以擬議」，是說「情」思之引起，是依緣於細微的外物，來擬構內在蓄憤的情感。此種看法與摯虞無異，但劉勰更說「興」的原因是要「環譬以託諷」，意指以較爲含蓄婉轉的譬喻來寄託諷刺之意，則可能又承繼了漢人說法，以爲「興」是一種較爲婉轉含蓄的「比喻」法。

其實，依目前的文藝術語來看，所謂「比」的「喻類之言」、「切類以指事」，都是比喻法（又稱譬喻法），而所謂「興」的「有感之辭」、「依微以擬議」則是聯想法，區分較明；至於劉勰有於「興」中說「環譬」一義，則恐是受限於術語使用與意義嚴分之故，也或恐是受到漢人之影響。

不過，就另一個角度來看，在創作之初，之所以用「比」是因爲有意識的選擇，且因爲性質或關係的相同或相近；而之所以用「興」則是因爲外在事物偶然觸發的內在感受，且因爲性質或關係的相同或相近。因此，「興」的意涵著重於創作之初的觸發，至於觸發以後，外物、內情兩者之性質或關係，也是相同或相近的。這和「比」法一樣，是修辭上的問題。只是「興」是較爲細微的「比」法罷了。清・陳啓源的＜毛詩稽古篇＞說：「興比皆喻，而體不同。興者，興會所至，非即非離，言在此，意在微，其詞微，其旨遠。比者，一正一喻，而相譬況，其詞決，其旨顯。」是較能梳理劉勰之意者。

鍾嶸對於「比」的術語定義說：「因物喻志」。「因」者，憑藉也。藉著外在事物來比況心中之志；「興」者，爲「文已盡而意有餘」，並不是從字面意義來看，（如「起也」）也不是從原因來看（如「環譬以託喻」），也不是從作法來看（如「依微以擬議」），而是

從審美效果來看，這種言已盡而意有餘的美感，並不只是「興」法辦得到而已，暗示性的，比喻的，寓言的，婉曲的，都可以造成此種感覺，所以，鍾嶸對「興」的定義並不甚爲嚴謹。

單就劉勰的「興」義來說，所「起」之「情」若對照敘述的下文來看：「環譬以託諷」。此「諷」是鄭玄的「見今之義，嫌於媚諛，取善事以喻勸之」，則沾染漢儒解經的政治教化色彩。如且不論此種色彩之對錯，其於感情的範圍則僅指一種而已。如果將此種色彩剔除掉，純就泛稱的情感而言，則「興」字之義，就豐富了其它文體的寫作方式或修辭方法了。興有「起」之意，「起情者，依微以擬議」，因而「興」除了「諷諭之義」外，應該還有「起情之義」；「興」爲託事於物，也是一種譬諭事義的方法，因之，「興」的方法也是一種較爲婉轉含蓄的譬諭或暗示[15]。而「興」是因爲「情」而起。「興」者，含有比喻的意味，將所託之志寓於「興」中，而「情」便是這興的根源。

賦體和「興」向來有極密切的關係，尤其是漢朝以來，一直認爲「登高能賦，可以爲大夫」[16]，登高之際，極目四望，山川風物奔起眼下，往往就其中的一景，甚至一物，就能引起賦家內心的細微幽隱的感動，而觸動了某種情感。「登高興情」就是因爲外在的山川景物引發種種的神思想像。《世說新語》中記載：

> 荀中郎在京口，登北固望海云：「雖未睹三山，便自使人有凌雲意。若秦、漢之君，必當褰裳濡足。」（《世說新語箋疏‧言語》）

荀中郎即爲荀羨，在京口時登北固，北固高數十丈，三面臨水，登北

---

[15] 同註 4，頁 111。
[16] 見《漢書‧藝文志》卷三十。

固望海可見三面是水，高高在上而產生凌雲之想。這是景物的「高」
而使人有感而發歎。而劉勰進一步說：

　　原夫登高之旨，蓋覩物興情，情以物興，故義必明雅；物以情
　　觀（覲），故詞必巧麗。（《文心雕龍・詮賦》）
就劉勰所論，可以勾勒出以下的關係圖：

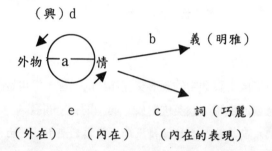

圖中的 a 是「覩物興情」的過程，這是「興」的作用，賦作的產生，
其關鍵也就在此「興」的「起情」之動作；b 是「情以物興，故義必
明雅」；c 即「物以情觀」之後的「詞必巧麗」。耐人尋味的是「物
以情觀」，此「情」是被「興」起的情，將此情再去觀照外物，則外
物必然沾染情感的色彩，此即王國維《人間詞話》中：「有我之境，
物皆著我之色彩。」[17]至此，交互影響的關係為：

　　外物（1）──▶情　──▶　外物（2）
　　　　a　　　　　　d

---

[17] 見王國維著、滕咸惠校注：《人間詞話新注》（臺北：里仁書局，1994 年）
，頁 58--59。咸注引叔本華的說法，將此解為主觀的心情與意志的影響，
會與所見的環境沾染情感的色彩。

外物（1）尚未有情感的的興起，外物（2）則已有之，因外物（1）
引起情之動搖，故有外物（2）的產生，而兩者實爲一物。只不過說，
（1）與（2）之別，在於前者是無情感色彩之物，而後者是沾染情感
之物。故由 a 到 d ，實爲由物到情，再反爲物的循環過程。同時，
外物（2）必然會再加深情感的濃度而變成：

$$外物（1）\longrightarrow 情 \longrightarrow 外物（2）\longrightarrow 情$$
$$a \qquad\qquad d \qquad\quad e$$

如此循環往復，可形成上頁圖中的圓形交互作用的過程，這也是「情
」與「景」相互影響的過程。蔡英俊對於「興」則有所闡發：

> 尤其是「興」的感發，多緣於情感的「直接的觸引」、由外在
> 景物喚起一種微妙超絕的精神情意上的感動，其中自然含有無
> 窮的情趣在——由情感的引動與外在景物相互融決而創造出
> 一片想像的空間，這種表現的模式最能契合於「抒情」的創作
> 理念與所要求的美學效應。[18]

並且說：

> 「興」字總是與人情、外物緊緊相連；中國傳統詩論中「情」
> 、「景」的問題，就此透過「興」字的介入而得到觀念與理論
> 的基礎。[19]

所論平實中肯，洵可信也。登高時視野擴大，本是由眼睛接觸景物，
而由景物所回饋而引發觀賞者內心的種種憂喜悲戚，此因景而「興」

---

[18] 見蔡英俊：《比興物色與情景交融》（臺北：大安出版社，1995 年），頁
138。
[19] 同註 18，頁 139。

也，所興者，情也。故「興」本身在登高之後、目之所見所引之情，在覯物的剎那間完成的是景與情的交會，物感情起，而以賦的行為本身完成此物興情起的任務時，「興」是同時具有景與情的雙重性格。

而「興」，既有「起」的意思，也就是擔任著「興」起一段文章開頭的任務，凡情之所起，必因事而興之，所以擷取事物的微細之處，並且由細微處的敘述開始了抒情的過程。劉若愚對於「興」的解釋是：

> 「興」可以解釋為『聯想的方式』（associational mode）以這種方式，詩人開始（興）呈現一種自然現象，然後表現出由這種現象所激發（興）或聯想的人類感情，而不是直接表現他自己，（這是「賦」，「說明」或「描述」的方式〔"expository"or "descriptive" mode〕）或在自然現象與人類情況或感情之間作出明顯的比較（這是「比」、「比較」或「類比」的方式，〔"comparative"or"analogical"mode〕）[20]。

「興體」所代表的「聯想」之義，其中包含「自然現象」以及由此現象所感發的「人類情感」。所以說「興體」是擔負著「起情」的作用，創作者有所「興」，故有「情」之起，因而可說「起情故興體以立」，而摯虞說「興」是「有感」之辭，都是說明「興」在起情、感物的作用。「興」的感發是由外緣之物色與內在之情感在交會的時刻裏所迸裂出的火花。於是，由賦體的興情所引發的物與情的問題，這就成為後來以情景交融為創作中心的起源。

「賦」體本身，究其字義，本有鋪陳之意，劉勰對於「賦」義是說「鋪采摛文」，指出所鋪陳者是文采藻飾的部份，又說「體物寫志

---

[20] 見劉若愚：《中國文學理論》（臺北：聯經出版事業公司，1991年），頁235。

」，「體物」爲材料的獲得，是用自己的身體與感官去觸受外在環境和事物，而後「寫志」──形之於文，這和「覩物興情」如出一轍，則劉勰的「興情」說，顯然是將賦體在鋪陳的功用上加以「興情」的表達。由此可知，劉勰所代表的「覩物興情」已然不是漢代賦家的以「興」作爲譬諭的單純用法了，而是在「感」物之時與「興情」之會，情志的內容已然涵蓋其中。所以說，從劉勰對於賦的說法，也見出魏晉以後的賦體在體物睹物之時，對於情志附含於賦體創作中的論題的重視及其在創作上的重要意義。那麼，賦作之中雖然以描摹刻畫外在事物爲能事，而其抒情意味仍然俱存，即如王粲＜登樓賦＞說：

> 登茲樓以四望兮，聊暇日以銷憂，覽斯宇之所處兮，實顯敞而寡仇，挾清漳之通浦兮，倚曲沮之長洲，背墳衍之廣陸兮，臨皋隰之沃流，北彌陶牧，西接昭丘，華實蔽野，黍稷盈疇，雖信美而非吾土兮，曾何足以少留。（《全上古三代秦漢三國六朝文・全後漢文》卷九十）[21]

又如曹丕的＜登城賦＞：

> 孟春之月，惟歲權輿，和風初暢，有穆其舒，駕言東邁，陟彼城隅。逍遙遠望，乃欣以娛。平原博敞，中田闢除，嘉麥被壟，緣路帶衢。流莖散葉，列倚相扶。水幡幡以長流，魚裔裔而東馳，風飄颻而既臻，日掩薆而西移，望舊館而言旋，永優遊而無為。（《全上古三代秦漢三國六朝文・全三國文》卷四）

又如成公綏＜嘯賦＞：

> 若乃登高臺以臨遠，披文軒而騁望，喟仰抃而抗首，嘈長引而憀亮。或舒肆而自反，或徘徊而復放。或冉弱而柔橈，或澎濞

---

[21] 見《文心雕龍・詮賦》：「仲宣靡密，發篇必遒」。沈約曰：「子建仲宣，以氣質爲體，並標能擅美，獨映當時。」

而奔壯。（《全上古三代秦漢三國六朝文‧全晉文》卷五九）
＜嘯賦＞是「登臺」之作，王粲是「登樓」之作，曹丕則是爲「登城」而作，所登高者不同，但其爲「登」之動作則同。登高覩物，情思乃發，形之於文，特別是以賦作之登高興情，見外在之物色，運用比興之法，便呈現出當時的賦家賦作共同的創作面貌，而這樣的表現形式隱然成爲六朝賦家激發情思的創作方式之一了。

第三節 「物色說」與「興情說」

　　無論是登高興情或是體物興情，情的「觸發」是因物而起，反過來說，「物色」也就是引起情感動搖的因素，換言之，「物色」是指外在的風物景貌而言，包括外在的一切景物[22]，而對於＜文賦＞、＜物色＞、《詩品・序》來說，指的就是四時自然的變化以及人世興衰等因素。最早提出「物色」並加以理論闡釋的是劉勰的《文心雕龍・物色》[23]：

> 春秋代序，陰陽慘舒，物色之動，心亦搖焉。蓋陽氣萌而玄駒
> 步，陰律凝而丹鳥羞，微蟲猶或入感，四時之動物深矣。……
> 歲有其物，物有其容；情以物遷，辭以情發。一葉且或迎意，
> 蟲聲有足引心。況清風與明月同夜，白日與春林共朝哉！是以
> 詩人感物，聯類不窮。流連萬象之際，沉吟視聽之區；寫氣圖
> 貌，既隨物以宛轉；屬采附聲，亦與心而徘徊。

時序更代，風景物色的變動引發人心的搖蕩，四季的變化，各有其不同的面貌，而情因物而遷動，文辭就隨著情而引發，甚至一葉的飄零都足以打動人心，幾聲秋蟲的哀鳴也足以令人牽動思緒，更何況是清風明月，白日春林呢？所以詩人們感於物的變動，在千變萬化的景象之際，寫物描繪其貌，表面上雖是因描摹景物而曲盡其致，但同時也是因為「心」的感應的而吟詞興藻。換言之，四時景物之變化引發詩人創作的動機，「物色」引發「情」感的觸發進而引起創作的欲望，而創作活動的意義，就在於掌握、反映情感與外物相摩相盪的種種境

---

[22] 參見註 14，頁 299。
[23] 又如蕭統《文選》有「物色」類。

遇與啓悟[24]，「物色」之所以與創作的連結則是在於情感的觸發與啓悟。四時變動不居，景物的代謝無常，更容易引起感傷。魏晉以來的抒情小賦便是融「寫景」與「抒情」於一體的新嘗試，如：

△　四節更王兮秋氣悲，遙思恂恍兮若有遺，原野蕭條兮煙無依，
　　雲高氣靜兮露凝衣，野草變色兮莖葉希，鳴蜩抱木兮鴈南飛，
　　西風悽悵兮朝夕臻，扇筐屏棄兮絺綌損，歸室解裳兮步前庭，
　　月光照懷兮星依天，居世兮芳景遷，松喬難慕兮誰能仙，長短
　　命也兮獨何怨。（曹植＜秋思賦＞，《全上古三代秦漢三國六
　　朝文・全三國文》卷十三）

△　歲聿忽其云暮，庭草颯以萎黃，風飀飀以吹帷，燈黯黯而無光
　　，獨展轉而不寐，何增歡而自傷。於是踟躕徒倚，顧景興懷，
　　魂煢煢以至曙，綴予想於田萊，彼五畝其焉在，乃爰洎乎江隈
　　。出郭門而東騖，入激浦而南迴，爾乃觀其水陸物產，原隰形
　　便，林籔挺直，丘陵帶面。（陸倕＜思田賦＞，（《全上古三
　　代秦漢三國六朝文・全梁文》卷五三）

△　何四序之平分，處修冬而多慮，眷搖落兮道盡，悲荏苒其云除
　　，日晼晚而易潛，夜悠長而難曙，既而庭流皓月，階被凝霜，
　　風吹衣而懍懍，氣空積而蒼蒼，襲重裘兮弗燠，熾朱火兮無光
　　，門蕭條而晝閉，夜寂寞兮無人，疏三逕以負汲，結二耦而為
　　賓。（裴子野＜寒夜賦＞，（《全上古三代秦漢三國六朝文・
　　全梁文》卷五三）

曹植的＜秋思賦＞，寫四節更易，秋氣以「悲」而「思恂恍」，「原野蕭條」而「煙無依」、「野草變色」……等，實寄情於景之中，在景的描寫中逐漸透露其最後的主旨：「松喬難慕兮誰能仙，長短命也

---

[24] 同註18，頁172。

兮獨何怨。」此賦可將之分爲二部，前部寫景，從「四節更王兮秋氣
悲」到「居世兮芳景遷」是寫物圖貌，而最後兩句「喬難慕兮誰能仙
，長短命也兮獨何怨」，才說明其真正的情感歸依。前半部的物色正
是後半段情感的引發媒介，而從「四節更王兮秋氣悲」到「歸室解裳
兮步前庭」之前都是感物「興」情的「興」在起作用。陸倕的＜思田
賦＞前半「歲聿忽其云暮」到「燈黯黯而無光」於是「踟躕徒倚」、
「顧景興懷」，之後便是景物的描寫。從「歲聿忽其云暮」到「顧景
興懷」之前的寫景也是因物「興」情。而裴子野的＜寒夜賦＞則從景
物的描寫中寓以夜長難曙、長冬多慮的感懷，而主人的出現則是在「風
吹衣而懍懍」、「襲重裘兮弗煖」的吹衣、重裘之中略爲現出主人翁
的影子。

這幾篇賦作有幾個特點，其一，都是因四時物色或景物所引起的
情感，或悲或歎或寫寂寞之感。其二，因物色而寫情，物色的描寫中
已經逐漸鋪敘其情的悲或苦，雖未能達到如後世的情景交融，渾然無
跡之境，但是已見其在物色中投注個人情感的色彩，而不再是單純的
寫物。其三，除物色的描寫之外，會有一、二句直抒其情，以表達作
者真正的情意所在。

因此，物色足以引發情感的搖蕩，這是創作靈感與動機之興起；
而作品中的物色之描繪實寓情感的色彩於其中，這是「興」情的方式
，是以「興」法，劉勰謂之爲「起情」。

山水景物是「興」與「比」最佳的取材之所。山水形象與賦體的
創作關係相當密切，例如山水詩的創作是詩人對山水之美有所感懷而
形諸於文字的結果，亦即所謂：「物觸所遇而興感」。而所謂「興」
，所謂的「觸發」，往往不是懷著理性的思緒、分析的眼光或實用的
角度來說，反而是自然而然地等待物我的遇合，故強調「興」──自

由勃發創作欲望的重要作用；「原詩人之致興，諒歌詠之有由」[25]，所以，「興」，是起情的作用，山川景物對於作者的作用可以「興」起作者之情，故而有山有水，亦有情，則如劉勰＜物色＞所說：

> 若乃山林皋壤，實文思之奧府，略語則闕，詳說則繁。然屈平
> 所以能洞監風騷之情者，抑亦江山之助乎？

劉勰在說比興之義後，則提出山水對於作家的影響。山林皋壤，實在是「文思之奧府」，是蘊釀文思的佳處，或是說山水景物之美提供了寫作上的題材，也興起創作者的種種情愫。江山之美正好使作者在取材上有了極大的便利，觸目所及，皆是素材，隨手拈來，便成文章。至於其中的轉換、影響、反應等種種過程，詳細剖析，恐繁複紛雜，難以言盡，大略提及，則可粗知梗概。

　　賦作中對於物色的形容，可用白描法勾勒其輪廓，可掌握主要特徵並提出重點，也可以精緻細膩，工筆之至，但是，更重要的是作者的「情志內容」部份。由於物色引發起情愫，並運用物色之美及比興之義來抒發，所要抒發的或許是作者心中突然而興的愉悅歡欣，或許是長久以來積聚內心的鬱陶憤懣，也或許是景物所引起的對生命的感懷，這一些都是作者在形容物色之際所真正要表達或寄託的主旨。如謝惠連＜雪賦＞說：

> 玄陰凝不昧其潔，太陽曜不固其節。節豈我名，潔豈我貞？憑
> 雲陞降，從風飄零。值物賦象，任地班形。素因遇立，污隨染
> 成。縱心皓然，何慮何營？（《文選》卷十三）

表面上是詠雪，刻畫其物態及性質，而在詠物之後所要蘊含的內容則是作者之「志」。雪的潔白是事實，而人的潔白呢？雪隨著風雲飄盪

---

[25] 孫綽＜三月三日蘭亭詩序＞，見《全上古三代秦漢三國六朝文·全晉文》卷六一。

，隨著外物賦予形態，也隨著所遇染色而有所不同；人的貞節與雪一樣本來都是潔白的，所不同的是人的貞節是由乎人心的作用，而不是隨意可污染的，因此，如果心是皓然潔淨的，又何所憂慮？何所營求？可見作者以雪為詠，寫人之志。飄泊走馬的人生，往往被命運捉弄，更被環境左右，心中即使了然明澈，也常常有不得不然的無奈與痛苦，這樣的生命，何嘗不像紛紛飄飄的白雪呢？由於人生與白雪在性質上的相同或相似，使得作者一見到白雪便觸發對人生的感觸，這是「興」的作用；而形諸於文字之後，以雪之物態與性質來比喻人，這是「比」的運用。最主要的是作者在「比」、「興」之中所要表達的「志」──即「縱心皓然，何慮何營？」的主旨，透過物色的比興手法，表達作者之情志內容，這也是賦體在物色與比興美感表現上的具體呈現。《文心雕龍・詮賦》說：

> 至於草區禽族，庶品雜類，則觸興致情，因變取會；擬諸形容，則言務纖密；象其物宜，則理貴側附。斯又小制之區畛，奇巧之機要也。

劉勰在此談及雜賦方面的創作問題。之所以創作在於「觸興致情」，觸發的東西是「草區禽族，庶品雜類」，篇幅是短小的，辭句是纖密麗緻的。情思的處理是「因變取會」，即是說因事物的變化，取合感情的興會；以及「象其物宜，理貴側附」，即是形容物態物性之時，說理著重切合物象。在描寫物象之際，將所欲表達之情理寄寓於物態物性之中，而不是直接揭露情志的內容。以描繪手法的纖細與精妙，視為創作者達情顯志以及創作的功力，此是賦作的精要與奇巧之處。即如前引謝惠連＜雪賦＞，句句言雪，而句句言己，言雪亦即言己，句句比喻，景與情交會，則情思寄寓其中矣。

　　辭賦的特色之一在於文辭的發揮與翻新，劉勰推崇＜離騷＞之創

新及其藝術化的表現，稱其：「觀其骨鯁所樹，肌膚所附，雖取鎔經旨，亦自鑄偉辭。」[26]意思是說詳觀屈賦所樹立的中心思想，以及附麗於內容的文采辭藻，雖然是採取陶鎔經典的意旨，但從那瑰麗的辭藻來看，卻又是獨抒胸臆，自創一格的。而其所著重者在於「自鑄偉辭」一句，偉者，超豔絕世，卓然不群，匠心獨運，而又珍奇可觀。

<物色>又說：

> 古來辭人，異代接武，莫不參伍以相變，因革以為功，物色盡而情有餘者，曉會通也。

雖然古來作家，前仆後繼，接踵騷壇，而且不同朝代有不同的文風，但是辭人們所努力的目標就是在於「參伍相變」──錯綜古今以求變化，以及「因革為功」──因所革新，以為事功，也就是在舊有的形式中尋找變化革新的可能性，並以變化革新作為標榜之處。而在運用巧思，創造新奇之際，通曉會通之理乃因「物色盡而情有餘」，明確指出物色之美建築在情感的感發之上，物色才能發揮其作用，所以曉會通也。

---

[26] 見《文心雕龍‧辨騷》。

第四節 「應感說」與心物之關係

盛行於魏晉南北朝的「應感說」對於賦的創作有極爲重要的影響。所謂「應感」，或「感應」，是指主體的心理與客體對象在精神上合而爲一的溝通和感悟的過程。因此，從文學本質上看，審美感應的意義應爲[27]：其一，說明文學活動的本源與起點，既非客觀的物，亦非內在之心，而是「心」與「物」的相互作用，是主客體的審美感應；其二，它指明了文學活動發生的條件是「應感」，即是「心」對「物」的觸動、以及主客體的契合；其三，它表明了文學活動的主體性，主體對外物的關係不是被動的反應或反映，而是主動感應，並在感應中完成文學創作與欣賞活動。

「應感說」之所以在六朝盛行，究其原因，乃是魏晉以來主體精神的發揚與自我意識的覺醒所孕育出來的藝術創作主體之表現。這是時代環境下自我意識更爲顯豁的結果。於是，表現在文藝創作上即是以創作主體，即藝術家本身對於宇宙萬物的敏感，以及創作主體與之相應的關係所產生的結果。所以，魏晉以來的抒情小賦，即如詠物賦的大量出現，實有其深厚的背景。

而六朝「應感說」之所以盛行，除了時代因素之外，也有其歷史因素，也就是一方面「應感」（或「感應」）一詞，其內容早於先秦時代就已提及，到了六朝有其承襲與轉變的過程。另一方面，更重要的是，從歷史性的論述中可以發現「應感說」的類型，或者說是「應感說」的應感方式或應感過程。

---

[27] 審美感應的三點意義，參郁沅：《文學審美意識論稿》（北京：中國廣播電視，1992 年），頁 35、37。

徵之典籍，歷史上最早提出「應感說」的應是《禮記・樂記》，其中記載：

△ 夫民有血氣心知之性，而無哀樂喜怒之常，應感起物而動，然後心術形焉。

△ 感於物而動，故形於聲。

△ 人生而靜，天之性也；感於物而動，性之欲也。

△ 樂者，心之所由生也，其本在人心之感於物也。是故其哀心感者，其聲噍以殺；其樂心感者，其聲嘽以緩；其喜心感者，其聲激以散；其怒心感者，其聲粗以厲；其敬心感者，其聲直以廉；其愛心感者，其聲和以柔。

這是對於音樂的鑑賞性批評，所論內容最早提出了「應感」一詞。其應感的方式是「物 ⟶ 心」的單向應感過程，其後，荀子的音樂審美應感理論承之而來，《荀子・樂論》中說：

凡好聲感人而通氣為之，通氣成象而亂生焉；正聲感人而順氣應之，順氣成象而治生焉。唱和有應，善惡相象，故君子順其所去就也。

，而其應感過程則仍爲「物 ⟶ 心」的單向應感過程。

魏晉時期的嵇康（223--262 A.D.）也有「應感說」，不過與《禮記・樂記》所言有些差異。在所著＜聲無哀樂論＞中，嵇康認爲聲音的變化組合，其本身並無所謂哀樂，其本質是平和的。而人之所以會有喜怒哀樂的情緒反應，則是因爲：「至夫哀樂，自以事會，先構於心，但因和聲以自顯發。」是說審美主體以「先構於心」的哀樂之情去感受聲音，才對聲音有喜怒哀樂的感受。故說：

聲音以平和為體，而感物無常；心志從所俟為主，應感而發。人情不同，各師所解，則發其所懷。

所論與《禮記‧樂記》有一個很大的差別，亦即應感過程為「心 ─→ 物 ─→ 心」的交互應感過程。

審美應感說經由兩漢、魏晉到劉勰，「應感說」的理論越形成熟與完善。劉勰《文心雕龍》對於感應的「物」，並不單指其為獨立於主體之外的自然實體。依照他對於文學創作過程的「應感說」，若從主客關係來看，可將應感說分為「內感應」和「外感應」兩種[28]。所謂「外感應」是「外物 ─→ 心」的應感過程。劉勰說：

△ 人稟七情，應物斯感，感物吟志，莫非自然。（《文心雕龍‧明詩》）

△ 歲有其物，物有其容，情以物遷，辭以情發。（《文心雕龍‧物色》）

而對應於鍾嶸《詩品‧序》說：

氣之動物，物之感人，故搖蕩性情，形諸舞詠。

相較兩者，可以推論「應感說」最初強調的是外物對於內心的刺激作用，是由「物」到「心」的單向「應感」過程。人心本如潭水，外物猶如投入水面的石子，引起心湖的激動，而產生情感，此種情感於是引起文學藝術的創作動機。以「物」對「心」的作用而引起「情」的搖動，則創作之初始的應感於物至此完成，也即前述的「覯物興情」的過程。蕭子顯的〈自序〉中說：

若乃登高目極，臨水送歸，風動春朝，月明秋夜，早雁初鶯，開花落葉，有來斯應，每不能已也。（《梁書‧蕭子顯傳》卷三五）

「登高目極」為瀏覽山川風貌，「臨水送歸」為此事堪哀，「風動春朝，月明秋夜，早雁初鶯，開花落葉」，或為景，或為物，或狀其貌

，或形其態，或言其實，而人置身於此六種情境之中，觸目所及，便產生「有來斯應，每不能已」的情感反應，這是極爲普遍的「物」對「心」引起的「外感應」。

魏晉以來，人們對於物色特別容易引起「心」之搖動，在「心」與「物」的關係上，常常以山川物色作爲引發的觸媒。《世說新語》中說：

> 桓公北伐經金城，見前為琅邪時種柳，皆已十圍，慨然曰：「木猶如此，人何以堪！」攀枝執條，泫然流淚。（《世說新語‧語言》二--55）

桓溫北伐，見到昔日治理琅邪時所種的柳樹[29]，今日北伐再經舊地，見到舊日的柳樹已長成十圍，便產生時光匆匆，木猶如此，而產生人事變遷、不再如昔的感傷。此由於柳樹的牽引而將過去之時刻與今之時刻連成一線，在此一時空中，同時體現眼前之景與回顧過去之景而傷感無限。在此，柳樹的作用就在於引發原本已存在內心而未曾發洩出來的情思，當創作者遇見柳樹的時刻，內「情」與外「物」之交會融合，遂自然而引起「人何以堪」之嘆。

「物」與「心」在相觸相遇的時刻，「心」因「物」轉而衍生出種種的思緒情懷。這體現於六朝人特別對江山、時光的感懷展現其特別的生命情調，而從此處孕育創作的靈思。劉勰《文心雕龍‧詮賦》中說：「觸興致情」、「興」是靈感的來源，「情」是情感或情緒，是明言「外物──▶心」的應感過程。即如陸機的＜嘆逝賦＞：

> 伊天地之運流，紛升降而相襲；日望空以駿驅，節循虛而警立

---

[29] 昔日桓溫所治之琅邪在江南之江乘，今上元縣之北境。但是桓溫北伐，是否取道琅邪，此事值得懷疑。此見余嘉錫箋疏：《世說新語箋疏》（臺北：華正書局，1984 年），頁 114。

；嗟人生之短期，孰長年之能執，時飄忽其不再，老婉晚其將及，慰瓊蕊之無徵，恨朝霞之難把，望湯谷以企予，惜此景之屢戢，悲夫川閱水以成川，水滔滔而日度，世閱人而為世，人冉冉而行暮，……野每春其必華，草無朝而遺露，經終古而常然，率品物其如素，譬日及之在條，恆雖盡而弗寤，雖不寤其可悲，心惆焉而自傷，亮造化之若茲，吾安取夫久長。（《全上古三代秦漢三國六朝文・全晉文》卷九六）

陸機的嘆逝，其因天地運行，升降相襲，春秋更易，歲月驅馳驀然消逝，故而因節日之警示，而生起「嗟人生之短期，孰長年之能執，時飄忽其不再，老婉晚其將及」之感懷。對歲月流逝的感嘆，而見到物色之變動，更令人難以為懷，「野每春其必華，草無朝而遺露，經終古而常然，率品物其如素」，對於景物的年年春華盛開，草木日日沾露而經陽光照射而消失，此日日歲歲的景物引起詩人感嘆「悲夫川閱水以成川，水滔滔而日度，世閱人而為世，人冉冉而行暮」的年華老去，時光不留人的悲歎。感物而引情，最終目的是情感的抒發，也就是形諸文字，將情感存留於文章賦作之中。

而所謂「內應感」則是說創作主體已先有某種情思，再因接觸外物，激發更強烈的情思，因而形諸文字；或者是存在於創作主體心內的意象激發了自身創作的欲望，而進行創作。前者的應感過程是「心 ──➤ 外物 ──➤ 心」的交互應感過程，後者是「內物 ──➤ 心」的應感過程，也是前述「情」到「物」的過程。劉勰《文心雕龍・神思》所論大抵屬於此類，如「神與物遊」、「物沿耳目」、「登山則情滿於山，觀海則意溢於海」，因為想像之際，心中之物自能引發創作主體的情緒，醞釀出創作的欲望。所以，「談歡，則字與笑弁：論戚，則聲共泣諧。」以情觀物，自然如此。蕭繹所論「內應感」較為

詳明：

> 擣衣清而徹，有悲人哉，此是秋士悲於心，擣衣感於外，內外
> 相感，愁情結悲，然後哀怨生焉。苟無感，何嗟何怨也。（《
> 金樓子・立言》）

秋士悲人本已有悲傷之情，而擣衣之聲在清夜中更顯其單調淒情，以
情觀物，物必增情，於是內情更濃，而愈覺擣衣聲之更形淒涼，所以
「內外相感，愁情結悲」，然後「哀怨生焉」。這是典型的「心 ➔
外物 ➔ 心」的相互應感過程。陸機的賦作中，有不少例子：

> △ 余去家漸久，懷土彌篤，方思之殷，何物不感？曲街委巷，罔
> 不興詠，水泉草木，咸足悲焉，故述斯賦。（＜懷土賦序＞）

> △ 感時逝而懷悲，絕音塵於江介。（＜思歸賦＞）

> △ 伊我思之沈鬱，愴感物而增淒（深）。（＜思歸賦＞）

> △ 悲緣情以自誘，憂觸物而生端。（＜思歸賦＞）

> △ 矧余情之含瘁，恆睹物而增酸。歷四時以迭感，悲此歲之已寒
> 。（＜感時賦＞，以上見《全上古三代秦漢三國六朝文・全晉
> 文》卷九六）

先有某種情感或心理狀態，再去觀照外物，外物自然著「我」之色彩
，所以在交互作用的情形下，沾染情感色彩的外物會回過頭來再度影
響情緒，若經外化，形諸文字，文學之作於是生焉，《世說新語・語
言》中有此類敘述：

> △ 衛洗馬初欲渡江，形神慘頓，語左右云：「見此芒芒，不覺百
> 端交集。苟未免有情，亦復能遣此！」（《世說新語・語言》
> 二--32）

> △ 袁彥伯為謝安南司馬，都下諸人送至瀨鄉。將別，既自悽惘，
> 歎曰：「江山遼落，居然有萬里之勢。」（《世說新語・語言

》二--83）

衛洗馬即衛玠，永嘉四年，衛玠以天下之亂，與兄別於梁里澗，而與
其母渡江，而此次渡江，未必有歸還之日，所以見到江中茫茫之景，
不覺百感交集。余嘉錫案曰：「當將欲渡江之時，以北人初履南土，
家國之憂，身世之感，千頭萬緒，紛至沓來，故曰不覺百端交集，非
復尋常逝水之歎而已。」[30]以心中有家國之憂，見外在景物之茫茫，
不覺引起心中的憂愁，此為物色引起情的動搖。袁宏為謝奉的司馬
時，將別，都人送他到瀨鄉，別離的情緒既存心中「既自悽惘」，而
見到景物之時，特別容易引發對遼落江山的感懷。平時不見江山之美
是因為心中無離別之情，而一旦欲離別此處，其對景物的觀照角度反
而一改往常，而以專注的情感觀之，如此一來，江山的萬里之勢憬然
赴目，於心懷中產生效應，更感到不欲離別江山的悽悽之情。

　　綜上所論，陸機＜文賦＞：「應感之會，通塞之紀，來不可遏，
去不可止，吾未識夫其所由」以下，是有關「應感」的一段文字說明
，此處之應感應是主客體相遇相發之後因高度相激相盪而迸發出來的
「靈感」。這說明「靈感」的根源，即在於詩人的內心與外物的交接
所產生的感應過程；而主客觀的溝通，更使靈感此一心理活動建立在
感性的直覺之上。總之，在此一時期中，人們所領略到的創作的「應
感說」，是基於「物」與「心」的交會中，感物與興情的作用。因此
，可以說感物興情的創作靈感與物色的觸發，便在「情」的基礎上逐
一完成；而此一建立在有情世界的物色興情，其引發的創作無非是多
采多姿的呈現。

---

[30] 同註 29，頁 95。

第七章 創作理論三——巧構形似

第一節 「形似」一詞在賦體寫作上之意義

「形似」一詞,始於南朝梁・沈約提出對於相如賦作之評論文字,沈約《宋書・謝靈運傳論》云:

> 自漢至魏四百餘年,辭人才子,文體三變:相如工為形似之言,二班長於情理之說,子建仲宣以氣質為體,並標能擅美,獨映當時,是以一世之士,各相慕習。源其飈流所始,莫不同祖風騷;徒以賞好異情,故意製相詭。(《宋書》卷六七)

就漢代來說,相如善作「形似之言」,班固長於「情理之說」,以曹植、王粲為代表的建安文學則著重於表現自己的性情,即「以氣質為體」。而「一世之士,各相慕習」,「世」者,當世也。此句言當時的人倣效其時擅美賦作的大家,而此四家之賦莫不同師祖《詩》、《騷》。因此,「形似」一詞最早從沈約提出,用以評論相如的賦作,從此以後,在齊梁時期的文字評論也普遍使用這個詞語。

許多涉及評論的著作中,如《詩品》、《文心雕龍》、《宋書》、《顏氏家訓》等也廣泛使用「巧似」、「形似」的概念去評論作家以及作品。如劉勰《文心雕龍・物色》:

> 自近代以來,文貴形似,窺情風景之上,鑽貌草木之中,吟詠所發,志惟深遠;體物為妙,功在密附。故巧言切狀,如印之印泥,不加雕削,而曲寫毫芥。故能瞻言而見貌,印(即)字

而知時也。

劉勰評論齊梁的文風，說其「文貴形似」。「形似」者，似形也，似
外物之形。「形似」作爲文學創作之體現就是「窺情風景之上，鑽貌
草木之中」的寫作方式，草木風情皆摹寫其形貌，盡情詳形，合於本
來之面目，故稱形似。然則，運用「形似」之寫作技巧以描摹草木之
時，其吟詠所發，也貴在於「志」惟深遠，即附予作者之幽微深意於
其中，即寫志也。之外，「體物」巧妙曲寫盡其毫末，其要在於「密
附」，也就是說對物的細膩刻畫，使其仿似原來之形貌，而語言藝術
的作用便在於如何切言其狀，如印之印泥，不加雕削而曲寫毫末，使
如筆下之境仿如原來之貌，此爲「密附」之功效，廖蔚卿說：

> 是以巧構形似的寫物除了「鑽貌草木之中」對於自然物象極盡
> 客觀觀察，以達「瞻言而見貌，即字而知時」的形貌描寫之眞
> 以外，尚須以主觀的情感的想象及聯想去感物以「窺情風景之
> 上」，如此方能完成情物相通「體物」密附的妙功，而吟詠出
> 詩人深遠之志。……它融合客觀物貌與主觀感情，而以「隨物
> 宛轉」「與心徘徊」去寫氣圖貌屬采附聲。[1]

以客觀的寫物與主觀的情感之交會融合，以達到「密附」的功效，廖
蔚卿在論述「形似」之言是將之置於「緣情」的基礎上的，而認爲劉
勰此段話雖是強調「形似」，但是基於「情」的作用而來。廖氏之言
是將六朝詩體的「緣情說」納入「形似」的語言藝術之中，成爲「形
似」的基礎。然則，此論則與沈約論相如的「工爲形似之言」的「形
似」的意涵不盡相同。兩者所異，在於當沈約針對的是相如的「賦作
」發出「形似」之言時，必須考慮詩與賦的文體特徵並不完全相同，

---

[1] 見廖蔚卿：＜從文學現象與文學思想談六朝「巧構形似之言」的詩＞，在
《漢魏六朝文學論集》（臺北：大安出版社，1997年），頁547。

因此，沈約並不期待有一蘊含情意在內的賦作，而僅是對於相如賦作的語言文字技巧上的「形似」發論。《西京雜記》記載相如評論賦體的文字說：

> 合纂組以成文，列錦繡而為質，一經一緯，一宮一商，此賦之
> 跡也，賦家之心，苞括宇宙，總攬人物。（《西京雜記》卷二）

所謂「一宮一商」是指賦的音韻之美，「合纂組以成文，列錦繡而為質」是指賦的文辭之美[2]；「賦家之心，苞括宇宙，總攬人物」是指內容涵蓋極為廣大，題材取擇豐富。此一對賦體的論說只是論賦體的形式技巧而不論及「情」的。

而所謂的「巧似」，亦即「形似」[3]。是指對物態的形狀外貌極力形容，精緻細膩，力求景物之貌宛然躍現於紙上，「形恃神以立，神須形以存。」[4] 陸機在＜文賦＞中也說明了賦的特色：「賦體物而瀏亮。」賦體的「體物」特徵本來就是賦體的主要表現方式，藉此達到「期窮形而盡相」的描繪功能[5]。此即鍾嶸所謂「巧似」、以及唐・遍照金剛的「貌其形而得其似」[6]。這些都是描形寫物上得其形貌之美，窮盡筆端之際所展現出來的巧構形式的美感。換言之，「巧似」是指文辭經「造形」、「指事」而完成「蔚似雕畫」、「如印印泥」的「寫物」之妙[7]。 其以文學技巧的角度視之，「形似」只是創作上對「物

---

[2] 見畢庶春：《辭賦新探》（東北大學出版社，1995年），頁73。

[3] 同註2，頁78。

[4] 嵇康＜養生論＞，見《文選》卷五三。

[5] 陸機＜文賦＞：「體有萬殊，物無一量，紛紜揮霍，形難為狀。辭逞才以效伎，意司契而為匠。在有無而僶俛，當淺深而不讓。雖離方而遯圓，期窮形而盡相。故夫誇目者尚奢，愜心者貴當，言窮者無隘，論達者唯曠。」在《文選》卷十七。

[6] 見《文鏡秘府論・地卷・十體》。

[7] 見鄭毓瑜：《六朝情境美學綜論》（臺北：學生書局，1996年），頁37--38。

」之描摹的技巧與方式，在漢代‧司馬相如的賦中已經運用此種形似的描寫技巧，卻不見得是具有「情」的基礎[8]。

描繪形象之美自《楚辭》以來便是賦體的主要表現方式，也是賦體的特色。《文心雕龍‧物色》：

> 及離騷代興，觸類而長，物貌難盡，故重沓舒狀，於是嵯峨之類聚，葳蕤之群積矣。及長卿之徒，詭勢瑰聲，模山範水，字必魚貫，所謂「詩人麗則而約言，辭人麗淫而繁句」也。

辭賦表現物色之美是從《楚辭‧離騷》開始，以觸類相長，將物貌的繁衍特色充分表現於辭賦的創作之中，物貌之美，躍然紙上，葳蕤之貌盛哉。而司馬相如等人則更著力於這種物色形象的描繪，模山範水，字必魚貫，層層疊疊以造成文字的美感。因此，無論是詩人之賦還是辭人之賦，其文皆具有「麗」的特色，「麗」的表現方式是文字的運用，將文字的長篇累牘，歸疊出物色與形象，以此種表現物色的方式來展現作者的文采以及作者所要表達的情志內容。這不但是賦體獨有的特徵，也是賦體在表現物色之美這一點上面勝過其他文類的地方。

因此，若回頭去看沈約對相如的評語「工爲形似之言」時，若以賦在體物以及摹物的巧似特色，再加上相如的字必魚貫的賦體寫作方式，則「形似」之言就可解爲對賦體摹物盡象的技巧的說明。由此可知，「巧似」、「形似」是指極力描摹物貌的文字技巧。而「巧似」之名雖在齊梁時期提出，但是所指涉的卻是相如賦中巧構形式之言，是指寫物圖貌的技巧。而賦體的演變到魏晉以後，寫物圖貌與緣情寫

---

[8] 參見註 1。案：廖蔚卿是從詩體的角度論「巧似」，而就創作上而言，詩體本以抒情言志爲主要目標，故其推論以「情」爲「形似」的基礎是有其根據的，但是若是將之放在賦體的理論上，則「形似」未必就一定具有「情」的基礎。

志融為個人情志抒發之作,故詩作也沾染賦體以體物寫志的抒情方式,因此形似與緣情才開始有了密切的關係,而詩、賦則皆有緣情與寫物兩者融合之作出現。故當賦體以「形似」特色出現時,「形似」指涉寫物體物的技巧是顯而可知的。

第二節　賦體巧構形似之描寫特色

賦的文體特徵是借「敘物」、「隨物賦形」以表達思想情感。賦是運用所謂「隨物賦形」的方法，即班固《漢書・藝文志》所說的「感物造端」，陸機所說的「體物而瀏亮」，劉勰所謂「體物」，鍾嶸所謂「寓言寫物」，程廷祚所謂「體萬物之情狀」。換言之，以客觀而真實的筆法，具體而詳盡地描繪客觀形象，借此來表達情思，此即爲「賦」的主要寫作技巧。

在賦體的創作上，「巧似」不僅僅是作家的個別風格而已，同時也是魏晉至劉宋時期賦體寫作上的共同特色[9]。尤其是詠物小賦在題材的選擇方面，可說是＜子虛＞、＜上林＞等模山範水、雕蟲鳥繪的延續和發展[10]；而在「巧似」的手法上更與＜子虛＞、＜上林＞等有著源流的承傳，可說在形象的描繪上，小賦是極盡巧構形似的寫作特點。而「巧構形似」發揮於賦作之中時，如相如＜子虛賦＞中的巧構形似是以物的層疊爲鋪陳的基礎：

> 於是鄭女曼姬，被阿緆，揄紵縞，雜纖羅，垂霧縠，襞積褰縐，
> 紆徐委曲，鬱橈谿谷，裕裕裶裶，揚袘戍削，蜚襳垂髾，扶輿
> 猗靡，翕呷萃蔡，下靡蘭蕙，上拂羽蓋。錯翡翠之威蕤，繆繞
> 玉綏。眇眇忽忽，若神仙之髣髴。（《文選》卷七）

＜子虛＞描寫美女，是從女子的衣著服飾、細繪麻絲之裳寫起，又有纖柔細緻的羅綺，配帶著輕霧般的薄紗，衣與裙裳，婉婉曲曲，皺褶層層，寬衣裙幅，飄灑飛動，舉手投足，衣服隨之而起，飄飄悠悠；

---

[9] 同註 2，頁 79。
[10] 同註 2，頁 78。

下有蘭花香草，上拂羽蓋，頭上裝飾翡翠羽毛，領下纏繞以綴玉的帽纓，眇眇忽忽，彷若神仙下凡。相如描寫一女子，從其衣著、裝飾、神態、動作等各方面，細細刻畫娓娓述來，窮極情貌，極力追新，蔚似雕畫[11]。而魏晉以來的小賦在寫物上是承其流的，如東晉・傅玄＜鬥雞賦＞：

> 玄羽黝而含曜兮，素毛穎而揚精；紅縹廁于微黃兮，翠彩蔚而流清；五色錯而成文兮，質光麗而豐盈；前看如倒，傍視如傾；目象規作，觜似削成；高膺峭峙，雙翅齊平；擢身竦體，怒勢橫生；爪似鍊鋼，目如奔星；揚翅因風，撫翮長鳴；猛志橫逸，勢凌天廷。或蹢躅踟躕，或蹀躕容與；或爬地俯仰，或撫翼未舉；或狼顧鴟視，或鸞翔鳳舞；或佯背而引敵，或畢命于強禦。（《全上古三代秦漢三國六朝文・全晉文》卷四六）

這段賦將鬥雞的形象描寫得生動而逼真。尚未準備相鬥之前，鬥雞是流翠曜紅，揚彩泛光，通體豐盈，從前面看「如倒」，從旁邊則「如傾」，眼睛圓美、嘴巴削尖、翅膀齊平，欲鬥之時，竦擢身體，怒勢橫生，「爪似鍊綱，目如弄星」，隨風展翅，具有猛志逸四海的衝勁，一付大敵當前，全付武裝，準備應戰的昂揚之姿。藉由傅玄仔細的

---

11 見程章燦：《漢賦攬勝》（上海古籍出版社，1996 年），頁 54--55。漢代詠物賦的寫法有二，一是「詳其所由，究察其成功」（蔡邕＜筆賦＞）；例如＜長笛賦＞與＜洞簫賦＞為例，兩者皆是從簫、笛未成樂器之前，突出渲染其生長的地勢、環境等，也就是「詳原其所由」。接下來寫簫、笛的吹奏、音色等，也就是「究察其成功」，在形容聲音方面，兩者皆善於運用比喻，＜洞簫賦＞是善於以一種形象去闡發另一種形象。＜長笛賦＞則是把人們對於音色以及先秦諸子的人格和風格特徵結合，從聯係兩者不同的感覺中，去參與形象的再創造，而以抽象闡發形象。第二種寫法是「博物托事，推況於人」（孔臧＜蓼蟲賦＞），游藝類的賦就是這種寫法的典型，賦家每每以遊戲規則開始說起，著意於發掘所蘊含的社會、人生或哲學的啟示。

描摹，鬥雞生動的形象栩栩如生，恍若已然奔赴在讀者眼前。

在賦體中「形似」的技巧發揮得最爲極致，因此，賦作中形象描繪的高度發揮，使得賦體在描摹形象上有別其他文體的特色——即擅長體物摹物的功能。即如天地萬物的形貌本是一種自然的美感，成公綏＜天地賦序＞以爲[12]：

> 歷觀古人未之有賦，豈獨以至麗無文，難以辭贊；不然，何其闕哉？（《全上古三代秦漢三國六朝文・全晉文》卷五九）

意謂天地之大，品類之盛，極其「至麗」，而賦以文辭形容描繪之，並敷演「至麗」之文，這是對於賦作的內容，或描寫的對象，及其作法的論述。＜天地賦序＞又說：

> 賦者，貴能分理賦物，敷演無方，天地之盛，可以致思矣。天地至神，難以一言定稱，故體而言之，則曰「兩儀」；假而言之，則曰「乾坤」；氣而言之，則曰「陰陽」；性而言之，則曰「剛柔」；色而言之，則曰「玄黃」；名而言之，則曰「天地」。（《全上古三代秦漢三國六朝文・全晉文》卷五九）

＜天地賦＞把「天地」從不同的角度觀照，而有不同的名稱：兩儀、乾坤、陰陽、剛柔、玄黃，意指其所謂之「天地」，不僅指涉上清之天，下濁之地，包含哲學的意涵，更重要的是涵蓋天地之萬物，所以一則言「天地之盛」，一則言「分理賦物」。而清・劉熙載《藝概・賦概》則贊同成公綏的看法，而將之與司馬相如的「賦家之心，苞括宇宙」的含意相比。成公綏認爲以賦作「敷演」的方法展現天地間繁盛紛雜的萬物，這就顯示了賦鋪陳的特點與刻畫物象間的密切關係。

---

[12] 見《晉書・文學・成公綏傳》卷九二：「少有俊才，詞賦甚麗，閑默自守，不求聞達。時有孝烏，每集其廬舍，綏謂有反哺之德，以爲祥禽，乃作賦美之，文多不載。」

而成公綏在自己的這種理論下，也有所創作，其＜天地賦＞即曰：

> 三才殊性，五行異位，千變萬化，繁育庶類，授之以形，稟之
> 以氣，色表文采，聲有音律。覆載無方，流形品物，鼓以雷霆
> ，潤以慶雲，八風翔翔，六氣氤氳；蚑行蠕動，方聚類分，鱗
> 殊族別，羽毛異群，各含精而鎔冶，咸受範於陶鈞。何滋育之
> 罔極兮，偉造化之至神！（《全上古三代秦漢三國六朝文·全
> 晉文》卷五九）

三才五行，千變萬化，授之於天地之間的種種萬象，賦予形貌，稟之
以氣，顏色之美以形成文采，五聲之妙以形成音律，這些都形成天地
之間繁麗的景象，諸如雷霆、雲、風、氣、蠕動之物、有鱗之族、有
羽之禽……，這些都是天地造化所孕育而成的。天地萬物，繁衍孳長
，無窮無盡，造化是多麼的神奇，而這神奇的景象就表現為天地間紛
繁縟麗的萬物形貌。賦體的描繪擅長對於萬物的形象的描繪，並且極
盡形式之可能去描繪出天地萬物之情態與特性。

　　成公綏的＜雲賦＞寫雲氣變化萬千亦是體現其理論之作，「去則
滅軌以無跡，來則幽闇以杳冥；舒則彌綸覆四海，卷則消液入無形。
」以雲之來去舒捲的情態作為描繪之內容。而其＜大河賦＞則敘述黃
河流經的地域，描寫其曲折以及宏壯的情貌：「登龍門而南游兮，拂
華陰與曲阿。凌砥柱而激湍兮，蹢洛汭而揚波。體委蛇于后土兮，配
靈漢于穹蒼。貫中夏之畿甸兮，經朔狄之遐荒。歷二周之北境兮，流
三晉之南鄉。」[13]從上游一路寫來，所至之處並配以簡潔之形容，尤
以動詞之使用；登、拂、凌、蹢、體、配、貫、經、歷、流，變化多
端，而又昭切生動。

　　賦體以描繪形象為主要特色，而描繪形象的技巧日漸精細時，也

---

[13] 見《全上古三代秦漢三國六朝文·全晉文》卷五九。

就很容易走向鋪陳夸飾的表現。蕭子顯《南齊書・文學傳論》說：

> 桂林湘水，平子之華篇；飛館玉池，魏文之麗篆；……卿雲巨
> 麗，升堂冠冕；張左恢廓，登高不繼。賦貴披陳，未或加矣。

（《南齊書》卷五二）

桂林湘水、飛館玉池，在賦家的筆下成為萬般變化的美物幽境。司馬
相如、揚雄、張衡、左思等人對於賦的這種文筆幻化之美，皆有其特
殊的表現及創作，而將山川館閣之美融於筆端，則需要「披陳」的誇
飾能力。所以，《文心雕龍・夸飾》說：

> 文辭所披，夸飾恒存。

強調夸飾對文辭的重要性，是文辭創作的方法之一。而對於文辭的夸
飾，又說：

> 莫不因夸以成狀，沿飾而得奇也。

因為運用誇張的文辭故而展現物態之形貌，並且因文飾的技巧運用，
故而呈現文章的奇勢風貌。

　　綜上所論，賦作表現在「形似」之餘，又融以夸飾之法，賦體在
創作上不免呈現圖象繽紛、意象繁複的效果，但假使如此演變下去，
賦體的巧構形似特色則不免有雕繪滿眼、圖貌太過的缺失。因而，賦
體在巧構形式之中，加入作者情意表達的主張，如此，對於賦體創作
而言，反而可以適度調和描形繪物所帶來的刻畫太過的缺失。

第三節 賦體巧構形似之創作理論對詩體之啓發

　　魏晉六朝，賦體轉向以個人抒情的功用爲主流，賦體巧構形似的手法依然是重要的創作技巧，但卻不似漢人僅僅滿足於形式的刻畫摹寫而已，此時賦體的巧構形式反而成爲抒情言志的鋪敘工具。六朝人認爲語言文字可用來表達情意，而不再只是言語遊戲而已：

　　△ 想緣情生，情緣想生，物類相感，故其然也。（梁武帝〈孝思賦序〉，《全上古三代秦漢三國六朝文・全梁文》卷一）

　　△ 蓋言之用也，情矣形乎。（張融〈海賦序〉，《全上古三代秦漢三國六朝文・全齊文》卷十五）

梁武帝認爲想像與情感兩者有交互影響並逐漸加深增強的循環作用，這相當於前文所述的「內應感」說，而將內在情感外化，則是語言文字的功用了。而且，言語之外用，是表達情感所致。所以，對於「情」的重視與表達，往往是魏晉以後寫作賦的起因與動機。因此之故，賦體從漢代學習而來的形似的技巧並未消失，卻反爲賦體的抒情特徵作一事先的鋪墊。如：

　　△ 覽宮宇之顯麗，實大人之攸居，建三臺于前處，飄飛陛以凌虛。連雲閣以遠徑，營觀榭于城隅，亢高軒以迴眺，緣雲霓而結疏，仰西岳之崧岑，臨漳滏之清渠，觀靡靡而無終，何眇眇而難殊，亮靈后之所處，非吾人之所廬，于是仲春之月，百卉叢生，萋萋藹藹，翠葉朱莖，竹林青蔥，珍果含榮……。念人生之不永，若春日之微霜，諒遺名之可紀，信天命之無常。（曹植〈節遊賦〉，《全上古三代秦漢三國六朝文・全三國文》卷十三）

△ 嗟皓麗之素鳥兮，含奇氣之淑祥，薄幽林以屏處兮，蔭重景之
餘光，狹單巢于弱條兮，懼衝風之難當，無沙棠之逸志兮，欣
六翮之不傷，……痛良會之中絕兮，遘嚴炎而逢殃，……傷本
規之違忤，悵離群而獨處，恆竄伏以窮栖，獨哀鳴而戢羽，冀
大綱之解結，得奮翅而遠遊，聆雅琴之清韻，記六翮之末流。
（曹植＜白鶴賦＞，《全上古三代秦漢三國六朝文・全三國文
》卷十四）

△ 嘉熠燿之精，將與眾類乎，超殊東山，感而增歎，行士慨而懷
憂，翔太陰之元昧，抱夜光以清遊，熲若飛燊之霄逝，慧似移
星之雲流，……熠熠熒熒，若丹英之照萉；飄飄款款，若流金
之在沙，……在陰益容，猶賢哲之處時，時昏昧而道明，若蘭
香之在幽，越群臭而彌馨。（潘岳＜螢火賦＞，《全上古三代
秦漢三國六朝文・全晉文》卷九二）

＜節遊賦＞中將宮宇之壯麗、高臺之凌虛、觀榭之高立、雲閣之聳卓
、種種情貌，一一述說，而仲春之月，百花叢生，翠葉紅花，煞是好
看。然則，眼前之景令人感到「念人生之不永，若春日之微霜」，而
興起人生無常、生命短暫的感歎。賦中此內容可看出前半段的體物專
爲後面的寫志傷情而作。＜白鶴賦＞則寫白鶴之羽麗、神氣貌態、彷
彿逸志萬里，勢不可擋，然則良會中絕，好景不常，遭遇殃害，傷其
本心，於是只好離群索居，獨自哀鳴，期待有一日可再奮翅遠遊。此
賦寫鶴，實際上卻是曹植抒發自己鬱鬱不得志的心情，如同白鶴曾經
風光而後卻遭變故而自傷哀鳴[14]。又如潘岳＜螢火賦＞寫螢火蟲，先

---

[14] 見《晉書・陳思王植傳》卷十九。武帝曾欲立曹植爲帝，而丕善於矯情，
植則率性而爲，故丕得帝位，自此，丕則尋隙刁難曹植，是以植常有所傷
懷。

寫螢火蟲的種種情態，將其推到賢哲之處世，若螢火一般照耀暗路，也若幽處之蘭花，香氣超邁群芳。其結構爲從寫物而後歸於哲理的闡發。

比較漢賦與魏晉抒情小賦，漢賦的形似技巧到了魏晉爲抒情小賦的情感鋪陳負起了任務，而此則影響當時詩體物寫志的形似手法。

在兩漢至劉宋時期，當時的幾種主要文體，即賦、詩歌、山水散文以及贊、銘、頌等的創作中，「巧似」已成爲一種共同傾向，賦的發展是文學致力講求語言的聲音組織以及章句結構的階段[15]。而早期的賦體著重於外在事物的描繪，以寄其情懷或微諷之意，而賦體運用細密的觀察以及細膩的刻畫，求其「物無隱貌」，並達「寫物圖貌，蔚似雕畫」的效果。換言之，賦體在寫物圖貌形象上的刻畫，講究細膩的描寫而且力求淋漓盡致，以求無以復加[16]。而此一賦體的語言特色，到了魏晉以後，沾染於其他的文體[17]，其「巧構形似」的語言特點正是影響了詩體的寫作方式，賦體的筆法影響詩體[18]，例如山水詩的巧構形似，所謂「情必極貌以寫物，辭必窮力而追新」[19]，就是賦體影響之下的結果。例如沈約在郊居造閣齋時，王筠爲其作草木十詠，書之於壁，《梁書》本傳說：

> 皆直寫文詞，不加篇題。約謂人云：「此詩指物呈形，無假題

---

[15] 同註 2，頁 39。

[16] 見簡師宗梧：<賦體語言藝術的歷史考察>，在《漢賦史論》（臺北：東大圖書公司，1993 年），頁 198--199。

[17] 見王夢鷗：<漢魏六朝文體變遷之一考察>，在《傳統文學論衡》（臺北：時報文化出版公司，1991 年），頁 76--82。

[18] 見王瑤：《中古文學史論》（北京大學出版社，1986 年），頁 255。王書中指出「辭必窮力而追新」，所影響的是詩的形象化以及偶句及聲色的講求。

[19] 見《文心雕龍·明詩》。

署。」（《梁書・王筠傳》卷三三）[20]

王筠的草木十詠是直接寫作文詞內容，而不加篇題，而直指物之外形而書之，這些句子以詠物寫景爲其主題，主要的目的也只是描繪景物、呈現花草之貌以求娛悅賓主而已，未必有作者的主觀情意在內，根據沈約所說的「指物呈形」也透露出此作以「物」、「形」直寫成詩，是以無主題之標出。同時，通篇寫物則於物之外貌形態作一精細描繪，

也就是以「形似」爲其創作技巧的展現。又如《詩品》即以「巧似」評論張協、張華、顏延之、鮑照等人詩作的特點[21]。《詩品》言張協的詩「巧構形似之言」、張華的詩「巧用文字，務爲妍冶」，謝靈運的詩「尚巧似」，言顏延之的詩「尚巧似」，體裁綺密，鮑照的詩「善制形狀寫物之詞」，都是指善用譬喻狀詞，且多有綺麗華豔之風。精寫入微，使人如入其境，造成詩的形象化[22]。如《詩品》評倫鮑照的詩說：

　　善制形狀寫物之詞，得景陽之詼詭，含茂先之靡嫚。骨節強于謝混，驅邁疾于顏延。總四家而擅美，跨兩代而孤出，嗟其才秀人微，故取湮當代。

---

[20] 此詩史書中未載，或有人疑之，以爲僞作。

[21] 見《詩品卷上・晉黃門郎張協》：「文體華淨，少病累。又巧構形似之言。」＜晉司空張華＞：「其體華豔，興託不奇。巧用文字，務爲妍冶。雖名高曩代，而疏亮之士，猶恨其兒女情多，風雲氣少。」在《詩品全譯》，頁 75。＜宋光祿大夫顏延之＞：「其源出於陸機，尚巧似。體裁綺密，情喻淵深。動無虛散，一句一字，皆致意焉。又喜用古事，彌見拘束，雖乖秀逸，是經綸雅才。……湯惠休曰：『謝詩如芙蓉出水，顏如錯采鏤金。』顏終身病之。」在《詩品全譯》，頁 100。＜詩品卷中・宋參軍鮑照＞：「然貴尚形似，不避危仄，頗傷清雅之調。故言險俗者，多以附照。」在《詩品全譯》，頁109

[22] 同註 18。

鮑照善於狀物，故其詩「巧似」，而賦體的方法運用於六朝詩，往往也造成「繁富」的現象。鍾嶸《詩品》說謝靈運：

> 其源出於陳思，雜有景陽之體，故尚巧似，而逸蕩過之，頗以繁蕪為累。嶸謂若人興多才高，寓目輒書，內無乏思，外無遺物，其繁富宜哉！

鍾嶸說謝靈運的詩體淵源於曹植，受到張協詩風影響，故「尚巧似」，而其病在於「繁蕪」。實則六朝時期，「巧似」已成為文學創作的一般傾向，正如《文心雕龍·明詩》所說的：「情必極貌以寫物，辭必窮力而追新，此近世之所競也。」描寫景物必窮極其情貌，而追求辭藻的變化，這已是當時普遍的文學風氣。

　　六朝文學理論中對於詩賦的本體結構有著兩者合一的觀念，在詩的語言藝術上，詩的描寫技巧是由賦中借取[23]；詩賦的題材是相同的，這是詩賦內容本質之合一論[24]。比較賦與詩的寫作方式，如曹植的賦：

△ 覽宮宇之顯麗，實大人之攸居，┐
　建三臺于前處，飄飛陛以凌虛。　│
　連雲閣以遠徑，營觀榭于城隅，　│
　亢高軒以迴眺，緣雲霓而結疏，　├ 體物
　仰西岳之菘岑，臨漳滏之清渠，　│
　觀靡靡而無終，何眇眇而難殊，　┘
　……。
　于是仲春之月，百卉叢生，　┐
　萋萋藹藹，翠葉朱莖，　　　├ 寫物

---

23 同註 1，頁 559。
24 同註 1，頁 568。

竹林青蔥，珍果含榮；

……。

念人生之不永，若春日之微霜，⎤　　詠志

諒遺名之可紀，信天命之無常。⎦

（曹植〈節遊賦〉，《全上古三代秦漢三國六朝文‧全三國文》

卷十三）

△　嗟皓麗之素鳥兮，含奇氣之淑祥，⎤

薄幽林以屏處兮，蔭重景之餘光，⎥

狹單巢于弱條兮，懼衝風之難當，⎥　　體物

無沙棠之逸志兮，欣六翮之不傷，⎦

……。

痛良會之中絕兮，邁嚴炎而逢殃，⎤　　實（敘述）⎤

……。　　　　　　　　　　　　　　　　　（傷情）⎥

傷本規之違忤，悵離群而獨處，⎥　　　　　　　　　　⎥

恆竄伏以窮栖，獨哀鳴而戢羽，⎥　　　　　　　　　　寫志

冀大綱之解結，得奮翅而遠遊，⎥　　虛（寫志）⎥

聆雅琴之清韻，記六翮之末流。⎦　　　　（願望）⎦

（曹植〈白鶴賦〉，《全上古三代秦漢三國六朝文‧全三國文》

卷十四）

而謝靈運〈酬從弟惠連詩〉：

寢瘵謝人徒，滅跡入雲峰，⎤　體物　⎤　入題

岩壑寓耳目，歡愛隔音容。⎦　　　　⎦　鋪寫

永絕賞心望，長懷莫與同。⎤　寫志　⎤　反應

末路值令弟，開顏披心胸。⎦　　　　⎦

謝靈運〈郡東山望溟海詩〉：

開春獻初歲，白日出悠悠。⎤　　　　　⎤入題
蕩志將愉樂，瞰海庶忘憂。⎦　　　　　⎦
策馬步蘭皋，紲鞚息椒丘。⎤體物　　　⎤鋪寫
採蕙遵大薄，搴苕履長洲。　　　　　　⎟
白花皓陽林，紫蕚曄春流。⎦　　　　　⎦
非徒不弭忘，覽物情彌遒。⎤寫志　　　⎤反應
萱蘇始無慰，寂寞終可求。⎦　　　　　⎦

廖蔚卿是將六朝詩的巧構形式結構分析為體物——寫志——感物詠志的三個要素組合而成[25]；而王力堅則分為入題、鋪寫、反應「三部式」[26]，事實上都是指結構上的三個部份。而從賦的體物、形似的手法到詩體的以體物的形式為其情感的前奏，此見出賦與詩在體物寫志上具有相同的手法。劉緩的＜照鏡賦＞：

夜籌已歇，曉鐘將絕，窗外明來，帷前影滅，荊王欲起，侍妾應還，前齋上幔，內閣除關，開屏易疊，捲簾難攀，握頭斂鬢，釵子縈鬟，階邊就水，盤中光映，訝宿粉之猶調，笑殘黃之不正，欲開奩而更飾，乃當窗而取境，臺本王官氏姓溫，背後銘文宜子孫，四面迴風若流水，句欄匝匝似城闉，分明似無礙，影前彌可愛，近來顏色不須紅，即時好眉猶約黛，世間好鏡自無多，唯聞一箇比姮娥，曾經玉女照，屢被仙人磨，光明粉可憐（以下缺五字）。（《全上古三代秦漢三國六朝文・全梁文》卷六三）

又如梁・何遜的＜詠鏡詩＞：

---

[25] 同註1，頁539。
[26] 見王力堅：《六朝唯美詩學》（臺北：文津出版社，1997年），頁100。

> 珠簾旦初捲，停機晨未織，玉匣開覽形，寶臺臨淨飾，對影獨
> 含笑，看光時轉側，聊為出蠶眉，試染天桃色……。（《藝文
> 類聚》卷七十）

＜照境賦＞描寫天將亮時，女子的容粧不整，遂取鏡而重新粉飾容
顏，「握頭斂鬢，釵子縈鬟，階邊就水，盤中光映，訝宿粉之猶調，
笑殘黃之不正。」夜已深而粧欲落，故「欲開奩而更飾，乃當窗而取
境」，然後取鏡照之，連鏡子主人：「臺本王官氏姓溫」以及鏡背後
的文字：「背後銘文宜子孫」都一一入賦。此見描寫精微細膩，將當
天的夜深、侍妾陪伴、與妾調笑粧落的情形，而後細細描寫鏡子的本
身……，描寫的細膩是賦體的本色。而詩則比賦簡潔，其從捲簾、織
布機、開匣、鏡臺等之描寫，也是從鏡子周遭的環境寫起，其情意的
大體掌握與賦是一致的，但是細部的精微之處則較賦為少，這一方面
是詩體與賦體在文體形式上的不同所應有的區別，另一方面也見出兩
者之間關係的密切，以及兩者相互薰染、各自著墨的地方。再看梁・
簡文帝蕭綱的＜舞賦＞：

> 於是徐鳴嬌節，薄動輕金，奏巴渝之麗曲，唱碣石之清音，扇
> 縷移而動步，鞸輕宣而逐吟，爾乃優遊容豫，顧眄徘徊，強紆
> 顏而未笑，乍雜怨而成猜，或低昂而失侶，乃歸飛而相拊，或
> 前異而始同，乍初離而後赴，不遲不疾，若輕若重，眄鼓微吟
> ，迴巾自擁，髮亂難持，簪低易捧，牽福恃恩，懷嬌知寵。（《全
> 上古秦漢三國六朝文・全梁文》卷八）

次看蕭綱的＜詠舞詩＞：

> △ 嬌情因曲動，弱步逐風吹。懸釵隨舞落，飛袖拂鬟垂。（《藝
> 文類聚》卷四三）

> △ 戚里多妖麗，重媚蔑燕餘，逐節工新舞，嬌態似凌虛，納花承

褶概，垂翠逐瑤舒，扇開衫影亂，巾度履行疏，徒勞交甫憶，

自有專城居。（《藝文類聚》卷四三）

詩雖爲簡短的文字，但在巧構形式上與賦有相同的特色。例如＜舞賦＞寫舞者輕挪移步，身隨麗曲清音而舞動，而優游從容之際，將舞者的顧盼、徘徊、似怨未怨、似笑未笑的神情媚態、或輕或重、或離或赴、或前或後的舞蹈容姿展現於前，最後舞者因舞動而有些髮亂簪低，其嬌態因舞蹈的過程而呈現於眼前。而＜詠舞詩＞也有相同的特質，其曲動而舞、扇開衫影亂，弱步如風吹即倒，令人生憐，而詩畢竟不如賦在形似上更有充裕的空間作詳盡的形容，是以賦著重在容顏姿態上的細微形容，而詩的形容就比賦還少，所以詩的寫法便直接說到舞者的舞止而釵落，以飛袖輕拂著垂鬢。如果說，賦體的巧構形式摹繪物象如同細膩的工筆，那麼，詩就像是斧劈的山水。當所描之物一樣時，不同的文體就會採取不同的寫作策略，以形成各體的不同風貌。

綜而言之，巧構形式是以景物的形態爲刻畫的對象，而從刻畫對象的過程中，極盡其文辭藻采，不但要展現出物態形貌之美感，同時也要在其形式之中得其神似。賦的描繪物象走向夸飾、走向巧構，即得此描摹物象的美感，這是說明賦體在描摹物象的技巧理論。

而六朝賦體往往觸景興情，並蘊情志於形象的描繪之中，賦向詩的靠近使得詩與賦的寫作方式有相同近似的地方，而互相學習與融合。

第八章　審美理論一——文麗說

第一節　文以「麗」爲「美」之審美觀

　　以「麗」作爲文學評論的符號載體，可有三個指涉範疇，其一，是以「麗」作爲「美」的形容之詞，並作爲用以描述與形容的詞彙；其二，是以「麗」作爲評論的詞語，而具有價值的判斷；其三，是將「麗」視爲審美的追求，而第三的指涉範圍自是因爲第二個指涉範圍而來。

　　首先，漢代賦家是文章「麗」的創始期，以「麗」爲形容詞者，如司馬相如的＜上林賦＞：「麗靡爛漫於前，靡曼美色于後」[1]，張衡＜西京賦＞：「攢珍寶之玩好，紛瑰麗以佁儗，臨迴望之廣場，程角觝之妙戲」、「徒恨不能以靡麗爲國華」[2]。於是在文人的著作中出現了一系列以「麗」爲辭之形容，如「崇麗」、「曼麗」、「靡麗」等有關「麗」的詞。

　　而到了魏晉六朝時期，關於「麗」的詞出現且運用的機會更多，如：

　△　嗟皓麗之素鳥兮。（魏‧曹植＜白鶴賦＞，《全上古三代秦漢三國六朝文‧全三國文》卷十三）

　△　朝華，麗木也。（晉‧傅玄＜朝華賦＞，《全上古三代秦漢六

---

[1] 見《文選》卷八。
[2] 見《文選》卷二。

朝文‧全晉文》卷四五）

△ 南國麗人，蕙心紈質。（宋‧鮑照＜蕪城賦＞，《全上古三代秦漢三國六朝文‧全宋文》卷四六）

△ 承朝陽之麗景，得傾柯之所投。（宋‧鮑照＜園葵賦＞，《全上古三代秦漢三國六朝文‧全宋文》卷四六）

△ 備日月之溫麗，非盛明而謂何？（宋‧鮑照＜芙蓉賦＞，《全上古三代秦漢三國六朝文‧全宋文》卷四六）

△ 觀華曜之美者，莫若高殿之麗也。（梁‧昭明太子＜殿賦＞，《全上古三代秦漢三國六朝文‧全梁文》卷十九）

用皓「麗」以形容素鳥，或是麗木、麗人、麗景，都是將「麗」作為形容詞，用以形容人事物，而若是將「麗」一詞加以運用，添加其它的詞語以豐富「麗」本身的語彙意涵的，例如說日月之「溫麗」，形容日月盛而明，故溫且麗，麗是外貌之形容，溫則加深其對於麗的特色的說明；或用「高殿之麗」，雖不直言麗殿，以文字的變化來形容，其實就是麗殿之意。這也是以「麗」作為形容之詞。

而麗者，美也。「麗」一詞直接以字面的語言符號出現者，早在曹植＜洛神賦＞中：

> 俯則未察，仰以殊觀，睹一麗人，于巖之畔。（《文選》卷十九）

這典故始於《詩經‧蒹葭》中：「所謂伊人，在水一方」，「伊人」到了曹植的創作中就變成了「麗人」。「美人」之所以為美，是因為其「麗」，「美」與「麗」是為同義字，皆是用來形容客觀事物在文體感受上的賞心悅目，而「麗」字一方面是魏晉以後用來指涉文章或人的容貌各方面的實質內涵，另一方面，「麗」字的大量出現也顯示了當時慣用的熟語。「麗」與「美」本用來形容美女，自《詩經》以

來，對於美麗的女子多用「美人」之稱，漢代・司馬相如賦美人名以
＜美人賦＞，不言「麗人」，但魏晉以後，曹植＜洛神賦＞則以「麗
人」代之，此「麗」的語詞用法有逐漸取代「美」的傾向。此後就常
用「麗」以代「美」，如南朝梁・沈約的＜麗人賦＞，江淹的＜麗色
賦＞就言「麗」而不說「美」。

其次，「麗」被當作是評論的文字，具有個人主觀的評判以及審
美的取向。賦體「麗」的特色，是由漢・揚雄《法言・吾子》所提出
的：「詩人之賦麗以則，辭人之賦麗以淫。」而班固的《漢書》則說：

> 雄以為賦者，將以風也，必推類而言，極麗靡之辭，閎侈鉅衍
> ，競於使人不能加也。既乃歸之於正，然覽者已過矣。（《漢
> 書・揚雄傳》卷八七）

《漢書・王褒傳》中也引宣帝之言說：

> 辭賦大者與古詩同義，小者辯麗可喜。（《漢書》卷六四）

揚雄由賦之性質及賦之作者二端，區別賦為「詩人之賦」與「詞人之
賦」，兩者固然有別：即「則」與「淫」是不同的。但其相同點卻都
是以「麗」作為賦之評判用語。不但點出了賦在語言形式上的特點，
同時，＜揚雄傳＞以及＜王褒傳＞中也透露出共同的訊息；其一，賦
是以「風」為主要目的，故大者與古詩同義，即同諷諭之義[3]；而這諷
諭的政治作用，道德作用、教化作用，則仍須藉由賦作中的隻字數語
曲盡其辭情，故麗辭美言就是一種宣揚的手段之一。其二，賦是「極
麗靡之詞」、「極」者，閎衍鋪陳，欲使人不能加；「麗靡」者，同
義複詞，皆言賦在語言形式上的華麗特徵。所以，賦的明顯特徵仍是
一個「麗」字；至於「辯麗可喜」著一「辯」字，還是由於賦作排比
鋪陳，「閎侈鉅衍」如辯論之時滔滔不絕，而令人心生「可喜」的美

---

[3] 見《漢書・藝文志》卷三十：「咸有惻隱古詩之義。」

感。

　　漢人對於「麗」的理解，如揚雄是以「麗」當作是對漢賦的語言形式必備的條件，無論是詩人之賦麗以「則」，或是辭人之賦麗以「淫」，莫不是以「麗」點出語言形式的特色，所以說賦體「極麗靡之辭」，以華麗繁衍的文字形式作爲賦體的語言展現。而＜王襃傳＞中宣帝對賦體的評論是「辯麗可喜」，也代表了宣帝對於賦體的審美評斷，是以「辯麗」而具有娛悅的性質。於是，「麗」也是對於賦體語言形式的評論。

　　魏晉以後，「麗」仍是對詩賦的評論文字。最有名的是曹丕對詩賦的評論：「詩賦欲麗」[4]，以「麗」概括了詩與賦兩種文體在語言形式上的共同特點。《文心雕龍》中就有「雅麗」[5]、「巧麗」[6]、「壯麗」[7]……等有關「麗」的評論。而「麗」成爲評論文字時，一方面是指語言形式的辭藻華麗，一方面也是指文辭的「美」感。徐陵的《玉臺新詠·序》說：

　　　周王璧臺之上，漢帝金屋之中，玉樹以珊瑚作枝，珠簾以瑇瑁
　　　為柙，其中有麗人焉。其人五陵豪族，充選掖庭；四姓良家，
　　　馳名永巷。……真可謂傾國傾城，無對無雙者也。加以天時開
　　　朗，逸思彫華，妙解文章，尤工詩賦。琉璃硯匣，終日隨身；
　　　翡翠筆牀，無時離手。清文滿篋，非惟芍藥之花；新製連篇，
　　　窵止蒲萄之樹。九日登高，時有緣情之作；萬年公主，非無累
　　　德之辭。其佳麗也如彼，其才情也如此。（《全上古三代秦漢
　　　三國六朝文·全陳文》卷十）

---

4 見《典論·論文》，《文選》卷五二。
5 見《文心雕龍·體性》。
6 見《文心雕龍·詮賦》。
7 見《文心雕龍·體性》。

《玉臺新詠‧序》用形象的描繪、象徵的手法與駢儷的文字，藉由描繪一位虛構的「傾國傾城，無對無雙」的絕代「麗人」的形象，以表現其編選的主張，這是書序中很有趣的寫作筆法。徐陵綜合歷代佳人之美，不但美人的姿容「佳麗」，而且「妙解文章，尤工詩賦」，富於「才情」，內外皆美，色藝雙全[8]。內在的才藝是「麗」，外在的容貌之美亦是「麗」；婦人、文辭與文體所描寫的內容都指向共同的特徵，也就是「麗」，可說徐陵是以理想中的美人形象來比擬其對於文章的「美」與「麗」的標準。文辭是美麗而雕繪的，而內容就如同美人的容貌、姿態等一切有關於美人的活動，在視覺形象上也是美的。所以，「麗」不僅是美人，也是美辭、美詩、美言的代稱。

其三，當「麗」成為評論文字時，逐漸成為人們對於文辭的審美的標準，進而以達到「麗」為理想的審美標準。

「文麗」自漢以來即已成為賦體的特徵之一。漢賦的美學風貌特徵是「尚大」，所謂「卿雲巨麗」、「侈麗閎衍」，其中的「巨麗」、「侈麗」雖然言「麗」，但加上「巨」、「侈」就將「麗」的文辭風格以多、繁、富、大，作為「麗」之外的標準。這與形容漢賦以大為美的風格特徵是相同的指向。程章燦稱此為「綽約多姿的風神」，以此來形容漢賦的美學風神[9]，「尚大」往往與「尚奇」、「尚麗」在一起，要實現「大」的境界，必須「推類言之，極麗靡之辭，閎侈巨衍，競於使人不能加也。」[10]這是漢賦在創作表現上的「文麗」特徵[11]。

同時，在漢末，也已經見到人們用「麗」的審美名詞以及對於「麗

[8] 參見郁沅、張明高編選：《魏晉南北朝文論選》（北京：人民出版社，1996年），頁386。

[9] 見程章燦：《漢賦攬勝》（上海古籍出版社，1996年），頁69。

[10] 見《漢書‧揚雄傳》下，卷八七。

[11] 同註9，頁72。

」的看法。在宴飲的場合中，辭采「甚麗」成為一種賛賞的評語，《禰衡別傳》中說：

> 黃射大會賓客，人有獻鸚鵡者，射舉巵酒於衡曰：「願先生賦
> 之，以娛嘉賓。」衡攬筆而作，文不加點，辭采甚麗。（《藝
> 文類聚》卷五六）

在宴飲的場合中禰衡受命而作＜鸚鵡賦＞，雖是以文章娛悅賓客，同時卻也是作者表現文采的大好時機，因此，禰衡所作既是以娛悅賓客為主要目的，其文章風格必是以符合賓客的審美品味為依據。而從中所透露出的訊息是禰衡所作的文章是「辭采甚麗」，於此見出，辭采甚「麗」是為時人所認同的，而且是可供娛悅的文辭。

到了魏晉，真正提倡「文麗」說而成為詩賦創作上的特徵及審美的標準，可說以曹丕為第一位[12]，曹丕《典論·論文》說：

> 夫文本同而末異，蓋奏議宜雅，書論宜理，銘誄尚實，詩賦欲
> 麗，此四科不同，故能之者偏也，唯通才能備其體。（《文選
> 》卷五二）

曹丕對於「詩賦欲麗」的評論實際上也代表其對於詩賦的藝術特色的概括說明以及美的要求。以對詩賦所要求的藝術美原則，提出「詩賦欲麗」的文體審美要求，這是純以形式的美麗作為創作的要求，而不必寄寓教化或道德，對於賦體形式的肯定，這無疑是曹丕的一大貢獻，也就是使詩賦走向於藝術的首功，這是對於詩與賦體作特定審美標準的宣告，對於賦體而言，更使世人對於賦體的審美認知有了歸趨與準則。

因此，文以「麗」為「美」，「麗」與「美」是同義字，「美文」與「麗文」具有相同的意涵。自此以後，以「麗文」為「美文」的

---

[12] 見吳功正：《六朝美學史》（江蘇美術出版社，1994 年），頁 315。

代稱，並且得到眾人在審美欣賞上的認可。如曹植＜七啓序＞：

> 昔枚乘作＜七發＞，傅毅作＜七激＞，張衡作＜七辯＞，崔駰
> 作＜七依＞，辭各美麗。余有慕之焉，遂作＜七啓＞，并命王
> 粲作焉。（《文選》卷三四）

因爲枚乘等人所作的「七」體，乃「辭各美麗」，所以曹植因其文之「麗」，故「余有慕之焉」；曹植心生欽慕之情而仿七體的形式作＜七啓＞，又命王粲等人也仿作此辭藻華美的七體。從中更可見出，在曹魏之時，文章的華美是文士普遍認可的。

到了南朝，「文麗」說也是創作者及欣賞者共同的審美標準。姚察《梁書·謝徵傳》中記載：

> 時魏中山王元略還北，高祖餞於武德殿，賦詩三十韻，限三刻
> 成。徵二刻便就，其辭甚美，高祖再覽焉。（《梁書·文學傳
> 》卷五十）

當文人的文章寫得快又好，而且其辭甚「美」時，才能得到皇帝的欣賞，因爲辭章「文麗」，故「高祖再覽焉」，是陶醉於「麗文」所帶來的娛悅之中。

所以，有自稱自己文章的華麗，而自我陶醉的，如姚察《梁書·謝幾卿傳》中＜答湘東王書＞：

> 蘭香兼御，羽觴競集，側聽餘論，沐浴玄流。濤波之辯，懸河
> 不足譬，春藻之辭，麗文無以匹。莫不相顧動容，服心勝口，
> 不覺春日爲遲，更謂修夜爲促。（《梁書·文學傳》卷五十）

此爲謝幾卿：「居宅在白楊石井，朝中交好者載酒從之，賓客滿坐，時左丞庾仲容亦免歸，二人意志相得，並肆情誕縱，或乘露車歷遊野郊，既醉則執鐸挽歌，不屑物議。湘東王在荊鎮，與書慰勉之。」[13]此

---

[13] 見《梁書·文學傳》卷五十。

文是謝幾卿答湘東王的書信，而書信之中所說：「濤波之辯，懸河不足譬，春藻之辭，麗文無以匹。」在賞玩山水之際，所吟詠之詩歌文賦，其辭句的「麗文」無以匹敵，強調文「麗」的辭句，這些是令人「莫不相顧動容，服心勝口」。在此從文氣的流暢中，可見出「麗文」在文人眼中實有著誇耀的意味，是因文之「麗」故而足以成為作者誇示才學的方式之一，而在遊山玩水、抒情暢懷之際，若再加上麗文春藻的賞心悅目，這是多麼令人傾心的美感經驗，多麼足以向世人宣誇，多麼足以與好友分享。從中我們也見到了六朝文士們對於山水美的欣賞和對於文章辭麗的美感經驗是一樣的，都是歸諸於美的感受、美的娛悅，視外在形式的美感為自我享受與滿足的事物。

　　文體以「麗」為追求的審美趣味，賦體當然也不脫以「麗」為美的要求。皇甫謐〈三都賦序〉：

> 古人稱不歌而頌，謂之賦。然則賦也者，所以因物造端，敷弘
> 體理，欲人不能加也。引而申之，故文必極美，觸類而長之，
> 故辭必盡麗，然則美麗之文，賦之作也。（《全上古三代秦漢
> 三國六朝文‧全晉文》卷七一）

皇甫謐與左思一樣是主張賦體徵實的原則，但是對於賦體的語言卻仍然強調「美」、「麗」的文體特色。賦體是因物造端，所以必須在文辭上加以鋪陳，敷布其文辭，求其極致，以「引而申之」、「觸類長之」的方式達成賦體「美」、「麗」的要求，故文辭是極美而盡麗的。所以說，「美麗之文」，乃「賦之作也」。美麗之文從漢以來到魏晉以後，「麗」仍是其文體的特色，同時也是人們所肯定的審美的標準。甚至於前述的文章、詩體、賦體，可以見出都是以「麗」為審美的取向。

　　文「麗」成為創作重點，成為欣賞的趣味，是與平常的生活息息

相關而不可分的,「麗」則爲「美」,「不麗」則「不美」;「美」則舒暢愉快,「不美」則不暢不快。這種「美」而「麗」的趨向已經成爲人們普遍的生活品味。此時,若比較於其他朝代,則「文麗說」是魏晉六朝的特色,而置於六朝,除了「麗」的內涵會因時代不同而有所轉變之外,已是文人貴族們眼中既成的審美觀。

第二節 「文麗說」之審美範疇

「麗」成為六朝的文學審美取向,而「麗」也更進一步分化出更為精細的審美範疇,從類範疇中再分出子範疇。而子範疇之間互不相混,同時也漸趨於多樣化,而使得每一個範疇中皆有各自具體完整的內涵及特質,這標識著六朝美學中「麗」的範疇日趨精細化[14]。當美感的趨向日益明顯,則範疇的分化是必然的現象,「麗」有幾個與之相關的詞以及對於「麗」的審美傾向的判準:

一、「麗則」與「麗淫」從漢賦到魏晉賦之意義

「麗則」與「麗淫」是揚雄對「詩人之賦」與「辭人之賦」的區別,《漢書‧藝文志》說:

> 其後宋玉、唐勒,漢興枚乘、司馬相如,下及揚子雲,競為侈麗閎衍之詞,沒其風諭之義。是以揚子悔之,曰:「詩人之賦麗以則,辭人之賦麗以淫。如孔氏之門用賦也,則賈誼登堂,相如入室,如其不用何!(《漢書》卷三十)

郭紹虞認為班固此段論述強調荀卿與屈原「作賦以諷」的精神,基於此,再進一步批評漢賦的發展是以追求侈麗閎衍之辭而沒其風諭之義的不良傾向[15]。而揚雄對於賦作後悔遺憾的地方也在「諷諭之義」的銷亡,揚雄《法言‧吾子》首先談到「詩人之賦」與「辭人之賦」

---

[14] 同註 12,頁 317。

[15] 見郭紹虞:《中國歷代文論選》上冊(臺北:木鐸出版社,1987 年),頁108。

的異同，而將「麗以則」作為個人對賦的價值判斷[16]，同時，也視之
為審美標準。揚雄的《法言‧吾子》說道：

> 或問：「景差、唐勒、宋玉、枚乘之賦也，益乎？」曰：「必
> 也淫。」「淫，則奈何？」曰：「詩人之賦麗以則，辭人之賦
> 麗以淫。如孔氏之門用賦也，則賈誼升堂、相如入室矣。如其
> 不用何？」（《法言‧吾子》卷二）

「麗」是詩人之賦與辭人之賦的相同點，而「則」與「淫」才是兩者
的相異點。屈原之賦尚有比興諷諭之義，有古詩之義，故稱為詩人之
賦；而宋玉、景差等人，夸飾彌盛[17]，實開啟淫麗之風[18]，是為辭人之
賦。詩人的「麗」是「麗」而有「則」，「則」可說是法則、法度，
或解釋為「理性規範」[19]，意謂著感性的文采之美，也不得拋棄此理
性的規範而任性縱情。而此「理性規範」所指為何？正如揚雄所說：

> 賦者，將以風也，必推類而言，極麗靡之辭，閎侈鉅衍，競於
> 使人不能加也。（《漢書‧揚雄傳》下，卷八七）

賦體存在的基本意義，就是「風諭」之義；為了達到諷諭君主的目的，
賦體用「推類而言」的方式，也就是以鋪陳辭藻作為引起讀者觀賞的
誘因[20]，故窮極華麗的辭藻，恢閎其體，廣衍其章，在於使人「不能
加」。正如劉歆《七略》所言：「大儒孫卿及楚臣屈原，離讒憂國，
皆作賦以風，咸有古詩惻隱之義。」屈原之「詩人之賦」麗而有則，

---

16 見曹虹：＜詩人之賦與辭人之賦──漢魏六朝賦研究＞，《學術月刊》1991
　　年 11 期，頁 43。
17 見《文心雕龍‧夸飾》：「自宋玉景差，夸飾始盛。」
18 見《文心雕龍‧詮賦》：「宋發巧談，實始淫麗。」
19 同註 12，頁 320。
20 如枚乘＜七發＞以麗藻閎辭說七事以起發太子。見《文選》卷三四。七發
　　題下李善注。又《文心雕龍‧雜文》：「觀枚氏首唱，信獨拔而偉麗矣。」

乃是因爲屈原賦中的古詩之義，換言之，是屈賦中的諷諭之義所達到
的「則」的理性要求；而宋玉、景差以下的辭人則是因爲失去諷諭的
立場而被視爲是「淫」的作品。劉勰《文心雕龍・物色》則說：

> 及長卿之徒，詭勢瑰聲，模山範水，字必魚貫，所謂「詩人麗
> 則而約言，辭人麗淫而繁句」也。

相對地，所謂「淫」是指宋玉等人的賦作失去諷諭之義，而其麗辭不
拘於理性教化的規範，只是縱情於文辭技巧之華麗。所以說辭人之作
是「宋玉、唐勒、景差，漢興，枚乘、司馬相如，下及揚子雲，競爲
侈麗閎衍之詞，沒其諷諭之義。」[21]簡言之，若僅是文辭的夸談而無
諷諭的內涵，則僅是辭人「淫麗」之辭，也是「爲文造情」而不是「爲
情造文」的辭賦；《文心雕龍・情采》說：

> 昔詩人什篇，為情而造文；辭人賦頌，為文而造情。何以明其
> 然？蓋風雅之興，志思蓄憤，而吟詠情性，以諷其上，此為情
> 而造文也；諸子之徒，心非鬱陶，苟馳夸飾，鬻聲釣世，此為
> 文而造情也。故為情者要約而寫真，為文者淫麗而煩濫。

劉勰認爲詩人之篇，爲情而造文，而辭人賦頌則是爲文而造情，何故
？因爲吟詠情性、以諷其上的作品才是劉勰所認爲的「爲情造文」的
文字，而宋玉、景差以來的辭賦家及當世文人，不但心中不存諷諭之
意，反而在夸飾上盡其能事，以夸飾的文辭眩迷世人，此是「爲文而
造情」的辭人之作。所以說，以情造文者是寫出自己心中的真情，相
反地，若只是爲寫文章而寫文章的則不免流於「淫麗」而煩濫。

　　以此與揚雄的「詩人之賦」、「辭人之賦」相呼應，則見出「詩
人之賦」寓以諷諭之義，是「麗以則」的，是「爲情造文」的。而「辭
人之賦」則是失卻諷諭之義，是「麗以淫」的，是「爲文造情」的。

---

[21] 見《漢書・藝文志》卷三十。

因此，＜詮賦＞又說：

> 情以物興，故義必明雅，物以情觀，故詞必巧麗。……膏腴害
> 骨，無貴風軌，莫益勸戒，此揚子所以追悔於雕蟲，貽誚於霧
> 縠者也。

若是作者因情感而作賦，因有情感的內容爲基礎，因此，其「義」必明雅；而所賦之物也因爲情感融於文章之中，其文詞必然是巧麗的文字。後世之辭人，不重視諷諭與勸諫，此是揚雄以辭賦爲小道所發出懊悔之聲的因由[22]。是以劉勰重視「麗則」、「爲情造文」之詩人之作，如＜詮賦＞：「風歸麗則，辭翦美稗」、＜辨騷＞稱：「若離騷者，可謂兼之，蟬蛻穢濁之中，浮游塵埃之外，皭然涅而不淄，雖與日月爭光可也。班固以爲露才揚己，……非經義所載，然其文辭麗雅，爲詞賦之宗」、＜宗經＞言：「文麗而不淫」。因此，文雖華麗卻不流於爲情造文的煩濫之作，此正是劉勰所重視的情采並茂的文字表現。

　　從前面論述中，無論是詩人之賦或是辭人之賦，其相異點是「則」與「淫」，而其相同點是「麗」。詩人之賦的目的是指向於諷諫之義，而辭人的身份無疑地更具娛悅的功能[23]，然則兩者爲達其不同目的，卻有著相同的手段：即是以「麗」爲文的形式展現。所以，揚雄雖然對辭人之賦頗不以爲然，但是他也承認賦體具有的「閎侈鉅衍」、「競於使人不能加也」[24]的特點。而劉勰雖然主張「爲情造文」，比

---

[22] 見《法言‧吾子》卷二：「或問，『吾子少而好賦？』曰：『然。童子雕蟲篆刻。』俄而曰：『壯夫不爲也。』或曰：『賦可以諷乎？』曰：『諷乎！諷則已；不已，吾恐不免於勸也。』」

[23] 如宋玉＜對楚王問＞、＜風賦＞、＜登徒子好色賦＞賦前所說的宋玉侍楚王，而有作賦之源起，此爲娛悅之爲文造情之賦。

[24] 見《漢書‧揚雄傳》下，卷八七。

揚雄更爲清楚地說明賦體「物以情觀，詞必巧麗」的「巧麗」之風貌
，對於文章也認爲只要是「麗而不淫」[25] 就給予肯定，是承認「文麗
」的藝術風貌，故劉勰說屈原「文辭雅麗」。而《文心雕龍·辨騷》
則直接說明：「是以枚賈追風以入麗，馬揚沿波而得奇」。稱枚乘、
賈誼得到的是＜離騷＞中「麗」的特色，相如、揚雄承續此「麗辭」
之風，並且更加新奇。可見以「文麗」的特色說明文章，已是劉勰在
文章文辭上認爲應具備的特質。同時，這也確定後來辭賦走向「麗」
的發展。蕭統＜答東湘王求文集及詩苑英華書＞也說：

> 夫文典則累野，麗亦傷浮。能麗而不浮，典而不野，文質彬彬
> ，有君子之致。（《全上古三代秦漢三國六朝文·全梁文》卷
> 二十）

文過於「麗」，則易流於浮濫，若能麗而不浮濫，典雅而不質野，則
能文質彬彬，內外兼備，文章有如君子之美。此是認爲文章要具有「麗
」的特質，只是爲了防止「麗」文太過所形成的缺失，所以是以麗而
「不浮」作爲限度。總而言之，賦體文章在其語言形式以「麗」爲其
特色，可說是漢代賦到六朝以來文體的語言形式趨向，其相異處只是
在不同朝代對「麗」有不同的修正聲音而已。

二、「麗」作爲評論文字之思維進路——以「溫麗」爲例

語言現象也是思維的現象，一個詞的意義代表著思維與語言的混
合（amalgam），所以，「意義」是「詞」的呈現，而詞與意義之間
的聯結（connection）是思維的活動，是藉由思維的方向決定語詞的意

---

[25] 見《文心雕龍·宗經》。

義。[26]

　　「麗」既是審美的範疇，但是，同樣是「麗」，卻有不同的程度與範疇的區別，而「麗」的形成也自有其不同意義上的不同思維方式。六朝人在對於文「麗」的評判上，將許多的詞語加在「麗」之前，用以說明對「麗」的範圍的判斷，並且合成一個完整而具有審美的價值判斷的詞語，這是運用抽象的詞語對於文章風貌所作的評論的詞語[27]。雖然是抽象的詞語，但也有其據以推論的思維方式，如「溫麗」一詞，前引宋·鮑照的〈芙蓉賦〉說：

> 備日月之溫麗，非盛明而謂何？（《全上古三代秦漢三國六朝文·全宋文》卷四六）

而明·張溥對於晉·傅玄的評語是：

> 休奕天性峻急，正色白簡，台閣生風，獨為詩篇，辛婉溫麗，善言兒女強直之士，懷情正深，賦好色者，何必宋玉哉！（《漢魏六朝百三家集·傅玄集·題詞》卷三九）

「溫麗」可以是對日月的形容，也可以是對於詩賦的評論文字。傅玄的文章風貌自是「麗」也，而張溥將他的「麗」的風貌，又加上更精細的畫分：「溫麗」。此則知傅玄的文辭風貌是「溫」而且「麗」。則「溫」若鮑照的以「日月」為「溫麗」，而「溫麗」的形象是因為日月的「盛明」所致，因此，「溫」就與日月的「盛」、「明」有關，是指溫暖光明的意象，由此推之，「溫麗」以「溫」的思維進路所指涉的「麗」，就是指其辭章風格上明亮的、溫暖的文麗風貌謂之。

---

[26] 見維高斯基（L.S Vygotsky）著、李維譯：《思維與語言》（臺北：桂冠圖書公司，1998 年），頁 178--179。

[27] 見羅宗強：《魏晉南北朝文學思想史》（北京：中華書局，1986 年），頁341。羅書提出在劉勰之前評論作家作品的方式之一就是以抽象的語言表述作品的體貌特色。

若此推之，則許多有關「麗」的文辭便可依此思維的進路而解之，因而，從其指涉的各種不同的範疇，便可窺知文「麗」的內涵。

三、其它與「麗」結合之評論語詞

（一）雅麗

「雅」是指正規的、高尚的形容。故有雅言、雅正、文雅、高雅、閒雅、儒雅、典雅之辭，漢·賈誼《新書·道術》稱：「辭令就得謂之雅，反雅爲陋」。是以「雅」爲正規的、合規範的高尚之意。《文心雕龍·體性》說：

> 才性異區，文體繁詭；辭爲肌膚，志實骨髓；雅麗黼黻，淫巧朱紫；習亦凝眞，功沿漸靡。

「麗」則如黼黻一樣具有五色相宣的繁辭之美，而「雅麗」以「雅」爲正，則可節度「麗」的過度繁靡，<通變>言：「商周麗而雅」就在於以正規而典雅的風貌以調節「麗」的過度浮濫。因此，揚雄稱辭人之賦「麗以淫」，「淫」者，就是過度浮濫之義；而「麗」辭的過度繁衍，故以商周之樸質典正以調節華麗之辭藻。所以，以「雅麗」的風格出之，是稱有所節制的、正規而高尚的「麗」的風貌，劉勰<詮賦>說：「麗詞雅義」，是因爲典正的內容「雅義」加上華麗辭藻，兩者的調合則成爲「雅麗」的風貌。

（二）綺麗

六朝美學理論上，有蕭綱等人對於文章極力主張「綺麗」的美學思想，並強調浪漫與感性的充分展現。

「綺麗」是指文章色彩，言其繁豔[28]。「綺」本是指有花朵的絲
織物，用以形容文章的花朵光色。如《文心雕龍·情采》說：

> 莊周云：「辯雕萬物」，謂藻飾也；韓非云：「豔乎辯說」，
> 謂綺麗也，綺麗以豔說，藻飾以辯雕，文辭之變，于斯極矣……
> 詳覽莊韓，則見華實過乎淫侈。

以豔麗的文采作為辯說，則其文之華美可以想見，同時又以辯論之語
言，則其欲使人不能加也。文辭太過繁衍而侈多，是豔采所形成的，
所以，「綺麗」的風貌便是說明文辭的繁豔色彩具有如花朵光色一般
繁富美豔。

（三）清麗

「清麗」是指清新的氣息，「清」有澄澈、高潔的意涵，與「濁
」義相對。如劉勰《文心雕龍·明詩》：「若夫四宮正體，則融潤為
本，五言流調，則清麗為宗。」劉勰對於詩體「麗」的主張是「清麗
」為宗，與陸雲之「清省」、「清工」有著異曲同工之妙。至於賦體
的清麗，如＜定勢＞所言：

> 賦、頌、歌、詩，則羽儀乎清麗。

「清」既是指清新而高潔的風貌，則「清麗」是說賦體風格以明白清
楚、清新澄澈為美，雖是「麗文」，但也可以疏通文句而具有清爽高
潔的美感。

（四）壯麗、巨麗、宏麗、弘麗

「壯麗」是從氣勢而言，「壯」有「大」之意，故「壯麗」是以
「大」為麗文的風格傾向。《魏書·嵇康傳》：「時又有譙郡嵇康，

---

[28] 同註 12，頁 318。

文辭壯麗，好言老、莊，而尙奇任俠。」[29]由乎嵇康的尙奇任俠，其文章以氣勢壯大爲盛，是有其性格上的依據。又如劉勰＜體性＞論述八種風格，說道：

> 各師成心，其異如面。若總其歸途，則數窮八體。一曰典雅，二曰遠奧，……六曰壯麗。……壯麗者，高論宏裁，卓爍異采者也。

范文瀾注：「壯麗者，高論宏裁，卓爍異采者也。若長卿、公幹所作者是，陳義俊偉，措辭雄瓌，皆入此類。若司馬相如＜大人賦＞，潘岳＜藉田賦＞之流是也。」[30] 則以措辭的雄瑰，及表陳其義時以俊偉的詞語表之，故其文麗是以氣勢的壯大取勝。如孫綽＜遊天台山賦序＞：

> 天台者，蓋山嶽之神秀者也。涉海則有方丈、蓬萊，登陸則有四明、天台，皆玄聖之所遊化，靈仙之所窟宅。夫其峻極之狀，嘉祥之美，窮山海之瓌富，盡人神之壯麗矣。所以不列于五嶽，闕載於于常典者，豈不以所立冥奧，其路幽迴，或倒景于重溟，或匿峰于千嶺；始經魑魅之塗，卒踐無人之境。舉世罕能登陟，王者莫由禋祀。故事絕于常篇，名標于奇紀。（《文選》卷十一）

其所描寫的山勢之美，就用品質上有壯麗意味的文辭，以顯出山勢之崇高壯美，所以文筆運用之際，也表現其文章風格的壯麗之美；更且文中亦有直接而明白地揭示「壯麗」二字，是其眼中心底之景亦是如是，所以形之於文，自然有壯麗之風。又如成公綏的辭賦創作，《晉

---

[29] 見《三國志‧魏書》卷二一。
[30] 見范文瀾注：《文心雕龍注》（臺北：開明書局，1985 年），＜體性＞卷六。

書》稱其「壯麗」[31]，也是指文辭上的氣勢壯大爲其文美的特色。

　　而與「壯麗」相類的語詞有「巨麗」、「宏麗」、「弘麗」。「巨」者，「大」也，而有最、極之義。凡從「宏」音者，多有大之意，如宏、閎、弘、鴻等字，所以，「宏」者，爲巨大、廣博之意。而「弘」者，通「宏」，大也，故皆有巨大之意。

　　「巨麗」是說明壯大的氣勢，如吳質＜答東阿王書＞：「是何文采之巨麗，而慰喻之綢繆乎！夫登東嶽者，然後知眾山之邐迤；奉至尊者，然後知百里之卑微也。」[32]看了巨麗的文采，如同登上東嶽而知眾山之小，奉事帝王才知眾官的卑小微賤。「巨麗」是以巨大的氣勢形成的美感。而「宏麗」亦然，陸機《晉書》本傳稱：

> 機天才秀逸，辭藻宏麗。張華嘗謂之曰：「人之爲文，常恨才少，而子更患其多。」弟雲嘗與書曰：「君苗見兄文，輒欲燒其筆硯。」後葛洪著書，稱「機文猶玄圃之積玉，無非夜光焉，五河之吐流，泉源如一焉。其弘麗妍贍，英銳漂逸，亦一代之絕乎！」其爲人所推服如此。（《晉書・陸機傳》卷五四）

陸機的文學創作活動，大約是在晉武帝太康時期，此時的西晉出現短暫的政治穩定、經濟繁榮的景象，文學創作繼建安之後也出現高潮。鍾嶸＜詩品序＞稱讚當時重要的文學家與文學流派有「三張、二陸、兩潘、一左」，陸機被譽爲「太康之英」，而其文辭以「宏麗」、「弘麗」爲美；而陸機＜文賦＞以逐漸運用偶句爲之，其＜豪士賦＞更是開駢儷之風[33]，故其文「弘麗」更取「弘」的廣大之義，而爲廣衍之文采、壯大之氣勢。

---

[31] 見《晉書・成公綏傳》卷九二。

[32] 見《文選》卷四二。

[33] 見陳去病：《辭賦學綱要》（臺北：文海出版社，1971年），頁70。

（五）偉麗

「偉麗」所呈現的是文章氣勢之陽剛之美。「偉」者，除了盛大、壯美之意外，且有卓絕、特異之意。故「偉麗」除了氣勢大，還含有「奇特」之意。嵇康的＜琴賦＞：

> 乃使離子督墨，匠石奮斤，夔襄薦法，般倕騁神。鎪會裒廓，朗密調均。華繪彫琢，布藻垂文，錯以犀象，籍以翠綠。弦以園客之絲，徽以鍾山之玉，爰有龍鳳之像，古人之形。伯牙揮手，鍾期聽聲，華容灼爍，發采揚明，何其麗也。伶倫比律，田連操張，進御君子，新聲憀亮，何其偉也。（《文選》卷十八）

言其：「何其麗也」、「何其偉也」，以「麗」與「偉」作爲美的訴求，實則是表現賦體陽剛之美。強調偉麗之「大」、「盛」、「奇」之美，以說明陽剛的美感。又如嵇康＜琴賦＞：「瑰豔奇偉，殫不可識」[34]，則是從奇偉的角度說明琴聲的陽剛之美。

木華的＜海賦＞一篇，歷來爲人所傳頌，而其文章所表現的就是一種「偉麗」的美。錢鍾書在《管錐篇》中稱其：「遠在郭璞＜江賦＞之上，即張融＜海賦＞亦無其偉麗。」[35] 此文描繪海上的自然景色，並運用傳說與神話增添文章的色彩，在此基礎上融合奇詭的自我想像，使文章具有雄奇的美感。木華＜海賦＞說：

> 其爲廣也，其爲怪也，宜其爲大也，爾其爲狀也，則乃澎澣潎灂，浮天無岸，……若乃偏荒速告，王命急宣，飛駿鼓楫，汎海淩山。于是候勁風，揭百尺，維長綃，挂帆席。望濤遠決，冏然鳥逝，鷸如驚鳧之失侶，倏如六龍之所挈，一越三千，不

---

[34] 見《文選》卷十八。
[35] 見錢鍾書：《管錐篇》第四冊（北京：中華書局，1991年），頁1217。

終朝而濟所屆。（《全上古三代秦漢三國六朝文‧全晉文》卷
一〇五）

此段多爲四言的語句，一連串四字句，加上三字句的句法排列其中，
在聲律上形成急促的語調，正可用以表達振奮而具氣勢的情感，同
時，也因文氣的貫串而形成陽剛而雄強的美感。而賦中所運用的想像
與夸飾的寫作手法，也會使文章雄奇瑰麗，＜海賦＞的另一部份即言
其雄奇：

> 爾其水府之內，極深之庭，則有崇島巨鰲，岠嵎孤亭，擘洪波
> ，指太清，竭磐石，栖百靈。颷凱風而南逝，廣莫至而北征，
> 其垠則有天琛水怪，鮫人之室，瑕石詭暉，鱗甲異質。（《全
> 上古三代秦漢三國六朝文‧全晉文》卷一〇五）

賦中形容海中有崇島巨鰲，岠嵎孤亭，其氣勢宏偉，可牽動洪波，指
著天空，負載磐石，而栖於百靈，其揚波自南至北，形成廣大的波浪
而後消逝。在無涯的大海中，潛藏著各種寶物以及傳說中長年居住在
海底的人類的屋宇，粼粼波光，泛出如紅玉般的色彩。在此則以崇島
孤亭，描繪出海中的崇島巨鰲以及其一振而震搖天地般的巨大氣勢，
還有傳說中的鮫人以及鮫人的居室在海中所呈現出的詭異的色彩。此
段營造出神奇詭譎的氛圍，使＜海賦＞一文具有「偉」、「大」、「
奇」的氣勢，而表現出陽剛的偉麗之美。

（六）巧麗

「巧」者，技巧精細妙絕，有美好之意。魚豢在《典略》中評繁
欽說：「欽既長於書記，又善爲詩賦。其所與太子書，記喉轉意，率
皆巧麗。」[36]「巧麗」是指寫作技巧的美好、精緻、巧妙之稱，所以

---

[36] 見《三國志‧魏書‧王粲傳》卷二一裴松之注。

《文心雕龍‧詮賦》稱：

> 情以物興，故義必明雅；物以情觀，故詞必巧麗。

就劉勰所言，若是賦體感物興情，而情因物興，因「物感」而「情動」，以此情志內涵所發抒於文者，其詞必具有美好的文采，是精緻、美好而巧妙的文麗風貌。

（七）夸麗

夸麗是以夸張為麗文的基礎。「夸」者，夸飾、夸張也。如《文心雕龍‧雜文》說：「及枚乘摛豔，首製七發，腴辭雲構，夸麗風駭。蓋七竅所發，發乎嗜欲，始邪末正，所以戒膏梁之子也。」辭藻的比體雲構，以夸飾連篇累牘造成的文辭上的華麗，此則是宋玉以來，枚乘之徒以詞藻的極盡夸張之形容所達成的「夸麗」文風。＜夸飾＞又說：「自宋玉景差，夸飾始盛；相如憑風，詭濫愈甚。」＜明詩＞說：「宋發巧談，實始淫麗。」從劉勰論夸麗之說，可知夸麗文風的造成是因為運用夸張的辭藻與技巧所致，而過度的夸張則會產生麗藻過多、靡麗過盛的缺失，因而，此夸麗之文風雖為宋玉、景差所啟始，到了相如便越演越烈，但是，以劉勰的立場而言，卻不見得主張賦體無限制地運用夸飾的技巧，以及所造成的夸麗的文風。

（八）富麗

「富」有充裕、豐厚之意。如姚察《梁書‧文學‧臧嚴傳》：「於塗作＜屯遊賦＞，任昉見而稱之。又作＜七算＞，辭甚富麗。」[37]詩賦文章趨於華麗，始於東漢；而建安以來文學的覺醒所帶來的改

---

[37] 見《梁書‧文學傳》卷五十。

變則是使文學創作走向唯美之路[38]。於是以「文麗」作爲辭章審美的標準，即如曹丕《典論‧論文》言：「詩賦欲麗」，陸機＜文賦＞言：「其會意也尚巧，其遣言也貴妍。」梁‧蕭繹《金樓子‧立言篇》言文必須「綺縠紛披，宮徵靡漫，唇吻遒會，情靈搖蕩。」這些在在都顯示六朝文學風尚趨向於文辭之雕飾；而以「麗」作爲審美的取向，也就是首重文采的美麗。此種以文辭之美麗爲取向的審美觀，將使文采推向唯美的境地，甚而更臻其極，而這也是「文麗說」在創作上及理論上的作用。

---

[38] 見張仁青：《六朝唯美文學》（臺北：文史哲出版社，1980 年），頁 72。

第三節 「文麗說」之思想基礎

重藻飾之風，從三國起即有此種傾向，當時蜀國的秦宓論文章，強調藻飾的作用，因而提出「河洛由文興，六經由文起」、「采藻其何傷」的看法，他認為文章藻飾皆出於自然，而非有意張揚、追求的結果，表現出道家性格的審美觀。《三國志・蜀書・秦宓傳》說：

> 夫虎生而文炳，鳳生而五色，豈以五采自飾畫哉？天性自然也，蓋河洛由文興，六經由文起，君子懿文德，采藻其何傷！（《三國志・蜀書》卷三八）

秦宓認為老虎生來有炳蔚燦美之紋，鳳也有五彩斑斕之色，觀察這些動物，可以知道自然界也是具有文采的，所以，「五采」是天生自然的情態，不是人為加上去的；「文采」既然本於天地，一切合於自然，何必要廢文采呢？不注重文采，不表現文采，反而是違反自然的。所以六經之著作，河洛之出書，都是具有文采的。秦宓的思想基礎在於認為藻飾乃由六經古籍而起，是理法自然之事。秦宓反對「德」本「文」末的傳統觀點，崇尚自然文采，而推論到文采的根本是天性自然就有的，這在三國時期可說是相當特別的主張。

這種觀點一直到了南朝，才有了呼應。同樣認為文麗是稟乎自然的理論者，以劉勰認為文飾之美乃自然的一部份為主要，例如《文心雕龍・原道》言：

> 心生而言立，言立而文明，自然之道也。旁及萬品，動植皆文，龍鳳以藻繪呈瑞，虎豹以炳蔚凝姿；雲霞雕色，有逾畫工之妙；草木賁華，無待錦匠之奇。夫豈外飾，蓋自然耳。

龍鳳之藻繪，虎豹之炳蔚，都是外在的文飾；雲霞之雕色，草木之錦

顏,皆為自然之力;同樣的,文章所具有的文采,即為自然界中之自然之道、必然之理。所以,心生而言立,言立而文明,乃自然而然之事;而文雖立,加上文采,亦為自然而然之事。即如《文心雕龍·詮賦》篇言:

> 麗詞雅義,符采相勝,如組織之品朱紫,畫繪之著玄黃。

賦之具有文采是合於自然之道的,這與〈原道〉篇的意旨是一樣的主張。劉勰認為文章的「儷偶」與「麗辭」一樣,都是自然形成的,《文心雕龍·麗辭》說:

> 造化賦形,支體必雙;神理為用,事不孤立。夫心生文辭,運裁百慮,高下相須,自然成對。

從天理的「造化賦形,支體必雙」,到劉勰的「神理為用,事不孤立」,進而類推論及文理的「高下相須,自然成對」,充分說明文辭之儷偶,是出乎自然而成的,也更清楚說明劉勰對於「文麗」的主張是將之歸於「自然」之理。又如葛洪《抱朴子·鈞世》說:

> 且夫古者事事醇素,今則莫不彫飾,時移世改,理自然也。

劉勰以較為純粹的文學理論家來觀照「麗辭」乃自然之事,葛洪則以一位具有濃厚道家性格的哲學家來看待文章雕飾,他認為古今相異,今應比古更具有雕飾的作用,這是採用文學的演進的角度來推論。因此,古為樸素,今為雕飾,並可進一步推論因雕飾而繁麗,這是「自然」的道理。

　　這種麗辭「自然」之理的說法很明顯可以見出,在三國的秦宓就已經提出,劉勰自不能在此居首創之功,然則,從中也可窺見,當時人們對於文章麗辭的使用,急欲找到一套可供立論的根據。所以,將之歸為自然之道,一方面說明道家的「自然」思想在魏晉六朝的生根,另一方面說明了道家思想的變形,因為道家樸素無文、絕聖棄智的觀

點與文飾之麗是截然不同的，兩者卻都指向「自然」作爲其哲學根據。可見文論家轉用「自然」之理，是吸收了道家思想的字面意義，而認爲文字上的演進是歷史必然的趨勢，此是文學上的「自然」之說，反將「自然」的文采作爲文麗的正當理由。同時，「文麗」說也符合儒家的主張。孔子一方面說「文質彬彬」，另一方面也說：「言之無文，行而不遠」[39]，足見孔門尚文的趨向。

「文麗」的主張，融合了儒、道二家的思想，既非全道也非全儒，但卻是從道家的「自然」觀念及名詞，用來套在儒家的思想內容中；實質上的內容近於儒家，而名詞則是沿用道家說法，最後將一切的結果又推向天地之自然形成的道理。於是，天地本具有文采，則人爲的文章，可說是仿自天地，在「人法地，地法天，天法道，道法自然」的思想制約之中，則「人」法自天地，「文」亦法自天地，這是仿於「自然」，即不違自然的法則。與「摹仿說」的理論有相近似之處。文麗的思想基礎是模仿天地自然，是儒道融合的結果，能夠將儒道如此融合成一說，而又不違背彼此的宗旨，可說是六朝人既重視自然之理又極力追求文辭之華美，兩者既矛盾而又充份結合的特殊現象。

總之，六朝人對於藻飾之觀念，本是注重文麗之風，強調爲文之形式上的「麗」，但未及思考其理論的基礎，至南朝‧劉勰等人更清楚明白地說明文飾的思想基礎乃源於六經的「文」，且加上道家的自然之理，而將文飾稱爲天地自然而然的道理，成爲具有思想基礎的文學評論。此是以三國秦宓之理論爲先導，而以劉勰之＜原道＞篇承沿其流，並且闡論得更爲詳明。

---

[39] 見《左傳》哀公二十五年。

第九章　審美理論二──情性說

第一節　詩「緣情說」與賦「興情說」之發展與比較

　　在中國的傳統詩學評論中，「詩言志」與「詩緣情」在理論內容主張上表面看來是屬於分立的兩派，但在理論發展演變上卻是相承的兩派。一般來說，詩言志是從《尚書・堯典》中的：「詩言志，歌永言，聲依詠，律和聲。」而來，而《左傳》中明白指出「賦詩言志」是用來作為外交的手段[1]，因此，孔子認為「不學詩，無以言」[2]、「誦詩三百，授之以政，不達；使於四方，不能專對。雖多，亦奚以為？」[3]以「詩」作為「志」所藉以表達的工具，「詩」要能運用到充分表達個人所志，這就成為當時外交上傳達個人意志的通用語言，也是通用的工具。仔細推敲，用「詩」所要表達的是「志」而不是情；可以說「志」是詩人所要表達的意圖、主張、抱負與思想，而且帶有目的性的[4]。

　　而「緣情」說卻是針對詩的「情」的內容而提出，最早從陸機〈文賦〉首先提出：

　　　　詩緣情而綺靡。（《文選》卷十七）

---

[1] 在《左傳》襄公二十七年有「詩以言志」之語。

[2] 見《論語・季氏篇》。

[3] 見《論語・子路篇》。

[4] 見鄭毓瑜：〈詩歌創作過程的兩種模式──「詩緣情」與「詩言志」〉，《中外文學》11 卷 9 期，頁 7。

「緣」也，因也。至於所源何因？在陸機的＜文賦＞中有所回應：

> 佇中區以玄覽，頤情志於典墳；遵四時以歎逝，瞻萬物而思紛
> 。悲落葉於勁秋，喜柔條於芳春；心懍懍以懷霜，志眇眇而臨
> 雲。詠世德之駿烈，誦先人之清芬；遊文章之林府，嘉麗藻之
> 彬彬。慨投篇而援筆，聊宣之乎斯文。（《文選》卷十七）

陸機＜文賦＞將「情志」一詞作爲文學創作的質素。而所謂的「情志
」就其文中所論的就是四時歎逝、萬物思紛、懷霜之懼、臨雲之志、
先人世德之詠，顯然地，陸機的「情志」是涵蓋創作者因時因物所感
發的悲喜情感與思想志趣，甚至是對先人的感懷與崇敬之心。在此可
將「情志」視爲創作者心中有感而發的「感情情緒」與「思想意緒」
[5]。至此，對於「詩緣情」與「詩言志」的區別，鄭毓瑜說：

> 首先，「詩言志」只提出「志」，並未說明「志」是依伴「情
> 」而生的；其次，「詩言志」的「志」是一種目的性的心思、
> 意向，與此處依伴各種可能被激起的「感情情緒」所產生的「思
> 想意緒」當有不同。[6]

「詩言志」是以理性的、有目的性的「思想意緒」爲主；而「詩緣情
」則是以感性的「感情情緒」作爲抒發的實質。至此，先秦以來，從
「詩言志」的傳統至六朝•陸機提出「詩緣情」的主張，不但是對於
詩的內涵認定有所轉變，陸機的說法也是詩歌創作上自覺地發出以
「情」爲詩說的開始，之後又成爲六朝文論的主流，此後，六朝文論
中所提到的「情志」、「情性」、「情靈」、「性靈」實爲指同一件
事[7]。

---

[5] 關於「感情情緒」與「思想意緒」此二詞，見鄭毓瑜：＜詩歌創作過程的
兩種模式——「詩緣情」與「詩言志」＞，《中外文學》11 卷 9 期，頁 7。
[6] 同註 4，頁 8。
[7] 《後漢書•文苑傳》：「情志既動。」《南齊書•文學傳論》：「情性之

　　詩論是從「言志說」發展到「緣情說」，理論的演變代表了對於文學特質的反省，同時也說明作品在「言志」到「緣情」的過程中產生了價值認定的更易以及對創作理念的反思。由乎此，再看賦體在「情」的論題上的演化。

　　漢代時期，賦體本是以娛悅帝王作為其存在價值，而在娛悅的過程中，文人才士欲以賦體的諷諭之義顯示其對政治的關懷，所以賦體在發揮其娛悅專長的同時，諷諭之義總是依伴著在賦作的末尾，用以點綴幾分政治教化的色彩。如班固〈兩都賦序〉對於賦的此一特點說明：

> 或以抒下情而通諷諭，或以宣上德而盡忠孝，雍容揄揚，著於後嗣，抑亦雅頌之流亞也。（《文選》卷一）

班固說賦體是以「諷諭」為賦體的作用，而「雍容揄揚」不過是為了抒下情、通諷諭、宣上德、盡忠孝所用的方式。所以，當賦體的諷諭之義日漸銷亡，揚雄便不免有「壯夫不為」、「勸百諷一」之歎[8]。
而《漢書・藝文志》又說：

> 傳曰：「不歌而誦謂之賦，登高能賦可以為大夫。」言感物造端，材知深美，可與圖事，故可以為列大夫也。古者諸侯卿大夫交接鄰國，以微言相感，當揖讓之時，必稱《詩》以喻其志，蓋以別賢不肖而觀盛衰焉。……春秋之後，周道寖壞，聘問歌詠不行於列國，學詩之士逸在布衣，而賢人失志之賦作矣。大儒孫卿及楚臣屈原離讒憂國，皆作賦以風，咸有惻隱古詩之義。（《漢書》卷三十）

風標。」《金樓子・立言》：「情靈搖蕩。」《顏氏家訓》：「發引性靈。」此見於廖蔚卿：《六朝文論》（臺北：聯經出版事業公司，1985年），頁15--16。
[8] 見揚雄《法言・吾子》卷二，及《漢書・揚雄傳》卷八七。

《漢書・藝文志》所論的賦，有三點特徵，其一是不歌而誦；其二是感物造端；其三是古詩之義，也就是諷諭之義。當賦體是不歌而誦、登高能賦時，是與詩體的「賦詩言志」有相同目的，其關連性在於爲某種企圖與目的而「賦」之、「誦」之。又因爲賦體與詩體具有共同的諷諭性目的，而賦體更在此一目的中涵泳醞釀，逐漸成形，故漢人將之視爲「詩之流亞」[9]。此即是肯定兩者在先秦時期所具備的共同特質；同時，詩體用來「喻志」之時，賦體則是被認定爲以「感物」作爲創作的開端。因此，詩從「言志」到「緣情」，逐漸確立其文學的特質之時，而賦呢？賦卻是以諷諭與遊戲娛悅的目的存在於帝王宮廷[10]。相對於詩體的文學特質來說，漢人對於賦體的認知是取其「感物造端」，以盡賦體鋪陳之義，如《周禮・春官・大師》引鄭玄注：「賦之言鋪，直陳今之政教善惡。」劉熙《釋名》說：「賦，敷也，敷布其義謂之賦也。」[11] 所以賦體以鋪陳爲文體特色之後，「寫物圖貌」、「蔚似雕畫」的極盡形容便成爲其主要的手法而「與詩畫境」、「蔚成大國」[12]。

於是到了魏晉，賦體對於「情志」的抒發，終究比不上詩的發展來得快速。當陸機＜文賦＞舉出「詩緣情而綺靡」的理論時，對於賦卻說：

　　賦體物而瀏亮。（《文選》卷十七）

其對於賦體是著重在「體物」——體現外在事物的文學特質上。此與《漢書・藝文志》中說賦本是「感物造端」的說法，顯然只強調其「物

---

[9] 班固＜兩都賦序＞語，見《文選》卷一。
[10] 見簡師宗梧：《漢賦源流與價值之商榷》（臺北：文史哲出版社，1980 年），頁 3。簡師提出漢人對於辭賦的評估，是指其諷諭與遊戲性質二端。
[11] 見《藝文類聚》卷五六。
[12] 見《文心雕龍・詮賦》。

」而略其「感」。對於詩與賦的審美特質的認定發展至此，可以下圖
示之：

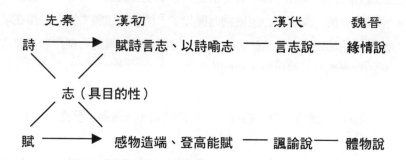

然則，自東漢以來，賦體創作由娛悅帝王的遊戲之作走向個人的抒情
言志，一直到魏晉抒情小賦的興盛，是有目共睹的事實[13]。賦體創作
以抒情言志之勢與詩體本以緣情為要的創作傾向有著平行而同流的
走向。

　　然而，時移事改，賦體創作經過魏晉抒情小賦的發達，以賦體為
抒情言志的作品出現以來，創作傾向逐漸帶動理論的更易與重視。到
了南朝‧劉勰的《文心雕龍‧詮賦》中已經不再說賦只是「體物」的
產物，而能注意賦體「情」的問題：

　△ 原夫登高之旨，蓋覩物興情，情以物興，故義必明雅，物以情
　　 覩，故詞必巧麗。麗詞雅義，符采相勝，如組織之品朱紫，畫
　　 繪之著玄黃，文雖新而有質，色雖糅而有儀，此立賦之大體也。

　△ 至於草區禽族，庶品雜類，則觸興致情，因變取會。

登高之旨，在於感物，因為外在的事物以觸發起內在的「感」動，而
引發「情」感，或是因為禽族雜類所「觸」興而致「情」之啟動，凡

---

[13] 見曹道衡：《漢魏六朝辭賦》（上海古籍出版社，1989年），頁100。

此都是因「情」之搖動，故有「賦」體的創作。此說前半段的說法與
《漢書・藝文志》中所說的賦體之作乃因「感物造端」，兩者對創作
原因有同樣的探討內容，但是劉勰進一步注意到賦體「感物」而發的
特質——情。說明人心因感物而興起了「情」，強調「情」的存在才
是創作的起因，這就突破前人之說，而將賦體也視之爲創作者抒情達
意的文學體裁。茲以簡表說明[14]：

漢代：　登高　⟶　感物　⟶　能賦　（《漢書・藝文志》）

六朝：　登高　⟶　感物　⟶　興情　⟶　能賦　（劉勰＜詮賦＞）
（南朝）

相對照之下，從漢代到六朝，賦體對於「體物」與「興情」的看法已
經有所轉變，足以見出劉勰對於闡明賦體特色的貢獻，是在前人的「
感物造端」的基礎上，加上了感物「興情」說，相較而言，劉勰更加
肯定了「情」的發抒本屬於人性之「自然」，無論是詩或是賦體皆然
，而將之視爲賦體的特色之一，如《文心雕龍・明詩》言文學創作始
於人情之感物：

　　人稟七情，應物斯感，感物吟志，莫非自然。

人本有七情六欲，因爲創作主體接觸到外在事物而有所感發，感於此
物之後而吟志抒情，這是一件自然的事，所以，情志的抒發本是感於
物而來，詩體固然如此，賦體亦然。皇甫謐＜三都賦序＞也說：

　　然則賦也者，所以因物造端，敷弘體理，欲人不能加也。……
　　故知賦者，古詩之流也。是以孫卿屈原之屬，遺文炳然，辭義

---

[14] 詳表見第六章所述，頁175、176。

可觀，存其所感，咸有古詩之意。皆因文以寄其心，託理以全
其制，賦之首也。

「因物造端」四字可說是班固「感物造端」的蹈襲而已，而論及賦之
「敷弘體理」，意即賦體在鋪陳上有別於詩體，欲達其文辭的盡致而
使人不能加置一詞，然則皇甫謐終究也意識到賦體「因文以寄心」、
「託理以全制」的內在需求，此則探觸賦作內容的成份性質問題，不
再僅是以賦服務他人，而能顧及創作者因物興情的創作動機。

　　然則，若賦是因感物而興情，則諷諭之義是否隨之消亡？劉勰是
將諷諭的傳統在「興」體之中展現[15]，而另外標舉「情」作為賦體的
開展特色；同時，劉勰認為魏晉以來的賦體「興體銷亡」而「比體雲
構」[16]，是將「興」、「比」當作是賦體的寫作技巧來討論，也是認
為賦體的諷諭之義是因為「諷兼比興」[17]，從比興的創作手法中留存
其諷諭的意義，而稱「起情故興體以立」、「興則環譬以託諷」，是
將「興體」視為諷諭所存之者。於是，前列的圖表可以總而歸之，如
下圖所示：

---

[15] 此參見本書第六章。
[16] 見《文心雕龍・比興》。
[17] 見《文心雕龍・比興》。

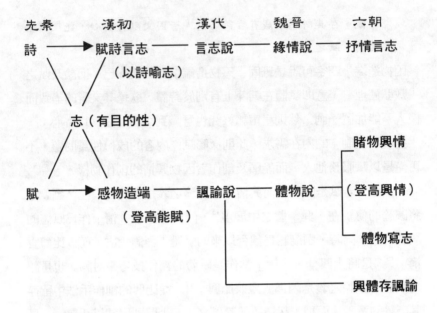

從上表中可知詩體與賦體的由同到分，及由體物與緣情的不同系統與流別，然後歸之於賦體以抒情言志為其創作傾向的過程。其實，賦體為古詩之流，其中本具有詩體言志以及抒情的特色，只是在兩者分流，各自成立之時，詩以抒情為要，而賦以體物為重，遂分疆畫野，各造其體，審美特徵亦有分別。然則魏晉之時，賦體以抒情言志為個人抒發的傾向，不覺也勾引起賦體本來的感物興情、抒情言志的隱藏性特質。所以六朝以後，在抒情上詩體與賦體再度傾向合流，而皆具有抒情言志的特質。

第二節　賦體「抒情美學觀」之形成與體現

　　在《禮記・樂記》論「心」與「情」的關係時說：「凡音者，生
人心者也。情動於中，故形於聲；聲成文，謂之音。」又說：「人生
而靜，天之性也。感於物而動，性之欲也。」「夫民有血氣心知之性
，而無哀樂喜怒之常；應感起物而動，然後心術形焉。」[18]音樂感動
人心，人心也可因爲有所「感」而形諸音樂，這是一個互爲因果的關
係。先秦時期從「音」與「心」的互動中關注到喜怒哀樂的情感作用
，此可說是對「情」的初步認識。

　　魏晉時期，「情」是士人們討論的話題，對於有情與無情之辯，
基本上也加深了魏晉人對「情」的認識。《三國志・魏書・鍾會傳》
引何劭＜王弼傳＞說：

> 何晏以爲聖人無喜怒哀樂，其論甚精，鍾會等述之。弼與不同
> ，以爲聖人茂于人者，神明也；同于人者，五情也。神明茂，
> 故能體沖和以通無；五情同，故不能無哀樂以應物。然則聖人
> 之情，應物而無累於物者也。今以其無累，便謂不復應物，失
> 之多矣。（《三國志・魏書・鍾會傳》卷二八）

何劭的＜王弼傳＞又載王弼＜答荀融書＞說：

> 夫明足以尋極幽微，而不能去自然之性，顏子之量，孔父之所
> 豫在，然遇之不能無樂，喪之不能無哀，……乃知自然之不可
> 革。（《三國志・魏書・鍾會傳》卷二八）

何晏認爲聖人是無情的，不表露喜怒哀樂之情。而王弼則認爲聖人與
常人一樣是有情的，只不過此種情的表現方式是透過「神明」的節制

---

[18] 見《禮記・樂記》卷三七、三八。

，而能體沖和以通無。而且聖人之情源於物，又超越物的限制，這是
聖人體現自然的一種方式。所以，從王弼的說法中分析：「情」有三
個意涵；一是承認「情」的存在，聖人與一般人一樣具有「五情」；
二是認爲五情的發露是「自然」的展現；三是認爲聖人之情與常人之
情相同，只是聖人心境層次高於常人，顯現於外的就是沖和而虛無，
故不隨物轉，精神主體仍不爲所動。

　　這種「情」在哲理上的思辨，說明了魏晉人對於喜怒之情了解的
渴望以及認知，而此種對「情」的態度也體現在魏晉美學以及文藝的
創作上[19]。六朝人對「情」的特別的強調及提出，並且以獨有的情感
表現方式展現了六朝人的情感世界。《世說新語‧文學》有例：

△　林道人詣謝公，東陽時始總角，新病起，體未堪勞，與林公講
　　論，遂至相苦。母王夫人在壁後聽之，再遣信令還，而太傅留
　　之。王夫人自因出云：「新婦少遭家難，一生所寄，唯在此兒
　　。」因流涕抱兒以歸。謝公語同坐曰：「家嫂辭情忼慨，致可
　　傳述，恨不使朝士見。」（《世說新語‧文學》四--39）

△　王戎喪兒萬子，山簡往省之，王悲不自勝。簡曰：「孩抱中物
　　，何以至此！」王曰：「聖人忘情，最下不及情。情之所鍾，
　　正在我輩。」簡服其言，更爲之慟。（《世說新語‧傷逝》十
　　七--4）

△　顧彥先平生好琴，及喪，家人常以琴置靈牀上。張季鷹往哭之
　　，不勝其慟，遂徑上牀，鼓琴，作數曲竟，撫琴曰：「顧彥先
　　頗復賞此不？」因又大慟，遂不執孝子手而出。（《世說新語

---

[19] 情感論在魏晉的發萌產生了影響：劉勰《文心雕龍》、鍾嶸《詩品》、宗
炳＜畫山水序＞、王微＜敘畫＞等，重視情感在審美中的地位和作用，所
謂「爲情而造文」說正是其理論產物。

‧傷逝》十七──7）

謝朗小時候，與支道林談論到「相苦」的地步，時因病起，身體不足以堪之，叔父謝安又不使暫停，所以其母擔憂謝朗的身體，只好親自將其兒抱回，而謝安不但沒有責怪謝朗之母，反而稱讚她「辭情忼慨」，恨不得使朝士也見之。可見，其母深「情」的表現，不但是謝安讚賞，也是可以「令朝士見」的，對於一位女子深情的抒發，以讚賞辭情作結，此見出「情」的抒發在魏晉人的心中是受到重視的，而不是被壓抑的。王戎的兒子死了，山簡去看他，王戎非常悲傷，山簡認為孩子只是懷抱中的「物」，何以如此傷心，沒想到王戎卻說最高的聖人是忘情的，最下等的人是沒有情感的，而情感最豐富的人正是我們這些人。山簡一聽，更加傷痛。顧彥先平生喜愛琴，死後，家人將琴置於靈床上，張季鷹前往哭弔，不勝悲痛，於是上床鼓琴以慰死者。而鼓琴完畢，走出家門因其太過傷痛而沒有與孝子執手；凡弔者出門時，皆須執主人之手，此因張季鷹過度傷痛而違背世俗的禮節。

《世說新語》中關於「情」的例子很多，這只是其中一端。王戎「情之所鍾，正在我輩」一語，正說明魏晉六朝人對於「情」是取擇以深情、鍾情的角度，並是抱以肯定而認同的態度。心中有情則抒發之，心之悲痛則大哭之，感友之逝則鼓琴違禮，「禮教」似乎不再拘縶人們心中的深情，唯有以自然的方式發抒於外，才是人們所認為的合理的行為。

此種生活態度，影響的不只是文藝的創作，也是六朝文藝理論的同質展現。沈約《宋書‧謝靈運傳論》中對「情志」演變有所闡說：

> 屈平宋玉，導清源於前；賈誼相如，振芳塵於後。英辭潤金石，高義薄雲天。自茲以降，情志愈廣。王褒劉向，揚班崔蔡之徒，異軌同奔，遞相師祖。雖清辭麗曲，時發乎篇，而蕪音累

氣,固亦多矣。若夫平子豔發,文以情變,絕唱高蹤,久無嗣
響。至于建安,曹氏基命,三祖陳王,咸蓄盛藻。甫乃以情緯
文,以文披質。(《宋書》卷六七)

沈約提到屈原、宋玉,開啓了辭賦的源頭,賈誼、相如繼之於後,這
些辭賦大家之後,此類抒發之賦作「情志愈廣」。王褒、劉向、揚雄
、班固、崔駰、蔡邕等人雖呈現出不同的文學風貌,但是皆看到承傳
的痕跡,古人的影子仍揮之不去;雖然也有清辭麗曲之作,但有時不
免有蕪音累氣的缺失。以張衡的〈思玄賦〉、〈歸田賦〉等賦作,因
爲在情的方面有新的開拓,孤高迴卓,一時成爲絕響。而到了建安時
期,武帝、文帝、明帝三祖及陳王曹植,才又繼起,有文章名世,沈
約稱讚其作品的優點是:「以情緯文、以文披質。」是說以豐富情感
抒發爲文,文章內容飽含情感,而在此實質的情感之外更披覆著盛藻
麗辭的特點,是以文采藻飾配合內容情性抒發的文辭。

是以,三祖陳王以來的「以情緯文」、「以文披質」的情感與形
式並重的寫作方式,是魏晉以後對於「情」的重視所必然發生的現象
,也更加說明魏晉人對於「情」的態度已經不同於過去,是以重視代
替節制,以抒發取代壓抑,是反禮教而抒情,不是遵禮教而節情的。

因此,魏晉以來對於「文章」之「情」多半是採取肯定的態度。
諸如晉朝·陸雲提倡「情文」,認爲詩賦須有強烈而真實的情感,因
此他的批評往往是以「情」論文,如其讚賞陸機〈述思賦〉時說:「
深情至言,實爲淸妙」,而「不得言情處」,便是「平平」之作,又
如批評陸機「答少明詩亦未爲妙,省之如不悲苦,無惻然傷心言」等
等,皆是站在「情」的立場去論文章的優劣,[20]有「情」即成爲他的
審美判準,不僅有情,更且「深情」、才有「至言」,這是他決定文

---

[20] 見《漢魏六朝百三家集·陸雲集》卷五十。

章佳惡良窳的依據。又如袁宏的＜三國名臣傳＞曰：

　　夫詩頌之作，有自來矣。或以吟詠情性，或以紀德顯功，雖大
　　指同歸，所託或乖。若夫出處有道，名體不滯，風軌德音，為
　　世作範，不可廢也。（《晉書・文苑・袁宏傳》卷九二）

慧皎＜經師論＞：

　　夫篇章之作，蓋欲伸暢懷抱，褒述情志；詠歌之作，欲使言味
　　流靡，辭韻相屬。（《高僧傳》頁507）

蕭子顯《南齊書・文學傳論》：

　　文章者，蓋情性之風標，神明之律呂也。蘊思含毫，遊心內運
　　；放言落紙，氣韻天成。（《南齊書》卷五二）

詩頌之作本於吟詠情性，抒發個人的情感，慧皎的說法也是闡明文章
之作，是想要伸暢懷抱，抒發感懷，敘述情志的。蕭子顯的文學觀念
與蕭繹接近，他把文章視為情感抒發的載器，「文章者，蓋情性之風
標，神明之律呂也。」所以他的《南齊書・文學論傳》所論述的是詩
賦駢文以「情性」為重的文學理論。文之源起是因為情感的發生，人
稟七情六欲，發之於文，是順應自然的事。而如晉・陶淵明提出文學
抒發作者胸中塊壘之氣：「夫導達意氣，其惟文乎？」[21]也是一樣的
道理。為抒發積憤以伸暢情志，故形之於文，是《文心雕龍》所稱說
的「為情造文」一類的作品[22]。足見以情為文章內容實質的作品，才
是被歷來文學評論家所強調、闡述和推崇的，對於「情」的注意以及
體現，正如顏崑陽評論六朝的「緣情」說：

　　顯示著對文學本質及其發生的這種超越體類的原理性思考，已

---

[21] 陶淵明的＜感士不遇賦序＞，見《全上古三代秦漢三國六朝文・全晉文》
　　卷一一一，及《陶淵明集》頁145。
[22] 見《文心雕龍・情采》：「昔詩人什篇，為情而造文；辭人賦頌，為文而
　　造情。」

從普遍的人文價值理想層面，轉到創作主體的自然性情層面。
[23]

注意文學創作中「情」的抒發，這是文學觀念上的進步，也是人們對
於文學的本質的思考，這種思考涉及到文學創作者本身創作的動機問
題，以及詩體本身與創作者的情感的互動等等問題。有了這種觀念的
自覺之後，文學不再是屬於道德載器、教化的工具，也不再屬於學術
的領域，而是創作者個人情性抒發的利器。其所標示的是文學從漢以
來屬於學術的範疇到魏晉以後屬於個人情性的關注，從外而內的焦點
轉移，這樣的結果，是文學自覺的開始，也就是文學本質的歸位或還
原，或者說找到了文學本身的定位，這是對於文學之可以成爲文學的
問題之省思。然則，也因爲關注的對象的轉變，所以，理論的闡述者
方能在此種轉變中意識到文體的區別及其功用。

　　早在曹魏時期，賦體的抒情是來自於作者有感而發，如曹丕＜寡
婦賦序＞說：

　　　　陳留阮元瑜，與余有舊，薄命早亡。每感存其遺孤，未嘗不愴
　　　　然傷心，故作斯賦，意敘其妻子悲苦之情。命王粲并作之。(《全
　　　　上古三代秦漢三國六朝文‧全三國文》卷四)

因爲昔日的交情，所以曹丕對阮瑀的遺孀孤子，「感」懷特深；因爲
有「感」，所以悽然「愴然」，觸動其心中的哀傷之情，故以「賦」
——即以＜寡婦賦＞來「敘其妻子悲苦之情」。作賦之因在於心中有
「感」，此「感」或是「愴然傷心之情」，或是歡欣雀躍之情，或是
遭讒離憂之情，或是超逸曠放之情，或是眷念不捨之情，或是黍離傷
國之情，或是……等，情之種種範疇，難以一一列舉，然而，不論何
情，「情」的流露在於「感」的動作之完成，「賦」的寫作在於「情

[23] 見顏崑陽：《六朝文學觀念叢論》(臺北：正中書局，1993年)，頁257。

」的搖盪而興起的寫作動機。故有：

事（物）━━━▶ 感（動）━━━▶ 情（起）━━━▶ 賦作

心情因事物而有所感動，感而生情，此成爲賦作的寫作緣起。在賦家
的心理經驗中，當其於外在事物的接觸當成是一個「事件」，而此事
件從整體平靜的世界中「發生」，在「發生」之後，賦家對於事件有
所「感知」，包括聽覺的、視覺的、觸覺的……等等的活動，更重要
的是，在感官之後深微幽細的內在心理活動，所以，感而後思，感而
生情，此「思」與「情」是因「感」而生，在接觸的刹那完成「感」
受的過程[24]。而「感」之後的「思」與「情」的發生就成爲創作中情
意所生的基礎。

　　曹丕的＜寡婦賦序＞所論正與前述魏晉人對於「情」的特別感受
可以相呼應，也因爲魏晉以來人們對於「情」的深切體受以及社會允
許的情意的表達，故而賦體雖以體物爲要，但在「情」的抒發上逐漸
取代純以體物的創作模式，此從曹丕的賦序中已可略見其訊息。再看
同時代人的賦及賦序，如曹植的＜愍志賦＞：

　△ 或人有好鄰人之女者，時無良媒，禮不成焉，彼女遂行。適人
　　 有言之于余者，余心感焉，乃作賦曰。（《上古三代秦漢三國
　　 六朝文‧全三國文》卷十三）

　△ 追思曩昔游宴之好，感音而嘆，故作賦云。（向秀＜思舊賦序
　　 ＞，《文選》卷十六）

　△ 心慷慨以忘歸，情舒放而遠覽，……顧茲梧而興慮，思假物以

---

[24] 參見葉維廉：《歷史、傳釋與美學》（臺北：東大圖書公司，1988年），
　　頁67。

託心。（嵇康＜琴賦＞，《全上古三代秦漢三國六朝文・全三
國文》卷四七）

△ 何遭運（註：運疑為遇字）之可常，情怳惚以回迷，夢乘雲而
飛颺。……悲盛衰之遞處，情悠悠以紆結，攬萱草以掩淚，曾
一歡而九咽。（曹攄＜述志賦＞，《全上古三代秦漢三國六朝
文・全晉文》卷一〇七）

△ 感時邁以興思，情愴愴以含傷。（夏侯湛＜秋可哀＞，《全上
古三代秦漢三國六朝文・全晉文》卷六八）

其他從賦名可知，如曹植＜愁霖賦＞、＜喜霽賦＞、陸機＜感時賦＞
、＜思歸賦＞、曹攄＜感舊賦＞……等等內容都是對於「情」的直接
描述或是表達。而這些賦序中所透露的因事而感，或睹物興情，或以
情況物，而物我皆為此情籠罩，「情」的抒發更是魏晉以來賦體創作
的大國[25]。

或如山水也成為引發情感的外在事物，只不過此「情」不盡是悲
喜的情緒，反而是率性之情。以賦敘山水而伸其性情者，如謝靈運的
＜山居賦序＞：

言心也，黃屋實不殊於汾陽；即事也，山居良有異乎市廛。抱
疾就閒，順從性情，敢率所樂，而以作賦。（《宋書・謝靈運
傳》卷六七）

謝靈運的＜山居賦＞完全是個人情性的展現，率性而賦之。謝靈運描
寫其居家產業中山林皋壤之美，而在山水之美中悠遊自得，故興起創
作的動機，而順性作賦。此賦＜序＞說明此賦之起因是「順從性情」
而賦之，明顯地已經將「賦」體視為個人情性抒發的文體。而論賦作
之動機不一定是因為「情」感的強烈動搖，而是就「心」、「事」言

---

[25] 有關賦體感物興情的「感」，見於下節「感物吟志之方式」部份。

之,以「心」言之,簡陋的茅屋不見得比汾陽城中的樓房更醜陋;而就「事」來說,居於山中的清幽與城市中的塵囂是有所區別的。山水景色既有別於城市中的現實與繁忙,對比之下,更覺山居之樂不可離棄;山水景色,足以舒展心情,令人陶然忘機,故順此性情而有賦作。此「情」並非激烈的感動所引發,而可說是在觀看景物中陶醉悠遊於景物的情感,情的引發不離對景的陶醉,鄭毓瑜稱之為「寓目美學觀」[26]。藉著山水以達成其情感的紓解,任性縱情地在山水間悠遊,山水是助其情性發揮的媒介,而情性的抒放正符合山水之性,兩相遇合而成就靈運<山居賦>之賦作。故當一切因緣具足,情景在詩人的之心物交會中完成,此「美」者就在於情景的遇合,而運用「賦」體才能充分表達其心物遇合之美,所以,賦體的創作是使其不偏於情,亦不忽略其對於景物的形容。

　　「情」既成為寫賦的緣起,於是賦家更清楚認識到賦中「言」與「情」的關係。如張融<海賦序>中談到情感與形象的描繪如何協調的問題時說:

　　　　蓋言之用也,情矣形乎!使天形寓内數,情數外寓者,言之業也。吾遠職荒官,將海得地,行關入浪,宿渚經波,傅懷樹觀,長滿朝夕。東西無里,南北如天;反覆懸烏,表裏苑色。壯哉,水之奇也。奇哉,水之壯也。故古人以之頌其所見,吾問翰而賦之焉。當其濟興絕感,豈覺人在我外?木生之作,君自君矣。(《南齊書‧張融傳》卷四一)

張融在<海賦序>中提到文學語言的功用在乎「抒情」與「狀物」:

---

[26] 見鄭毓瑜:《六朝情境美學綜論》(臺北:學生書局,1996年),頁152。鄭書中稱謝靈運為當時「寓目美學觀」最成熟且集大成之發揚者,名稱意涵頗為貼切。

「蓋言之用也，情矣形乎！」而作為「言之業」的文學作品，應當使外在的「形」以體現內在的「情」——「形寅內敷」，同時，使內在的「情」對應外在的「形」——「情敷外寅」，藉以達到抒情與狀物、情感與形象的融合[27]。「壯哉，水之奇矣」與「奇哉，水之壯矣」二句頗堪玩味，不直接說「水甚奇壯」，乃因嫌其單調而平板。既有感於水之奇壯，且為感知之主要對象者，所以，以「奇」、「壯」二字為關注焦點，分成兩句，加入虛字，舒緩語氣，並且迴環往復，大有強調、突顯及頌贊意味。水的「奇」與「壯」就是作者對於外在「物境」的形容與感受，而當作者試圖將「奇」與「壯」形諸文字時，「問翰而賦之焉」，則「當其濟與絕感，豈覺人在我外？」此時將「情」與「物」作充份融合的過程中，是專注於興起的情感而與外在的其它感覺斷絕，專心於此賦之作，而此時彷彿「人」——肉體感官、「我」——精神心理已分，「人」在「我」之外。「人」在專注的過程中，因為太過專心而似乎「忘」掉自身軀體的存在，這是物境在融於心境之時的創作過程，所謂「心凝形釋，與萬化冥合。」[28] 更進一步說，賦體在於對「物境」與「情」兩者的融合與創發，正如高友工對「情」與「物」的抒發過程說：

△ 「物境」與「心境」必然是相通的。「物境」必然包括、影響「心境」，這是自「外」推「內」；「心境」也自然吸收、反映「物境」，這是以「內」括「外」。

△ 「抒情過程」（expressive act）是與其「抒寫對象」（object of expression）是溝通為一的。……這是說詩人個人現時的

---

[27] 見郁沅、張明高編選：《魏晉南北朝文論選》（北京：人民文學出版社，1996 年），頁 289。
[28] 見柳宗元＜始得西山宴遊記＞。

　　創造過程固然可能是和所抒寫的對象並沒有直接的連續性；但
　　詩人一定要把這對象或內容與他現時的心境合為一，他才能談
　　「抒情」性的創作。[29]

而此正說明張融所說的濟興絕感，而人與我分的情狀，正是因為「物
境」與「心境」的交融，「物」與「情」才在物境與心境的交融中合
而為一。賦體此時擔任的正是「抒情」與「體物」兩者兼具的使命。

　　文學創作所表現的內容是創作者的情感的抒發，而賦體所要展現
的雖然是對於外在事物的描摹，但是在體「物」之中，盡情描繪景物
的一絲一毫之時，也逐漸在以體物為主的賦體創作中附以情感的因素
。因而，「感物」、「體物」與「緣情」不能截然歸為不相干的個體
[30]，而賦體的因「物」而有「感」的特質，終將把賦體的創作導向緣
情的路上，但是賦體本身的以「體物」為要的文體特色卻依然存在。
所以，賦體成為「抒情」與「狀物」兩者的充份融合的展現，乃是其
文體特色在魏晉以來的重情的審美觀之下自然演變的結果，而此正足
以補充並呼應前文所述的賦體與詩體「緣情說」的發展歷程。

　　於是，賦體的「體物」一旦與「情志」的內容融合為一，賦體不
但喚起了最初感物造端的情感因子，又加上體物狀物的描寫技巧，同
時與魏晉人的深情結合，則賦體在魏晉不但豐富其文體的內涵，也提
供創作者在「情」與「物」的調和中一個比漢賦更大的創作空間，這
也是魏晉以後賦體有異於漢大賦以氣勢取勝的「抒情美學觀」，換言
之，「抒情美學觀」就是賦作以抒情作為創作的基礎，也以抒情作為
賦作的審美標準，而同時具有體物與抒情兩者，寓體物於抒情之中的

---

[29] 見高友工：〈文學研究的美學問題（上）──美感經驗的定義與結構〉，
　　《中外文學》第 7 卷 11 期，頁 38--39。
[30] 同註 23，頁 257。

賦體創作傾向。

　　附帶說明的是，此種「物」與「情」的交會，在南朝的張融因作賦而有所提起，然則其賦作尙未達到後來唐詩中在體物與抒情所呈現的情景交融的創作表現。而由此處可知，賦體的體物與抒情的方式必然也影響、啓發詩體的創作方式，而在「情」與「物」的融合中，提供了「情景交融」創作的準備與技巧的走向。

第三節　賦體感物吟志之方式

　　魏晉以來，賦作以「登高興情」以及「感物吟志」的抒情小賦逐漸取代夸張聲貌的漢大賦。賦家們體會賦體做爲抒情言志的文學體裁，不但不是賦體的衰亡，反而是重新給予賦體新的文學生命。並且在這文學的體裁中加入更多的創作者的情感與精神。

　　魏晉人將文學創作視爲表現情感的橋樑。《文心雕龍·明詩》說：「人稟七情，應物斯感，感物吟志，莫非自然。」人有七情六欲，情感受物的牽動而有所感受，遂利用文字的魅力來展現內在的感動，「感物吟志」乃是一件「自然」的事。這是劉勰從自然而然的角度闡明詩作之可能。而梁·鍾嶸〈詩品序〉則說：「氣之動物，物之感人，故搖蕩性情，形諸舞詠。」[31]魏晉人的自覺意識昂揚，其所出現的特徵之一就是人們開始從外在的世界觀進入直接關於「人」的關注，與由此帶來的進一步的覺醒。而物之動人，人因接觸物而有所感懷，情感之變動成爲創作的起源，是以「感物」的方式帶動文藝創作以「形」表「情」的方式。如孫綽〈三月三日蘭亭詩序〉中說：

> 古人以水喻性，有旨哉斯談！非以停之則清，混之則濁邪？情因所習而遷移，物觸所遇而興感。故振轡於朝市，則充屈之心生；閑步於林野，則遼落之志興。（《全上古三代秦漢三國六朝文·全晉文》卷六一）

「情因所習而遷移，物觸所遇而興感」，作者人格情性因日常的薰習有所改變，而個人受到外物觸引發情志的感動。所以說，若是在朝市

---

[31] 見梁·鍾嶸著、徐達譯注：《詩品全譯》（貴州人民出版社，1991 年）〈序〉，頁 1。

中騎馬舉轡，洋洋得意之色揚溢；而若是在林野間漫步而行，則心曠神怡。這是因為外在情境的不同而產生不同的心情。這種情境假設和主體反應，其性質正如劉勰所說的「應物斯感」和鍾嶸所說的「物之感人」。

　　然則，從「感物」一躍到創作，這期間的「思」、「想」歷程，卻是創作者自感物之際，已在情、物間所蘊生的自覺創作用心，同時也在情與物之間連繫起情思的橋樑。換言之，感物的同時也就興懷引思、躊躇太息了，心物的交流之際「感而興思，正使內外、物我交接通流」[32]，所以感物的同時也完成了「情」感的或高揚或哀傷，心與物交觸的時刻，「感」的動作便已經完成，同時也在「心想」當中構思作品的表達。劉宋‧傅亮的＜感物賦序＞：

> 余以暮秋之月，述職內禁，夜清務隙，遊目藝苑。於時風霜初戒，蟄類尚繁，飛蛾翔羽，翩翾滿室，赴軒幌集明燭者，必以燋滅為度，雖則微物，矜懷者久之。……悵然有懷，感物興思，遂賦之云爾。（《全上古三代秦漢三國六朝文‧全宋文》卷二六）

當秋天之「物」遍於作者眼前，風霜、蟄類、飛蛾之景色，其所代表的意義不僅僅是「物」的呈現，同時也是「心」中感動的起源。在物感之時所伴隨的是心想的完成，就是「心想與目視內外交錯——因身觀（「遊目」）而觸引心遊（「退感」）。」[33]因此，感物而心遊，

---

[32] 同註 26，頁 8。

[33] 同註 26，頁 13。案：鄭書中以「神往形留」解釋形留所現的物象與神往的心想是一種相互疊合的神思。然則，所謂的「興感」、「物感」是否是「神思」的意涵？或者說是「神思」的一個過程？在此則只取鄭書中所提出的「感物」與「興思」是同時的、疊合的觀念以作為魏晉人「感物」的情狀之說明。

既然是同時在創作者身上所進行的活動，則感物而吟志中間就有一條極其相關而密切的連線，緊密結合外在的形「物」與作者內在的「心」志。而以「體物」的方式抒發情志的動作，運用「賦」體以爲創作的抒發則是符合賦體本身「體物」而又「吟志」的創作意涵。

　　賦體在魏晉時期的蛻變，從漢大賦以歌功頌德、曲終雅奏、蘊含諷諫之意的內容，逐漸轉變成以個人的抒情言志、體物寫志、登高興情爲主要的表現特徵。而從魏晉六朝對於文學創作與情志的關係來看，感物而有興情，並且運用文學創作以宣洩情志，可說是魏晉六朝以來對於人因「物興」而「心想」並形諸於文字的普遍觀念。顧野王＜虎丘山序＞說：「志由興作，情以詞宣，形言諧於韶夏。」[34]鍾嶸《詩品》說謝靈運是「興多才高，寓目輒書。」[35]蕭綱在＜答張纘謝示集書＞中說自己是「沉吟短翰，補綴庸音，寓目寫心，因事而作。」[36]在《昭明太子集·序》中說：

> 登高體物，展詩言志，金銑玉輝，霞章霧密，至深黃竹，文冠綠槐，控引解騷，包羅比興。……言隨手變，麗而不淫。（《四部叢刊》影明本《梁昭明太子文集》卷首）

此處的「志」並非符合聖人之道的「志」，而是心靈自由的情感趨向[37]，在登高體物之際，心中所發出的情緒[38]。

---

[34] 見《藝文類聚》卷八。

[35] 同註 31，頁 64。

[36] 見《藝文類聚》卷五八。

[37] 見陳良運：《中國詩學批評史》（江西人民出版社，1995 年），頁 179。「志」也不是一味追求「輕豔」的形式美，而是以內在的情志爲主要的考量。

[38] 據蕭綱＜昭明太子集序＞文章首言：「竊以文之爲義，大哉遠矣。……文籍生，書契作，詠歌起，賦頌興。……豈同魏兩，作歌於＜長笛＞，終噪漢貳，託賦於＜洞簫＞。」可知此文所論應是「文」的範疇，而此「文」

除此之外，賦體從「登高體物」的「情志」演變成只爲了發抒心中意氣的目的，如陶潛的＜感士不遇賦序＞說：

> 夫導達意氣，其惟文乎？撫卷躊躇，遂感而賦之。（《陶淵明集》頁145）

說明「文」具有「導達意氣」的作用，而此處的「意氣」指的是內心的志趣與意志[39]，是陶淵明心中的悲哀與感歎所凝結而成的心緒。「撫卷躊躇」，「卷」指的是淵明所讀的董仲舒的＜士不遇賦＞以及司馬子長的＜悲士不遇賦＞[40]。賦序中闡發貞潔之士在「真風告逝」[41]的時代環境中無法發揮己長，而埋沒於歷史的潮流中，淵明對於這樣的賦作主題心中有所感觸，所以撫卷躊躇，慨然歎息，「遂感而賦之」寫作＜感士不遇賦＞。此則透露了感物賦的寫作題材，從「登高體物」以興情，轉變爲因讀書而有所感，以「卷」爲「物」，其「物」的角色從單純的自然景物到人爲的文章事物，「物」的內容不同，但是其

也包含賦頌與詩歌，是廣義的「文」的說明。又如本文中所引此段，說其「登高體物」明指的是賦體，而「展詩言志」則論詩體，「控引解騷、包羅比興」，更可見其是以抒情言志的文學創作爲論。

[39] 見 ＜感士不遇賦序＞：「昔董仲舒作＜士不遇賦＞，司馬子長又爲之。余嘗以三餘之日，講習之暇，讀其文，慨然惆悵。……自真風告逝，大僞斯興，閭閻懈廉退之節，市朝驅易進之心。懷正治道之士，或潛玉於當年；潔己情操之人，或沒世以徒勤。……悲夫！寓形百年，而瞬息已盡，立行之難，而一城莫賞，此古人所以染翰慷慨，屢伸而不能已者也。」見逯欽立校注：《陶淵明集》（臺北：里仁書局，1985年），頁145。案：此「意氣」指的是陶淵明「慨然惆悵」之心情，感歎世道中淳樸風俗之消逝，而小人得道，君子雖貞潔卻不遇於世的悲哀。

[40] 董仲舒，漢武帝時人，其＜士不遇賦＞見於《古文苑》。司馬遷，字子長，其＜悲士不遇賦＞殘文見《藝文類聚》卷三十及《續古文苑》，胡應麟《少室山房筆叢》疑其爲僞作。

[41] 據逯欽立校注：《陶淵明集》（臺北：里仁書局，1985年），頁146。此「真風」是指的是淳樸風俗。

引起賦作動機時所扮演的角色卻是始終如一。換言之，賦體由登高興情的「情志」內涵，到「感物」興歎的情意內涵，都是藉由「物感」而「心動」、「心遊」、「心想」一直到賦作的完成。

賦體從自然物之感發到人事景物的感發，不但所感的「物」的範疇擴增了，而所感的情志也增加內容，於是，賦作感物吟志的動機便不只是停留在自然物的「感」物，而是隨手拈來的種種情志所感，皆可藉用賦體的形式加以表白，「感物」之「物」的意涵轉變也標誌著賦體本身從登高體物的歌頌，逐漸轉變為文人抒情言志的文學體裁。

感於物而作，是魏晉人的創作動機之一，無論是詩歌、賦、駢文，都有著這一種共同的創作理念。就賦來說，感物吟志的創作方式實已成為六朝文學抒情言志的主流；析分其種類，主要的大抵可區別為以下幾種方式：

一、感物生情而賦之

賦的表情達意，即如曹魏末期向秀的＜思舊賦＞，這篇賦是向秀懷念好友嵇康所作，賦前有一段序文，說明寫作之所由。＜思舊賦序＞說：

> 嵇博綜技藝，於絲竹特妙，臨當就命，顧視日影，索琴而彈之。余逝將西邁，經其舊廬，于時日薄虞淵，寒冰淒然，鄰人有吹笛者，發聲寥亮，追思曩昔游宴之好，感音而歎，故作賦云。（《文選》卷十六）

此說嵇康博通技藝、精曉樂器、才性高妙、風度高曠，是令人無限懷念，而作者經過其故居，觸景生情，故作賦以悼念之。賦文只有一百五十六個字，前半段是說明見到嵇康故宅的荒蕪景象，後半是對嵇康

的傷悼之情，感嘆「嘆＜黍離＞之愍周兮，悲麥秀于殷墟。」＜黍離
＞爲《詩經・王風》的一篇，本是古人抒發故國破亡之痛的詩，此用
爲傷悼嵇康，也說明向秀的政治立場，作者或有藉以傷悼魏政權落入
司馬氏之手，魏已名存實亡，所以在感嘆嵇康的同時，也暗喻著國亡
之意，隱含個人的政治情感。＜思舊賦＞說：「昔李斯之受罪兮，嘆
黃犬而長吟；悼嵇生之永辭兮，顧日影而彈琴。托運遇於領會兮，寄
余命於寸陰。」以李斯之死來譬喻嵇康之死，以李斯死前猶念與子牽
狗之情景與嵇康赴刑之前，顧視日影，索琴而彈，不捨之情，見於言
表，更見其唏噓惆悵，而說自己也「寄命於寸陰」，人雖然是活著，
但是生命又豈是安定與穩固？又如成公綏的＜嘯賦＞說：

> 若乃遊崇崗，陵景山，臨巖側，望流川，坐磐石，漱清泉，藉
> 皋蘭之猗靡，蔭修竹之蟬蜎，乃吟詠而發散，聲駱驛而響連，
> 舒蓄思之悱憤，奮久結之纏綿，心滌蕩而無累，志離俗而飄然
> 。（《全上古三代秦漢三國六朝文・全晉文》卷五九）

當人們徜徉在山川水秀的美麗風光之中時，臨山巖、望流水、坐磐石
、聽清泉，蘭竹幽幽，足以引發墨客騷人的吟詠連聲，故云「吟詠而
發歡」，綴玉連珠，抒發積蓄在心中的憂思，並且紓解內心糾纏已久
的憤悱。是以冀求抒發此情之後，能夠如同洗滌過心中塵埃一般地舒
坦自在，如同遠離塵俗般地飄然適意。

　　成公綏的＜嘯賦＞正說明了四周景物用以感人興情，而文人們藉
由詠歡，將心中的情感盡情抒發，而達到滌除煩惱、清淨心靈的效果
。故感景生情而賦之，固然是一種創作方式，同時也是文人們以文字
詠歡抒情的過程。

　　在感景生情中不覺引起嘆逝與傷懷之情，六朝賦作中歎逝與傷逝

的主題是一時之作[42]。如曹丕的＜柳賦並序＞：

> 昔建安五年，上與袁紹戰於官渡，是時余始植斯柳。自彼迄今
> ，十有五載矣。左右僕御已多亡，感物傷懷，乃作斯賦曰：「在
> 余年之二七，植斯柳乎中庭。始圍寸而高尺，今連拱而九成。
> 嗟日月之逝邁，忽霅霅（余疑應為「壘壘」才是）以遄征。昔
> 周遊而處此，今倏乎而弗形。感遺物而懷故，俛惆悵以傷情。
> 」（《全上古三代秦漢三國六朝文·全三國文》卷四）

此寫睹物興情，因物而引起對時間的感傷，「人猶如此，木何以堪」
[43]。從木的長成反映出當作者自身年齡的增長，在歲月的流逝中，重
新見到昔日的舊物，心中所觸及的是對於過去的懷念以及感傷於當下
的處境，則有人事已非，故舊多亡的感歎。今昔的對比中，時間像一
條長線，牽引起過去的稚嫩與今日的成熟，「始圍寸而高尺，今連拱
而九成」，時間的推移雖然帶來成長，然而無論是曹丕或是桓溫，其
時人所見引發的卻是「嗟日月之逝邁」的時間流逝之悲傷與感歎。這
可說是當時人對於「時間」流逝，「歲月」不留人所引發的感傷，與
情感的動搖，這可謂是當時人的一種「傷感審美觀」[44]。

二、感四時而賦之

　　四時節氣的變化，連帶地四時景物也產生了變動，因「感時」而
興情[45]，四時之變動在騷客文人的眼中是一種美，最足以引發內在情

---

[42] 六朝詩文中嘆逝與傷逝的主題很多，《世說新語》中有一篇＜傷逝＞，而
《昭明文選》於「賦」類下也列有「哀傷」一類。

[43] 見余嘉錫箋疏：《世說新語箋疏·言語》第二（臺北：華正書局，1984 年）

[44] 筆者將此且稱為「傷感審美觀」。

[45] 如夏侯湛＜秋可哀＞：「感時邁以興思，情愴愴以含傷。」又＜秋夕哀＞：

感的激揚與悸動，故心動而有感，有感而有詩文，這可說是當時人對
於外界景物的感動及觸發，也是人與自然的交流融合。陸機的＜文賦
＞：

> 遵四時以嘆逝，瞻萬物而思紛，悲落葉於勁秋，喜柔條於芳春
> ；心懍懍以懷霜，志眇眇而臨雲。（《文選》卷十七）

＜文賦＞中因自然而感，因四時的節氣所變而見到萬物的種種情態，
情態之變也是牽動人心的原因。秋天因葉紛紛凋落而悲感；春日因柔
芽之初發而欣喜；冬季則懷於寒霜之淒凍，夏日晴空萬里，見白雲而
有眇然之志。此為對自然四時的感受不同所引發內在的情志的差異，
也是創作動機的源頭。

　　潘岳的＜秋興賦＞是在宮廷中值班時有感於秋天的淒涼，而引起
作者心中的諸多感懷，尤其是人事的更替。這也是因景生感，因物而
生情者。潘岳＜秋興賦＞中：

> 嗟秋日之可哀兮，諒無愁而不盡。野有歸燕，隰有翔隼，游氛
> 朝興，槁葉夕殞。……庭樹槭以灑落兮，勁風戾而吹帷。蟬嘒
> 嘒而寒吟兮，鴈飄飄而南飛。天晃朗以彌高兮，日悠陽而浸微
> 。何微陽之短晷，覺涼夜之方永。月朣朧以含光兮，露淒清以
> 凝冷。熠耀粲于階闥兮，蟋蟀鳴乎軒屏。聽離鴻之晨吟兮，望
> 流火之餘景。宵耿介而不寐兮，獨展轉于華省。悟時歲之道盡
> 兮，慨俛首而自省。班鬢彪以承弁兮，素髮颯以垂領。（《文
> 選》卷十三）

作者從時節氣候的變化，草木凋零、勁風吹帷、秋蟬吟寒、歸雁南飛

「秋夕兮遙長，哀心兮永傷，……日往兮哀深，歲暮兮思繁。」見《漢魏
六朝百三家集・晉夏侯湛集》卷四十四。又如曹植＜贈白馬王彪＞：「秋
風發微涼，寒蟬鳴我側，……感物傷我懷，撫心長太息。」見《漢魏六朝
百三家集・魏曹植集》卷二七。

、日短夜長、清露凝空、蟋蟀寂鳴……以及對於秋意的蕭瑟與淒涼，種種物色，一時奔赴，充耳盈目，而對於人生有更深的感觸及思索。此種引用大量景物的寫作方式與當時的文藝步調是一致的[46]。四時之變化而抒發一己歸園之意。賦中情融於景，將自己仕途上的不得意與人至中年早生華髮之悲傷，影附於秋天的悲淒之情，潘岳＜秋興賦＞說：

> 四時忽其代序兮，萬物紛以迴薄。覽花蒔之時育兮，察盛衰之所托。感冬索而春敷兮，嗟夏茂而秋落。雖末士之榮悴兮，伊人情之美惡。善乎宋玉之言曰：「悲哉，秋之為氣也。颺瑟兮，草木搖落而變衰。憭慄兮，若在遠行，登山臨水，送將歸」。夫送歸懷慕徒之戀兮，遠行有羈旅之憤。臨川感流以歎逝兮，登山懷遠而悼近。彼四感之疚心兮，遭一塗而難忍。（《文選》卷十三）

由於四時之代序，而萬物變化萬千，情態紛雜，故見花草因不同時節或開放或凋落，盛衰之理於是乎見；又感嘆於冬日之蕭索，欣賞春日的風光，嗟歎夏日走到極盛之後，接著秋天就到了，從夏日的極盛，轉為秋天的淒清，這時節的變化怎不讓人有種莫名的錯愕呢？盛極而衰，人生無常，這是時節變化，天地萬物的種種情貌所顯現的道理啊！這一切都足以令詩人賦家感慨萬千而「嗟秋日之可哀」了。

六朝人對於四時的興衰特別有感，是有其時代風潮，此又如江淹＜四時賦＞稱：

> 測代序而饒感，知四時之足傷。若乃旭日始暖，蕙草可織，園

---

[46] 見胡國瑞：《詩詞賦散論》（上海古籍出版社，1992 年），頁 77。案：胡書中指出雖然此種對於景物的描寫是從《楚辭》的啟發而來，宋玉的＜九辯＞為發端之辭，但此類作品與當時的文學作品中引用大量景物的文藝步調是一致的。

桃紅點，流水碧色，思舊都兮心斷，憐故人兮無極。……及夫
秋風一至，白露團團，明月生波，螢火迎寒，眷庭中之梧楸，
念機上之羅紈。至於冬陰北邊，永夜不曉，平蕪際海，千里飛
鳥，何嘗不夢帝城之阡陌，憶故都之臺沼。（《全上古三代秦
漢三國六朝文・全梁文》卷三三）

又如褚淵＜秋傷賦＞：

雲紛紛而夾轉兮，樹菸黃而隕落。瞻孤游之流鴻兮，觀雲閒之
舞鶴。景曖曖而向頹兮，時冉冉而將薄，獨悲秋而懷慘兮，斂
輕裾以歸幕。（《全上古三代秦漢三國六朝文・全齊文》卷十
四）

陸機＜感時賦＞：

悲夫冬之為氣，亦何慄凜以蕭索。……夜綿邈其難終，日晼晚
而易落，……鳴枯條之泠泠，飛落葉之漠漠。……伊天時之方
慘，曷萬物之能歡。……矧余情之含瘁，恆睹物而增酸。歷四
時以迭感，悲此歲之已寒。撫傷懷以嗚咽，望永路而汍瀾。（《全
上古三代秦漢三國六朝文・全晉文》卷九六）

江淹＜四時賦＞從春日天暖而草長桃紅，則興起思念故舊之情；秋風
一到，明月白露、螢火迎寒，亦思舊友故鄉；而冬陰嚴寒，更思故都
。這是思念故鄉、故人之情。褚淵＜秋傷賦＞則以秋之景象，葉落枯
黃、雲紛夾轉，於是孤鴻舞鶴，何其孤單淒涼，是悲秋以表其淒慘傷
懷。而陸機＜感時賦＞則以冬之蕭索嚴寒、夜長晝短、枯條落葉，睹
物增酸，四時迭感，故傷懷嗚咽，望路徒歎。

感於四時而興情，情興而書之於賦作，這是六朝賦作中以四時節
氣為情感的起興之源頭，也是六朝人賦作中常見的題材。

三、感人事而賦之

　　人事的興衰也是賦家情感搖蕩的一個因素。曹丕＜感物賦序＞中說：

> 喪亂以來，天下城郭丘墟，惟從太僕君宅尚在，南征荊州，還過鄉里，舍焉。乃種諸蔗於中庭，涉夏歷秋，先盛後衰，悟興廢之無常，慨然永嘆，乃作斯賦。（《全上古三代秦漢三國六朝文·全三國文》卷四）

天下動蕩擾攘之際，看見昔日的華廈重屋，成為今日的斷垣殘壁，如何不令人感歎事物之遷移如此快速，人生是多麼無常！故抒情而成＜感物賦＞，曹丕的＜感物賦＞稱：

> 伊陽春之散節，悟乾坤之交靈。瞻玄雲之蓊鬱，仰沉陰之杳冥。降甘雨之豐霈，垂長溜之泠泠。掘中堂而為圃，植諸蔗於前庭。涉炎夏而既盛，迄凜秋而將衰，豈在斯之獨然，信人物其有之。（《全上古三代秦漢三國六朝文·全三國文》卷四）

＜感物賦＞寫出天下喪亂、人事無常，城墟廢丘所帶給人們的心靈悸動和傷感。曹丕的另一賦作＜柳賦＞，則借著柳樹的成長而悼念「左右僕御已多亡」，序中亦謂：「感物傷懷，乃作斯賦」，與＜感物賦＞的主題同類，其深層意義在於揭示「世積亂離，風衰俗怨」的社會風氣與人生苦難。此類賦表現了建安慷慨的文學氣息。

　　事物的更替總是使人聯想到人生的聚散無常。曹丕的＜感離賦序＞說：

> 建安十六年，上西征，余居守，老母諸弟皆從，不勝思慕，乃作賦曰：……（《全上古三代秦漢三國六朝文·全三國文》卷

四)

<感離賦>是因爲自己思慕親人而作賦。另有潘岳<寡婦賦序>,則是見到他人的不幸遭遇而爲之作賦:

> 樂安任子咸,有韜世之量,與余少而歡焉。雖兄弟之愛,無以加也。不幸弱冠而終,良友既沒,何痛如之!其妻又吾姨也,少喪父母,適人而所天又殞,孤女藐焉始孩。斯亦民生之至艱,而荼毒之極哀也。昔阮瑀既歿,魏文悼之,并命知舊作寡婦之賦。余遂擬之以敘其孤寡之心焉。(《文選》卷十六)

潘岳因爲好友的逝世,而對其遺孀孤女的遭遇深感同情,以爲「民生之至艱,而荼毒之極哀」者也,所以爲其作<寡婦賦>,以代爲抒發寡婦孤苦無依的心情。

庾信的<哀江南賦>則是因爲朝代更易,人事已非,流離他鄉,而以自己親身經歷爲賦,幾乎等於庾信的前半生的自傳,其<哀江南賦序>稱其作賦之緣起:

> 孫策以天下爲三分,眾裁一旅;項籍用江東之子弟,人惟八千。遂乃分裂山河,宰割天下。豈有百萬義師,一朝卷甲,芟夷斬伐,如草木焉!江淮無涯岸之阻,亭壁無藩籬之固。頭會箕斂者,合從締交;鋤櫌棘矜者,因利乘便,將非江表王氣,終于三百年乎!是知并吞六合,不免軹衢之災;混一車書,無救平陽之禍。嗚呼!山嶽崩頹,既履危亡之運;春秋迭代,必有去故之悲。天意人事,可以悽愴傷心者矣。(《全上古三代秦漢三國六朝文·全後周文》卷八)

庾信被留在北朝,悲嘆自己的身世而感故國之傷,將自己的經歷寫成<哀江南賦>,以「賦序」表達其遭遇的傷悲,對照於人事的更替,人的生命也顯得毫無保障。因此,以歷史的興亡而有賦作以抒發自己

的情感，這種情愫是深沉而傷痛的，也因此種沉重的哀傷，使之成為文學作品中膾炙人口的佳作。

所以，以賦的形式來抒發作者之情感，兩者之間並沒有產生扞格，反而是一方面呈現了語言形式的美感，另一方面則又淋漓盡致地抒情達意。兩者合則雙美，而成為不可多得的佳作。此與漢大賦的「勸百諷一」，將賦的文體當成是娛樂的工具，而寓以諷喻之意的文學意義，實不可等同論之。

四、感歲月懷舊情而賦之

六朝人把歲月、生命消逝之感歎也拿來成為作賦的題材。如陸機的〈嘆逝賦序〉：

> 昔每聞長老追計平生同時親故，或凋落已盡，或僅有存者。余年方四十，而懿親戚屬，亡多存寡，昵交密友，亦不半在。或所曾共游一塗，同宴一室，十年之外，索然已盡。以是思哀，哀可知矣。（《文選》卷十六）

因為平生故舊的亡故與凋零，又見其昵交密友已大半不在，心中不免有著人生無常，生命短暫的慨歎，這都是人生的哀思之情。陸機則藉此主題抒發其感嘆的心情，故寫下〈嘆逝賦〉一文，嘆逝與傷悼的賦除了陸機的〈嘆逝賦〉，還有潘岳的〈懷舊賦〉，也是懷舊生情而賦之。

五、感前人不遇之作而賦之

賦作中還有一類是因感於前人的不遇，對照自己的不遇而有賦作

者。如陸雲＜九愍序＞稱：

> 昔屈原放逐，而離騷之辭興。自今及古，文雅之士莫不以其情
> 而翫其辭，而表意焉。遂廁作者之末而述九愍。（《全上古三
> 代秦漢三國六朝文・全晉文》卷一○一）

陸機＜遂志賦序＞：

> 昔崔篆作詩以明道述志，而馮衍又作〈顯志賦〉，班固作〈幽
> 通賦〉，皆相依倣焉。張衡〈思玄〉，蔡邕〈玄表〉，張叔〈哀
> 系〉，此前世之可得言者也。崔氏簡而有情，〈顯志〉壯而泛
> 濫，〈哀系〉俗而時靡，〈玄表〉雅而微素，……班生彬彬，
> 切而不絞，哀而不怨矣。崔、蔡沖虛溫敏，雅人之屬也，衍抑
> 揚頓挫，怨之徒也。豈亦窮達異事，而聲為情變乎？余備託作
> 者之末，聊復用心焉。（《全上古三代秦漢三國六朝文・全晉
> 文》卷九六）

陶潛＜感士不遇賦序＞：

> 昔董仲舒作〈士不遇賦〉，司馬子長又為之。余嘗以三餘之日
> ，講習之暇，讀其文，慨然惆悵。夫履信思順，生人之善行，
> 抱朴守靜，君子之篤素。自真風告逝，大偽斯興，……故夷皓
> 有安歸之嘆，三閭發已矣之哀。悲夫！寓形百年，而瞬息已盡
> ，立行之難，而一城莫賞。此古人所以染翰慷慨，屢伸而不能
> 已者也。夫導達意氣，其惟文乎？撫卷躊躇，遂感而賦之。（《全
> 上古三代秦漢三國六朝文・全晉文》卷一一一）

陸雲以屈原有＜離騷＞之作，自古文士多仿其情而創作，則陸雲也就
作＜九愍＞以仿屈原之情。陸機以＜遂志賦＞上承「述志」的題材，
而有賦作之。陶潛以感士不遇的題材，前承董仲舒、司馬遷的不遇而
「慨然惆悵」，有感於真風告逝，大偽斯興，故以「撫卷躊躇」，有

感懷而賦之。

　　以上各種的因有所感而作賦，這都是六朝賦體因「感」而「賦」的創作方式。六朝賦作打破漢大賦以諷諫爲己任的創作目的，而轉變爲個人有感而發的抒情言志之賦作，從賦作的政治動機轉變爲個人的感物言志的動機，這在賦體的文體演變上是一件重大的變革，同時，也是賦體在六朝的新變。

　　不能忽略的是，六朝人對自己的情感的重視以及六朝賦論中對感物興情的提倡，這些都是造成賦體以感物吟志爲表現內容的重要因素，也是六朝人在自我覺醒之下，所呈現出來的特有的文化現象。而賦體無論是在創作實踐上或是理論的闡發上，都受到這一個文化現象的制約，換言之，也是在此一現象中發展出六朝特有的文體風貌。

第十章　審美理論三——徵實說

第一節　「徵實說」之起因

　　夸飾是賦體的寫作技巧，但是過度的夸飾所帶來的流弊，卻引發眾人的指責與批評，例如揚雄對辭人「麗淫」之指責[1]，王充《論衡》「疾虛妄」之主張，劉勰有「麗淫」、「煩濫」之歎[2]。因此，賦體雖以夸飾爲重要創作技巧，但是過猶不及，夸飾太過所造成的浮濫之弊也隨之而生。所以，評論者提出徵實之說，其根本就是針對夸飾過盛而採取的反對態度及救弊的主張。

　　夸飾本爲賦家所擅長運用的創作技巧之一，《文心雕龍‧夸飾》說明賦體賦家與夸飾之間的關係時說：

　　　自宋玉、景差，夸飾始盛。相如憑風，詭濫愈甚，故上林之館，奔星與宛虹入軒；從禽之盛，飛廉與焦明俱獲。及揚雄＜甘泉＞，酌其餘波，語瓌奇，則假珍於玉樹，言峻極，則顛墜於鬼神。至東都之比目，西京之海若，驗理則理無可驗，窮飾則飾猶未窮矣。……莫不因夸以成狀，沿飾而得奇也。

劉勰認爲自宋玉、景差以來，便開始運用夸飾作爲賦的語言形式表達，到了司馬相如時，夸飾的手法更是變本加厲，＜上林賦＞中描寫館

---

[1] 見揚雄《法言‧吾子》卷二。
[2] 見《文心雕龍‧情采》：「諸子之徒，心非鬱陶，苟馳夸飾，鬻聲釣世，此爲文而造情也，……爲文者淫麗而煩濫。」

閣，甚至將天上的奔星與彩虹也成為高屋大樓中的裝飾[3]，而寫到禽獸的盛多之狀，甚至連飛廉與焦明這些罕見的或是傳說中的禽鳥皆成為可見可得的獵物。其後的揚雄、班固、張衡更是將不可驗證的玉樹等神話傳說之物，也當作夸飾的材料[4]，如班固＜西都賦＞提到海中的比目魚[5]、張衡＜西京賦＞提到傳說中的海神——海若[6]。這些使用神話傳說中或是用極其罕見的事物來作為形容的材料，正如劉勰所說的「驗理則理無可驗，窮飾則飾猶未窮矣」，是無法用事實驗證而極盡夸飾之能事。這些都是因為「夸」張而造成賦中新奇的效果，亦因矯「飾」才完成對於情狀的形容。

但是，夸飾太過，則令人懷疑其真實性[7]，反而造成文章虛無飄渺，虛幻而不真實的感覺。夸飾過度則言過其實，言過其實則名實不符，反而帶來相反的效果。陸雲的＜逸民箴序＞中就論及夸飾太過的現象與弊病：

> 余昔為＜逸民賦＞，大將軍掾何道彥，大府之俊才也，作＜反

---

[3] 相如＜上林賦＞：「奔星更於閨闥，宛虹拖於楯軒。……椎飛廉，揄焦明。」《文選》卷八。案：＜上林＞賦中如赤龍、漸離、青龍、追怪物……等，夸飾實多。

[4] 揚雄＜甘泉賦＞：「翠玉樹之青蔥兮，璧馬犀之瞵䀼。」《文選》李善注：「漢武帝故事曰，上起神屋，前庭植玉樹，珊瑚為枝，碧玉為葉。」見《文選》卷七。

[5] 比目魚，即鰈，須兩兩並行始能遊行。《文選》班固＜西都賦＞：「揄文竿，出比目。」李善注曰：「說文曰：『揄，引也』，音頭。」《爾雅》曰：「東方有比目魚焉，不比不行，其名謂之鰈。」班固＜東都＞無「比目」之語，疑是＜西都賦＞之誤。

[6] 張衡＜西京賦＞：「海若遊於玄渚。」薛綜注曰：「海若，海神。」玄渚是池水的幽深之處。見《文選》卷二。

[7] 《文心雕龍・情采》說「為文造情者」：「而後之作者，採濫忽真，遠棄風雅，……真宰弗存，翩其反矣。」

逸民賦〉，盛稱官人之美，寵祿之華靡，偉名位之大寶，裴然其可觀也。夫名者，實之賓；位者，物之寄。窮高有必顚之咎，溢美有大惡之尤，可不愼哉！故爲〈逸民箴〉，以戒反正焉。（《全上古三代秦漢三國六朝文・全晉文》卷一〇四）

賦體本具有頌揚鋪陳的性質，如果再加上過度的夸飾，則將會流於浮濫而缺乏眞實性，全爲溢美之辭而無與之相應的實質內涵。如陸雲所作的〈逸民賦〉所說的逸民之樂和逍遙自在，是對逸民的贊歎與羨慕[8]，而大將軍何道彥作〈反逸民賦〉，故意盛稱官人之美，以反對逸民，此兩者對於民與官的價值判斷剛好不同，反而失去眞實性的描述，是以陸雲爲了名正之實，「故爲〈逸民箴〉，以戒反正焉」，故作〈逸民箴〉以導正觀念。而強調「名者，實之賓」、「位者，物之寄」，名與實相符才是合於正道的。《文心雕龍・夸飾》於此有論：

> 然飾窮其要，則心聲鋒起；夸過其實，則名實兩乖。若能酌詩書之曠旨，翦揚馬之甚泰，使夸而有節，飾而不誣，亦可謂之懿也。

劉勰認爲夸飾的成分過少，則文中的內容與作者的心聲不易突顯，夸飾的成分過多，則文中的名實不符，眞實性令人懷疑，致使讀者難以接受。所以過猶不及，皆爲其弊。若能參考詩書中的意旨，並且剪除揚雄、司馬相如等人過度夸飾的部分，使夸張有所節制，修飾而能不誣妄，則可以稱爲佳作。由此可見，劉勰雖然肯定夸飾的必要，但是強調夸飾須有一定的節制，不能距眞實太遠，否則將流於浮濫無度，而失去夸飾的本義，更成爲文章的缺失。

---

[8] 陸雲〈逸民賦序〉：「富貴者，是人之所欲也，而古之逸民，或輕天下，細萬物，而欲專一丘之歡，擅一壑之美，豈不以身重於宇宙，而恬貴於紛華者哉，故天地不易其樂，萬物不干其志，然後可意妙有生之極，固無疆之休也。」見《上古三代秦漢三國六朝文・全晉文》卷一〇〇。

第二節　左思與＜三都賦＞

左思（250？—305A.D？），字太沖，齊國臨淄（今山東淄博）人，生卒年不詳，《晉書》本傳記載左思的容貌醜陋，老嫗唾之[9]，言語遲頓，不喜好交遊，無吏才而有文才。其妹左芬於泰始八年被選入晉武帝後宮，全家移居京師，曾追隨賈謐，與潘岳、陸機、陸雲、歐陽建、摯虞等人號稱「二十四友」[10]。待賈謐被殺之後，左思退居鄉里，專意典籍。永寧元年（301A.D.）齊王冏輔政，命為記室督，辭而不就，數年之後，因病而死。左思的＜詠史詩＞與＜三都賦＞是其代表作[11]，而＜三都賦序＞所提出的「徵實說」成為是賦史上重要的理論。

左思的＜三都賦＞約作於泰始八年（273A.D.），此年，也是其妹左芬入宮的一年[12]。《晉書·左思傳》：

> 造＜齊都賦＞，一年乃成。復欲賦三都，會妹芬入宮，移家京師，乃詣著作郎張載訪岷邛之事，遂構思十年，門庭藩溷皆著紙筆，遇得一句，即便疏之。自以所見不博，求為秘書郎。（《晉

9　見《世說新語·容止篇》：「潘岳妙有姿容，好神情。少時挾彈出洛陽道，婦人遇者，莫不連手共縈之。左太沖絕醜，亦復效岳遊遨，於是群嫗齊共亂唾之，委頓而返。」

10　見《晉書·賈謐傳》卷四十：「謐好學，有才思。負其驕寵，奢侈踰度，室宇崇僭，器服珍麗，歌僮舞女，選極一時。……渤海石崇歐陽建、滎陽潘岳、吳國陸機、陸雲、蘭陵繆徵、京兆杜斌、摯虞、琅邪諸葛詮、弘農王粹、襄城杜育、南陽鄒捷、齊國左思……，皆傅會於謐，號曰二十四友。」

11　見劉勰《文心雕龍·才略》：「左思奇才，業深覃思，盡銳於＜三都＞，拔萃於＜詠史＞。」

12　見《晉書·文苑·左思傳》卷九二。

書・文苑・左思傳》卷九二）[13]

左思作＜齊都賦＞，一年就完成了；而欲賦三都，三都是指魏都鄴、蜀都成都、吳都建業，剛好遇到其妹左芬入宮，移家京師，於是拜訪著作郎張載尋問有關四川岷、邛的事情[14]，而從此「構思十年」，可見尚未動筆寫作；而在十年之中，連門庭廁所都擺了紙筆，一有所思，便執筆記下；又因爲左思自認所見不夠廣博，所以求爲秘書郎一職[15]，以方便＜三都賦＞的寫作，凡此可知其用心投入，專心一致之情[16]。

　　左思寫作＜三都賦＞的目的應在於想要一展長才，因爲左思出身

---

[13] 見余嘉錫箋疏《世說新語箋疏・文學》注引，頁 247。又《文選》卷四左思＜三都賦＞李善序注引臧榮緒《晉書》曰：「左思字太沖，齊國人。少博通文史，欲作＜三都賦＞。乃詣著作郎張載，訪岷、邛之事。遂構思十稔，門庭藩溷，皆著紙筆，遇得一句即疏之。徵爲秘書，賦成，張華見而咨嗟，都邑豪貴，競相傳寫。」

[14] 張載與其弟張協、張亢齊名，世稱「三張」。他曾於太康初年至蜀郡看望其父，途經川陝交界之名山劍閣，遂作＜劍閣銘＞，深受益州刺史張敏賞愛，晉武帝詔令刻石於劍閣山上，或爲此故，左思入京之後，對四川之地所知有限，但其＜三都賦＞中有一篇是＜蜀都賦＞，故而向張載尋問有關蜀地之掌故與見聞。

[15] 《晉書》本傳、《世說新語・文學》、《文選》卷四左思三都賦序引臧榮緒《晉書》作秘書，而程章燦：《魏晉南北朝賦史》（江蘇古籍出版社，1992 年），頁 151，據高步瀛《文選李善注義疏》，認爲應是秘書郎中，今暫存此。

[16] 或以爲＜三都賦＞共費時三十年之久，方才完成。據郁沅、張明高編選：《魏晉南北朝文論選》（北京：人民文學出版社 1996 年），頁 135。此書中據《晉書・左思傳》太康十年（289）陸機入洛時，左思的三都賦尚未完成。據《世說新語・文學》注引＜左思別傳＞，公元 301 年，齊王冏輔政時，＜三都賦＞尚未完成：「齊王冏請爲記室參軍，不起，時爲＜三都賦＞未成也。」而推斷＜三都賦＞全部完成在公元 302 年至 303 年之間。案：《晉書本傳》中無「時爲＜三都賦＞未成也」數語，而若所作歷三十年之久，則與陸機之對話一段，是否間隔三十年之久，亦屬可疑。

在世代儒學之家[17]，但是社會地位卑微，其妹左芬雖以文才被選入宮但是左思在政治上仍未因此而得志。其＜詠史詩＞中說：

> 寂寂揚子宅，門無卿相輿。寥寥空宇中，所講在玄虛。言論準宣尼，辭賦擬相如。悠悠百世後，英名擅八區。（《文選》卷二一）

揚子宅實暗指左思宅，在濟濟多士的京城中，左思雖因其妹左芬入宮，但是他還是未因此而顯達。這與當時的門閥制度有關，西晉司馬氏繼續推行曹魏以來的九品中正制，所謂「上品無寒門，下品無勢族」[18]。許多出身寒門的才智之士受到壓抑，左思＜詠史詩＞中說：「何世無奇才，遺之在草澤。」[19]便說明有才華的士人，不一定行志於廟堂之上，反而是屈身於鄉野之中。由乎魏晉以來的世家大族把持朝政，非一朝一夕之故[20]，而世家大族之中，或以風流自詡，或以家學淵源相傳，此則或以學術相承、藝術家傳……等，皆以家族中父子相傳，不落外人，所以在學術上自有傳承，在藝術上自成體系[21]，而在政治上則左右朝政，同族之人相互推薦，形成政治上的勢力，連皇帝亦屈服於門閥家族的勢力之下[22]。左思的家世，如《晉書》本傳所說，只是小吏之家：

> 其先之公族有左右公子，因為氏焉。家世儒學。父雍，起小吏，以能擢授殿中侍御史。（《晉書》卷九二）

---

[17] 見《晉書・文苑・左思傳》卷九二。

[18] 見《晉書・劉毅傳》卷八五。

[19] 見《文選》卷二一。

[20] 見錢穆：＜略論魏晉南北朝學術文化與當時門第之關係＞，《新亞學報》第 5 卷第 2 期，頁 38。

[21] 同註 20，頁 39--77。

[22] 見趙輝：《六朝社會文化心態》（臺北：文津出版社，1996 年），頁 78--80。

左思的家族是具有知識能力的而曾任官職，是為宗室所用之人，其祖先曾為左公子的官職，故以此官名作為左氏之由來；而父為小吏，雖以才能被授為殿中侍御史，但其家族既不是貴族，亦不可能與門閥世家相比。

以此論之，雖然左芬入宮，卻無法提拔左思，同時左芬也因容貌不夠美麗而未得皇帝寵愛[23]，更談不上有能力為其兄進言。所以，雖然左思有平定羌胡、一展鴻圖的志向，亦只能懷抱英才而書空咄咄，其＜詠史詩＞說：

> 弱冠弄柔翰，卓犖觀群書，……邊城苦鳴鏑，羽檄飛京都。雖非甲胄士，疇昔覽＜穰苴＞。長嘯激清風，志若無東吳；鉛刀貴一割，夢想騁良圖。左眄澄江湘，右盼定羌胡，功成不受爵，長揖歸田廬。（《文選》卷二一）

此詩敘述左思從小讀書，但是邊城有患，干戈不斷，戰事危急，他雖非軍士，但昔日常閱讀兵書，其志向之大，不將東吳放在眼中，渴望建功沙場，滅孫吳，定羌胡。但渴望終歸是渴望，他一直未能如願。左思在其＜白髮賦＞中假設白髮與「我」的對話，以白首不遇表示心中的極大憤慨：

> 星星白髮，生于鬢垂，雖非青蠅，穢我光儀，策名觀國，以此見疵。……白髮將拔，愀然自訴，稟命不幸，值君年暮。逼迫秋霜，生而皓素。……咨爾白髮，觀世之途，靡不追榮，貴華賤枯，赫赫閶闔，藹藹紫廬，弱冠來仕，童髫獻謀，……曩貴者賤，今薄舊齒，皤皤榮期，皓首田里，雖有二毛，河清難俟。（《全上古三代秦漢三國六朝文‧全晉文》卷七四）

賦中敘述「我」從年少入仕，貢獻心力，至今年老，白髮漸生，而曩

---

[23] 見《晉書‧武悼楊皇后傳》卷三一。

昔利用他的才華的貴族，並不因為如此而特別厚待昔日的童髻已然變成的今日的老人，以此賦述其不得志的心情。然則，白髮並非真實的情景，更多的是藉題發揮，說明左思欲有所施展卻不得志的心情。

所以，左思作＜三都賦＞不可說沒有藉此以進身仕途，希冀憑一己之才力獲得一官半爵的企圖心[24]，這也可說明左思為何花如此多的心思在創作＜三都賦＞上。同時，左思想要有所作為，則所作的文章一定是要一鳴驚人，並且要與眾不同，並且能夠展現左思獨特的文學才華才可。賦體的寫作最能展現才學，而賦體中更以漢大賦最能表現創作者的才情，同時這也是左思心中所嚮往的創作風貌。左思在＜詠史＞中說：「著論準＜過秦＞，作賦擬＜子虛＞。」又說：「言論準宣尼，辭賦擬相如。」[25]左思對於相如賦的推崇，可以充份說明左思選擇漢代大賦的形式以其表現其才學的原因。

左思的功利企圖說明了左思＜三都賦＞之賦體風貌何以與當時人完全不同的原因，以及其為何上溯漢大賦磅礴氣勢的創作傾向。當左思在作賦時，陸機就曾笑他，＜左思傳＞中記載：

> 初，陸機入洛，欲為此賦，聞思作之，撫掌而笑，與弟雲書曰：「此間有傖父，欲作＜三都賦＞，須其成，當以覆酒甕耳。」及思賦出，機絕歎伏，以為不能加也，遂輟筆焉。（《晉書・文苑・左思傳》卷九二）

陸機與陸雲是從南方入洛陽，嘲笑左思為「傖父」，並說等到＜三都賦＞作成，則拿來蓋酒甕。「傖父」，鄙賤之夫也，為南北朝時，南人譏罵北人的詞語。二陸為吳人，左為齊人，一南一北，故陸機有此

---

[24] 見曹道衡：《漢魏六朝辭賦》（上海古籍出版社，1989年），頁121。曹氏認為：「他花了十年功夫寫了＜三都賦＞，正是期望由此一舉成名，作為仕進的階梯。」

[25] 見《文選》卷二一。

惡語，漢大賦需要才學，因而陸機恃己之才學來質疑左思才學是否可以寫成一篇好的大賦。而陸機也自恃才學甚高，也想寫一篇＜三都賦＞，只是後來一覽左思＜三都賦＞，竟致「歎伏」，「遂輟筆焉」，放棄寫作該賦的念頭。此陸機態度的轉變，也可見出左思賦作之令人驚嘆。

再者，左思屬北方人，學術文化崇尚漢學，屬於保守的地區，而陸機是南方人，南方學術尚虛玄清談之風，故其觀念新穎，開風氣之先。南北之不同也影響賦論的觀念，北方重傳統，以承接漢賦之諷諫徵實為主，而南方則因玄學以自由為要，故賦論發展體物瀏亮派[26]，所以，南北觀念與學風的不同，也更說明了陸機嘲笑左思的屬於文化內在深層原因。

陸機的嘲笑更可見出當時人對於左思作＜三都賦＞的態度是旁觀的、漠不關心的，再加上門閥世族的觀念之下，所以，左思的賦作剛完成之時，得不到一般人的重視。《晉書・左思傳》中記載：

> 及賦成，時人未之重。思自以其作不謝班、張，恐以人廢言，
> 安定皇甫謐有高譽，思造而示之。謐稱善，為其賦序。

《世說新語・文學》也說：

> 左太沖作＜三都賦＞初成，時人互有譏訾，思意不愜。後示張
> 公。張曰：「此二京可三，然君文未重於世，宜以經高名之士
> 。」思乃詢求於皇甫謐。謐見之嗟嘆，遂為作＜敘＞，於是先
> 相非貳者，莫不斂衽讚述焉。（《世說新語・文學》四--68）

賦既成，時人不予重視，甚而有人譏諷[27]，於是，左思接受張華的建

---

[26] 見程章燦：《魏晉南北朝賦史》（江蘇古籍出版社，1992 年），頁 170--171。

[27] 見王夢鷗：＜關於左思三都賦的兩首序＞，在《古典文學論探索》（臺北：正中書局，1991 年），頁 90--92。書中認為左思受到譏訕是因為他人眼紅所致。

議，請當時有名望的人寫序，藉由序以提高作品的知名度[28]。所謂
「序」、「跋」一為前，一為後；就序而言，可自序，亦可他人代序
；序中所言，大抵為說明著作之旨趣及經過，若為代序，則多為代序
者之感想，讚賞、附和等言語，可有多人為之，不限於一。而皇甫謐
是漢時太尉皇甫嵩的玄孫，在當時是屬於世家大族，見左思賦作而後
「謐稱善，為其賦序」，一下子大大提高了左思作品的知名度[29]。

　　而除了皇甫謐之外，又有張載、劉逵等人陸續作序或注，這時＜
三都賦＞已成為名揚天下、洛陽紙貴的文學創作了。《晉書・文苑・
左思傳》：

> 張載為注＜魏都＞，劉逵注＜吳、蜀＞而序之曰：「觀中古以
> 來為賦者多矣，相如＜子虛＞擅名於前，班固＜兩都＞理勝其
> 辭，張衡＜兩京＞文過其意。至若此賦，擬議數家，傅辭會義
> ，抑多精致，非夫研覈者不能練其旨，非夫博物者不能統其異
> 。世咸貴遠而賤近，莫肯用心於明物。斯文吾有異焉，故聊以
> 餘思為其引詁，亦猶胡廣之於＜官箴＞，蔡邕之於＜典引＞
> 也。」（《晉書》卷九二）

張載、劉逵以為班固＜兩都賦＞與張衡＜兩京賦＞皆各偏於一端，前

---

[28] 時人若尋得高官大族為其作品作序、推薦、讚揚，則作者的聲名乃可一夜
大噪，作品的價值則立即為人所重，如東晉庾闡作＜揚都賦＞成，亦是請
庾亮為之作序，而洛陽紙貴。南朝梁・劉勰之《文心雕龍》亦是因為沈約
的讚賞而得以傳名於世。

[29] 同註24，頁135。曹書提出《世說新語・文學篇》引《左思別傳》認為無
作序之事。據《晉書》說左思在寫作＜三都賦＞時曾向張載詢問有關蜀地
的情況，而張載去蜀及反洛時間，已在皇甫謐死後，可見晉書記載自相矛
盾，但《世說》注所引的《蜀都賦》文字有今本所無者。是以曹氏書則推
論：「可能是作者在十年中屢易其稿，由皇甫謐作序的是他的初稿，而今
本是後來所改。」

者是「理勝其辭」，後者是「文過其義」，而左思＜三都賦＞的創作
則是兼有其長，爲文辭與義理的完美結合，因此「傳辭會義，抑多精
致」，而價值高於前二人之作，對左思的＜三都賦＞可說讚譽有加。

又如衞權爲左思作＜略解＞，《晉書‧文苑‧左思傳》中說：「陳
留衞權又爲思作＜略解＞」，而張華也是對＜三都賦＞誇譽有加，致
使此賦造成洛陽紙貴。《晉書‧文苑‧左思傳》中又說：

> 司空張華見而歎曰：「班張之流也。使讀之者盡而有餘，久而
> 更新。」於是豪貴之家競相傳寫，洛陽爲之紙貴。（《晉書》
> 卷九二）

張華將左思比擬爲班固、張衡之流，讀左思賦作，咀之有味，久而更
新，於是豪貴之家爭相傳寫，洛陽爲之紙貴；而＜三都賦＞也在傳寫
之中提高其價值並且奠定其在文壇上的地位。自此，左思的＜三都賦
＞從「時人未重」到「洛陽紙貴」，可說是從谷底爬昇到了高峰，而
左思也從默默無名的文人成爲赫赫有名的大家，這其中的轉折點，就
是皇甫謐爲之作序的功勞。

耐人尋味的是，左思因爲出身並非世族門第而不見重於世，但卻
是藉由世家大族的皇甫謐的序、張華的稱譽而「洛陽紙貴」，此與庾
闡寫作＜揚都賦＞而請庾亮作序而聲明大噪一樣的情況[30]，存在於士
族與庶族間的矛盾自此見出[31]。

六朝之時，士族亦須籠絡才士，藉以鞏固其地位及利益（如賈謐
、齊王冏都是宗室大族），而庶族中有才華的人，一方面因爲士族與
庶族的階級而不得進入政治的領地，但另一方面卻也必須藉助士族的
提攜與讚賞而獲得地位與掌聲，兩者的相對而又相依的關係，在左思

---

[30] 見《世說新語‧文學》。
[31] 同註 22，頁 80。

＜三都賦＞從「時人未之重」到「洛陽紙貴」的不同遭遇來看，正是
一幅士族與庶族的盤根交錯圖。

第三節　左思「徵實說」之意涵

賦體創作的夸飾技巧漫衍太過，使其真實性已然隱微，而左思獨排眾議，力主賦體應該具有「徵實」的特質。＜三都賦序＞就是左思提出此一宣言的文獻，也是徵實說最為重要的著作。

分析＜三都賦序＞所主張的理論。左思在＜三都賦序＞中贊同自國風以來以詩歌體察各地民風、詩歌可以反映各地風俗的狀況：

> 蓋《詩》有六義焉，其二曰「賦」。揚雄曰：「詩人之賦麗以則」，班固曰：「賦者，古詩之流也。」先王採焉，以觀土風。見「綠竹猗猗」，則知衛地淇澳之產；見「在其版屋」，則知秦野西戎之宅。故能居然而辨八方。（《文選》卷四）

左思認為賦是詩的六義之一，將揚雄、班固所言詩之賦、古詩之流視為賦體之所源由，而先王採詩，是因為詩歌具有反映民風的作用，觀詩歌所表達的人民情感，則可知民風之走向。從詩歌的內容可以反映民情，探知民意，這是詩歌所能發揮的政治作用，同時也是左思站在現實的角度以審視詩歌的社會價值所導致的結論。在此基礎之上，左思反對夸飾過實、講究徵實，以賦作與政治社會民生結合的觀念中就已略見端倪。＜三都賦序＞又說：

> 然相如賦＜上林＞而引「盧橘夏熟」，揚雄賦＜甘泉＞而陳「玉樹青蔥」，班固賦＜西都＞而嘆以出比目，張衡賦＜西京＞而述以遊海若。假稱珍怪，以為潤色，若斯之類，匪曾於茲。考之果木，則生非其壤；校之神物，則出非其所。于辭則易為藻飾，于義則虛而無徵。且夫玉卮無當，雖實非用；侈言無驗，雖麗非經。而論者莫不詆訐其研精，作者大氐舉為憲章。積習

生常，有自來矣。（《文選》卷四）

左思批評司馬相如的＜上林＞用「盧橘夏熟」[32]，揚雄＜甘泉＞引用
「玉樹青蔥」之語，班固＜西都＞舉比目魚爲例，張衡＜西京＞以海
神爲物，這些都是「假稱珍怪，以爲潤色」[33]，運用不存在的珍怪作
爲文章潤色的材料；左思又批評說「考之果木，則生非其壤；校之神
物，則出非其所」，若是一一考證，則引用果木者，錯置其生長之所
，校察神奇之物，亦非其所，乃不可驗徵。夸飾過度的結果，不但「于
辭則易爲藻飾，于義則虛而無徵」，是說這些不過是文辭上的藻飾而
已，對於意義是虛無而無可徵驗的。

因此，「玉卮無當，雖寶非用；侈言無驗，雖麗非經。」以爲太
過夸大而經不得起驗證的言辭，終會被人識破，雖然美麗，但是終究
不合正道。

賦家夸飾成習，沿用已久，至六朝依然留此舊習。錢鍾書就指出
郭璞＜江賦＞在刻畫物色上的錯誤，不但將地理位置誇大其實，又將
海中的生物置於江中來形容。而錢氏評之爲：「具徵左思＜三都賦序
＞所譏『假稱珍怪』、『匪本匪實』，幾如詞賦家之痼疾難瘳矣。」
[34]詞賦家的「痼疾」在於「假稱珍怪」、「匪本匪實」，將不實的景
物錯置其位，並以夸飾的手法增其奇詭，這就是夸飾「太過」的弊病。

所以左思要力挽狂瀾，在＜三都賦序＞中提出與時風不同的見

---

[32] 「盧橘」，桔子之一種。盧，黑色，生時青盧色，熟則金黃色，故有「盧
橘」、「金橘」之名。

[33] 見前註5、註6，班固比目、張衡海若註。

[34] 見錢鍾書：《管錐篇》第四冊（北京：中華書局，1991年），頁1235。
文中引姚旅《露書》卷評此賦，將形容江的「滈汗六州之域」，實則只跨
梁、荊、揚三州，無所謂「六州」。又如文中提到玉珧、海月、土肉、石
華、水母、紫菜等物，是生長於海中而不可以放在江族之列。可說「作者
借珠翠以耀首，觀者對金碧而眩目。」

解：

> 美物者貴依其本，讚事者宜本其實。匪本匪實，覽者奚信？（
> 《文選》卷四）

左思認爲美化事物仍應依其確實的本來面目，讚揚事物亦該本於事物
的實質；若是不本於事實而形之於文字，讀者是不會相信的。此一「美
物者貴依其本，讚事者宜本其實」的見解就成爲「徵實說」的最主要、
也是最有力的宣言。

理論與創作是必須結合的，所以，左思提出此一見解之際，也以
文字創作證明其理論。其＜序＞中說：

> 余旣思摹＜二京＞而賦＜三都＞，其山川城邑，則稽之地圖；
> 其鳥獸草木，則驗之方志；風謠歌舞，各附其俗；魁梧長者，
> 莫非其舊。何則？發言爲詩者，詠其所志也；升高能賦者，頌
> 其所見也。（《文選》卷四）

根據美物依本、讚事本實的理念，左思寫作＜三都賦＞，事事「稽之
地圖」、「驗之方志」，並各依風俗，充分將其理論發揮在＜三都賦
＞的創作上。從此段序文又透露出左思對於文體的判斷：他認爲「詩」
是發言爲之者，且是歌詠詩人之「志」的文體；而賦則是登高而賦，
所賦的部份就是「所見」的一切，賦家據實「所見」的一切才爲賦作
的取材對象，詩與賦兩者的本質不同，文學體式亦不同。

主張賦體以「徵實」爲原則，是左思爲救夸飾太過之弊所提出之
觀點。更且，左思對於賦的觀點，一方面承襲揚雄、班固的舊說，一
方面根據自己的創作經驗提出新的看法，即「升高能賦者，頌其所見
也。」強調賦作是書寫其親身所見所聞，是對於具體的事物的描寫。
而描寫必須切合於生活的全貌以及真實的事物。可說左思所主張的是
「真實的藝術觀」。因此，他對相如＜上林＞、揚雄＜甘泉＞、班固

〈兩都〉、張衡〈二京〉等歷來傳頌的名賦，大膽提出批評，指出作品中的夸張與虛飾：「於辭則易爲藻飾，於義則虛而無徵」的傾向，而高揭「美物者貴依其本，讚事者宜本其實」的觀點，左思主張文學描述必須本乎真實的景物，成爲當時「徵實說」的主要代表人物。

第四節　「徵實說」之其他相關主張

　　從左思「徵實說」的主張以來，以及因於〈三都賦〉的緣故而作序的皇甫謐等人，在當時的文壇上掀起一股「徵實」的言論與主張。

　　「徵實說」的另一個重要的人物就是爲左思作序的皇甫謐。首先是對於「賦」體的看法，皇甫謐在〈三都賦序〉中說：

△　玄晏先生曰：古人稱不歌而頌謂之賦。然則賦也者，所以因物造端，敷弘體理，欲人不能加也。引而申之，故文必極美，觸類而長之，故辭必盡麗。然則美麗之文，賦之作也。（《全上古三代秦漢三國六朝文‧全晉文》卷七一）

△　昔之爲文者，非苟尚辭而已。將以紐之王敎，本乎勸戒也。……詩人之作，雜有賦體。子夏序《詩》曰：「一曰風，二曰賦。」故知賦者，古詩之流也。（《全上古三代秦漢三國六朝文‧全晉文》卷七一）

有關於賦之定義，前文已述，《漢書》曰：「不歌而誦謂之賦，登高能賦，可以爲大夫。……因物造端，材知深美。」[35]劉熙《釋名》曰：「敷布其義謂之賦。」李善注引：「周易曰：『引而申之，觸類而長之，天下之能事畢矣』。」班固〈兩都賦序〉：「賦者，古詩之流也。」[36]就內容來說，此篇文章主張融合班固的「賦者，古詩之流也」，以及揚雄認爲的「詩人之賦麗以則，辭人之賦麗以淫」的傳統觀點，認爲賦是古詩之流；而因爲賦是「詩」之流，於是合於揚雄所說的「麗則」的觀點，並認爲賦具有諷諭之義。然則，皇甫謐亦注意到

---

[35] 見《漢書》卷三十。
[36] 見《文選》卷四五。

賦體是「美麗之文」、具有「因物造端」的特色。因此，皇甫謐與左思不同之處，在於對賦體「麗」文的肯定與闡述，首先，皇甫謐認爲賦體之辭必以「極美」、「盡麗」爲原則，注意到賦體形式美麗的特點；其次，皇甫謐同時也對賦體以閎侈鉅衍、鋪陳排比、「敷弘體理，欲人不能加」的特色予以肯定。所以，皇甫謐的論點是融合揚雄以來的「諷諭說」、左思的「徵實說」、以及肯定魏晉以來強調賦的盡「麗」之說的特點，而歸納出對於賦體的見解，可說是：「《文心雕龍‧詮賦》以前，最系統地研究與評價賦體作家的一篇重要論文，對劉勰的影響是顯而易見的。」[37]

　　其次，皇甫謐＜三都賦序＞對於賦體諷諭的特色說：

> 至于戰國，王道陵遲，風雅寢頓。于是賢人失志，辭賦作焉。是以孫卿、屈原之屬，遺文炳然，辭義可觀，存其所感，咸有古詩之意。皆因文以寄其心，託理以全其制，賦之首也；及宋玉之徒，淫文放發，言過于實，誇競之興，體失之漸，風雅之則，於是乎乖。（《全上古三代秦漢三國六朝文‧全晉文》卷七一）

此段文字首先說明辭賦之作是始於賢人失志而抒發情志的作品，所以荀子、屈原之輩，因情志鬱憤所作之文，爲賦之鼻祖。析分之，其文具有文辭與情意兩者兼具的特色，以前者言，則「辭義可觀」，以後者言，則「存其所感」。所感者何？「因文以寄其心，託理以全其制」，此「感」爲「心」，爲「理」，爲其下所言之「風雅之則」，一言以蔽之，即「古詩之意」，亦即《詩經》的諷諭之意。這是皇甫謐對於賦作內容的審美標準。另外，此理論也同時批判了自宋玉以來的

---

[37] 見郁沅、張明高編選：《魏晉南北朝文論選》（北京：人民文學出版社1996年），頁139。

賦作具有文辭淫放、言過其實的弊病。故皇甫謐主張以「徵實」爲要，其在論漢人的賦時說：

> 逮漢，賈誼頗節之以理，自時厥後，綴文之士，不率典言，並務恢張；其文博誕空類，大者罩天地之表，細者入毫纖之內；雖充車聯駟，不足以載；廣廈接榱，不容以居也。其中高者，至如相如＜上林＞、揚雄＜甘泉＞、班固＜兩都＞、張衡＜二京＞、馬融＜廣成＞、王生＜靈光＞，初極宏侈之辭，終以約簡之制，煥乎有文，蔚爾鱗集，皆近代辭賦之偉也。若夫土有常產，俗有舊風，方以類聚，物以群分；而長卿之儔，過以非方之物，寄以中域，虛張異類，託有于無，祖構之士，雷同影附，流宕忘反，非一時也。……其物土所出，可得披圖而校；體國經制，可得案記而驗，豈誣也哉。（《全上古三代秦漢三國六朝文・全晉文》卷七一）

自漢以來，賈誼之賦尚能節之以理，自此以後，文章中的夸誕空類，逐漸恢宏擴張，其大者夸張到可籠罩天地，小者則入毫細纖微之內，如此多量的夸張內容，甚至以四車聯駕、接簷之廣廈，亦無法裝載。其中表現較佳的如相如＜上林＞、揚雄＜甘泉＞、班固＜兩都＞、張衡＜二京＞、馬融＜廣成＞、王生＜靈光＞等。被視爲佳作的原因是因爲文采煥然可觀，而文章雖始於極盡恢宏的誇張描寫，但仍歸之以約簡，所以爲「近代辭賦之偉也」。不過，皇甫謐也認爲地方有常俗舊物，群類有別，不可更易，不能似相如之徒，將它方之物託爲此地之物，虛張其事，混亂有無。後世師法模仿者，描寫方法亦以夸飾爲要，如同影子隨著形體步趨一般，此已非一時之習。所以，皇甫謐主張賦的描寫之物，其產地必須是原產地，此可從閱圖中校知；而所引之典章制度可從書中證驗，不能有所誣言虛辭。這與左思一樣主張賦

體「徵實」的原則。其目的都是要以徵實補救夸飾太過之弊。

其他如劉逵爲左賦注＜吳蜀賦＞時，其序曰：

> 觀中古以來爲賦者多矣，相如＜子虛＞擅名於前，班固＜兩都
> ＞理勝其辭，張衡＜兩京＞文過其意。至若此賦，擬議數家，
> 傅辭會義，抑多精致，非夫研覈者不能練其旨，非夫博物者不
> 能統其異。世咸貴遠而賤近，莫肯用心於明物。斯文吾有異焉，
> 故聊以餘思爲其引詁，亦猶胡廣之於＜官箴＞，蔡邕之於＜典
> 引＞也。（《晉書・文苑・左思傳》卷九二）

劉逵注＜吳蜀賦＞，而稱美左思＜三都賦＞是「擬議數家，傅辭會義
，抑多精致，非夫研覈者不能練其旨，非夫博物者不能統其異。」而
稱世人多貴遠賤近，莫肯用心於眼前事物的真正優點，但左思此賦卻
可媲美相如、班固、張衡之賦作，這是劉逵讚賞的「異文」，故爲之
訓詁，並作序。

陳留衛權爲左思作＜略解＞[38]，其大旨與左思、皇甫謐二序意同，
序曰：

> 余觀＜三都＞之賦，言不苟華，必經典要；品物殊類，稟之圖
> 籍；辭義瓌瑋，良可貴也。有晉徵士故太子中庶子安定皇甫謐，
> 西州之逸士，耽籍樂道，高尚其事，覽斯文而慷慨，爲之都序。
> 中書著作郎安平張載、中書郎濟南劉逵，並以經學洽博，才章
> 美茂，咸皆悅玩，爲之訓詁；其山川土域，草木鳥獸，奇怪珍
> 異，僉皆研精所由，紛散其義矣。余嘉其文，不能默已，聊藉
> 二子之遺忘，又爲之＜略解＞，祇增繁重，覽者闕焉。（《晉
> 書・文苑・左思傳》卷九二）

衛權此序的基本觀點同於劉逵，都一致贊揚＜三都賦＞的創作「品物

---

[38] 「權」或作「瓘」，《世說新語箋疏・文學》四--68，註七。

殊類，稟之圖籍」，「研精」備至，也與左思的「其山川城邑，則稽之地圖，其鳥獸草木，則驗之方志」之意相同。由其稱左賦「言不苟華，必經典要」及「辭義瓌瑋」數語看來，似有抑文重質的傾向[39]。

　　比較左思、皇甫謐、劉逵、衛權等人對於徵實說的看法，可列表如下：

	左　思	皇甫謐	劉逵	衛權
三都賦之評論	思摹二京而賦三都，其山川城邑，則稽之地圖；鳥獸草木，驗之方志；風謠歌舞，各附其俗，魁梧長者，莫非其舊。	因客主之辭，正之以魏都，折之以王道；物土所出可得披圖而校；體國經制，可得按記而驗。	擬議數家（相如、班固、張衡），傳辭會義，抑多精致。研覈練旨，博物統其異。斯文吾有異焉。	言不苟華，必經典要，品物殊類，稟之圖籍，辭義瓌瑋，良可貴也。其山川土城，草木鳥獸，奇怪珍物，研精所由，紛散其義。
徵實說之反對夸飾	假稱珍怪，以為潤色，考之果木，生非其壤；校之神木，出非其所；於辭易為藻飾，其義虛而無徵。侈言無驗，雖麗非經。	宋玉之徒始啟淫文，言過于實。		
徵實說之內容	美物者，貴依其本；讚事者，宜本其實。	物土所出可得披圖而校；體國經制，可得按記而驗。		

<hr>

[39] 見張仁青：《魏晉南北朝文學思想史》（臺北：文史哲出版社，1978年），頁490。

賦體定義	詩有六義,其二曰賦。揚雄曰:詩人之賦麗以則。班固:賦者,古詩之流	賦者,古詩之流。不歌而誦謂之賦。		
對賦文體特色說明	升高能賦者,頌其所見也。	因物造端,敷弘體理;文必極美,辭必盡麗,美麗之文。		
賦體諷諭之義解說		賦有風雅之義,至夸飾競興,故失。紐之王教,本乎勸戒。		
評論前代賦家	相如上林,引盧橘夏熟;揚雄甘泉,陳玉樹青蔥;班固西都,歎以出比目張衡西京,述以出海若。	漢人恢張其文,博誕空類,高者如相如、班固、張衡、馬融、王延壽為辭賦之偉。但長卿之儔以非方之物寄以中域,託有於無。		
其他			世咸貴遠而賤近,莫肯用心於明物。	

第五節 「徵實說」之省思

　　左思的＜三都賦＞構思十年，並且門庭藩溷皆著紙筆，構思賦作內容，時時思索，一有所得，便立即用紙筆寫下，如此生命中的十年歲月，就在苦思一篇文章中度過，此種精神，固然可嘉。然則我們不禁要問，這樣辛苦的創作模式，能否造成此種文類的興盛嗎？或者反而可能導致賦體走上衰亡之路呢？

　　歸納左思的徵實說，其提出的主張及動機有以下幾點：

（一）爲矯正當時夸飾泛濫的毛病。

（二）爲自己的＜三都賦＞作理論上的聲明。

（三）提出「美物者貴依其本、讚事者宜本其實」的「徵實」主張。

（四）＜三都賦＞爲實現自己的創作理念，並藉此一展其才華。

左思的徵實說確有其突出的時代意義以及價值，在當時文風夸濫成習的歷史條件下，提出文章以徵實爲原則確有其廓本清源之效。然則，對於賦體而言，徵實說是否是可通行長久的理論？或只是在特定的時代環境下的產物？因此，對於徵實說，本文提出一些省思如下：

（一） 賦體的創作技巧之一就是夸飾，同時，賦是文學創作而不是記實類書的編纂，因此，賦作的夸飾是允許存在的。

　　賦體本身便具有藝術性的夸飾成份，不必事事皆恰如其實。若忽略此一特點，故意不用夸飾等創作技巧，則賦將失去其文學的本質，也失去賦的美感。

　　賦作若事事徵實，則成爲類書，有如字典，只供翻閱，而無形中減損其藝術價值。文學原是本之於美的東西，若文學作品事事徵實，

完全不用誇張虛飾，則文學便不成爲文學，其文學之美必然大爲失色，只是流於事實記錄的工具，絕不是人們抒發情志的利器。

（二）左思＜三都賦＞、皇甫謐＜序＞創作本身並未全然擺脫夸飾。

左思認爲相如「盧橘夏熟」，是爲夸飾太過、離經失實而未有事實的依據；然則，左思在＜三都賦＞的創作上卻也無可避免地使用夸飾，其所引用的事物也不是事事皆有所根據。如 ＜思別傳＞：

> 其＜三都賦＞改定，至終乃上。初，作＜蜀都賦＞云：「金馬電發於高岡，碧雞振翼而雲披。鬼彈飛丸以礌礧，火井騰光以赫曦。」今無鬼彈，故其賦往往不同。思為人無吏幹而有文才，又頗以椒房自矜，故齊人不重也。（《世說新語・文學》四--68）

＜蜀都賦＞中提到「鬼彈」一詞，就與當時的用法不同。而＜三都賦＞中也有想像不實之處，如錢鍾書《管錐篇》第三冊第一百二十四條引前代諸家批評，已指出＜吳都賦＞所云之「鸑鷟食其實」、「俞騎騁路」，＜蜀都賦＞所云之「傍挺龍目」等，何焯批點《文選》謂「俞騎非南方所有」，而張世南「所謂『龍目』，未嘗見之」，錢氏則說：「間有自南中攜到者，蜀人皆以爲奇果；此外如荔枝、橄欖、餘甘、榕木。蜀皆有之，但無龍目、梴實、楊梅三者耳。」皆指出＜蜀都賦＞中所提到的物乃非其地所有。又如「巨鼇晶屭，首冠靈山；大鵬繽翻，翼若垂天」亦是想像詭激之語[40]。所以錢鍾書說：

> 詞賦之逸思放言與志乘之慎稽詳考，各有所主，欲「美物依本，讚事本實」一身兩任，殊非易事。……左氏既畫地自牢，則

---

40 同註34，《管錐篇》第三冊，頁1152。

無怪論者之指謷請入耳。[41]

在此錢鍾書已經指出詩賦文學具有逸言放思的特點，與左思強調美物依本、贊事本實的主張之間，兩者的完美結合實有著實踐上的困難。所以錢鍾書又說：「左思自誇考信，遂授人以柄。」[42]這一點是左思在提出「徵實說」之時貽人把柄之處，後人自會以其所作驗其所論，若有不全者，必加以撻伐訾議，此恐爲左思所始料未及。近人張仁青亦曰：

> 左氏懸鵠雖高，而未能言行相符。如＜蜀都賦＞之「娉江斐」（按即江妃，江水女神名），「動陽侯」（水神名）；＜吳都賦＞之「雖有雄虺之九首，將抗足而趾之」，「訪靈夔於鮫人」，「精衛銜石而遇繳」；甚至如＜魏都賦＞之「列眞（謂列仙）非一，往往出焉」等神仙渺不可期之事，亦雜入其中，此與其所標榜之實證主義非背道而馳耶？[43]

意謂神話傳說中之神仙異物，縹緲難期，言之無驗，左思亦置之賦中，不加揀擇，與其所論，自相矛盾。歸結來說，左思於＜三都賦＞寫作中，未必全然「稽之地圖」、「驗之方志」。全然驗證則是與類書方志無別，若是不全然驗證，則又與自己序中所論的主張相違背。可以想見，左思在＜三都賦＞的寫作過程必然是在真實與夸飾兩者間猶疑，如何得其利、去其弊，就是寫作＜三都賦＞難處之所在。然而，＜三都賦＞中畢竟也有夸飾太過，而無可驗證之物，此爲＜三都賦＞與其所論驗之不符之處，而有相互矛盾的地方，這也是＜三都賦＞留下給人批評的把柄的原因。而皇甫謐＜三都賦序＞說：

---

[41] 同註 34，頁 1152。
[42] 同註 34，頁 1152。
[43] 同註 39，頁 488。引王國維＜三都賦＞條例。

> 綴文之士，不率典言，並務恢張，其文博誕空類，大者罩天地
> 之表，細者入毫纖之內；雖充車聯駟，不足以載；廣廈接櫋，
> 不容其居也。（《全上古三代秦漢三國六朝文・全晉文》卷七
> 一）

皇甫謐說到自司馬相如以來的文章講求體式夸張恢宏，內容博誕虛無
之類，其「大」者大到籠罩天地，其「小」者小至細毫之微，而這些
言論，若以四車相聯，也不夠裝載，若以廣廈數間，亦容納不下，可
見數量之多。則以天地之「大」、毫纖之「小」、竟然不容其居之「多
」，此句用來說明博誕之言的多量，然細究此一形容本身即為夸飾。
皇甫謐以夸飾之言以闡明相如等人的夸誕之語，此不啻矛子之矛又矜
子之盾，豈能令人信服？此見徵實之說，是否可完全取代夸飾之文學
寫作技巧，由此可見一端。

（三）「驗之方志」與「稽之地圖」的方式必然勞形費時，有礙文學
創作之進展。

若數月數年，甚或以數十年之長只為了營構一篇賦作，如此必須
花費大量精神的作品是否可成為普遍流傳的文類？又是否可以蔚為
風潮，成為文壇寵兒？反過來說，若是無法形成一股風潮力量，則作
品是否又可成為一般人所接受而成為廣為流傳的文字？若否，作品的
數量稀少，又怎能出現優良的佳作？又怎敵得過其他文類的競爭而不
被自然淘汰？

因此，必須花費數十年之多的時間以完成一部作品，則文學作品
的數量必然會減少；作品數量少，將無法成為潮流與趨勢，而會被其
它的文類或是時代自然淘汰，這是必然的道理。

（四）細察左思提出徵實說的用意，便知其苦心所在。

左思之所以提出徵實說，一方面是想要力挽當時文風夸飾流風，文辭詭濫不成道理的弊病，具有時代的因素與意義；另一方面也是爲自己＜三都賦＞的創作方式宣揚，試圖在當時賦作以文麗、以情爲取向的創作風氣之中，欲一反時尙，仍要上溯漢大賦的氣勢風貌，以顯其才學特意突出於當世的企圖。從此一角度來看左思，則又覺其勇氣可嘉，同時也覺其在文風興盛，文人輩出的時代中亟欲突出自我的用心所在。然而，這終究在時代環境與文體種種的因素下，成爲曇花一現的創作。

總之，首先從＜三都賦序＞所主張的文學觀點看來，不能否認左思力救當時賦作夸飾太過的用心所在。然而，這一種主張是不可能成爲主流的，因爲以一人之力何以擋歷史之潮流？[44]再者，「徵實」的創作方式剝奪了當時鬱悶的文士們抒發情意的權利，所以，不難想像，此一觀點是不易受到讚賞並成爲趨勢的；三者，晉武帝統一中國之初，並不提倡文治，而且政權不穩定，在爭位奪權之中，無法「偃武修文」，因而左思之大賦雖一時洛陽紙貴，卻未因此顯達而蔚爲潮流[45]。

事實證明，在左思提出徵實的主張後，至六朝以來，文章以夸飾

---

[44] 同註24，頁122。曹氏：「和左思差不多同時的潘岳寫了＜藉田賦＞歌功頌德，也未見重用。」其時的大賦創作，還有木華＜海賦＞、郭璞的＜江賦＞。其寫景的創作手法對於後人有所沾漑，如南朝‧鮑照＜登大雷岸與妹書＞以及張融＜海賦＞，即受二賦影響。但是大賦仍未形成一股風氣。案：可見當時已經無法藉由寫作大賦而飛黃騰達，潘岳事又見《晉書‧潘岳傳》：「泰始中，武帝躬耕藉田，岳作賦以美其事。」又：「岳仕宦不達，乃作＜閒居賦＞。」見《晉書》卷五五，亦一例也。
[45] 政權因素導致大賦無法興盛，此觀點參註24，頁122。

成文的趨勢反而逐漸明顯，更甚者以華麗浮夸的文辭爭豔爲能事，以事事徵實的大賦體式則成爲餘響，在萬紫千紅中逐漸被淹沒。

第十一章 結論

第一節 六朝賦論之研究價值

魏晉六朝的文學進程是一個「文章辭賦化」的時期[1]，在六朝的文學領域中，辭賦的構辭造語或空間描繪等文學創作技巧，不但沾漑了其它文體，也引領著詠物詩與山水詩的進一步發展[2]。因此，在六朝的文學體類中，必不能擺脫辭賦的地位，相反地，更需要重視辭賦在六朝文學領域中所產生的影響力以及對於其它文體沾漑的情形，如此，方能在六朝文章辭賦化的文學氛圍之中，更為清楚地掌握其它詩文體類的發展脈絡以及各種衍生的現象。因此，若排除賦體賦論的研究，對於掌握六朝文學的發展狀況，必然是有所缺憾的。

賦體在六朝雖為大國，但與詩文相較之下，六朝賦的研究工作卻只不過是少數，更遑論賦的理論方面的研究。雖然辭賦的研究（包括作品及理論）有其困難之處，諸如作品閱讀上的困難、辭賦歷來被視為是貴族文學……等等因素，而較詩歌發展為晚。然則，開發此領域的研究，一方面可提供對六朝文學的更全盤性的認識，另一方面則是在於詩文之外，更開展一個嶄新的研究方向。

---

[1] 見王夢鷗：〈漢魏六朝文體變遷之一考察〉，在《傳統文學論衡》（臺北：時報文化出版公司，1991年），頁83。

[2] 見簡師宗梧：〈近二十年大陸地區賦學研究發展現況評估〉，在《進二十年（1997-1990）大陸地區賦學研究發展現況與評估》（臺北：行政院國家科學委員會專題研究計畫成果報告，1995年），頁1。

　　學界近來對於六朝辭賦的研究雖然有增多的趨勢，但大多是著力於作品的研究，較少理論的闡發[3]，這是因為辭賦的研究尚未形成一股風潮，所以研究的人少，而理論的研究更少；但是，已經有學者注意到賦體研究對於六朝的重要性，而在其對於六朝的美學研究中同時延引詩、文、賦作為對照參考的依據[4]，可見賦在六朝文學的研究中將有日益受到重視的趨勢。而理論與作品具互動關係，作品的勃興必然也帶動理論的闡發。

　　六朝賦的研究觸角大多在作品方面，而冷落了理論的研究；本文就是在六朝賦的作品研究累積到了一定程度之基礎上，專心致力於理論的闡發，因此，本文的理論研究可說是對六朝賦的理論研究上的第一本專門論著；但也因為如此，所以在理論架構及內容闡述上雖有披荊斬棘之實，但也不免粗淺疏陋之弊，而此也是任何領域的研究在起始之時所不可避免的地方。

　　再者，六朝在「詩」方面有詩論，在「文」方面上亦有文論，但是，六朝的辭賦雖為大宗，何以獨缺賦論？賦論的研究比較於詩論文論的研究，是有其共同點以及特殊處，其共同點是六朝人對詩文的共同審美品味，而其相異點則是六朝賦論獨具的理論架構；三者雖然有所交會，但也有所分離，並不是全然地契合或是完全互不相干。可以圖示如下：

---

[3] 近年來的學位論文對於六朝辭賦之魏晉詠物賦研究（廖國棟）、齊梁詠物賦的研究（李嘉玲）、鮑照辭賦研究（陳芳汶）、以及紀行賦的研究（張秋麗，政大碩士論文，1996 年）、江淹賦的研究（段錚，政大碩士論文，1982 年），以及對於六朝賦中女性形象的研究等。

[4] 如廖蔚卿：《漢魏六朝文學論集》（臺北：大安出版社，1997 年）、鄭毓瑜：《六朝情境美學綜論》（臺北：學生書局，1996 年）等。

六朝賦論呈現出與詩論、文論的交錯關係，換言之，三者在理論上是有所重疊的。就三者而言，詩論、文論、與賦論有其共同性，也有其個別的特殊性。因此，發掘賦論的特殊性並顧及其共同性，再從中獨立出賦論的理論架構，這也是本論文在研究上的困難之處。

而本文試圖在詩論、文論之中，將原有的賦論的理論架構離析出來，使得賦論在六朝的理論中也能佔有一席之地，這就是本文的用心所在。同時也見出，本文的理論架構是相對於詩論、文論而形成，是與詩論、文論同時並存而又自成自立的賦的理論。此即本論文研究的著力之處以及論文之方向與價值。

第二節　本論文之重要研究成果

　　六朝時期有關賦的理論方面的研究，大都是針對作品發論，而本論文是針對六朝時期關於賦的言論、意見與主張等，作爲研究的對象，從中梳理出六朝賦論的基本主張。這方面的研究著作極少，再加上六朝賦的理論具有研究的價值，故以此作爲研究對象。

　　又因爲賦論與詩論、文論的重疊性質，所以本論文希冀將賦論從詩論、文論中釐析出來，單獨建立賦體的理論架構，這可說是同中求異的工作，因此，研究資料上的取擇，將是本論文在研究上的困難點，所以本文在研究上特別留心資料的去取，以及運用作品加以論證。而且，論文中時見作品的解析與理論的證合，則運用圖表加以論說，諸如第一章對於六朝的時代的判定，第二章討論賦與駢文的異同，第六章對於賦比興的說明、情與物的關係等，而第八章則是運用語言學、思維的方式試圖解決「麗」所衍生出來的審美範疇。

　　對於賦與比興的問題，從賦兼比興的創作方式以及劉勰提出賦體興情的創作方式逐一探討。賦體是詩之流亞，其雖名爲「賦」，但是在創作技巧上是兼用比、興；而本文更利用劉勰提出的登高興情、睹物興情，以論證劉勰將「興」仍視爲具有諷諭之意。但是，劉勰另一方面又注意到六朝賦在創作上的抒情言志，認爲興情的重點不是在「興」，「興」只是扮演創作時的「起情」的作用。創作的真正的起點在於「登高」而興起之「情」，所以「覿」物興情。「覿」與「興」都只是創作的起源，主要目的是在於「情」之觸發，而後有體物寫志之賦作。這是劉勰的「登高興情」說，也是本文花費大量的筆墨所亟欲釐清的論題。再者，從登高興情、睹物興情引發「物」與「情」之

間的關係問題。劉勰認為賦之作必須因「物」引發起「情」的「搖動」，所以「義必明雅」、「詞必巧麗」，本文則將研究的結論作成一表：

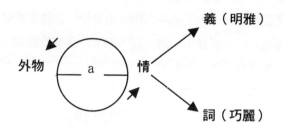

這說明了劉勰對於賦的創作中，由「外物」到「情」的關係，即 a 所指的部份，因為「情」被觸動，所以創作者能夠「為情造文」，賦作才具有內容上的明雅內涵，並兼具形式上的美麗詞藻。從這一角度再論述，則談到賦家在睹物與情時的「應感說」，應於物而有所感，這是劉勰所認為的創作動機，本文則進一步歸納出「內感應」與「外感應」的方式，諸如論述內感應時心 ➡ 物 ➡ 心的應感過程，這是因為創作者心中已有某種「情」愫，又在外部的「物」的刺激之下，「情」感越增濃厚，藉此引起創作的動機，這是本文以賦論的內容而歸納並分析出來的結果。

　　第八章、第九章、第十章所要處理的是六朝人對於賦的審美理論，此從「文麗說」、「情性說」、「徵實說」三部分提出三種主張流派，分論六朝人對於賦的審美觀的各家主張。首先析論了「麗淫」與「麗則」的不同，而歸出「則」與「淫」是在賦體的諷諭之義上所產生的差別。對漢人而言，具有諷諭義者就是麗「則」；而對魏晉六朝人而言，則是以諷諭以及具有規範的內容為「麗則」。賦是以「麗」為主，故在評論時或稱「雅麗」、「巧麗」、「巨麗」、「宏麗」……

等，本文從思維方式入手，分析出各種「麗」的範疇，從語言思維的角度說明古人評論時，是有一套思維方式的根據，而不是憑空而來的。也因此，本文首先利用此種思維上的理路分析「麗」在語詞上與其它的語詞結合所產生的意義，也說明兩個語詞組合時，在評價範疇上具有相加相助的功用。如「溫麗」一辭，在「溫」所具有的暖和、光明的語詞意義上，加諸於「麗」的範疇，則「溫麗」必然是指涉具有溫暖光明之「麗」的風格；由此再從作品的風格證明此論之真確與否，故而本文的方式，將可解決審美範疇中含糊的語詞問題。

　　其次，在詩論上是以「言志」與「緣情」兩大系統所統領的理論主張，到六朝則是以「緣情說」成為詩體最重要的主張。本文從詩的「言志說」到「緣情說」與賦的諷論、體物到言志抒情的比較，歸納出以下的圖表，認為賦在創作上雖自漢末已出現抒情的傾向，但是在理論上的抒情說卻比詩還晚，而到六朝，賦與詩都是以抒情為重要的取向了。從圖中可以清楚明白兩者的關係：

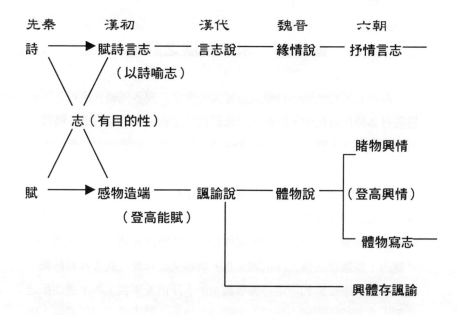

從詩論與賦論的比較中，可見賦與詩同源的血脈關係，而至兩者分流，其理論呈現出不同的走向，其一以言志抒情爲導向，而另一則是以諷諭的主張存在於貴族宮廷的文學中。但最後，六朝人的文學自覺意識覺醒，以個人的自由爲主要的創作展現時，賦與詩又不約而同走向抒情的需求。這是一個很有趣的現象，從理論上反過來看作品的走向與發展時，更顯清楚而明白。

第三節　未來發展之評估

　　六朝人對於文學的自覺以及審美的要求，與各個朝代比較之下，是具有其時代特色的，對於漢以來禮教的反省，所帶動的是各體理論的形成與確立。而六朝人對於文學藝術的嗅覺，則聞出對心靈自由的渴求、對才性的品評、以及由此衍生的對於「美」的趣味的體現（生活態度及文藝創作及理論）。因此，賦作從漢大賦的歌功頌德、勸百諷一，到魏晉以抒情小賦言志寫情，代表著六朝人對「心」及「情」的重視及發揚，相對於賦的實用性目的，更爲注重個人內在情感，從外到內，賦體變成個人抒情的工具。而審美品味便在此中漸有轉變，諸如本論文中提到的「傷感美學觀」、「抒情美學觀」等，這些都是六朝人在美感的領域中所呈現出的時代特色。而本論文限於篇幅，以六朝賦的理論爲主要闡發的部份，而僅略爲論述及審美觀及美學傾向，而未能緊接著就此論題進行更深入的探討，這只能留待未來的後續研究。

參考書目及論文

（一）書目分為古人著作及今人著作二部份，古人著作向來以經史子
集為類別編排，且古籍之編輯亦以此較佳，故此依古人之編排
方式，並依朝代為順序排列。今人著作則以類別為區分，以選
集、概論、專論、其他學科等為排列順序。

（二）本書目以書名為首，是顧及使用習慣所致，故不依作者為排列
順序，而以書目為首，次論及版本、出版地、出版書局或公司、
年代。

（三）若出版社已可見其出版地者，則不再書明出版地，如北京人民
出版社、上海古籍出版社；若是出版社之名稱無法分辨出版地
者，則註明出版地，如臺北：學生書局。

一、古人著作

經部

《詩經》漢・毛亨傳、鄭玄箋、唐・孔穎達疏　十三經注疏本　臺北：
藝文印書館 1989 年

《尚書》漢・孔安國傳、唐・孔穎達疏　十三經注疏本　臺北：藝文
印書館 1989 年

《易經》晉・韓康伯注、唐・孔穎達疏　十三經注疏本　臺北：藝文

　　　　印書館 1989 年

《禮記》漢・鄭玄注、唐・孔穎達疏　十三經注疏本　臺北：藝文印
　　　　書館 1989 年

《周禮》漢・鄭玄注、唐・賈公彥疏　十三經注疏本　臺北：藝文印
　　　　書館 1989 年

《左傳》周・左丘明傳、晉・杜預注、唐・孔穎達疏　十三經注疏本
　　　　臺北：藝文印書館 1989 年

《論語》魏・何晏注、宋・邢昺疏　十三經注疏本　臺北：藝文印書
　　　　館 1989 年

《爾雅》晉・郭璞注、宋・刑昺疏　十三經注疏本　臺北：藝文印書
　　　　館 1989 年

《孟子》漢・趙岐注、宋・孫奭疏　十三經注疏本　臺北：藝文印書
　　　　館 1989 年

《宋本廣韻》宋・陳彭年等重修　臺北：黎明文化事業公司 1981 年
　　　　四版

　　史部

《國語》吳・韋昭注　上海師範大學古籍整理組校點　臺北：里仁書
　　　　局 1981 年

《戰國策》漢・劉向集錄、高誘注　臺北：里仁書局 1990 年

《史記會注考證》日・瀧川龜太郎考證　臺北：洪氏出版社 1986 年

《漢書》漢・班固　臺北：鼎文書局 1993 年

《三國志》晉・陳壽　臺北：鼎文書局 1993 年

《晉書》唐・房玄齡、褚遂良等撰　臺北：鼎文書局 1993 年

《南史》唐‧李延壽撰　臺北：鼎文書局 1993 年

《宋書》南朝梁‧沈約　臺北：鼎文書局 1993 年

《南齊書》南朝梁‧蕭子顯　臺北：鼎文書局 1993 年

《北齊書》唐‧李百藥　臺北：鼎文書局 1993 年

《梁書》隋‧姚察、謝炅、唐‧魏徵、姚思廉合撰　臺北：鼎文書局
　　　1993 年

《陳書》隋‧姚察、唐‧魏徵、姚思廉合撰　臺北：鼎文書局 1993 年

《隋書》唐‧魏徵撰　臺北：鼎文書局 1993 年

《通典》唐‧杜佑　上海商務 1935 年影印本　臺北：新興書局 1963 年

子部

《老子》魏‧王弼注、唐‧陸德明釋文　臺北：世界書局 1991 年

《老子道德經憨山解》明‧憨山大師　臺北：琉璃經房 1985 年

《莊子集釋》清‧郭慶藩編、王孝魚整理　臺北：群玉堂出版公司 1991
　　　年

《莊子校詮》上下，王叔岷校詮　中央研究院歷史語言研究所 1994 年

《荀子集解》清‧王先謙撰　北京：中華書局 1992 年

《淮南子》漢‧劉安撰、漢‧高誘注　臺北：中華書局 1993 年

《新序全譯》漢‧劉向著、李華年譯注　貴州人民出版社 1994 年

《法言注》漢‧揚雄撰、韓敬注　北京：中華書局 1992 年

《新論》漢‧桓譚撰　四部備要本　臺北：中華書局 1966 年

《論衡校釋》漢‧王充著、黃暉校釋　北京：中華書局 1990 年

《人物志》魏‧劉劭著、劉君祖撰述　臺北：金楓出版有限公司 1986
　　　年

《王弼集校釋》魏・王弼著、樓宇烈校釋　臺北：華正書局 1992 年

《山海經校注》晉・郭璞著、袁珂注　臺北：里仁書局 1982 年

《抱朴子內篇校釋》晉・葛洪撰、王明校釋　北京：中華書局 1988
　　年

《抱朴子外篇校箋》晉・葛洪撰、楊明照校箋　北京：中華書局 1991
　　年

《西京雜記全譯》晉・葛洪撰、成林、程章燦譯注　貴州人民出版社
　　1993 年

《世說新語箋疏》南朝宋・劉義慶、余嘉錫箋注　臺北：華正書局 1984
　　年

《金樓子》南朝梁・簡元帝　景印中央圖書館珍藏永樂大典本　臺北
　　：世界書局 1959 年

《金樓子校注》南朝梁・簡元帝撰、許德平注　臺北：嘉新文化會 1969
　　年

《顏氏家訓集解》北齊・顏之推著、王利器撰　北京：中華書局 1996
　　年

《義門讀書記》清・何焯撰　上海古籍出版社 1992 年

集部

《楚辭補註》宋・洪興祖補註　臺北：藝文印書館 1986 年

《司馬相如集校注》金國永校注　上海古籍出版社 1993 年

《竹林七賢詩文全集譯注》韓格平注譯　吉林文史出版社 1997 年

《曹丕集校注》夏傳才、唐紹忠注　河南：中州古籍出版社 1992 年

《阮籍集校注》郭光校注　河南：中州古籍出版社 1991 年

《陶淵明集》逯欽立校注　臺北：里仁書局 1985 年

《鮑參軍集注》錢振倫注　臺北：木鐸出版社 1982 年

《謝靈運集校注》顧紹柏校注　河南：中州古籍出版社 1987 年

《沈約集校箋》陳慶元校箋　浙江古籍出版社 1995 年

《文心雕龍注》南朝梁・劉勰著、范文瀾注　臺北：開明書店 1985
　　　年

《文心雕龍讀本》上下　南朝梁・劉勰著、王更生注譯　臺北：文史
　　　哲出版社 1991 年

《昭明文選》唐・李善注　清潯陽萬氏重刻宋胡刻本　臺北：正中書
　　　局 1985 年

《詩品注》汪中選注　臺北：正中書局 1990 年

《詩品全譯》徐達譯注　貴州人民出版社 1991 年

《高僧傳》南朝梁・慧皎撰、湯用彤校注　北京：中華書局 1992 年

《玉臺新詠》南朝陳・徐陵編、清・吳兆宜注、程琰刪補、穆克宏點
　　　校北京：中華書局 1992 年

《江淹集校注》北周・江淹著、俞紹初、張業新校注　河南：中州古
　　　籍出版社 1994 年

《文鏡秘府論校注》日・弘法大師原撰、王利器校注　臺北：貫雅文
　　　化 1991 年

《北堂書鈔》唐・虞世南編　孫忠愍侯祠堂舊校影宋本　南海孔氏校
　　　注重刊　臺北：藝文印書館　年代未詳

《藝文類聚》唐・歐陽詢等編　宋紹興本參明本及馮校本校對重排
　　　臺北：文光出版社 1974 年

《初學記》唐・徐堅等撰　臺北：鼎文書局 1972 年

《太平御覽》宋・李昉等　影宋刊本　臺北：新興書局 1959 年

《文苑英華》宋・李昉等編　北京：中華書局 1990 年

《古賦辯體》元・祝堯撰　景印文淵閣四庫全書本　臺北：商務印書
　　　　館 1983 年

《漢魏六朝百三家集》明・張溥編　清光緒十八年善化章氏重刊本
　　　　上海古籍出版社 1994 年

《漢魏六朝百三家集題辭注》明・張溥題辭、殷孟倫輯注　臺北：木
　　　　鐸出版社 1982 年

《詩體明辯》明・徐師曾撰、沈芬等箋　臺北：廣文書局 1972 年

《七十家賦鈔》清・張惠言編　臺北：世界書局 1964 年

《四六叢話》清・孫梅　臺北：世界書局 1962 年

《全上古三代秦漢三國六朝文》清・嚴可均輯　臺北：世界書局 1969
　　　　年

《賦話》清・李調元　臺北：世界書局 1961 年

《六朝文絜箋注》清・許槤評選、黎經誥箋注　香港：中華書局 1987
　　　　年

《藝概》清・劉熙載　臺北：華正書局 1985 年

《歷代詩話》清・何文煥輯　臺北：木鐸出版社 1982 年

《御定歷代賦彙》清・陳文龍等輯　影印清康熙四十五年刊本　京
　　　　都：中文出版社 1974 年

《文史通義新編》清・章學誠　上海古籍出版社 1993 年

《文筆考》清・阮福　臺北：世界書局 1979 年

《宋版磧砂大藏經》臺北：新文豐出版社 1987 年

二、今人著作

賦選・彙編

《中國歷代賦選・魏晉南北朝卷》畢萬忱、何沛雄、羅忼烈編　江蘇
　　　　教育出版社 1994 年
《中國文學批評資料彙編・兩漢魏晉南北朝》曾永義、柯慶明編　台
　　　　北：成文出版社 1978 年
《中國歷代文論選》郭紹虞　臺北：木鐸出版社 1987 年
《魏晉南北朝文論選》郁沅、張明高編選　北京人民出版社 1996 年
《魏晉南北朝文論全編》穆克宏、郭丹編　江蘇教育出版社 1996 年
《歷代賦論輯要》徐志嘯編　上海：復旦大學出版社 1994 年
《魏晉文舉要》高步瀛選注　北京：中華書局 1995 年
《庾信詩文選譯》許逸民　四川：巴蜀書社 1994 年
《文選導讀》屈守元　四川：巴蜀書社 1993 年
《歷代賦選釋》李暉、于非編著　哈爾濱：黑龍江人民出版社 1997 年
《歷代駢文精華》殷海國選注　上海文藝出版社 1995 年
《賦選注》傅隸樸　臺北：正中書局 1992 年

辭賦・韻文等研究著作

《賦史》馬積高　上海古籍出版社 1987 年
《賦史大要》日・鈴木虎雄著、殷石臞譯　臺北：正中書局 1976 年
《辭賦流變史》李曰剛　臺北：文津出版社 1994 年
《辭賦學綱要》陳去病　臺北：文海出版社 1971 年
《中國辭賦發展史》郭維森、許結　江蘇教育出版社 1996 年
《中國賦論史稿》何新文　北京：開明出版社 1993 年

《魏晉南北朝賦史》程章燦　江蘇古籍出版社 1992 年

《漢賦之史的研究》陶秋英　臺北：新文豐出版社 1980 年

《漢魏六朝賦家論略》何沛雄　臺北：學生書局 1986 年

《漢魏六朝賦論集》何沛雄　臺北：聯經出版事業公司 1990 年

《漢賦源流與價值之商榷》簡師宗梧　臺北：文史哲出版社 1980 年

《漢賦史論》簡師宗梧　臺北：東大圖書公司 1993 年

《漢賦研究》龔克昌　山東文藝出版社 1984 年

《漢賦縱橫》康金聲　太原：山西人民出版社 1992 年

《漢賦通義》姜書閣　濟南：齊魯書社 1989 年

《漢賦通論》萬光治　四川：巴蜀書社 1989 年

《漢賦攬勝》程章燦　上海古籍出版社 1996 年

《漢賦寫物言志傳統》曹淑娟　臺北：文津出版社 1987 年

《漢魏六朝辭賦》曹道衡　上海古籍出版社 1989 年

《賦》袁濟喜　北京：人民文學出版社 1994 年

《詩騷魅力》祝振玉　上海古籍出版社 1995 年

《詩賦詞曲概論》丘瓊蓀　臺北：中華書局 1966 年

《詩詞賦散論》胡國瑞　上海古籍出版社 1992 年

《賦學研究論文集》馬積高、萬光治主編　四川：巴蜀書社 1991 年

《辭賦新探》畢庶春　瀋陽：東北大學出版社 1995 年

《文賦研究新論》劉忠惠　長春：東北師範大學 1993 年

《中國駢文析論》張仁青　臺北：東昇出版公司 1980 年

《中國韻文通論》陳鐘凡　臺北：中華書局 1984 年

《中國駢文概論》方孝岳、瞿兌之　臺北：莊嚴出版社 1981 年

《中國駢文史》劉麟生　北京：東方出版社 1996 年

《駢文與散文》蔣伯潛、蔣祖怡　上海書店 1997 年

《詩賦與律調》鄺健行　北京：中華書局 1994 年

《中國文章論》日・佐藤一郎　上海古籍出版社 1996 年

文學理論

《中國文學發展史》劉大杰　臺北：華正書局 1988 年

《中國文學批評史》羅根澤　臺北：學海出版社 1990 年

《中國文學批評史》郭紹虞　臺北：藍燈出版社 1988 年

《魏晉南北朝文學批評史》王運熙、楊明　上海古籍出版社 1989 年

《中國詩學批評史》陳良運　江西人民出版社 1995 年

《南北朝文學》駱玉明、張宗原　合肥：安徽教育出版社 1994 年

《中國文學論集》徐復觀　臺北：學生書局 1990 年

《中古文學史論》王瑤　北京大學出版社 1986 年

《中古文學史》劉師培　臺北：世界書局 1979 年

《中古文學論著三種》劉師培　遼寧教育出版社 1997 年

《傳統文學論衡》王夢鷗　臺北：時報文化出版公司 1991 年

《古典文學論探索》王夢鷗　臺北：正中書局 1991 年

《東晉文藝系年》張可禮　山東教育出版社 1992 年

《比興物色與情景交融》蔡英俊　臺北：大安出版社 1995 年

《詩史本色與妙悟》龔鵬程　臺北：學生書局 1986 年

《境界的再生》柯師慶明　臺北：幼獅文化事業公司 1985 年

《現代中國文學批評述論》柯師慶明　臺北：大安出版社 1992 年

《抒情傳統的省思與探索》張淑香　臺北：大安出版社 1992 年

《六朝駢文形式及其文化意蘊》鍾濤　北京：東方出版社 1997 年

《六朝文論》廖蔚卿　臺北：聯經出版事業公司 1985 年

《漢魏六朝文學論集》廖蔚卿　臺北：大安出版社 1997 年

《王國維及其文學批評》葉嘉瑩　臺北：桂冠圖書公司 1992 年

《六朝文學觀念叢論》顏崑陽　臺北：正中書局 1993 年

《漢魏六朝騷體文學研究》郭建勛　湖南教育出版社 1997 年

《唐前生命觀和文學生命主題》錢志熙　北京：東方出版社 1997 年

《建安文學研究史論》王巍　吉林大學出版社 1994 年

《建安文學述評》李景華　北京：首都師範大學出版社 1994 年

《魏晉風度——中古文人生活行為的文化意蘊》寧稼雨　北京：東方
　　　　　　　　　　　　　　　　　　　　　　　　出版社 1996 年

《文心雕龍札記》黃侃　臺北：文史哲出版社 1973 年

《文選學》駱鴻凱　臺北：華正書局 1989 年

《中國古代文體概論》褚斌杰　北京大學出版社 1990 年

《古代散文文體概論》陳必祥　臺北：文史哲出版社 1995 年

《中國文學的精神世界》葉太平　臺北：正中書局 1994

《管錐篇》錢鍾書　北京：中華書局 1979 年

《談藝錄》錢鍾書　臺北：書林出版有限公司 1988 年

《六朝人才觀念與文學》林童照　臺北：文津出版社 1995 年

《六朝社會文化心態》趙輝　臺北：文津出版社 1996 年

《興的源起——歷史積澱與詩歌藝術》趙沛霖　北京：中國社會科學
　　　　　　　　　　　　　　　　　　　　　　　　出版社 1987 年

《中國山水文化》李文初　廣東人民出版社 1996 年

《中國山水詩研究》王國瓔　臺北：聯經出版公司 1996 年

《心哉美矣——漢魏六朝文心流變史》李建中　臺北：文史哲出版社
　　　　　　　　　　　　　　　　　　　　　　　　1993 年

《中國文學批評的理論與實踐》張雙英　臺北：萬卷樓圖書有限公司

　　　　　　　　　1993 年

《中國文學理論》劉若愚著、杜國清譯　臺北：聯經出版事業公司
　　　　　　1991 年

《二度和諧及其他》施友忠　臺北：聯經出版事業公司 1976 年

《文化符號學》龔鵬程　臺北：學生書局 1992 年

《當代文學理論》T.伊格頓（Terry Eagleton）著、鍾嘉文譯　臺北：
　　　　　　南方叢書出版社 1991 年

《當代文學理論》G. Douglas Atkins & Laura Morrow 主編、張雙英、
　　　　　　黃景進譯　臺北：合森文化事業公司 1991 年

《鏡與燈──浪漫主義文論及批評傳統》美・M.H.艾布拉姆斯著　北
　　　　　　京大學出版社 1989 年

《思維與語言》維高斯基著、李維譯　臺北：桂冠圖書公司 1998 年

《西洋文學術語叢刊》顏元叔主編　臺北：黎明文化事業公司 1978 年

《文學的後設思考》呂正惠主編　臺北：正中書局 1993 年

《歷史、傳釋與美學》葉維廉著　臺北：東大圖書公司 1988 年

《比較文學的墾拓在台灣》古添洪、陳慧樺編著　臺北：東大圖書公
　　　　　　司 1985 年

美學

《中國美學思想史》敏澤　山東：齊魯書社 1989 年

《中國美學史》一、二卷　李澤厚、劉綱紀　臺北：谷風出版社 1987 年

《六朝唯美文學》張仁青　臺北：文史哲出版社 1980 年

《中國唯美文學之對偶藝術》張仁青、李月啓　臺北：明文書局 1991 年

《六朝美學》袁濟喜　北京大學出版社 1992 年

《六朝美學史》吳功正　江蘇美術出版社 1994 年

《六朝情境美學綜論》鄭毓瑜　臺北：學生書局 1996 年

《六朝唯美詩學》王力堅　臺北：文津出版社 1997 年

《漢賦美學》章滄授　合肥：安徽文藝出版社 1992 年

《漢賦藝術論》阮忠　華中師範大學出版社 1993 年

《藝術創造工程》余秋雨　臺北：允晨文化公司 1997 年

《美從何處尋》宗白華　臺北：元山書局 1985 年

《美學的散步》宗白華　臺北：洪範書局 1987 年

《詩論》朱光潛　臺北：正中書局 1970 年

《談美》朱光潛　臺北：開明書店 1979 年

《文學美綜論》柯師慶明　遼寧：春風文藝出版社 1988 年

《中國藝術神韻》葛路、克地　天津人民出版社 1993 年

《自然・雄渾》蔡鍾翔、曹順慶　北京：中國人民大學出版社 1996 年

《六朝山水詩史》王玫　天津人民出版社 1996 年

《山水與古典》林文月　臺北：純文學出版社 1984 年

《魏晉的自然主義》容肇祖　北京：東方出版社 1996 年

《文學審美意識論稿》郁沅　北京：中國廣播電視 1992 年

思想

《魏晉玄學史》許抗生　江西師範大學出版社 1989 年

《漢代文學思想史》許結　江蘇：南京大學出版社 1990 年

《魏晉六朝文學與玄學思想》袁峰　西安：三秦出版社 1995 年

《魏晉南北朝文學思想史》張仁青　臺北：文史哲出版社 1978 年

《魏晉南北朝文學思想史》羅宗強　北京：中華書局 1996 年

《玄學與魏晉士人心態》羅宗強　臺北：文史哲出版社 1992 年

《才性與玄理》牟宗三　臺北：學生書局 1989 年

《儒釋道與中國文豪》王煜　臺北：學生書局 1991 年

《理學‧佛學‧玄學》湯用彤　北京大學出版社 1992 年

《魏晉思想與談風》何啓民　臺北：學生書局 1990 年

《魏晉清談》唐翼明　臺北：東大圖書公司 1992 年

《憂鬱是中國人之宗教》史作檉　臺北：書鄉文化 1993 年

《中國文化之精神價值》唐君毅　臺北：正中書局 1992 年

《中國學術思想史論叢（三）》錢穆　臺北：東大圖書公司 1977 年

其它

《魏晉南北朝韻部之演變》周祖謨　臺北：東大圖書公司 1996 年

《魏晉南北朝史》上下　王仲犖　上海人民出版社 1994 年

《魏晉南北朝詞語例釋》蔡鏡浩編　江蘇古籍出版社 1990 年

《漢代文學與思想學術研討會論文集》國立政治大學中文系主編　臺
　　　　　　北：文史哲出版社 1991 年

《文心雕龍國際學術研討會論文集》日本九州大學中國文學會主編
　　　　　　臺北：文史哲出版社 1992 年

《魏晉南北朝文學論集》香港中文大學中國語言文學系主編　臺北：
　　　　文史哲出版社 1994 年

《朱自清古典文學論文集》朱自清　臺北：源流出版社 1982 年

《照隅室古典文學論集》郭紹虞　上海古籍出版社 1983 年

《文心雕龍綜論》中國文典文學研究會　臺北：學生書局 1988 年

《中國文學的多層面探討》國立臺灣大學中國文學系 1996 年

三、論文

學位論文

《司馬相如揚雄及其賦之研究》簡師宗梧　政大中文所博士論文 1975 年
《江淹生平及其賦研究》段錚　政大中文所碩士論文 1982 年
《論漢賦之寫物言志傳統》曹淑娟　師大國文所碩士論文 1982 年
《魏晉詠物賦研究》廖國棟　政大中文所博士論文 1985 年
《齊梁詠物賦研究》李嘉玲　政大中文所碩士論文 1988 年
《齊梁詠物詩與詠物賦之比較研究》李玉玲　高師大國文所碩士論文
　　　　　　　　　　　　　　　　　　1991 年
《元嘉詩人用典研究》高莉芬　政大中文所博士論文 1993 年
《祝堯＜古賦辨體＞研究》游適宏　政大碩士論文 1994 年
《世說新語呈現之魏晉士人審美觀研究》徐麗真　政大中文所博士論
　　　　　　　　　　　　　　　　　　文 1995 年
《鮑照辭賦研究》陳芳汶　政大中文所碩士論文 1996 年

國內期刊論文

＜近二十年大陸地區賦學研究發展現況評估＞簡師宗梧，《近二十年
　　（1971-1990）大陸地區賦學研究發展現況與評估》，臺北：行政院
　　國家科學委員會專題研究計畫成果報告，1995 年。
＜文心雕龍與文選在選文定篇及評文標準上的比較＞齊益壽，《古典
　　文學》第三集，臺北：學生書局，1981 年。

<《文心雕龍·原道篇》之思想淵源與文藝美學>黃景進，《國立政
　治大學學報》61 期。

<關於文學史上的指稱與斷代——以六朝為例>林文月，《語文、情
　性、義理——中國文學的多層面探討國際學術會議論文集》，國立
　臺灣大學，1996 年 4 月。

<魏晉風度及文章與藥及酒之關係>魯迅，《魯迅全集》第三卷，臺
　北：谷風出版社，1989 年。

<文學研究的理論基礎——試論知與言>高友工，《中外文學》7 卷
　7 期。

<文學研究的美學問題（上）——美感經驗的定義與結構>高友工，
　《中外文學》7 卷 11 期。

<詩歌創作過程的兩種模式——「詩緣情」與「詩言志」>鄭毓瑜，
　《中外文學》11 卷 9 期。

<六朝審美論研究>鄭毓瑜，《中外文學》21 卷 5 期。

<略論魏晉南北朝學術文化與當時門第之關係>錢穆，《新亞學報》
　5 卷 2 期。

<魏晉「自然」與「名教」之爭探義>曾春海，《國立政治大學學報》
　61 期。

<美學研究在中國的發展及其蘊含之問題>龔鵬程，《文化·文學與
　美學》，臺北：時報文化，1988 年。

<美學研究的前理解>蕭振邦，《藝術史與藝術哲學》45 期 1990.1.1。

<漢賦的性情與結構>吳炎塗，《鵝湖》3 卷 1 期。

大陸期刊論文

＜魏晉南北朝賦論述略＞何新文，《湖北大學學報》（哲社版）
　　1994.01。

＜賦話初探＞何新文，《湖北大學學報》1991.02。

＜論晉代抒情賦＞章滄授，《安慶師範學院學報》1993.03。

＜《文賦》創作構思論探微＞陸邦鳳，《安徽師大學報》21 卷。

＜《文賦》的靈感論＞劉忠惠，《求是學刊》1993.04。

＜《文賦》的藝術建構基礎＞劉忠惠，《東北師大學報》1994.05。

＜魏晉玄風與陸機《文賦》的思辨性＞顧光祿，《南京社會科學》
　　1994.10。

＜論漢代的抒情言志賦＞李生龍，《求索》1991.02。

＜論漢代以文爲賦的美學價值＞許結，《江淮論壇》1991.06。

＜大罩天地之表、細入毫纖之內──論晉代詠物賦＞章滄授，《社會
　　科學戰線》1992.01。

＜論《洛神賦》對六朝賦壇的投映＞洪順隆，《第二屆國際賦學會議
　　》1992 年

＜《昭明文選》賦體分類初探＞楊利成，《第二屆國際賦學會議》1992
　　年。

＜梁朝宮體賦試論＞祝鳳梧，《湖北大學學報》（哲社版）1991.04。

＜賦學研究的展望──在第二屆賦學研討會上的演講＞饒宗頤，《社
　　會科學戰線》1993.03。

＜以駢入賦和以詩入賦＞高光復，馬積高、萬光治編《賦學研究論文
　　集》，四川：巴蜀書社，1991 年。

＜南北朝賦泛論＞楊勝寬，馬積高、萬光治編：《賦學研究論文集》，
　　四川：巴蜀書社，1991 年。

＜《詩經》中的賦比興＞胡念貽，《中國古代文學論稿》，上海古籍

出版社，1987 年。

＜詩人之賦與辭人之賦——漢魏六朝賦研究＞曹虹，《學術月刊》
　1991.11。

＜魏晉南北朝賦的憂思精神＞吳兆路，《復旦學報》1992.05。

　　日本期刊論文

＜揚雄の「解嘲」をあぐって——「設論」の文學ジャルとしての成
　熟と變質＞谷口洋，《中國文學報》45 期 1992.10。

＜西晉の出處論——皇甫謐に續く夏侯湛と束哲の「設論」——＞佐
　竹保子，《日本中國學會報》47 集 1995 年。

＜「哀江南賦」論——鋪陳に於ける時間＞原田直枝，《中國文學報》
　49 期 1994.10。

＜美として樂へ——「文賦」における音＞木津祐子，《中國文學報》
　50 期 1995.04。

國家圖書館出版品預行編目資料

```
六朝賦論之創作理論與審美理論
／李翠瑛著. --初版
--臺北市：萬卷樓,民 90
面； 公分.
參考書目：面
ISBN 957－739－375－6 (平裝)

1. 辭賦－六朝(222－588)－評論

822.82                    90021458
```

六朝賦論之創作理論與審美理論

著　　　者：李翠瑛
發　行　人：許錟輝
出　版　者：萬卷樓圖書有限公司
　　　　　　臺北市羅斯福路二段 41 號 6 樓之 3
　　　　　　電話(02)23216565・23952992
　　　　　　FAX(02)23944113
　　　　　　劃撥帳號 15624015
出版登記證：新聞局局版臺業字第 5655 號
網 站 網 址：http://www.wanjuan.com.tw
E　－mail：wanjuan@tpts5.seed.net.tw
經 銷 代 理：紅螞蟻圖書有限公司
　　　　　　臺北市內湖區舊宗路二段 121 巷 28 號 4F
　　　　　　電話(02)27999490
　　　　　　FAX(02)27995284
承 印 廠 商：晟齊實業有限公司
定　　　價：320 元
出 版 日 期：民國 91 年 1 月初版

ISBN 957－739－375－6